KB070473

1

세상이 잠 속으로 무너져 내리기 전, 테리사가 말을 걸었다.

있잖아, 잠들었어?

토머스가 침대에서 뒤척였다. 주변의 어둠이 마치 실체를 가진 듯 갑갑하게 숨통을 조여 왔다. 처음에는 두려웠다. 예전의 그 상자 속으로 되돌아온 것은 아닐까 싶어 눈을 번쩍 떴다. 그를 공터와 미로로 끌고 갔던 차가운 금속 소재의 끔찍한 정육면체. 그러나 이곳에는 희미한 빛이 있었다. 커다란 방 여기저기에 퍼져 있는 부연 그림자들이 시야에 들어왔다. 2층 침대들. 서랍장들. 깊은 잠에 빠진 소년들의 부드러운 숨소리와 코 고는 소리.

안심이 되었다. 그는 이제 안전했다. 악몽 같았던 곳에서 구출되어 이 공동 침실로 옮겨 왔다. 더는 걱정할 필요가 없다. 괴수들도 없다. 더는 죽을 일도 없다.

톰?

머릿속으로 목소리가 파고들었다. 소녀의 목소리였다. 그러나 귀로 들리지 않았고, 눈앞에 모습도 보이지 않았다. 그럼에도 불구하고 또렷이 들렸다. 어떻게 그럴 수 있는지는 알 수 없었다.

베개에 대고 깊은 숨을 내쉬었다. 공포가 밀려들었던 찰나의 순간이 지나고, 면도날처럼 날카롭게 곤두섰던 신경이 누그러졌다. 토머스는 머릿속으로 단어를 만들어 대답했다.

테리사? 지금 몇 시야?

모르겠어. 그냥 잠이 안 와. 한 시간 정도 존 것 같기는 한데. 어쩌면 더 오랫동안인지도 모르겠어. 그냥 네가 잠들지 말고 나를 계속 깨어 있게 해 줬으면 좋겠어.

토머스는 싱긋 웃음이 나려 했지만 참았다. 테리사가 그의 웃음을 볼 수는 없겠지만 이 상황에서 웃는다면 왠지 당황스러울 것 같아서였다.

이런. 선택의 여지가 없잖아. 머릿속에 대고 말을 하는데 어떻게 잠을 자.

쳇. 싫으면 그냥 자든지.

아니야, 좋아.

그는 위층 침대의 바닥을 올려다보았다. 그림자 속에서 어렴풋이 보이는 평범한 2층 침대였다. 위층에서는 민호가 목구멍에서 가래 끓는 소리를 내 가며 자고 있었다.

무슨 생각 해, 테리사?

뻔하잖아.

테리사는 은근히 비꼬는 투로 받아친 후 말을 이었다.

괴수들이 계속 눈앞에 어른거려. 혐오스러운 피부랑 뚱뚱한 몸통, 금속 팔이랑 금속 못도. 갑자기 이렇게 편안해져서 그런가 봐, 톰. 어떻게 해야 그 무서운 기억을 머릿속에서 지울 수 있을까?

토머스는 답을 알고 있었다. 그 끔찍한 이미지들은 영원히 지워지지 않을 것이다. 공터인들은 남은 평생을 미로에서 겪었던 무시무시한 기억들에 시달리며 살아야 한다.

공터인들 대부분, 아니 전부가 심각한 심리적 문제를 안고 살아가야 한다는 걸 토머스는 잘 알고 있었다. 아예 미쳐 버릴 가능성도 있었다.

그중에서도 달군 쇠로 지져 놓은 듯 그의 기억 속에 아로새겨진 이미지는 바로, 단검에 찔려 피를 흘리며 그의 품에서 죽어 가던 척의 모습이었다.

그건 영원히 잊히지 않을 것이다. 그래도 테리사에게는 달리 말했다.

지워질 거야. 시간이 좀 걸리겠지만.

이제 남는 게 시간이잖아.

하긴 그렇구나.

테리사의 말을 들으면서 기분이 좋아졌다. 이 얼마나 터무니없는 일인가? 비꼬는 투의 말을 들으면서 어쩐지 앞으로 모든 게 다 괜찮을 것 같다고 생각하다니. '이 멍청이.' 토머스는 속으로 자책하면서도 이 말이 테리사에게는 전해지지 않았길 바랐다.

테리사가 다시 말했다.

그 사람들이 나만 따로 떨어뜨려 놓은 게 영 별로야.

토머스는 그들이 그렇게 한 이유를 이해할 수 있었다. 공터인들은 죄다 10대 소년들이고 테리사만 소녀이니, 그들은 이 똘추 같은 녀석들을 믿을 수 없었을 것이다.

널 보호하려는 거겠지.

그래, 그럴 거야. 그래도 힘든 일들을 같이 헤쳐 나왔는데 이제 혼자 있으려니까 기분이 별로라서 그래.

그녀의 말과 함께 우울한 기운이 토머스의 뇌로 밀려들어 시럽처럼 들러붙었다.

토머스가 물었다.

그런데 그 사람들이 널 어디다 데려다 놨어?

테리사의 기분이 너무 안 좋은 것 같아서 당장 일어나 가 보고 싶었지만, 그러지 않는 편이 낫다는 걸 그는 알고 있었다.

어젯밤에 식사했던 큰 휴게실 건너편 방이야. 작은 방에 2층 침대가 몇 개 놓여 있어. 그 사람들이 날 여기 두고 나가면서 방문을 잠그더라고.

거봐. 널 보호하려고 따로 둔 거라니까.

그는 이 말 끝에 바로 덧붙였다.

사실 별로 보호가 필요할 것 같지는 않지만. 여기 있는 녀석들 절반 이랑 너를 붙여 놔도 네가 이길 거 같단 말이지.

겨우 절반?

좋아. 4분의 3 정도라고 해 두자. 나까지 포함해서.

한참 침묵이 흘렀다. 그래도 테리사의 존재는 감지할 수 있었다. 테리사가 느껴졌다. 민호의 모습이 보이지는 않지만 바로 위의 침대에 누워 있음을 느낄 수 있는 것처럼. 굳이 코 고는 소리가 들리지 않더라도 말이다. 누군가 가까이에 있으면 그냥 알 수가 있다.

지난 몇 주간 온갖 일들을 겪었음에도 토머스는 놀라울 정도로 침착했다. 또다시 잠이 쏟아졌다. 세상에 어둠이 내렸지만 테리사는 여러 가지 의미로 아직 그의 곁에 있었다. 가슴이…… 벅차올랐다.

시간이 어떻게 흘러가는지 알 수 없었다. 반쯤은 잠이 든 채로, 테리사가 함께 있다는 사실에 기뻐하며 이런저런 상념에 잠겼다. 그 끔찍한 곳에서 빠져나왔다는 것. 이제 안전하다는 것. 그와 테리사가 이제 다시 서로를 알아 가리라는 것. 인생은 아직 살 만하다는 것.

더없이 행복한 잠. 몽롱한 어둠. 온기. 은은한 빛. 어딘가로 둥둥 떠가는 느낌.

세상이 흐릿하게 멀어져 갔다. 감각이 사라지고 나른하게 기분이 좋아졌다. 아늑한 어둠이 밀려오는가 싶더니 이윽고 잠 속으로 빠져들었다.

아주 어린 아이다. 네 살? 다섯 살? 아이는 턱까지 담요를 끌어올린 채 침대에 누워 있다.

그 옆에 어떤 여자가 두 손을 무릎에 얹고 앉아 있다. 여자의 긴 갈색 머리카락, 나이 든 티가 나기 시작한 얼굴이 보인다. 여자의 두 눈에 슬픔이 어려 있다. 여자는 미소로 슬픔을 덮어 가리려 애썼지만 그는 그 슬픔을 느낄 수 있다.

그는 무슨 말이든 하고 싶고 여자에게 질문도 하고 싶지만 그럴 수가 없다. 그는 거기에 존재하지 않는다. 알 수 없는 곳에서 그 광경을 바라보고 있을 뿐이다. 여자가 말을 하기 시작한다. 상냥하면서도 화가 난 것 같기도 한 목소리라 불안하다.

"그들이 왜 널 선택했는지 모르겠지만 이건 알고 있단다. 넌 특별한 아이라는 거. 그걸 잊으면 안 돼. 그리고……." 여자의 목소리가 갈라지고 눈물이 흘러내린다. "…… 엄마가 널 얼마나 사랑하는지도 잊지 마."

아이가 대답한다. 아이는 토머스의 어린 시절 모습이지만, 지금의 토머스는 대답할 수가 없다. 어떻게 된 영문인지 모르겠다.

"엄마는 텔레비전에 나온 사람들처럼 미치지 않을 거죠? 아빠처럼…… 되지 않을 거죠?"

여자가 손을 내밀어 아이의 머리카락을 쓸어 넘긴다. 여자? 아니, 이분을 그렇게 불러서는 안 된다. 이분은 토머스의 어머니. 토머스의…… 엄마다.

엄마가 말한다.

"그런 걱정 하지 마, 아들. 그런 일이 일어난다고 해도 넌 여기 없을 거니까."

엄마의 얼굴에서 미소가 사라진다.

그 꿈은 빠르게 암흑 속으로 사라지고, 토머스는 생각의 부스러기와 함께 허공 속에 남았다. 기억상실로 잊힌 과거의 한 조각이 수면 위로 떠오른 것일까? 그분은 정말 엄마인 걸까? 아빠가 미쳐 버렸다는 식의 암시가 있었던 것 같은데. 가슴속으로 아픔이 파고들어 와 토머스는 더 깊은 망각 속으로 들어가려 안간힘을 썼다.

얼마 후—시간이 얼마나 흘렀는지 알 수 없지만—테리사가 다시 그에게 말을 걸었다.

톰, 뭔가 잘못됐어.

2

그 일은 그렇게 시작됐다. 그는 테리사의 그 한마디를 들었지만, 길게 뻗어 나간 어수선한 터널 끄트머리에서 들려오는 소리인 듯 아득하게 느껴졌다. 잠이 끈끈한 액체처럼 찰싹 들러붙어 옥죄었다. 의식을 놓지는 않았지만, 기진맥진한 상태로 현실에서 멀어지고 있음은 알 수 있었다. 도저히 잠에서 깨어날 수가 없었다.

토머스!

테리사가 소리쳤다. 날카로운 비명이 골을 뒤흔들었다. 토머스는 두려움을 느끼기 시작했지만 그저 꿈일 뿐이라고 여겼다. 잠이 쏟아졌다. 그들은 이제 안전하다. 더는 걱정할 일도 없다. 그렇다. 이건 꿈이다. 테리사도 무사하고, 다들 아무런 문제가 없다. 토머스는 다시 긴장을 풀고 잠 속으로 빠져들었다.

다른 소음들이 의식 속으로 파고들었다. 금속끼리 맞닿으며 철커덩대는 소리. 무언가 와장창 박살 나는 소리. 소년들의 고함 소리. 무언가에 가로막힌 듯 멀리서 조그맣게 들려오는 외침. 그러다 그 소리들은 비명이 되었다. 고통에 찬 섬뜩한 비명. 그러나 아득히 먼 곳에서 들려오는 소리였다. 토머스는 마치 시커먼 벨벳으로 된 두꺼운 고치 속에 들어앉은 기분이었다.

마침내 무언가가 달콤한 잠을 찢고 의식으로 파고들었다. 편치 않았다. 테리사가 그를 소리쳐 부르며, 뭔가 잘못됐다고 말했었다! 토머스는 무겁게 짓누르는 깊은 잠에서 벗어나려 발버둥을 쳤다.

스스로에게 소리쳤다.

'일어나! 어서!'

그때 그의 내면에서 무언가가 사라졌다. 아주 짧은 순간에 일어난 일이었다. 마치 몸에서 주요 장기 하나가 뜯겨 나간 느낌이었다.

테리사. 테리사가 사라진 것이다.

그는 정신을 모아 소리쳤다.

테리사! 테리사! 지금 어디 있어?

그러나 대답이 없었다. 테리사와 함께할 때 느껴지던 편안한 기분도 사라졌다. 꿈의 암흑에서 벗어나려 안간힘을 쓰면서 한 번 더, 다시 한 번 더 테리사를 불러 보았다.

마침내 현실이 의식으로 밀려들면서 어둠이 쓸려 나갔다. 토머스는 공포에 휩싸인 채 눈을 떴다. 침대에서 벌떡 일어나 앉아, 바닥에 발이 닿자마자 앞으로 뛰어나갔다. 주변을 둘러보았다.

사방이 미쳐 돌아가고 있었다.

방 안에서 공터인들이 이리 뛰고 저리 뛰며 고함을 내질렀다. 고문당하는 짐승들이 내지르는 비참한 울음소리 같기도 한, 끔찍하고 섬뜩하며 소름 끼치는 소음이 공기를 가득 채우고 있었다.

창백한 얼굴로 창문을 손짓하는 프라이팬. 문 쪽으로 달려가는 뉴트와 민호. 살을 뜯어먹는 좀비라도 본 것처럼 겁에 질린 채 두 손으로 여드름투성이 얼굴을 감싸 쥔 윈스턴. 다른 아이들도 엎치락뒤치락하며 각기 다른 창문을 내다보고 있었지만 창문 가까이로는 가지 않았다. 이 혼란스러운 상황에 어울리지 않는 생각이지만, 미로에서 살아남은 스무 명 중에 토머스가 이름을 아는 아이들은 얼마 되지 않았다.

시야 한옆에서 무언가 시선을 잡아끌어 토머스는 그쪽 벽을 돌아보았다. 그 순간, 밤에 테리사와 얘기를 나누며 느꼈던 평화로움, 안전함 같은 기분은 단박에 사라졌다. 지금 자신이 서 있는 이 세상에 그런 기분이 존재할 수 있는지조차 의심스러웠다.

그의 침대에서 1미터가량 떨어진 곳에 창문이 하나 있었다. 알록달록한 커튼으로 일부가 가려진 그 창문 너머로 눈부신 빛이 내다보였다. 십자가형으로 설치된 쇠창살에 깨진 유리창이 들쭉날쭉하게 붙어 있고, 그 너머에서 어떤 남자가 피투성이 손으로 쇠창살을 움켜잡고 서 있었다. 휘둥그렇게 뜬 두 눈은 핏발이 서 있고 광기로 가득했다. 햇볕에 심하게 탄 홀쭉한 얼굴은 잔뜩 곪고 이리저리 베인 상처가 나 있었다. 머리카락도 없고, 병이라도 걸린 것인지 녹색 이끼 같은 물질이 두피에 얼룩덜룩하게 붙어 있었다. 오른쪽 뺨을 가로질러 끔찍하게 찢어진 상처가 나 있었는데, 곪아 터진 그 상처 안쪽으로 치아가 들여다보였다. 불그스름한 침이 남자의 턱으로 줄줄 흘러내렸다.

남자가 괴상한 목소리로 악을 썼다.

"나는 광인(狂人)이다! 빌어먹을 광인이다!"

그러고는 침을 튀겨 가며 한마디를 계속 되풀이했다.

"날 죽여! 날 죽여! 날 죽여!"

3

뒤에서 누군가 토머스의 어깨를 손으로 내리쳤다. 토머스는 깜짝 놀라 소리를 지르며 뒤를 돌아보았다. 민호였다. 민호가 토머스의 어깨 너머로, 미친 듯이 악을 쓰는 창문 밖 남자를 쳐다보며 말했다.

"사방에 저런 놈들이 있어. 우릴 구출해 줬던 사람들은 코빼기도 안 보여."

토머스의 마음을 들여다보기라도 한 듯 침울한 목소리였다. 어젯밤 희망했던 모든 것들이 일시에 사라져 버린 듯했다.

지난 수 주일 동안 토머스는 줄곧 두려움과 공포 속에서 살았다. 하지만 이건 너무 심하지 않은가. 드디어 살았구나 싶었는데 곧바로 다시 악몽 속으로 내던져지다니. 토머스는 충격을 받았지만, 침대로 돌아가 누워 눈에 쥐가 나도록 울어 버리고 싶은 마음을 접어 두었다. 어머니에 대한 기억, 아버지를 비롯한 사람들이 미쳐 버리고 말았다는 고통스러운 기억의 잔상도 한옆으로 치워 놓았다. 누구든 지금 이 상황을 통제하지 않으면 안 되었다. 살아 남으려면 계획을 세워야 했다.

이상할 만큼 차분한 목소리로 토머스가 민호에게 물었다.

"혹시 저것들 중에 이 건물 안으로 들어온 놈이 있어? 창문에 전부 쇠창살이 설치돼 있는 거 맞아?"

민호는 기다란 직사각형 침실 벽마다 나 있는 여러 개의 창문들을 고갯짓으로 가리키며 대답했다.

"어. 어젯밤엔 어두운 데다가 우스꽝스러운 주름 장식이 붙어 있는 저 커튼들 때문에 제대로 못 봤는데, 확인해 보니까 다행히 창문마다 쇠창살이 다 있더라."

토머스는 주변의 공터인들을 둘러보았다. 몇 명은 이 창문에서 저 창문으로 뛰어다니며 바깥을 내다보려 하고 있었고, 몇 명은 삼삼오오로 모여 웅크리고 앉아 있었다. 다들 이 상황이 믿기지 않고 공포에 찬 표정이었다.

토머스가 물었다.

"뉴트는 어디 있어?"

바로 뒤에서 뉴트의 목소리가 들렸다.

"여기."

고개를 돌려 뒤에 서 있는 뉴트를 확인한 토머스는 새삼 반가웠다.

"대체 이게 무슨 일이야, 뉴트?"

"나라고 알겠냐? 분위기로 봐서는 미치광이들이 우릴 아침 식사로 삼으려고 떼로 몰려온 것 같아. 다른 방으로 가서 회의를 해야 겠어. 이 방은 너무 시끄러워서 골에 못이라도 박히는 기분이야."

토머스는 막연히 고개를 끄덕였다. 계획을 세우고 행동해야 한다는 점에는 동의했지만, 뉴트와 민호가 알아서 이 상황을 해결해 주길 바라는 마음도 있었다. 테리사와 연락을 취하는 것이 급선무였기 때문이었다. 뭔가 잘못됐다고 한 테리사의 경고가 그저 꿈일 뿐이길, 약에 취한 듯 기진하여 잠이 든 동안 들은 환청이길 바랐다. 슬픔에 잠긴 엄마의 모습도……

뉴트와 민호는 다른 공터인들에게 어서 모이라고 소리치고 손짓하면서 저쪽으로 걸어가고 있었다. 토머스는 창문 바로 앞에서 발광하고 있는 미친 남자를 겁에 질린 눈으로 흘끗 쳐다보다가 바로 고개를 돌렸다. 그 남자의 모습을 보면서 자신의 뇌가 미로에서 보았던 피와 찢긴 살, 광기에 젖은 눈빛, 발작적인 고함을 떠올리지 않기를 바랐다.

"날 죽여! 날 죽여! 날 죽여!"

토머스는 휘청거리다 벽에 무겁게 몸을 기댔다. 머릿속으로 다시 한 번 테리사를 불러 보았다.

테리사. 테리사. 내 말 들려?

눈을 감고 집중하며 대답을 기다렸다. 흔적이라도 붙잡고 싶어 테리사에게 보이지 않는 손을 내뻗었다. 그러나 대답이 없었다. 대답은커녕 그녀의 그림자도, 존재감도 느껴지지 않았다.

이를 악물고 더 다급하게 불러 보았다.

테리사, 지금 어디 있어? 무슨 일이 일어난 거야?

여전히 대답이 없었다. 토머스는 심장박동이 느려져 거의 멈춰 버릴 지경이었다. 그는 털이 북슬북슬한 커다란 솜뭉치를 삼킨 듯 속이 갑갑했다. 테리사에게 무슨 일이 일어난 게 분명했다.

눈을 떠 보니 공터인들이 휴게실로 이어지는 초록색 방문 앞에 모여 서 있었다. 어젯밤에 그들은 그 휴게실에서 피자를 먹었다. 민호가 둥그런 놋쇠 문손잡이를 잡고 흔들었지만 꿈쩍하지 않았다. 문은 굳게 잠겨 있었다.

이 침실에서 다른 공간으로 나 있는 또 다른 문이라면 사물함이 갖춰진 샤워실로 향하는 문뿐이었다. 그 문 너머에는 다른 출구가 없었다. 바깥으로 통하는 구멍이라곤 쇠창살이 박힌 창문들뿐이었다. 창문 너머에서 고함을 지르며 날뛰는 미치광이들을 생각하면, 창문마다 창살이 있어 다행이었다.

산성의 액체가 핏줄을 타고 들어간 듯, 토머스는 걱정으로 속이 타들어 갔다. 테리사와 연락해 보려는 시도를 잠시 포기하고 다른 공터인들 쪽으로 걸어갔다. 뉴트도 손잡이를 잡고 문과 씨름했지만 열리지 않기는 마찬가지였다.

결국 포기한 뉴트는 두 팔을 힘없이 늘어뜨리며 중얼거렸다.

"단단히 잠겼어."

그러자 민호가 빈정거렸다.

"정말이냐, 천재 소년 뉴트? 아이작 뉴턴에서 따온 이름이라더니, 역시 탁월한 사고 능력을 가졌구나."

팔짱을 낀 민호의 튼튼한 두 팔에 핏줄이 돋아 있었다. 방금 전까지 문손잡이를 당겼다 밀쳤다 하느라 힘을 주었기 때문이었다. 토머스는 일순간 그 핏줄에서 피가 터져 나오지 않을까 하는 생각이 들었다.

뉴트는 빈정거림을 받아 줄 기분이 아닌 듯했다. 어쩌면 잘난 체하는 말을 무시해 버리는 게 현명하다는 걸 일찌감치 깨달았을 수도 있었다.

"이 젠장맞을 손잡이를 부숴야겠어."

뉴트는 이렇게 말하고는 누구든 망치로 쓸 만한 물건을 갖다 달라는 눈빛으로 주변을 둘러보았다.

그런데 민호가 고개를 돌리더니 제일 가까운 창문 밖에 서 있는 여자를 노려보며 소리쳤다.

"아, 저 똘추들…… 저 광인 새끼들 아가리 좀 닥치지!"

그 여자는 토머스가 제일 처음에 본 광인 남자보다 몰골이 훨씬 흉측했다. 피로 범벅이 된 끔찍한 상처가 얼굴을 가로질러 머리 옆까지 이어져 있었다.

"광인들이라니?"

프라이팬이 물었다. 털이 덥수룩하게 난 요리사 프라이팬은 그때까지 별 말이 없어 토머스의 눈에 띄지 않았다. 프라이팬은 미로에서 괴수들과 싸움을 하러 나섰던 때보다 지금 더 겁을 먹은 표정이었다. 다들 어젯밤 침대에 누울 때만 해도 이제 안전해졌구나 싶어 마음을 놓았었다. 그러니 또다시 불안정한 상황에 내던져진 지금이 미로 안에 있을 때보다 더 견디기 힘들 수도 있을 것이다.

민호가 피투성이가 되어 악을 쓰고 있는 여자를 손으로 가리키며 대답했다.

"저것들이 스스로를 광인이라고 부르던데. 넌 못 들었어?"

그러자 옆에서 뉴트가 나섰다.

"저놈들을 고름투성이 버드나무라고 부르든 말든 상관없으니까, 이 빌어먹을 문이나 부수게 단단한 물건 좀 찾아봐."

그때 키 작은 공터인이 벽 쪽에서 가늘고 단단한 소화기 하나를 들고 왔다. 토머스도 본 적이 있는 소화기였다. 문득 아직까지 그 소년의 이름을 알지 못한다는 게 토머스는 미안하게 느껴졌다.

뉴트가 빨간 소화기의 둥근 몸통을 잡고 문손잡이를 내리칠 준비를 했다. 토머스는 문 너머에 무엇이 있을지 알고 싶어 최대한 가까이에 서 있었다. 문 너머에 있는 게 무엇이든 마음에 들지는 않을 것 같은, 기분 나쁜 예감이 엄습했다.

뉴트가 소화기를 위로 치켜들었다가 둥그런 놋쇠 손잡이를 향해 내리찍었다. 쾅 소리에 이어 나지막하게 우두둑 소리가 들렸다. 세 번 더 내리찍자 손잡이가 조각나 쩔그렁 소리와 함께 통째로 바닥으로 떨어졌다. 문이 바깥으로 빠끔 열렸는데 그 너머 휴게실은 캄캄한 어둠에 잠겨 있었다.

뉴트는 저승에서 악마들이라도 날아 들어올 것 같은지, 좁고 기다란 문틈을 조용히 바라보다가 소화기를 가져다준 소년에게 그것을 도로 넘기며 말했다.

"나가 보자."

토머스는 뉴트의 목소리에서 약간의 떨림을 감지했다.

그런데 프라이팬이 목소리를 높였다.

"잠깐만. 정말 나가도 되는 거야? 이유가 있어서 문을 잠가 놓은 건지도 모르잖아."

토머스도 프라이팬과 같은 생각이었다. 상황이 뭔가 이상하게 돌아가고 있었다.

민호가 앞으로 나서서 뉴트 바로 옆에 가 섰다. 민호는 프라이팬을 쳐다보고는 토머스와 눈을 마주 보며 입을 열었다.

"그럼 뭘 어쩌자고? 여기 죽치고 앉아서 미친놈들이 기어들어

올 때까지 기다릴래? 웃기지 마."

"저 괴상한 놈들이 지금 당장 쇠창살을 부수진 못할 테니, 잠깐 생각이라도 하고 움직이자는 거야."

프라이팬이 받아쳤으나 민호는 말을 듣지 않았다.

"생각은 충분히 했어."

민호는 발로 문을 걷어차 활짝 열어젖혔다. 문이 열리자 그 너머의 공간이 훨씬 더 컴컴하게 느껴졌다.

"게다가 그 말은 문손잡이를 부수기 전에 했어야지, 꼴통아. 이미 늦었다."

민호의 말에 프라이팬은 소리 죽여 중얼거렸다.

"그래, 너 잘났다."

토머스는 열린 문 너머, 칠흑 같은 어둠의 웅덩이에서 시선을 뗄 수가 없었다. 익숙한 불안감이 밀려들었다. 뭔가 잘못됐다. 그게 아니라면 어제 그들을 구해 주었던 사람들이 이미 한참 전에 공터인들을 만나러 왔어야 했다. 그러나 민호와 뉴트의 말도 옳았다. 문밖으로 나가지 않으면 해답을 찾을 수가 없다.

민호가 말했다.

"망할. 내가 먼저 나간다."

대답을 기다릴 새도 없이 민호는 열린 문으로 걸어 나갔다. 그의 모습이 순식간에 어둠에 잠겼다. 뉴트가 망설이는 눈빛으로 토머스를 흘끔 쳐다보다가 그 뒤를 따랐다. 어떤 이유인지 몰라도 토머스는 다음이 자기 차례인 것 같아 뉴트 다음으로 문을 나섰다.

한 걸음 한 걸음 공동 침실을 걸어 나간 토머스는 두 손을 앞으로 뻗어 휘저으며 어둠에 잠긴 휴게실로 나아갔다.

등 뒤의 침실에서 흘러나오는 불빛은 휴게실로 거의 들어오지 않아서 눈을 감고 걷는 것과 다를 바 없었다. 그런데 휴게실에서 끔찍한 악취가 풍겼다.

앞서 가던 민호가 헉 하고 놀란 숨을 내뱉더니 고개를 돌려 뒤에 대고 말했다.

"어우, 조심들 해. 뭔가…… 괴상한 게 천장에 매달려 있어."

약하게 끼이익, 삐거억 하는 소리가 토머스의 귀에 들렸다. 천장에 매달린 무언가가 앞뒤로 흔들거리는 소리였다. 민호가 낮게 드리워진 샹들리에에 부딪치기라도 한 것일까. 금속으로 된 무언가가 바닥에 질질 끌리는 소리가 난 후 오른쪽 어딘가에서 뉴트가 끄응 하고 신음을 내뱉었다.

뉴트가 말했다.

"식탁에 부딪쳤어. 조심들 해."

그러자 토머스의 뒤에서 프라이팬이 물었다.

"전등 스위치가 어디 있었는지 기억나는 사람?"

뉴트가 대답했다.

"지금 그리로 가는 중이야. 여기쯤에서 스위치를 본 것 같아."

토머스는 앞이 보이지 않는 채로 계속 앞으로 걸어갔다. 눈이 어둠에 점차 적응하고 있었다. 저 앞에 시커먼 벽, 그리고 그 앞에 어른거리는 그림자들이 보였다. 앞이 잘 보이지도 않고 방향감각도 찾지 못하고 있었지만, 이 안에 없어야 할 것들이 있다는 것만은 감지할 수 있었다. 마치-.

"으…… 으윽."

민호가 혐오감에 치를 떨며 신음을 내뱉었다. 똥 무더기라도 밟

24

은 것 같은 투였다. 그 부근에서 또다시 삐걱대는 소리가 들려왔다.

토머스는 무슨 일이냐고 물어보려다가 무언가와 세게 부딪쳤다. 괴상한 모양의 물체였다. 천의 감촉도 느껴졌다.

그때 뉴트가 외쳤다.

"스위치 찾았다!"

몇 번 딸깍딸깍 소리가 나고, 일순간에 형광등 불빛이 휴게실 안을 채웠다. 눈이 부셔서 일시적으로 앞이 보이지 않았다. 토머스는 눈을 비비며 방금 전에 부딪쳤던 물체에서 뒷걸음질을 치다가 또다시 뻣뻣한 물체와 부딪쳤다. 토머스에게 떠밀린 그 물체가 저만치 끼이익 하고 밀려갔다.

"어우!"

민호가 소리치는 바람에 토머스는 억지로 눈을 가늘게 떴다. 점차 시야가 확보됐다. 휴게실 안에 펼쳐진 참상이 눈에 들어왔다.

커다란 휴게실 천장에 시체들이 매달려 있었다. 줄잡아 10여 구는 되었다. 목을 묶은 밧줄들이 보라색으로 변한 부푼 피부 속으로 파고들어 가 있었다. 앞뒤로 조금씩 흔들리고 있는 뻣뻣한 시체들. 창백한 입술 사이로 연분홍색 혀가 길게 빠져나와 있었다. 하나같이 눈을 뜬 채로 죽어 있었고, 눈알에는 허옇게 백태가 끼어 있었다. 보아하니 그 상태로 매달린 지 여러 시간이 지난 듯했다. 그런데 시체들이 입고 있는 옷과 얼굴이 익숙했다.

토머스는 놀라서 털썩 주저앉고 말았다.

아는 사람들이었다.

어제 공터인들을 구출해 준 바로 그 사람들이었다.

4

토머스는 시체들의 얼굴을 차마 다시 쳐다보지 못하고 시선을
내린 채 일어섰다. 전등 스위치 옆에 서 있는 뉴트에게 비틀대며
걸어갔다. 뉴트의 겁에 질린 시선은 휴게실에 매달린 시체들 사이
를 오갔다.

민호가 나지막하게 욕을 하며 그들 곁으로 다가왔다. 공동 침실
에서 휴게실로 나오던 다른 공터인들은 눈앞의 참상을 보고 비명
을 질렀다. 그중 두 명은 구토를 하다가 입을 틀어막고는 잠시 후
침을 뱉었다. 토머스도 구역질이 치밀어 올랐지만 꾹 눌러 참았
다. 도대체 무슨 일이 있었던 걸까? 평화와 안식을 이렇게 빨리
빼앗아 갈 수 있는 건가? 절망감으로 배 속까지 죄어드는 기분이
었다.

그러다 테리사를 떠올렸다.

테리사! 테리사!

토머스는 머릿속으로 계속 테리사를 불렀다. 눈을 감고 이를 악물며 소리쳤다.

어디 있는 거야?

그런데 뉴트가 다가와 토머스의 어깨를 꾹 잡으며 말했다.

"토미, 무슨 일이야?"

토머스는 눈을 떴다. 그제야 자신이 허리를 굽힌 채 두 팔로 배를 감싸 쥐고 있음을 깨달았다. 토머스는 내면을 좀먹는 공포를 물리치려 안간힘을 쓰며 천천히 허리를 폈다.

"무…… 무슨 일 때문에 그러는 것 같은데? 여기 꼴을 좀 봐."

"어디 아픈 것 같아서 그러지."

"괜찮아. 머릿속으로 테리사에게 연락해 보느라 그랬어. 그런데 연락이 안 돼."

실은 전혀 괜찮지 않았다. 토머스는 자신이 테리사와 텔레파시로 얘기를 주고받을 수 있다는 사실을 남들에게 상기시키고 싶지 않았다. 게다가 공터인들을 구출해 주었던 이들이 다 죽은 걸로 봐서는 어쩌면 테리사도…….

"저들이 테리사를 데려다 놓은 방으로 가 봐야겠어."

속내와는 달리 토머스는 이렇게 불쑥 내뱉었다. 마음을 가라앉히려면 어떤 일이든 붙잡고 매달려야 했다. 휴게실 안을 둘러보았다. 되도록 시체들에게 시선을 맞추지 않으면서, 테리사의 방 쪽으로 이어지는 문을 찾아보았다. 테리사는 자기가 머무르는 방이 휴게실을 사이에 두고 소년들의 침실과 맞은편에 있다고 했었다.

바로 저기. 놋쇠 손잡이가 달린 노란 문이 보였다.

민호가 공터인들에게 지시했다.

"토머스 말이 맞아. 흩어져서 테리사를 찾아!"

"저쪽에 있을 것 같은데."

토머스는 바로 움직였다. 스스로 생각해도 놀라울 만큼 단숨에 정신을 차리고 식탁과 시체 사이를 지나 노란 문으로 달려갔다. 테리사가 다른 공터인들과 마찬가지로 그 방 안에 무사히 있기를 바랄 뿐이었다. 문이 닫혀 있으니 좋은 징조였다. 아마 잠겨 있을 것이다. 어쩌면 테리사는 토머스가 그랬던 것처럼 깊은 잠에 빠져 있을 수도 있다. 그래서 텔레파시로 불러도 대답을 못 한 것일 수도 있다.

문 앞까지 다 와서야 토머스는 문손잡이를 부수려면 도구가 있어야 한다는 생각을 떠올리고 어깨 너머로 소리쳤다.

"누가 소화기 좀 갖다 줘!"

휴게실의 악취가 너무 심해 토머스는 코를 막고 입으로 깊이 숨을 들이쉬었다.

민호가 뒤에 있는 공터인에게 지시를 내렸다.

"윈스턴, 가서 소화기 가져와."

토머스는 문손잡이를 잡고 돌려 보았다. 단단히 잠겨 있어 꿈쩍도 하지 않았다. 그 순간, 문 오른쪽 벽에 붙어 있는 작은 투명 표시판이 눈에 띄었다. 가로세로가 13센티미터 정도 되는 크기인데, 안쪽의 얇은 홈에 글자가 적힌 종이가 끼워져 있었다.

테리사 아그네스. 가 그룹, 실험대상 가 1.

배신자

이상하게도, 토머스에게 가장 인상적으로 다가온 것은 테리사의 성이었다. 이름 다음에 있으니 아마 성이 맞을 것이다. 아그네스. 이유는 알 수 없지만 의아했다. 테리사 아그네스. 빈약하게 남아 있는 기억 속에 뒤죽박죽으로 떠다니는 역사 지식을 총동원해 봐도, 그 이름을 가진 유명인은 떠올릴 수가 없었다. 토머스의 이름은 위대한 발명가 토머스 에디슨의 이름을 딴 것이었다. 그런데 테리사 아그네스라니? 그런 이름은 들어 본 적이 없었다.

공터인들의 이름은 모두 농담처럼 가볍게 붙여진 것일 수도 있었다. '사악(WICKID, 위키드)'인지 뭔지 하는 단체에 소속된 창조자들이 공터인들을 볼 때 부모에게서 훔쳐 낸 아이들이라는 생각을 하지 않으려고, 일정한 심적 거리를 두기 위해 그런 식의 이름을 붙였을 수도 있었다. 토머스는 자신의 원래 이름이 무엇이었는지, 그의 부모 마음에 남아 있을 자신의 이름이 무엇인지 몹시 궁금했다. 부모가 누구인지, 어디에 있는지조차 알 수 없지만.

변화 과정을 겪으면서 되찾은 개략적인 기억만 믿고, 토머스는 부모가 자신을 사랑하지 않았을 거라고 생각했다. 그들이 누구인지는 모르지만 자신을 데리고 있고 싶어 하지 않았다고, 자신은 끔찍한 환경에서 선택을 받았던 거라고. 그러나 어젯밤 엄마에 대한 꿈을 꾼 후로는 그런 생각을 집어치우기로 했다.

민호가 토머스의 눈앞에 대고 손가락을 딱 튕기며 말했다.

"여보세요? 토머스 씨? 지금이 몽상에 잠길 때가 아닐 텐데? 시체들이 잔뜩 있어서 꼭 프라이팬이 파 놓은 음식물 쓰레기 구덩이 속에 있는 것 같구만. 정신 차려."

토머스는 민호를 돌아보았다.

"미안. 테리사의 성이 아그네스인 게 묘하다는 생각을 잠깐 하
고 있었어."

민호가 혀를 찼다.

"아그네스인 게 뭐 어때서? 그나저나 왜 걔를 배신자라고 써 놓
은 거지?"

그때 뉴트가 다가와 토머스에게 소화기를 건네주며 말했다.

"이름 옆에 적힌 '가 그룹, 실험대상 가 1'은 또 뭐고? 어쨌든
이제 네가 빌어먹을 문손잡이를 부술 차례야."

토머스는 소화기를 받아 들었다. 같잖은 표시판에 대해 생각하
느라 시간을 낭비한 자신이 한심하고 화가 치밀었다. 테리사는 이
방 안에 있을 것이다. 테리사를 도와주어야 한다. 토머스는 '배신
자'라는 단어에 신경 쓰지 않으려 마음을 다잡으면서 소화기의
몸통으로 놋쇠 문손잡이를 내리찍었다. 금속끼리 부딪치는 소리
가 공기 중에 퍼져 나가고 팔에 찌릿한 충격이 전해졌다. 약간의
여유를 두고 두 번 더 내리찍자 손잡이가 밑으로 떨어지고 방문이
빼꼼 열렸다.

토머스는 소화기를 옆으로 던지고 문을 잡아당겨 활짝 열었다.
그 안에서 보게 될 광경에 대해 기대감과 두려움이 밀려들었다.
그는 불 켜진 방 안으로 제일 먼저 들어갔다.

그 방은 소년들이 머문 공동 침실과 같은 구조였고 크기만 작았
다. 방 안에는 2층 침대 네 개, 서랍장 두 개, 닫힌 문이 하나 있었
다. 문은 아마 이 방에 딸린 화장실 문일 것이다. 침대들은 하나만
빼고 모두 깔끔하게 정돈되어 있었다. 누군가 사용한 흔적이 있는
침대에는 옆으로 젖혀진 담요, 침대 끄트머리에 걸쳐진 베개, 구

겨진 시트가 놓여 있었다. 테리사는 보이지 않았다.

"테리사!"

토머스가 두려움 때문에 잔뜩 긴장한 목소리로 외쳤다.

닫힌 화장실 문 너머에서 콰르륵 하고 변기 물 내려가는 소리가 들리자 토머스는 그제야 마음을 놓았다. 긴장이 풀리면서 하마터면 주저앉을 뻔했다. 테리사는 이곳에 안전하게 있는 모양이었다. 토머스는 비틀거리는 다리를 가누며 화장실 쪽으로 걸어갔다. 그런데 뒤에서 뉴트가 그의 팔을 붙잡았다.

"네가 남자들하고 사는 데 익숙해져서 그런가 본데, 여자 화장실에 무턱대고 들어가는 건 예의가 아니야. 나올 때까지 기다려."

민호가 나서며 말했다.

"애들을 다 이 방으로 불러들여서 회의를 해야겠어. 여기는 악취가 나지 않으니까. 창문이 없어서 광인들이 우리한테 악쓰는 소리를 듣지 않아도 되고."

그제야 토머스는 이 방에 창문이 없음을 알아챘다. 소년들이 사용한 큰 침실의 창문 너머에서 광인들이 고래고래 악을 썼던 걸 생각하면, 이 방에 창문이 없다는 게 제일 두드러지는 특징일 텐데 말이다. 그는 어느새 광인들에 대해서는 잊고 있었다.

토머스가 "테리사가 빨리 좀 나왔으면 좋겠는데"라고 중얼거리는 동안, 민호가 "다들 이 안으로 들어오라고 할게" 하고 말하며 돌아서서 휴게실로 나갔다.

토머스는 화장실 문을 뚫어져라 바라보았다. 뉴트와 프라이팬을 비롯한 공터인들이 방 안으로 들어와 침대에 걸터앉았다. 다들 구부정하게 앉아 팔꿈치를 무릎에 대고 초조하게 두 손을 비볐다.

그들의 몸짓에서 불안과 걱정을 읽을 수 있었다.

토머스가 다시 한 번 텔레파시로 말을 걸었다.

테리사? 내 말 들려? 우리 지금 여기서 널 기다리고 있어.

대답이 없었다. 그의 내면에 자리하고 있던 테리사의 존재가 완전히 뜯겨 나간 것만 같은, 공허한 느낌은 여전했다.

화장실 문에서 딸깍 소리가 들리더니 손잡이가 돌아갔다. 이윽고 문이 토머스 쪽으로 열렸다. 토머스는 얼른 앞으로 나갔다. 테리사를 품에 안고 싶었다. 뒤에서 누가 보든 말든 상관없었다. 그런데 화장실 문을 열고 나온 사람은 테리사가 아니었다. 토머스는 갑자기 멈춰 서다가 발을 헛디뎌 넘어질 뻔했다. 속이 와르르 무너져 내렸다.

화장실에서 나온 사람은 테리사가 아니라 모르는 소년이었다.

소년은 어젯밤 공터인들이 지급받은 것과 같은 옷을 입고 있었다. 단추 달린 셔츠와 플란넬 바지로 구성된 깨끗한 연푸른색 잠옷이었다. 피부는 황갈색이고, 검은 머리카락은 아주 짧았다. 소년이 어찌된 영문인지 모르는 듯 놀란 표정을 짓고 있지 않았으면, 토머스는 원하는 대답을 들을 때까지 그 소년의 멱살을 잡고 흔들었을 것이다.

"너 누구야?"

토머스가 물었다. 자기도 모르게 말투가 거칠게 나왔지만 상관없었다.

소년이 약간 비꼬는 투로 대답했다.

"내가 누구냐고? 그러는 넌 누군데?"

그러자 뉴트가 벌떡 일어나 그 소년의 곁에 바짝 다가서며 윽박

질렀다.

"허튼 수작 마. 여기선 우리 쪽 머릿수가 더 많아. 네가 누구인지나 말해."

소년은 방어적인 자세로 팔짱을 꼈다.

"좋아. 내 이름은 에어리스야. 뭘 더 알고 싶은데?"

토머스는 그 녀석에게 주먹을 날리고 싶었다. 테리사는 사라졌는데, 이놈은 멀쩡하게 코앞에 서서 대들고 있으니 애가 탔다. 토머스는 간신히 참으며 물었다.

"넌 어떻게 여기 들어왔지? 어젯밤에 여기서 잠을 잔 여자애는 어디 있어?"

"여자애라니? 무슨 여자애? 어제 여기서 잔 건 나 혼자야. 어젯밤에 그들의 안내를 받아 여기로 들어온 후 죽 혼자였어."

토머스는 뒤로 돌아 휴게실로 이어지는 방문을 가리키며 말했다.

"문밖 표시판에 여기가 그 여자애의 방이라고 적혀 있어. 테리사…… 아그네스의 방이라고. 에어리스라는 이름은 없어."

토머스가 잔뜩 성난 말투로 말하자, 그제야 허튼소리가 아님을 알겠는지 에어리스는 진정하라는 뜻으로 두 손을 앞으로 내밀며 말했다.

"이봐, 난 네가 무슨 말을 하는지 모르겠어. 어젯밤에 그들이 내게 이 방을 쓰라고 했고, 난 저 침대에서 잠을 잤어."

에어리스는 구겨진 시트와 담요가 놓인 침대를 가리키며 말을 이었다.

"그리고 5분 전에 잠을 깨서 소변 보러 화장실에 들어갔다 온 거라고. 미안하지만, 테리사 아그네스라는 이름은 태어나서 처음

들어."

변기 물 내려가는 소리에 잠시 안도했던 짧은 순간은 그렇게 끝나 버렸다. 토머스는 무슨 질문을 더 해야 할지 생각나지 않아 뉴트를 쳐다보았다.

뉴트는 어깨를 슬쩍 으쓱하고는 에어리스를 돌아보며 물었다.

"어젯밤에 널 이 방으로 데려온 사람들의 정체는 뭔데?"

에어리스는 두 팔을 들어 올렸다가 털썩 내리며 대답했다.

"나도 몰라. 총을 든 사람들이 우릴 구해 줬고, 이제 다 괜찮을 거라고 말했어."

이번엔 토머스가 물었다.

"널 어디서 구해 줬는데?"

상황이 점점 괴상해지고 있었다. 아주 괴상했다.

에어리스는 바닥을 내려다보며 어깨를 축 늘어뜨렸다. 끔찍한 기억을 되새김질하는 듯한 표정이었다. 그는 한숨을 푹 쉬더니 고개를 들고 토머스를 쳐다보며 대답했다.

"미로에서. 미로에서 구해 줬어."

5

토머스의 분노가 누그러졌다. 소년의 말이 거짓이 아님을 알 수 있었다. 에어리스의 공포 어린 표정은 토머스에게 익숙했다. 토머스도 그런 공포를 느껴 봤고, 그런 표정을 하고 있는 이들의 얼굴을 수도 없이 보았다. 얼마나 끔찍한 기억을 떠올려야 그런 표정이 나올 수 있는지도 아주 잘 알고 있었다. 테리사에게 무슨 일이 일어났는지에 대해 에어리스가 아는 바가 전혀 없다는 것도 알 수 있었다.

토머스가 에어리스에게 말했다.

"우선 좀 앉아 봐. 우리랑 할 얘기가 많을 것 같으니까."

"무슨 소리야 그게? 너희는 누군데? 어디서 왔어?"

토머스는 슬쩍 웃으며 대답했다.

"미로. 괴수들. 사악. 대충 그런 것들이 있는 곳."

그동안 수많은 일들이 일어났는데 어디서부터 얘기를 시작해야 할까? 테리사에 대한 걱정으로 토머스는 현기증이 날 지경이었다. 당장 이 방에서 뛰쳐나가 테리사를 찾으러 돌아다니고 싶었지만 애써 눌러 참았다.

에어리스가 한층 더 창백해진 얼굴로 속삭였다.

"거짓말하지 마."

그러자 뉴트가 나섰다.

"거짓말이 아니야. 토미 말이 맞아. 아무래도 얘기 좀 해야겠다. 우리가 비슷한 곳에서 탈출한 것 같아."

뒤에서 민호가 물었다.

"쟤는 누구야?"

고개를 돌린 토머스는 민호와 그 뒤에 서 있는 공터인들을 보았다. 민호는 방금 방 안으로 들어왔고 나머지 공터인들은 문 너머 휴게실에 서 있었다. 다들 휴게실에서 진동하는 악취에 구역질이 치밀어 얼굴을 잔뜩 찌푸린 채였고, 휴게실의 참담한 광경을 담은 눈에는 공포가 서려 있었다.

토머스는 옆으로 한 발 물러서서 에어리스를 가리키며 말했다.

"민호 왔구나. 이쪽 이름은 에어리스야. 에어리스, 얘는 민호야."

민호가 알아들을 수 없는 소리로 구시렁거렸다. 어디서부터 얘기를 시작해야 할지 판단이 서지 않는 모양이었다.

뉴트가 말했다.

"자, 일단 다들 이 방에 있는 2층 침대에서 위쪽 침대를 밑으로 내려서 벽 쪽에 나란히 붙여. 다 같이 둘러앉아서 앞으로 어떻게 할지 대책을 세워 보자."

토머스가 고개를 저었다.

"아니, 테리사를 찾는 게 먼저야. 아마 어디 다른 방에 있을 거야."

그러자 민호가 말했다.

"다른 방은 없어."

"없다니, 무슨 뜻이야?"

"이 건물 안을 돌아다니면서 살펴봤는데, 저기 있는 큰 휴게실이랑 우리가 지금 들어와 있는 이 작은 침실, 그리고 우리가 밤에 썼던 큰 침실이 전부야. 어제 우리가 버스를 타고 들어온 빌어먹을 현관문이 바깥으로 이어지고 있긴 한데, 건물 안쪽에서 자물쇠와 사슬로 단단히 잠겨 있어. 도대체가 말이 안 되기는 하지만 다른 문이나 출구 따윈 없더라고."

토머스는 혼란스러워 고개를 저었다. 백만 마리의 거미들이 뇌 안쪽에 거미줄이라도 쳐 놓은 것처럼 머릿속이 뒤죽박죽이었다.

"하지만…… 어젯밤을 생각해 봐. 우리가 먹은 음식이 어디서 났겠어? 혹시 다른 방 있는 거 본 사람 없어? 주방 같은 거?"

토머스는 대답을 기대하며 공터인들을 둘러보았지만 아무도 대답하지 않았다.

마침내 뉴트가 말했다.

"숨겨진 문이 있을지도 모르지. 우리 한 번에 하나씩만 하자. 일단은……."

토머스는 소리를 질렀다.

"안 돼! 에어리스하고는 나중에 온종일 얘기해도 되잖아. 이 방 옆에 붙은 표시판을 보면, 테리사가 이 근처 어디에 있는 게 틀림없어. 테리사를 찾는 게 먼저야!"

토머스는 대답을 기다리지 않고 곧장 공터인들 사이를 지나 방문을 나섰다. 휴게실로 나가자마자 구정물을 뒤집어쓴 듯 심한 악취가 코를 찔렀다. 퉁퉁 부은 보라색 시체들은 사냥꾼들이 건조시키려고 매달아 놓은 사냥 고기 같았다. 생기 없는 눈들이 토머스를 응시했다.

익숙한 혐오감이 비릿하게 배 속을 채우며 구역질을 일으켰다. 토머스는 잠시 눈을 감고 속을 가라앉혔다. 마침내 울렁증이 가라앉자 테리사의 흔적을 찾으려고 휴게실을 둘러보았다. 시체들 쪽은 가급적 쳐다보지 않으려고 안간힘을 썼다.

그러다 무시무시한 생각이 들었다. 테리사가 이들 중에 섞여 있다면…….

토머스는 휴게실 안을 뛰다시피 돌아다니며 시체들의 얼굴을 확인했다. 테리사는 없었다. 일순간 마음을 휘저었던 공포가 가라앉았다. 그는 다시 휴게실 자체를 주목하기 시작했다.

하얀 회반죽으로 칠해진 평범한 벽에는 아무 장식이 없었다. 무슨 이유에서인지 창문이 나 있지 않았다. 토머스는 왼손으로 벽을 훑으며 휴게실을 한 바퀴 빠르게 돈 후, 소년들이 사용했던 큰 침실 문 앞을 지나 어제 그들이 지나온 커다란 현관문 쪽으로 향했다. 어제는 폭우가 내렸는데, 조금 전 미치광이 남자 뒤로 비치던 환한 햇빛을 생각하면 그렇게 큰 비가 내렸다는 게 믿기지 않았다.

입구인지 출구인지 모를 그 현관문은 큰 철문 두 짝으로 이루어져 있었고 표면은 은색으로 반짝거렸다. 민호가 말한 대로, 두께 2.5센티미터가량의 굵은 사슬이 문손잡이에 칭칭 감겨 있었고 대형 자물쇠도 두 개나 채워져 있었다. 토머스는 손을 뻗어 그 사슬을 당겨 보았으나 움직이지 않았다. 손바닥에 닿은 금속의 느낌이 차가웠다.

큰 침실의 창문 앞에서 창살을 붙잡고 안으로 들어오려고 하던 광인들이 생각났다. 현관문 너머에서도 광인들이 문을 쿵쿵 치는 소리가 들려올 줄 예상했는데 이상하게 조용했다. 두 침실에서만 조그맣게 소리가 들릴 뿐이었다. 큰 침실의 창문 밖에서 광인들이 악쓰는 소리, 작은 침실에서 공터인들이 두런두런 대화하는 소리였다.

좌절한 토머스는 벽을 따라 걸어서, 테리사의 방이었다고 짐작되는 작은 침실 쪽으로 돌아갔다. 가는 동안에도 꼼꼼히 살펴보았지만 또 다른 출구로 이어지는 갈라진 틈 같은 것은 보이지 않았다. 게다가 넓은 휴게실은 각이 진 형태가 아니라 타원형이었다.

토머스는 당혹스러웠다. 어젯밤 그들은 모두 휴게실에 앉아 굶주린 사람들처럼 정신없이 피자를 먹었다. 음식이 식탁에 올랐으니 분명 주방으로 통하는 문이 있을 것이다. 그러나 어제 보았던 휴게실의 풍경을 다시금 떠올려 보려 안간힘을 쓰면 쓸수록, 기억은 안개처럼 뿌옇게 흐려져 갔다. 머릿속에서 경고음이 울렸다. 그들의 기억이 예전처럼 조작된 것은 아닐까, 하는 생각이 들었다. 또 그렇게 된 걸까? 그들의 기억이 또다시 바뀌거나 삭제된 것인가?

그럼 테리사는 어떻게 되었을까?

토머스는 바닥을 기면서 혹시 지하로 통하는 작은 문 같은 것이 있는지 살펴보았다. 어떤 단서든 찾아서 무슨 일이 있었는지 알아내려 했지만, 썩어 가는 시체들 사이에서 더는 버틸 수가 없었다. 남은 단서라고는 에어리스라는 소년뿐이었다. 토머스는 한숨을 쉬면서 작은 침실로 돌아갔다. 어쩌면 에어리스가 도움 될 만한 정보를 알고 있을지도 몰랐다.

뉴트의 지시대로 공터인들은 2층 침대의 위쪽 침대를 밑으로 내려서 벽 쪽에 붙여 놓았고, 열아홉 명의 공터인들과 에어리스는 둥그런 방에서 서로를 마주하고 빙 둘러앉았다.

방으로 들어오는 토머스를 보고 민호가 옆의 빈자리를 손으로 툭툭 치며 말했다.

"그러게 내가 뭐랬어, 인마. 앉아서 얘기나 하자니까. 다들 너 오길 기다리고 있었어. 앉기 전에 방문 좀 단단히 닫아. 시체 냄새가 갤리의 썩은 발 냄새보다 더 독하다."

토머스는 대답을 하지 않고 방문을 당겨 닫은 후 민호 옆자리로 가서 앉았다. 두 손에 머리를 파묻고 싶었지만 그렇게 하지 않았다. 테리사에게 위험이 닥쳤는지 아닌지 확실히 알 수 없으니 절망하기엔 일렀다. 상황이 이상하게 돌아가고 있기는 하지만 여러 가지로 설명이 가능했고, 어떤 쪽으로 생각해 봐도 테리사는 무사할 가능성이 높았다.

뉴트는 토머스의 오른쪽에 놓인 침대에 앉아 있었다. 엉덩이 끄트머리만 매트리스에 걸친 채 앞쪽으로 잔뜩 나와 앉은 뉴트가 마침내 입을 열었다.

"좋아. 얘기를 시작하자. 우선 우리가 처해 있는 제일 큰 문제인 먹을거리 찾기에 대해 논의해 보자."

그 말이 떨어지기가 무섭게 토머스는 허기를 느꼈다. 배 속에서 꾸르륵 소리가 났다. 배고픔을 해결하는 부분에 대해서는 그때까지 생각도 못 하고 있었다. 마실 물은 화장실에서 구할 수 있으니 괜찮지만, 이 건물 어디에서도 음식은 보이지 않았다.

민호가 말했다.

"그래. 에어리스 너부터 말해. 아는 거 전부 털어놔."

에어리스는 토머스 바로 맞은편에 앉아 있었고, 그 낯선 소년의 양옆에 자리한 공터인들은 침대 양 끄트머리에 걸터앉아 있었다. 에어리스가 고개를 저었다.

"싫어. 너희가 먼저 말해."

"그래? 우리가 돌아가면서 네 얼굴을 한 대씩 쳐서 짓이겨 주면, 우리한테 먼저 얘기할 맛이 생기겠냐?"

뉴트가 엄격한 표정으로 말렸다.

"민호, 그렇게 할 필요는⋯⋯."

그러자 민호가 에어리스에게 손가락질을 하며 말했다.

"다들 잘 들어. 이놈은 창조자들과 한패일지도 몰라. '사악'에서 보낸 첩자일 수도 있어. 이놈이 휴게실에 매달린 저들을 다 죽인 걸 수도 있지. 우린 이놈을 여기서 처음 만났고, 문과 창문은 전부 잠겨 있었어! 우린 스무 명이고 이놈은 혼잔데 잘난 척 거만 떠는 꼴 좀 봐. 못 봐 주겠으니까 당장 입 열어, 이 새끼야."

토머스가 속으로 신음을 내뱉었다. 이런 식으로 윽박지르면 에어리스는 절대 입을 열지 않을 것이다.

뉴트가 한숨을 쉬며 에어리스에게 말했다.

"민호 말이 맞아. 네가 그 망할 미로에서 나왔다는 게 무슨 뜻인지부터 얘길 해 봐. 미로는 우리가 도망쳐 나온 곳인데, 우린 거기서 널 본 적이 없어."

에어리스는 손으로 눈을 비비고는 뉴트를 마주 보며 대답했다.

"알았어. 말할게. 눈을 떠 보니까 난 큼직한 돌벽으로 만들어진 거대한 미로 안에 있었어. 그전의 기억은 삭제돼서, 내가 어떻게 살았는지는 몰라. 아는 거라곤 내 이름뿐이었어. 나는 그 미로 안에서 여자애들이랑 같이 살았어. 여자애들은 총 50명이었고, 남자는 나 하나뿐이었어. 우린 며칠 전에 그 미로에서 탈출했고, 우리를 도와준 사람들이 있었어. 그 사람들은 우릴 며칠 동안 큰 체육관에 머물게 했는데 어제는 나를 이 방으로 데려다 주더라고. 아무도 어떻게 된 건지 설명해 주지 않았어. 그런데 너희도 미로에 있었다니 그게 무슨 소리야?"

다른 공터인들이 놀라서 웅성거리는 바람에 토머스는 에어리스의 마지막 말을 잘 듣지 못했다. 머릿속이 뒤죽박죽되었다. 에어리스는 마치 해변 여행 다녀온 이야기를 들려주듯 간략하고 빠르게 자신이 겪은 일을 털어놓았지만, 도저히 믿기 어려웠다. 사실이라면 굉장한 것이었다. 다행히 토머스가 하고 싶었던 말을 누군가 옆에서 대신 해 주었다. 뉴트였다.

"잠깐만. 그럼 너도 커다란 미로 안에 있는 농장에서 살았다는 거야? 밤마다 벽들이 움직여서 문이 닫히는? 너랑 수십 명의 여자애들이? 거기도 괴수라고 불리는 생물들이 있었어? 그럼 네가 그 미로에 맨 마지막으로 도착한 사람이겠네? 네가 미로에 도착한 후로 상황이 아주 미쳐 돌아갔고? 넌 혼수상태인 채로 왔겠지? 네가 마지막 아이라고 적힌 쪽지를 손에 들고서?"

에어리스는 뉴트가 말을 끝맺기도 전에 주절거렸다.

"엇, 잠깐, 잠깐만. 어떻게 그걸 다 알지? 어떻게……."

그러자 민호가 호전적이던 말투를 한결 누그러뜨린 채 끼어들었다.

"빌어먹을. 그러니까 양쪽에 대고 똑같은 실험을 한 거네. 그게 정확히 뭔지는 모르겠지만. 한쪽에는 여자애들과 남자애 한 명을 넣어 두고, 다른 쪽에는 남자애들과 한 명의 여자애를 넣어 두고 말이지. '사악'은 미로 두 개를 지어 놓고 두 가지 테스트를 진행했던 거야!"

토머스가 듣기에도 일리 있는 가설이었다. 마음을 가라앉힌 토머스가 에어리스를 쳐다보며 입을 열었다.

"그들이 널 '도화선'이라고 불렀어?"

에어리스는 고개를 끄덕였다. 그 소년의 얼굴은 방 안에 있는 다른 공터인들과 마찬가지로 당황한 기색이 역력했다.

"그럼 너도……."

토머스는 질문을 하려다가 머뭇거렸다. 이 얘기를 꺼낼 때마다 온 세상에 대고 자신이 미친놈이라고 광고하는 기분이었다.

"그럼 너도 그 여자애들 중 한 명과 머릿속으로 얘길 나눌 수 있었겠네? 텔레파시로 말이야."

에어리스가 휘둥그레진 눈으로 토머스를 쳐다보았다. 같은 능력을 가진 사람만 알 수 있는, 어두운 비밀을 가진 이의 표정이었다.

내 말 들려?

이 말이 머릿속에 아주 또렷하게 전해져서 토머스는 에어리스가 큰 소리로 말을 한 줄 알았다. 그런데 아니었다. 에어리스의 입술은 움직이지 않았다.

에어리스가 다시 텔레파시로 말을 걸었다.

내 말 들려?

토머스는 멈칫하다가 마른침을 삼키며 대답했다.

그래.

그들이 죽였어. 내 제일 친한 친구를 죽였어.

6

뉴트가 토머스와 에어리스를 번갈아 쳐다보며 물었다.

"뭐 하는 거야? 왜 둘이서 사랑에 빠진 것처럼 서로를 쳐다보고 있어?"

토머스는 에어리스에게서 시선을 떼지 않고 곁눈으로 다른 공 터인들을 살피며 대답했다.

"이 녀석도 할 줄 알아."

토머스는 에어리스의 마지막 말에 두려움을 느꼈다. 그들이 에 어리스의 텔레파시 상대를 죽였다면 테리사는……

프라이팬이 물었다.

"뭘 할 줄 안다는 거야?"

옆에서 민호가 대신 대답했다.

"뭘 거 같냐? 이놈도 토머스처럼 별난 놈이라는 뜻이지. 애들은 텔레파시로 서로 말을 주고받을 수가 있어."

뉴트가 눈을 부릅뜨고 토머스를 쳐다보며 물었다.

"그런 거야?"

토머스는 고개를 끄덕였다. 그러고는 에어리스에게 다시 텔레파시로 말을 전하려다가 생각을 바꿔 소리 내어 물었다.

"누가 죽인 건데? 무슨 일이 일어났는데?"

그러자 민호가 물었다.

"누가 누굴 죽였다는 거야? 우릴 앞에 두고 너희끼리만 아는 괴상한 얘기 늘어놓지 마."

토머스의 눈에 눈물이 차올랐다. 겨우 에어리스에게서 시선을 떼고 민호를 바라보며 대답했다.

"이 녀석도 나처럼 텔레파시를 주고받는 상대가 있었대. 나는 아직 그 상대가…… 살아 있지만. 어쨌든 그들이 이 녀석의 텔레파시 상대를 죽였다는 거야. 그들의 정체가 뭔지 물어보려던 참이야."

에어리스가 고개를 푹 숙였다. 토머스가 보기에는 눈을 감고 있는 것 같기도 했다.

"나도 그들의 정체는 몰라. 너무 혼란스러워서 누가 좋은 편이고 나쁜 편인지도 모르겠어. 내 생각엔 베스라는 여자애를 조종해서…… 내 친구를…… 칼로 찌르게 한 게 그들인 것 같아. 내 텔레파시 상대의 이름은 레이철이었어. 내 친구 레이철은 베스 손에 죽었어. 죽었다고."

에어리스는 더 이상 말을 잇지 못하고 두 손으로 얼굴을 덮었다.

토머스는 고통스러울 정도로 혼란스러웠다. 에어리스가 또 다른 미로에서 탈출했고, 그곳이 남자와 여자의 비율만 달리한 채 같은 방식으로 꾸며진 곳이었다면, 에어리스는 그곳에서 테리사와 동일한 역할을 했다는 뜻이었다. 베스라는 여자애는 척을 죽인 갤리와 같은 역할이었을 것이다. 베스는 레이철을 찔러 죽였다. 그럼 갤리가 원래 죽이려던 대상이 토머스였다는 건가?

그런데 에어리스는 왜 여기에 있는 걸까? 테리사는 어디에 있고? 조금씩 맞아떨어지기 시작하던 퍼즐 조각들이 다시 와르르 흩어졌다.

뉴트가 에어리스에게 물었다.

"그런데 넌 어째서 우리랑 같이 있게 된 거지? 네가 얘기한 그 여자애들은 다 어디 있는데? 너희는 몇 명이나 탈출에 성공했어? 그들이 너희를 전부 여기로 데려왔어? 아니면 너만 데려온 거야?"

토머스는 에어리스의 처지를 동정하지 않을 수 없었다. 끔찍한 일을 겪은 지 얼마 되지도 않았는데 온갖 질문에 시달리고 있으니……. 입장을 바꿔서, 테리사가 죽는 걸 눈앞에서 봤으면 어땠을까. 척이 죽는 걸 본 것만으로도 이렇게 마음이 괴로운데.

토머스는 문득 생각했다.

'척이 죽는 걸 바로 눈앞에서 본 게 더 괴로운 건 아니고?'

토머스는 악이라도 쓰고 싶었다. 세상만사에 넌더리가 났다.

에어리스가 뺨에 흘러내린 눈물을 손으로 닦아 내며 고개를 들었다. 남들 앞에서 눈물을 훔쳐 내면서도 전혀 부끄러워하는 기색이 아니라서 토머스는 에어리스가 마음에 들었다.

에어리스가 말했다.

"나도 너희만큼이나 혼란스러워. 우린 서른 명 정도 살아남았어. 구출해 준 사람들이 우릴 체육관으로 데려가서 음식을 먹게 해 주고 깨끗이 씻게 했어. 그러고는 나더러 넌 남자니까 여자들과는 다른 숙소에 머물러야 한다면서, 어젯밤에 여기에 데려다 놓은 거야. 그게 다야. 그리고 오늘 너희 쪼다들을 만난 거고."

"쪼다라고?"

민호가 그 말을 받아 되풀이했다.

에어리스가 고개를 저었다.

"신경 쓰지 마. 나도 그게 무슨 뜻인지는 정확히 몰라. 그냥 미로에 도착해 보니까 다들 그 단어를 입에 달고 살더라."

민호가 슬쩍 웃으며 토머스와 눈빛을 주고받았다. 두 그룹이 각각 미로에 살면서 나름의 어휘를 만들어 사용했음을 알 수 있었다.

그때 토머스가 이름을 알지 못하는 어떤 공터인이 입을 열었다. 그 공터인은 에어리스 뒤쪽의 벽에 기대앉아 에어리스를 손으로 가리키며 말했다.

"앗! 네 목덜미에 그거 뭐야? 시커먼 게 목깃 바로 아래 있어."

에어리스는 그곳을 내려다보려고 했지만 아무리 목을 돌려도 거기까지는 시선이 닿지 않았다.

"뭔가 있는데?"

에어리스가 물으며 돌아섰다. 이제 토머스의 눈에도 에어리스의 파자마 셔츠 목둘레 위쪽으로 시커먼 자국이 보였다. 굵은 줄이 쇄골이 쑥 들어간 부분에서부터 목덜미까지 그어져 있었는데, 중간중간 끊어진 형태인 것으로 봐서는 어떤 글귀 같기도 했다.

"어디 좀 봐."

뉴트가 이렇게 말하며 침대에서 일어나 절뚝거리며 다가왔다. 다른 때보다 더 심하게 다리를 저는 듯했다. 과거에 무슨 일로 다리가 그렇게 되었는지 토머스는 대강 얘기를 들었을 뿐 자세히는 알지 못했다.

뉴트는 직접 보고도 믿기지 않는지 눈을 가늘게 뜨며 말했다.

"문신이야."

민호가 침대에서 일어나 가까이 다가오며 물었다.

"뭐라고 새겨져 있는데?"

뉴트가 곧장 대답해 주지 않자 토머스도 민호 곁으로 다가가 에어리스의 목을 내려다보았다. 그곳에 새겨진 굵은 글자들을 본 토머스는 놀라서 심장이 멎는 듯했다.

사악의 자산. 나 그룹, 실험대상 나 1. 파트너

민호가 물었다.

"이게 무슨 뜻이지?"

그러자 에어리스가 손을 뻗어 자기 목깃을 잡아 내리고 목과 어깨를 만져 보며 물었다.

"뭔데 그래? 어젯밤엔 아무것도 없었어!"

뉴트가 문신 내용을 읽어 주고는 물었다.

"사악의 자산? 난 우리가 사악이라는 단체의 손아귀에서 탈출한 줄 알았는데. 에어리스도 그런 줄 알았고."

뉴트는 좌절한 얼굴로 돌아서더니 침대로 가서 앉았다.

민호는 에어리스의 목에 새겨진 문신에서 시선을 떼지 않고 물었다.

"그런데 왜 널 '파트너'라고 하는 거지?"

에어리스는 고개를 저었다.

"내가 어떻게 알아. 맹세하는데, 어젯밤까지만 해도 없던 거야. 거울 앞에서 샤워했으니까 그런 문신이 있었으면 눈에 띄었을 거야. 그전부터 있던 거면 내가 미로에 있는 동안 그곳 아이들이 봤을 테고."

"그럼 어제 네가 자는 동안 그들이 이 문신을 새겼다는 거야? 너 모르게? 말이 되는 소릴 해, 인마."

"정말이라니까!"

에어리스는 벌떡 일어나 욕실로 갔다. 거울에 직접 비춰 보고 확인하려는 모양이었다.

민호가 자기 자리로 돌아가 앉으며 토머스에게 속삭였다.

"난 저 자식이 하는 말은 한 마디도 못 믿겠어."

민호가 매트리스에 도로 털썩 주저앉는데 셔츠의 목깃이 슬쩍 젖혀지며 민호의 목덜미에 그려진 굵고 검은 줄이 드러났다.

그것을 본 토머스가 소리쳤다.

"앗!"

토머스는 너무 놀라서 손가락 하나 움직일 수가 없었다.

"왜 그래?"

민호가 의아한 눈으로 토머스를 쳐다보며 물었다. 내 이마에 귀가 하나 더 돋아나기라도 했느냐는 듯한 눈빛이었다.

"네…… 네 목에, 네 목에도 문신이 있어!"

"무슨 빌어먹을 헛소리야?"

민호는 얼른 자신의 셔츠 목깃을 잡아 내렸으나, 아무리 고개를 돌려도 보이지 않자 인상을 찌푸렸다.

토머스는 민호의 손을 옆으로 쳐 내고 목깃을 잡아 내렸다.

"맙소사! 문신이 있어! 같은 방식으로 적혀 있어."

토머스는 그 문신의 내용을 눈으로 읽었다.

사악의 자산. 가 그룹, 실험대상 가 7. 대장

민호가 토머스에게 악을 썼다.

"뭐라고 적혀 있는데그래, 인마!"

다른 공터인들이 토머스의 등 뒤로 바짝 모여들어 민호의 목에 새겨진 문신을 내려다보았다. 토머스는 얼른 그 내용을 소리 내어 읽었다. 읽으면서 말을 더듬지 않은 게 놀라웠다.

"장난치지 마, 이 자식아."

툴툴대며 일어선 민호는 직접 확인해 보기 위해 공터인들을 옆으로 밀치고 에어리스를 따라 화장실로 들어갔다.

곧이어 방 안에서는 난리가 났다. 토머스가 옆에 있는 다른 아이들의 셔츠 목깃을 잡아 내리는 동안, 누군가 토머스의 목깃을 끌어내렸다. 다들 서로의 목덜미를 확인하기 시작했다.

"너도 가 그룹이라고 적혀 있어."

"사악의 자산이라는데."

"넌 실험대상 가 13이래."

"실험대상 가 19."

"가 3."

"가 10."

정신이 아득해진 토머스는 천천히 방 안을 둘러보았다. 공터인들은 서로 목덜미를 들여다보고 문신을 확인하느라 여념이 없었다. 대부분은 에어리스나 민호처럼 '파트너' 니 '대장' 이니 하는 별도의 호칭은 붙어 있지 않았고, 그저 사악의 자산이라는 글과 번호만 적혀 있었다. 뉴트는 굳은 표정으로 소년들 사이를 돌아다니며 문신을 확인했다. 소년들의 이름과 목에 새겨진 각각의 번호를 암기하고 있는 듯했다. 그러던 와중에 뉴트와 토머스는 서로를 마주 보며 서게 되었다.

뉴트가 물었다.

"내 목에는 뭐라고 적혀 있어?"

토머스는 뉴트의 셔츠 목깃을 옆으로 당기고 문신을 읽었다.

"실험대상 가 5, 그리고 '접착제' 라고 적혀 있어."

뉴트는 깜짝 놀라며 물었다.

"접착제?"

토머스는 목깃을 손에서 놓고 뒤로 물러섰다.

"어. 네가 우릴 하나로 묶어 주는 접착제 역할을 하고 있으니까 그렇게 적혀 있나 보네. 정확한 이유야 나도 모르지. 내 거나 읽어 봐."

"그게……."

그런데 뉴트의 표정이 심상치 않았다. 망설이는 것 같기도 하고 두려워하는 것 같기도 했다. 문신의 내용을 토머스에게 말해 주고 싶지 않는 얼굴이었다.

토머스가 재촉했다.

"뭐라고 적혀 있는데?"

"넌 실험대상 가 2야."

뉴트는 대답하다 말고 눈을 내리깔았다.

토머스가 다시 물었다.

"그다음은?"

망설이던 뉴트는 차마 토머스를 바로 보지 못하고 대답했다.

"별다른 호칭은 없고…… '나 그룹에게 죽임을 당할 예정'이라고 적혀 있어."

7

토머스는 뉴트가 한 말을 곧장 이해하지 못했다. 자신이 지금 혼란스러운 상태인지 겁에 질린 상태인지조차 분간이 안 되는데, 갑자기 방 안에 날카로운 종소리가 울려 퍼졌다. 토머스는 본능적으로 두 손으로 귀를 틀어막고 다른 아이들을 둘러보았다.

당혹스러운 가운데서도 다들 그 종소리를 인식하는 표정이었다. 토머스도 마찬가지였다. 테리사가 상자라고도 불린 승강기를 타고 그들 앞에 처음 나타났을 때 미로 안에 울려 퍼지던 경보음이었다. 토머스는 그 경보음을 딱 한 번 들었을 뿐이지만, 이 작은 방 안에서 들리는 그 소리는 미로의 경보음과 비슷하면서도 약간 다르게 들렸다. 사방이 막힌 공간이다 보니 메아리가 치면서 더욱 강력하게 들리는 것일 수도 있었다. 그래도 같은 소리인 것만은 분명했다. 공터에 신입이 새로 들어왔음을 알리던 바로 그 경보음이었다.

경보음이 그치지 않자 토머스의 눈 안쪽이 욱신거리며 두통이 일었다.

공터인들은 경보음이 어디서 나오는지 알아내려는 듯 방 안을 돌아다니며 벽과 천장을 살폈다. 몇 명은 침대에 앉아 손으로 귀를 틀어막았다. 토머스도 소음의 근원을 찾아보았지만 소용없었다. 벽에는 스피커도 없고 난방이나 냉방을 위한 통풍구도 없었다. 아무것도 없었다. 그런데도 경보음은 사방에서 들려왔다.

뉴트가 토머스의 팔을 잡더니 귀에 대고 소리쳤다.

"이건 신입이 들어올 때 나던 경보음이잖아!"

"나도 알아!"

"그런데 왜 지금 울리는 거지?"

토머스는 표정에 분노가 묻어 나오지 않기를 바라며, 그저 어깨를 으쓱했다. 여기서 무슨 일이 일어나고 있는지 그가 어떻게 알겠는가?

민호와 에어리스가 화장실 밖으로 나왔다. 그들은 목덜미를 막연히 문지르며 의아해하는 눈으로 방 안을 둘러보았고, 다른 공터인들의 목에도 문신이 새겨져 있음을 곧 눈치챘다. 그때 프라이팬이 휴게실로 이어지는 방문 앞에 서서, 문손잡이가 있던 자리에 손바닥을 대려 하고 있었다.

"잠깐만!"

토머스는 자기도 모르게 소리를 지르며 프라이팬 옆으로 달려갔다. 뉴트도 바로 뒤에서 따라왔다.

프라이팬이 문에 손을 대려다 말고 토머스에게 물었다.

"왜?"

"잘은 모르겠는데, 지금 경보음이 울리고 있잖아. 문 너머에서 뭔가 안 좋은 일이 일어나고 있는지도 몰라."

요란스러운 경보음 때문에 토머스는 자신의 말이 프라이팬의 귀에 제대로 전해졌는지 알 수가 없었다.

프라이팬이 목소리를 높여 대답했다.

"나도 알아! 그러니까 더더욱 이 방에서 나가야 되는 거잖아!"

토머스의 대답을 기다리지 않고 프라이팬은 문을 밀었다. 그런데 문이 밀리지 않았다. 더 세게 밀었지만 마찬가지였다. 프라이팬이 문에 어깨를 대고 온몸으로 밀어 보았지만 역시 꿈쩍도 하지 않았다.

마치 벽돌로 막아 놓은 것처럼 방문이 단단히 잠겨 있었다.

"네가 아까 이 방문 손잡이를 부쉈잖아!"

프라이팬이 악을 쓰며 손바닥으로 문을 쳤다.

토머스는 더 이상 큰 소리로 말하고 싶지 않았다. 피곤이 밀려왔고 목도 아팠다. 돌아서서 벽에 기대어 팔짱을 꼈다. 다른 공터인들도 토머스처럼 기운이 소진된 모습이었다. 다들 이 상황에 대한 대답을 찾는다든가 탈출구를 찾는 일에 진절머리가 나서, 무표정하게 침대에 앉아 있거나 그 부근에 서 있었다.

토머스는 자포자기한 채 머릿속으로 다시 테리사를 불러 보았다. 몇 번이나 불렀지만 대답은 오지 않았다. 방 안에서 왕왕 울려대는 경보음 때문에 집중이 되지 않아 테리사의 대답을 듣지 못하는 것인지도 몰랐다. 여전히 마음 안에서 테리사의 부재가 느껴졌다. 어느 날 자다가 깨어 보니 입속의 치아가 몽땅 사라진 것처럼. 굳이 거울 앞으로 달려가 입을 벌려 보지 않아도 치아가 사라졌음을 알 수 있는 그런 기분이었다.

갑자기 경보음이 멈췄다.

전에는 정적에도 소리가 있다는 걸 알지 못했다. 벌들이 벌집에서 윙윙거리듯 정적이 독하게 방 안에 내려앉았다. 토머스는 자기도 모르게 손가락을 양쪽 귀에 넣고 후볐다. 숨 쉬는 소리, 한숨 소리가 기괴한 정적의 아지랑이와 대조되면서 폭발음처럼 크게 느껴졌다.

뉴트가 제일 먼저 입을 열었다.

"설마 이 상황에서 신입을 받는 건 아니겠지."

문득 조그맣게 끼이익 소리가 들려 토머스는 얼른 방문 쪽으로 고개를 돌렸다. 문이 약간 벌어지고 그 너머의 시커먼 어둠이 기다란 줄처럼 드러났다. 누군가 문 너머 휴게실의 전등을 꺼 놓은 것 같았다. 프라이팬이 한 걸음 뒤로 물러섰다.

민호가 말했다.

"아무래도 우리가 방에서 나오길 바라는 것 같아."

그러자 프라이팬이 제안했다.

"그럼 네가 먼저 나가 보든가."

민호는 이미 문 쪽으로 걸어가고 있었다.

"그러지 뭐. 달리 할 일도 없는데 꼬맹이 신입이라도 와 있으면 궁둥이나 걷어차야겠다."

민호는 잠시 걸음을 멈추고 토머스를 흘끗 쳐다보더니 한결 부드러운 목소리로 말했다.

"척 같은 녀석이 와 있을지도 모르지."

토머스는 그 말에 분노해서는 안 된다는 걸 알고 있었다. 다른 이들과 마찬가지로 민호도 척을 그리워하고 있고, 그 마음을 자기만의 방식으로 표현한 거니까. 하필 지금 그런 식으로 단짝 친구였던 척을 언급하다니, 토머스는 화가 치밀었지만 심상치 않은 상황에 힘겹게 대처해야 하는 상황에서 감정대로 행동해서는 안 된다는 걸 본능적으로 알고 있었다. 잠시 동안 이성과 감정을 분리하기로 하고 토머스는 일단 앞으로 한 발 한 발을 내디뎠다. 어찌 된 일인지 나가서 알아봐야 했다.

토머스가 민호에게 물었다.

"좋아. 네가 먼저 나갈래, 아니면 내가 먼저 나갈까?"

민호는 그 질문에 대답하지 않고 다른 걸 물었다.

"네 목덜미에는 뭐라고 적혀 있어?"

"됐고. 일단 나가 보기나 하자."

민호는 토머스를 똑바로 쳐다보지 않고 고개만 끄덕이다가 미소를 지었다. 지금까지 골치를 썩였던 무언가가 사라지기라도 한 것처럼, 민호는 평소의 느긋한 태도로 돌아와 말했다.

"그래. 좀비 놈이 내 다리를 뜯어먹기 시작하면 네가 좀 구해 줘라."

"알았어."

토머스는 민호가 꿈지럭대지 말고 서두르길 바랐다. 이 말도 안 되는 여정에서 또다시 큰 변화가 일어났으니, 시간을 낭비하면 안 될 것 같았다.

마침내 민호가 방문을 밀어서 열었다. 가느다란 줄로 보이던 문틈의 어둠이 넓어졌다. 휴게실은 공터인들이 처음 큰 침실을 나섰을 때처럼 컴컴했다. 민호가 먼저 방문을 나섰고 토머스가 바로 그 뒤를 따랐다.

민호가 속삭였다.

"여기서 기다리고 있어. 시체들과 또 부딪치기 놀이를 할 필요는 없으니까. 내가 먼저 가서 전등을 켤게."

토머스가 물었다.

"왜 전등을 꺼 놓은 거지? 도대체 누가 끈 거야?"

민호가 토머스를 돌아보았다. 에어리스의 방에서 흘러나온 전등 불빛이 민호의 얼굴을 비췄다. 민호는 히죽히죽 웃고 있었다.

"성가시게 그런 질문을 왜 하냐, 인마? 우린 지금까지 말도 안 되는 일을 겪었고 앞으로도 그럴 것 같으니까 입 닥치고 거기 얌전히 서 있기나 해."

민호는 곧장 어둠 속으로 걸어 들어갔다. 푹신한 카펫 위를 걷는 민호의 발소리, 걸어가면서 손으로 벽을 스윽 훑는 소리가 토머스의 귀에 들려왔다.

"여기 있다!"

민호가 오른쪽 어딘가에서 소리쳤다.

몇 번 딸깍딸깍 소리가 나다가 휴게실의 전등이 눈부신 빛을 뿜었다. 토머스는 휴게실 안의 풍경이 완전히 달라진 것을 곧바로 인지하지 못했다. 그러나 곧 그의 시각이 변화를 인식했고, 다른 감각들을 일깨웠다. 썩어 가는 시체들에서 풍기던 끔찍한 악취가 깨끗이 사라졌다.

이유는 분명했다.

휴게실에 매달렸던 적도 없는 것처럼, 시체들이 흔적도 없이 사라진 것이다.

8

몇 초가 지난 후에야 토머스는 자신이 숨을 쉬지 않고 있다는 걸 자각했다. 그는 깊게 숨을 들이마신 후 텅 빈 휴게실을 멍하니 바라보았다. 퉁퉁 부은 보라색 시체들도 없고, 악취도 전혀 없었다.

토머스의 곁을 툭 치고 다리를 약간씩 절며 앞으로 나아간 뉴트가 카펫이 깔린 휴게실 중앙에 섰다. 뉴트는 천천히 한 바퀴를 돌고는, 몇 분 전까지 시체들이 밧줄에 묶인 채 매달려 있던 천장을 올려다보며 말했다.

"말도 안 돼. 이렇게 짧은 시간 안에 시체들을 다 끌어 내려 치우는 건 불가능해. 게다가 이 휴게실로 들어온 사람도 없었어. 그랬다면 우리가 방에서 소리를 들었을 거야!"

토머스는 뉴트의 옆으로 다가가 벽에 기댔다. 작은 침실에 있던 다른 공터인들과 에어리스도 휴게실로 나왔다. 그들도 시체들이 사라진 걸 확인하고는 두려움에 숨을 죽였다. 토머스는 또다시 감각이 사라지는 듯한 기분을 느꼈고, 경악스러운 일을 끝없이 겪는 것에 넌더리가 났다.

민호가 뉴트에게 말했다.

"네 말이 맞아. 우리가 저 작은 침실에 들어가 문을 닫고 있었던 게, 그러니까 한 20분 정도 되나? 그 짧은 시간에 누가 들어와서 시체들을 치우는 건 불가능해. 게다가 이 건물의 현관문은 안쪽에서 잠겨 있어."

토머스도 말을 보탰다.

"냄새까지 없앤다는 건 더더욱 불가능하지."

그 말에 민호가 고개를 끄덕이자, 프라이팬이 씩씩대며 말했다.

"그래, 너희들 참 똑똑하고 잘났다. 하지만 이 안을 좀 봐. 시체들이 사라졌어. 그러니까 어떤 방법을 썼는지까지는 몰라도 누가 와서 치운 건 분명하잖아."

그 부분에 대해 토머스는 반박할 생각이 없었고, 거론하고 싶지도 않았다. 시체들이 사라진 건 사실이고 그들은 이보다 더 괴상한 일도 겪었다.

윈스턴이 입을 열었다.

"저기, 광인들이 더 이상 악을 쓰지 않고 있어."

토머스는 한쪽 발에 무게를 싣고 큰 침실 쪽으로 귀를 기울였다. 아무 소리도 들리지 않았다.

토머스가 말했다.

"난 우리가 에어리스의 방에 있어서 그 소리를 듣지 못한 줄 알았는데 윈스턴 말대로 진짜 고함 소리가 그쳤어."

곧 모두가 휴게실 저편의 큰 침실로 우르르 몰려갔다. 토머스도 큰 침실 벽에 난 창문들을 통해 바깥세상을 내다보고 싶어 그 뒤를 따라갔다. 조금 전에는 광인들이 창문의 쇠창살에 얼굴을 바짝 붙인 채 악을 쓰는 바람에 두려워서 밖을 내다볼 엄두조차 내지 못했다.

앞장서서 큰 침실로 걸어간 민호가 "이런 망할!" 하고 소리치더니, 별다른 설명 없이 안으로 성큼 들어갔다.

다들 눈을 휘둥그렇게 뜬 채로 문턱에 서서 잠깐 망설이다가 큰 침실로 들어갔다. 토머스는 공터인들과 에어리스가 큰 침실로 한 명씩 들어가는 동안 뒤에서 기다리고 있다가 맨 마지막에 안으로 들어갔다.

토머스 역시 다른 소년들과 마찬가지로 충격을 받았다. 큰 침실은 그들이 나설 때와 비교하면 한 부분만 제외하고 그대로였다. 창살 바깥마다 작은 틈새 하나 없이 붉은 벽돌 벽이 세워져 있다는 점만 달랐다. 이 방을 비추는 유일한 빛은 천장의 판넬에 붙은 전등의 빛뿐이었다.

뉴트가 말했다.

"시체들을 치우는 건 어떻게든 서둘러서 했다고 해도, 단시간에 저런 벽돌 벽을 쌓아 올리는 건 진짜 말도 안 돼. 여기서 대체 무슨 일이 일어나고 있는 거야?"

창문 쪽으로 걸어간 민호가 창살 사이로 손을 넣어 붉은 벽돌을 밀어 보더니 벽을 손으로 탁 쳤다.

"전혀 안 밀리네"

토머스도 다른 창문 너머의 단단하고 차가운 벽돌 벽을 만져 보며 중얼거렸다.

"방금 전에 쌓은 것 같지가 않아. 회반죽이 완전히 말라 있어. 아무래도 그들이 교묘한 속임수를 쓴 것 같아."

그러자 프라이팬이 물었다.

"속임수라고? 어떤 방법으로?"

토머스는 어깨를 으쓱했다. 또다시 무감각해지는 기분이었다. 테리사와 얘기하고 싶다는 바람만 마음속에 뚜렷이 남아 있었다.

"그거야 나도 모르지. 미로에 있던 절벽 기억나? 우린 허공을 가로질러서 보이지 않는 구멍으로 진입했어. 그 정도의 기술력을 가진 자들이니 여기서도 굉장한 기술을 쓰지 말란 법이 없잖아?"

그 후 30분이 몽롱하게 흘러갔다. 토머스는 다른 아이들과 마찬가지로 벽돌 벽을 살펴보거나 추가로 달라진 부분이 있는지 확인하며 큰 침실 안을 서성였다. 달라진 점이 몇 가지 더 있기는 했는데 하나같이 묘했다. 소년들이 사용했던 침대들은 모두 정돈되어 있었고, 어젯밤에 지급받은 잠옷으로 갈아입기 전에 소년들이 입었던 지저분한 옷들은 어디로 갔는지 보이지 않았다. 서랍장의 위치도 약간 바뀐 것 같았는데 차이가 크지 않아서 몇 명은 위치가 달라졌다는 데 동의하지 않았다. 위치가 바뀌었든 바뀌지 않았든, 서랍장마다 각 소년들을 위한 새 옷과 신발, 디지털 손목시계로 채워져 있었다.

그런데 민호가 제일 큰 변화를 포착해 냈다. 바로 에어리스의 방 바깥에 붙어 있던 표시판의 내용이었다. '테리사 아그네스. 가 그룹, 실험대상 가 1. 배신자'라는 내용이 이렇게 바뀌어 있었다.

에어리스 존스. 나 그룹, 실험대상 나 1.

파트너

다들 그 표시판을 한 번씩 보고 이리저리 흩어졌지만 토머스는 그 앞에 못 박힌 듯 서서 표시판을 뚫어져라 바라보았다. 그에게서 테리사를 빼앗아 간 대신 에어리스를 데려다 놓은 것을 새 표시판이 공식화한 것 같았다. 도무지 말이 되지 않는 상황이었지만 그런 건 이제 중요하지 않았다. 토머스는 큰 침실로 돌아가 어젯밤에 사용했던—아마도 그랬으리라 추정되는—침대에 누워 베개로 머리를 덮었다. 그렇게 하면 혼자 있을 수 있을 것 같아서였다.

테리사에게 무슨 일이 일어난 거지? 그 시체들은 어떻게 된 거고? 그 시체들을 어디로 옮겨 놓았을까? 그 사람들은 죽기 전에 공터인들에게 무엇을 해 주려던 걸까? 공터인들의 목덜미마다 새겨진 문신들은……

머리를 옆으로 괴었다가 아예 모로 누웠다. 눈을 감고 팔다리를 몸에 바짝 붙여 어머니 배 속의 아이 같은 자세를 취했다. 테리사에게 대답이 올 때까지 계속 텔레파시를 보내리라 결심하며 정신을 집중했다.

테리사?

잠시 쉬었다가 다시 불렀다.

테리사?

이번에는 한참 쉬었다가 불러 보았다.

테리사?

그는 온몸의 근육이 팽팽해지도록 집중해서 마음으로 소리쳤다.

테리사! 어디 있어? 제발 대답 좀 해! 왜 나랑 말하지 않으려는 거야? 테리……

내 머리에서 당장 나가!

그 단어들이 토머스의 머릿속에서 폭발하듯 울렸다. 눈과 귀 안쪽으로 찌르는 듯한 통증이 느껴질 만큼 아주 생생하게 들렸다. 토머스는 벌떡 일어나 앉았다가 이내 일어섰다. 테리사였다. 분명했다.

그는 양손의 엄지와 검지를 관자놀이에 갖다 대고 누르며 말했다.

테리사? 테리사?

누군지 모르겠지만, 빌어먹을 내 머리에서 제발 좀 나가란 말이야!

토머스는 휘청하며 뒷걸음질을 치다가 도로 침대에 주저앉았지만 집중하느라 눈을 감고서 계속 말했다.

테리사, 무슨 말이야? 나라고. 토머스. 지금 어디 있어?

시끄러워!

테리사였다. 의심할 여지가 없었다. 그런데 텔레파시로 전해지는 그녀의 목소리에는 두려움과 분노가 담겨 있었다.

시끄러우니까 입 닥치란 말이야! 난 네가 누군지 몰라! 날 그냥 내버려 둬!

토머스는 당황해서 어찌해야 할지 판단이 서지 않았다.

하지만……. 테리사, 무슨 일이 생긴 거야?

테리사는 생각을 정리하는 것인지 잠시 말이 없다가 다시 소리를 냈다. 차분한 말투여서 토머스는 더 불안했다.

방해하지 말고 내버려 둬. 안 그러면 네가 있는 곳으로 가서 목을 따버릴 테니까. 각오해.

그러고는 사라졌다. 테리사의 경고에도 불구하고 토머스는 다시 그녀를 불러 보았다. 하지만 아침에 느껴졌던 그 공허감이 되돌아 왔다. 테리사의 존재는 그의 내면에서 또다시 사라지고 말았다.

토머스는 침대에 도로 드러누웠다. 뭔가 끔찍하고 뜨끈한 것이 몸 구석구석으로 흘러드는 기분이었다. 베개에 다시 얼굴을 묻었다. 척이 죽은 후 처음으로 울음이 터져 나왔다. 작은 침실 문 옆에 붙어 있던 표시판의 '배신자'라는 글자가 자꾸만 떠올랐고, 그럴 때마다 그는 계속 그 글자를 머릿속에서 밀어냈다.

뜻밖에도 아무도 그를 방해하거나 어디 아프냐고 묻지 않았다. 소리 죽인 흐느낌은 점차 깊은 숨소리로 잦아들었고 그는 마침내 잠이 들었다. 그리고 다시 한 번 꿈을 꾸었다.

이번에는 약간 더 나이가 든 모습이다. 일고여덟 살 정도의 소년. 머리 위에 아주 환한 빛이 마법처럼 떠 있다.

괴상한 녹색 옷을 입고 우스꽝스러운 안경을 쓴 사람들이 그를 내려다본다. 천장에서 쏟아지는 환한 빛이 그들의 머리에 가려진다. 그들의 코와 입은 마스크로 가려져 있고 눈만 보인다. 그 소년은 토머스다. 지금 토머스는 방관자처럼 그 소년을 바라보고 있다. 소년의 두려움이 고스란히 느껴진다.

사람들이 나지막하고 탁한 목소리로 웅성웅성 얘기를 나누고 있다. 남자도 있고 여자도 있지만 토머스는 그들의 성별을 구별할 수도, 누가 누구인지 알 수도 없다.

온통 모르는 것투성이다.

잠깐씩 보이는 광경들. 대화의 조각들이 하나같이 섬뜩하다.

"이 소년과 소녀의 경우 더 깊게 절개해야 합니다."

"아이들의 뇌가 이걸 다룰 수 있을까요?"

"정말 대단하지 않습니까? 플레어가 이 소년의 안쪽에 뿌리를 내렸어요."

"이 소년은 죽을지도 모르겠군요."

"상태가 악화될 수도 있겠죠. 반대일 수도 있고."

그들의 대화는 하나같이 혐오스럽고 무시무시해서 몸이 떨릴 정도였지만 마지막 말은 그렇지 않았다.

"어쩌면 이 소년을 비롯한 다른 아이들이 우릴 구해 줄 수도 있을 겁니다. 우리 모두를요."

9

토머스는 잠에서 깨어났다. 누군가 망치로 얼음덩어리들을 두들겨 귀와 뇌 안에 억지로 집어넣은 것 같았다. 손을 들어 눈을 비비는데 현기증이 밀려들면서 방 안이 옆으로 기울어졌다. 테리사가 했던 독한 말들, 짧게 꾸었던 꿈의 내용이 기억나면서 비참한 기분에 사로잡혔다. 꿈에서 본 그 사람들은 누구일까? 실제 인물들이었을까? 그의 뇌에 대해 주고받던 무서운 말들은 무슨 의미였을까?

"이 상황에도 낮잠을 잘 수 있다니 다행이네."

토머스는 눈을 가늘게 뜨며 고개를 들었다. 뉴트가 침대에 걸터앉아 그를 내려다보고 있었다.

토머스는 테리사와 꿈—어쩌면 꿈이 아니라 기억일 수도 있지 않을까—에 대한 생각을 마음 한구석 어두운 곳에 치워 놓았다. 나중에 따로 고민해 볼 작정이었다.

"내가 얼마나 잤어?"

뉴트가 손목시계를 내려다보았다.

"두 시간. 네가 거기서 잠든 걸 보고 다른 공터인들도 약간은 긴장을 풀었어. 또 무슨 일이 일어날 때까지 우리가 할 수 있는 거라곤 앉아서 기다리는 것뿐이니까. 이 건물을 빠져나갈 방법도 딱히 없는 것 같고."

토머스는 끄응 소리를 내지 않으려 조심하면서 일어나 앉아 침대 머리맡의 벽에 등을 기대고 물었다.

"먹을 건 찾았어?"

"아니. 사악이 우릴 굳이 여기까지 데려다 놓고 속임수인지 뭔지로 헷갈리게 해 놓았잖아. 여기서 굶겨 죽일 작정으로 그런 수고를 하진 않았겠지 싶어. 기다려 보면 무슨 일이든 일어나겠지. 그들이 우릴 처음으로 공터에 보내 놓았을 때가 생각나네. 나랑 알비, 민호를 비롯한 몇몇 아이들이 처음 공터에 도착한 집단이야. 이를테면 최초의 공터인인 셈이지."

뉴트의 말투는 마지막에 가서 빈정대는 투로 바뀌었다.

토머스는 흥미를 느꼈다. 지금까지 그는 공터의 초기 상태에 대해 공터인들에게 자세히 캐묻지 않았는데, 생각해 보면 왜 그동안 묻지 않았는지 의아했다.

"이곳의 어떤 면이 그때를 연상시키는데?"

뉴트는 제일 가까이에 있는 창문 바깥의 벽돌 벽에 시선을 모으며 대답했다.

"우리가 정신을 차렸을 때는 한낮이었어. 승강기로 이용되는 상자의 문 주변에 누워 있었지. 상자 문은 닫혀 있었고. 네가 공터에 왔을 때와 마찬가지로 우리도 기억이 삭제된 상태였어. 그래도 네가 들으면 놀랄 정도로 우린 신속하게 정신을 가다듬었고 전전 긍긍하던 것도 빠르게 그만뒀어. 초기에 우린 서른 명 정도였어. 도대체 무슨 일이 일어난 건지, 어쩌다가 그곳에 있게 된 건지, 뭘 해야 하는 건지 전혀 감도 안 오더라. 그래서 더 무섭고 혼란스러웠어. 하지만 어차피 엿 같은 상황에 처한 바에야 정신이라도 바짝 차리는 게 낫다 싶어서 우리는 조직을 구성하고 주변 환경을 파악하기 시작한 거야. 다 같이 일을 나누어 맡아서 농장을 정돈하는 데에만 수일이 걸렸어."

골이 지끈거리던 통증이 가라앉자 토머스는 마음이 편안해졌다. 공터의 초기 상황이 어땠는지에 대해서도 궁금증이 일었다. 변화 과정을 겪으면서 삭제됐던 기억이 퍼즐 조각처럼 일부 돌아오기는 했지만 제대로 된 기억이라고 할 만큼 온전하지는 않았다.

"그럼 창조자들이 공터 안에 모든 걸 다 준비해 놓았던 거야? 농작물이며 가축이며 다?"

뉴트는 벽돌 벽에 막힌 창문을 바라보며 고개를 끄덕였다.

"응. 그래도 편하게 생활하려면 할 일이 태산이었어. 수없이 시행착오를 겪은 후에야 겨우 살 만해졌지."

"그럼…… 여기가 어떤 면에서 공터의 초기 상태와 비슷하다는 건데?"

뉴트는 고개를 돌려 토머스를 바라보았다.

"그때도 우리는 누군가 우릴 공터로 보낸 건 어떤 목적이 있어서일 거라고 생각했어. 죽일 거였으면 그냥 죽여도 될 텐데 굳이 공터로 데려다 놓을 이유가 없잖아. 그것도 집과 헛간, 가축까지 갖춰진 넓은 공간에다가 말이야. 당시엔 달리 선택의 여지가 없기도 해서 우린 그 상황을 받아들이고 각자 맡은 일을 수행하면서 탐색을 시작했어."

"너도 이곳을 이미 탐색해 봐서 알겠지만 여긴 가축이나 음식물, 미로 같은 건 없어."

"그래. 하지만 생각해 봐. 미로나 여기나 같은 개념이야. 우리가 여기 와 있는 건 어떤 목적이 있어서일 거라고. 언젠가는 그 목적이 뭔지 알아낼 수 있겠지."

"그 전에 굶어 죽지 않으면 다행이게."

뉴트가 화장실을 가리키며 말했다.

"물은 충분하니까 며칠은 버틸 수 있어. 그 전에 무슨 일이든 일어나겠지."

토머스도 마음속 깊은 곳에서는 그렇게 믿고 있었지만, 그 믿음을 공고히 하기 위해 일부러 반박했다.

"그럼 우리가 본 그 시체들은 어떻게 된 건데? 만약 그 사람들이 우릴 구해 줬다가 살해당한 거면 우린 이제 망한 거잖아. 우리한테 어떤 목적이 주어질 예정이었다고 해도 이젠 모든 게 엉망이돼 버렸고 우린 여기 갇혀서 죽기만 기다리고 있는 건지도 몰라."

뉴트가 웃음을 터뜨렸다.

"우울한 소리 좀 하지 마, 이 자식아. 단숨에 시체들이 마법처럼 사라지고 벽돌 벽이 생겨난 것도 미로에서의 상황과 비슷하잖아. 너무 괴상해서 설명이 불가능하다는 점도 그렇고 말이야. 우리가 아는 가장 큰 불가사의기도 하지. 어쩌면 이게 우리한테 주어진 또 다른 시험일 수도 있어. 그러니까 앞으로 무슨 일이 일어나든, 미로에서와 마찬가지로 우리가 살아남을 가능성은 있다는 얘기야. 난 그렇게 봐."

"그래."

토머스는 이쯤에서 꿈 얘기를 할지 말지 망설였지만 나중에 하기로 하고 말을 이었다.

"네 생각이 맞길 바라야지. 괴수들이 갑자기 나타나지만 않아도 살겠다."

그 말에 뉴트가 고개를 절레절레 저었다.

"야! 소원을 빌 땐 제발 좀 신중해라. 괴수보다 더 지독한 걸 보내면 어쩌려고."

토머스는 테리사의 모습이 다시 마음에 떠올라 더 이상 얘기할 기분이 아니었지만 그래도 억지로 대꾸했다.

"우울한 소리 말라던 사람이 누구더라?"

뉴트가 침대에서 일어섰다.

"글쎄. 또다시 흥미진진한 일이 닥치기 전에 난 그만 가서 다른 놈이나 귀찮게 해야겠다. 뭔지 몰라도 그 일이 빨리 일어났으면 좋겠다. 배고프네."

"소원을 빌 땐 신중하라며."

"말이 그렇다는 거지."

뉴트가 저만치 걸어가자 토머스는 도로 드러누워 위층의 침대 바닥을 올려다보았다. 잠시 후 눈을 감았지만, 어둠 속 상념 가운데서 테리사의 얼굴이 떠오르자 다시 눈을 떴다. 이 상황을 헤쳐 나가려면 일단 테리사에 대한 생각은 접어 둬야 했다.

배고픔.

토머스는 '배고픔이라는 건 내 안에 갇힌 짐승이구나' 생각했다. 사흘을 꼬박 굶었더니 포악한 짐승이 발톱을 세우고 배 속을 쥐어뜯으며 위장을 뚫고 나오려는 것 같았다. 매시간, 매분, 매초마다 배고픔이 느껴졌다. 화장실 세면대에서 수시로 물을 마셨지만 배 속의 짐승을 몰아낼 수는 없었다. 오히려 그 짐승은 시간이 갈수록 강해져서 그를 더욱 비참하게 만들고 있었다.

다른 아이들도 드러내 놓고 말하진 않았지만 토머스와 같은 상태였다. 다들 고개를 푹 숙이고 입을 약간 벌린 채, 한 걸음을 뗄 때마다 천 칼로리는 소모되는 것처럼 힘겹게 걸어 다녔다. 입술을 혀로 자주 축였고, 배를 움켜잡고는 꾹 누르기도 했다. 그렇게 하면 발악하는 짐승을 진정시킬 수 있을 것처럼. 볼일을 보거나 물을 마시러 화장실을 들락거리는 것 외에는 움직이려 하지 않았다. 모두들 창백한 낯빛에 퀭한 눈으로, 각자의 침대에 축 늘어져 누워 있기만 했다.

토머스는 이 상황이 썩어 문드러지는 병처럼 느껴졌다. 아이들을 보고 있으면, 이것이 무시할 수 없는 엄연한 현실임을 상기하게 되어 더욱 기분이 좋지 않았다. 이것은 현실이고 죽음은 바로 모퉁이 너머에서 그들을 기다리고 있었다.

나른한 잠. 화장실. 물. 힘없이 침대로 돌아와 눕기. 또다시 나른한 잠. 어떤 기억이나 꿈도 떠오르지 않았다. 그저 참혹한 순환이 이어지는 가운데, 이따금 테리사 생각이 났다. 테리사가 퍼부은 가혹한 말들이 토머스에겐 죽음에 대한 두려움을 덜어 주는 유일한 기억이었다. 미로에서의 고통, 척의 죽음을 겪은 후 테리사는 토머스가 품을 수 있는 유일한 희망이었다. 그러나 이제 테리사는 사라졌고, 꼬박 굶은 채 사흘이 흘렀다.

배고프고 비참했다.

어느 순간부터 손목시계를 들여다보는 걸 그만두었다. 시계를 볼수록 시간이 더디게 가는 것 같고, 마지막으로 음식을 먹은 지 얼마나 지났는지를 몸에 일깨워 주기만 할 뿐인 것 같아서였다. 그런데 세 번째 날의 오후 중반쯤, 휴게실 쪽에서 갑자기 위이잉 소리가 들렸다.

토머스는 방문을 바라보았다. 문만 열면 바로 휴게실이었다. 일어나서 확인해 봐야 한다고 생각은 했지만, 그의 정신은 몽롱한 낮잠으로 또다시 빠져들었고 주변 세상은 안개 낀 듯 뿌옇게 흐려졌다.

그 소리는 상상의 산물이었을까. 그런데 또다시 들렸다.

그는 일어나야 한다고 자신에게 말했다.

그러나 몸은 잠들고 말았다.

"토머스."

민호의 목소리였다. 힘없는 목소리이긴 했지만 마지막으로 들었을 때보다는 기운이 있는 것 같았다.

"토머스. 인마, 일어나."

토머스는 눈을 떴다. 또 한 번의 낮잠을 죽지 않고 버텨 냈다는 게 놀라웠다. 잠시 눈앞이 흐려지면서, 바로 앞에 보이는 것이 현실인지 아닌지 분간이 가지 않았다. 그러다 이미지가 점차 뚜렷해졌다. 빛나는 표면에 초록 얼룩이 점점이 박혀 있는, 붉고 둥그런 물체. 그는 마치 천국을 보고 있는 듯했다.

사과였다.

"어디서 난⋯⋯."

토머스는 말을 맺지 못했다. 그 한마디를 내뱉은 것만으로도 힘에 부쳤다.

"그냥 먹어."

곧이어 촉촉한 과육을 아삭하게 씹는 소리가 났다.

토머스는 사과를 씹어 먹고 있는 민호를 쳐다보았다. 그러고는 몸 안 깊숙한 곳에서 남은 힘을 간신히 끌어 모아 한쪽 팔꿈치로 몸을 지탱하여 일어나 앉은 후, 침대에 놓여 있는 사과를 집어 들었다. 사과를 입으로 가져가 약간 베어 물자 툭 터져 나오는 향기와 과즙이 더없이 황홀했다.

토머스는 신음을 흘리며 정신없이 사과를 먹었다. 민호가 먼저 먹기 시작했음에도 불구하고 토머스가 더 빨리 씨까지 발라 먹었다.

민호가 말렸다.

"천천히 먹어. 그렇게 먹다간 바로 토하고 말아. 여기 하나 더 있으니까 이번엔 천천히 먹도록 해."

토머스는 고맙단 말을 할 겨를도 없이 민호가 내민 사과를 받아서 크게 베어 물었다. 삼킬 생각도 못하고 또 한 입 씹어 무는데, 조금씩 몸 안으로 흘러드는 에너지가 느껴졌다. 그는 입안에 사과를 잔뜩 담고 웅얼거렸다.

"맛이 진짜 좋아. 끝내주게 좋아."

그러자 민호는 손에 쥔 사과를 한 입 더 물고 씹으며 말했다.

"공터 용어를 사용할 때마다 넌 아직도 천치 같아."

토머스는 그 말을 못 들은 체하고 물었다.

"사과는 어디서 났어?"

민호는 사과를 우물거리며 잠시 망설이다가 대답했다.

"휴게실에 있어. 그거 말고…… 다른 것들도 있어. 처음 그걸 발견한 녀석들 말로는, 몇 분 전까지만 해도 아무것도 없었는데 갑자기 나타났다나. 아무려면 어때."

토머스는 침대 바깥으로 다리를 뻗고 일어나 앉았다.

"음식 말고 또 뭐가 있는데?"

민호가 사과를 한 입 더 베어 물고는 고갯짓으로 방문을 가리키며 말했다.

"직접 나가서 봐."

토머스는 눈을 위로 굴리며 천천히 일어섰다. 내장 대부분이 빨려 나가고 뼈와 힘줄만 겨우 남은 것처럼, 비참할 정도로 기운이 없었다. 그래도 아무것도 먹지 못하고 힘없이 느릿느릿 화장실을 오갈 때에 비하면, 사과라도 먹었더니 조금씩 몸이 안정을 찾아가는 듯했다.

어지럼증이 어느 정도 가시자 앞으로 걸어가 방문을 열고 휴게실로 나갔다. 사흘 전에는 시체들로 가득했던 휴게실이 이제는 공터인들로 붐비고 있었다. 공터인들은 아무렇게나 쌓여 있는 음식 더미에서 이것저것 집어 들고 있었다. 과일, 채소, 조그맣게 포장된 음식들.

그 음식들을 시야에 다 담기도 전에 휴게실 저 끝의 괴상한 광경이 토머스의 눈에 들어왔다. 충격을 받은 토머스는 주춤거리며 뒷벽을 손으로 짚었다.

큰 침실의 방문 앞에 커다란 나무 책상이 놓여 있고, 흰 정장 차림의 홀쭉한 남자가 책상에 발을 십자로 걸쳐 놓고 의자에 앉아 있었다.

그 남자는 책을 읽고 있었다.

10

토머스는 꼼짝 않고 서서 그 남자를 바라보았다. 남자는 태평하게 책을 읽고 있었다. 평생 매일 그 자리에서 그렇게 책을 읽어 온 사람처럼. 허연 대머리를 가지런히 덮은 가느다란 검은 머리카락, 오른쪽으로 살짝 흰 긴 코, 펼쳐 놓은 책을 위아래로 오가는 교활한 갈색 눈동자. 느긋하면서도 동시에 초조해하는 모습이었다.

그리고 하얀 정장. 바지, 셔츠, 넥타이, 외투. 양말. 구두. 온통 하얀색이었다.

뭐 하는 사람일까?

과일을 우적우적 씹어 먹고 봉지에서 견과류와 씨앗류로 만든 스낵을 꺼내 먹고 있는 공터인들을 토머스는 가만히 둘러보았다. 다들 책상 앞에 앉아 있는 그 남자는 안중에도 없는 것 같았다.

토머스는 특별히 누구에게랄 것도 없이 물었다.

"저 사람 누구야?"

한 명이 잠시 음식 먹기를 중단하고 고개를 들더니, 입안에 든 음식물을 서둘러 씹어 삼킨 후 대답했다.

"물어봐도 대답을 안 해. 그냥 자기가 준비될 때까지 기다리라고만 했어."

그러고는 대수롭지 않은 일이라는 듯 어깨를 으쓱하고는 껍질 벗긴 오렌지를 또 한 입 베어 물었다.

토머스는 그 낯선 남자에게로 눈길을 돌렸다. 남자는 여전히 같은 자세로 앉아 책을 읽고 있었다. 사그락 소리와 함께 책장을 넘기고 단어들을 눈으로 훑었다.

당황스러웠다. 배 속에서 음식을 더 들이라고 꾸르륵거렸지만, 토머스는 자세히 살펴보려고 그 남자 쪽으로 걸음을 옮겼다. 잠에서 깨어난 후로 이게 제일 괴상한 일…….

"조심해!"

누군가 뒤에서 소리쳤지만 이미 늦었다.

책상을 3미터 앞에 두고 토머스는 보이지 않는 벽에 부딪치고 말았다. 투명한 유리 같은 물체에 코부터 부딪치고 나머지 몸도 차례로 부딪친 후 비틀비틀 뒷걸음쳤다. 본능적으로 코를 문지르며 눈을 찡그리고는 앞을 살펴보았다. 유리 벽이 있었으면 못 보았을 리 없는데 이상했다.

아무리 눈에 힘을 주고 봐도 유리는 보이지 않았다. 약간의 광택이나 반사, 얼룩이라도 있을 법한데 전혀 없었다. 그저 공기뿐이었다. 보이지 않는 유리 벽 너머에서, 남자는 토머스에게 일어난 일을 아는 체하기는커녕 책에서 눈도 떼지 않았다.

토머스는 천천히 두 손을 앞으로 내밀고 앞으로 걸어갔다. 전혀 보이지 않는 벽이 손끝에 만져졌다. 대체 이 벽은 뭐지? 매끈하고 단단하며 차가운 것으로 보아 유리 같기는 한데, 눈앞에 그런 고체가 있다는 표시가 전혀 나지 않았다.

좌절한 토머스는 투명한 벽을 손끝으로 쓸면서 왼쪽으로 갔다가 오른쪽으로 다시 방향을 돌렸다. 투명한 벽이 휴게실 가운데에 가로놓여 있어서 책상 앞에 앉아 있는 남자에게는 접근할 수 없었다. 결국 토머스는 그 벽을 두드리기 시작했다. 둔탁하게 쿵쿵 소리가 났지만 아무 일도 일어나지 않았다. 뒤에서 에어리스를 비롯한 공터인들 몇 명이 자기네도 다 시도해 봤지만 소용없었다고 한마디씩 했다.

3, 4미터쯤 앞쪽에 앉아 있는 괴상한 차림의 남자가 책상에 걸쳐 놓았던 두 발을 밑으로 내리며 과장되게 한숨을 내쉬었다. 남자는 읽고 있던 페이지에 손가락을 끼워 위치를 표시한 후, 대놓고 성가셔 하는 표정으로 토머스를 올려다보며 말했다.

"대체 내가 이 얘길 몇 번이나 해야 되는 거지?"

허연 피부, 가느다란 머리카락, 여윈 몸뚱이에 어울리는 코맹맹이 소리였다. 그리고 하얀 정장, 빌어먹을 하얀 정장하고도 어울렸다. 투명한 벽에 가로막혀 있음에도 불구하고 남자의 목소리는 작게 들리지 않았다.

"앞으로 47분 후에 지시받은 대로 2단계 시련을 시행할 테니 잠자코 좀 기다려. 인내심을 갖고 날 좀 내버려 두란 말이다. 주어진 여유 시간을 최대한 활용해서 음식을 먹고 기운이나 차려. 그럼 미안하지만 나는 이만……."

대답을 기다리지도 않고 남자는 도로 의자에 앉아 두 발을 책상

위에 얹었다. 그러고는 손가락을 끼워 둔 부분을 다시 펼치고 책을 읽기 시작했다.

토머스는 어안이 벙벙하고 말문이 막혔다. 책상 앞에 앉은 그 남자에게서 돌아선 토머스는 투명한 벽에 기대어 섰다. 딱딱한 표면이 등에 닿았다. 방금 무슨 일이 있었던 거지? 아직 잠이 덜 깨서 꿈을 꾸고 있는 건가? 그 생각만으로도 허기가 증폭되는 것 같아 토머스는 음식이 무더기로 쌓인 곳으로 시선을 돌렸다. 팔짱을 끼고 작은 침실의 문간에 서 있는 민호가 시야에 들어왔다.

토머스는 어깨 너머로 흰 정장 차림의 남자를 엄지로 가리키며 눈썹을 치떴다.

그러자 민호가 히죽거리며 말했다.

"새로운 친구를 만나 보니 어때? 저분이 참 잘나신 분이거든. 나도 저런 엿 같은 옷 좀 입어 봤으면 좋겠다. 끝내주잖아."

"내가 지금 잠에서 깨어 있기는 한 거지?"

"그래. 그러니까 배나 채워. 꼴이 말이 아닌 게, 저기서 책을 읽고 있는 쥐 선생이랑 막상막하야."

다른 때 같으면 난데없이 나타난 흰 옷 차림의 남자가 너무나 이상해서 계속 신경을 썼겠지만, 지금 토머스는 놀라울 정도로 신속하게 그 남자에 대한 생각을 한옆으로 접어 놓았다. 또다시 무감각하게 상황을 받아들이고 있었다. 처음에는 충격이었지만 점차 그리 이상할 것도 없다는 생각이 들었다. 여기서는 괴상한 상황도 일상처럼 받아들여지는 분위기였다. 복잡한 생각 따윈 젖혀놓은 채 토머스는 지친 몸을 이끌고 음식 무더기 쪽으로 가서 먹어 대기 시작했다. 사과를 하나 더 먹고, 오렌지도 먹었다. 봉지에

든 혼합 견과류, 그래놀라(곡물, 견과류 등이 들어간 아침 식사용 시리얼의 일종—옮긴이)와 건포도로 만든 에너지 바를 차례로 입안에 쑤셔 넣었다. 그의 몸은 물을 들이라고 아우성이었지만, 음식을 앞에 두고 화장실로 발을 뗄 수가 없었다.

뒤에서 민호가 말렸다.

"천천히 먹어. 벌써 몇 명이 갑자기 과식하는 바람에 여기저기서 토하고 난리였어. 너 그만하면 충분히 먹은 거야."

토머스는 배부른 느낌을 한껏 즐기며 허리를 폈다. 배 속을 갉아먹는 배고픔의 짐승을 한동안은 마주하고 싶지 않았다. 민호의 말이 옳았다. 천천히 먹어야 했다. 토머스는 민호에게 고개를 끄덕인 후 그의 옆을 지나 물을 마시러 화장실로 갔다. 이제 토머스의 머릿속은 흰 옷 입은 남자가 말한 '2단계 시련'이 시작되면 어떤 일이 펼쳐질지에 대한 생각으로 가득 찼다.

도대체 어떤 시련을 말하는 걸까.

30분 후, 토머스를 비롯한 공터인들은 바닥에 앉아 있었다. 토머스의 오른쪽에는 민호가, 왼쪽에는 뉴트가 자리를 잡았고 다 같이 보이지 않는 벽과 그 너머 책상 앞에 앉아 있는 족제비 같은 남자를 바라보고 있었다. 몸 안에서 에너지가 솟고 기분 좋게 기운이 되돌아오는 느낌이었다.

공터인들에게 합류한 에어리스는 화장실에서 토머스를 이상한 시선으로 쳐다보았다. 텔레파시로 얘기를 나누고 싶지만 감히 시도하지 못하는 눈치였다. 토머스는 그 시선을 외면하고 곧장 세면대 앞으로 걸어가, 부른 배가 허용하는 만큼 물을 들이켰다. 물을 다 마시고 입가를 소매로 닦은 후에 돌아보니 에어리스는 이미 화장실에서 나가고 없었다. 휴게실로 나간 에어리스는 벽 앞에 앉아 바닥만 쳐다보고 있었다. 토머스는 에어리스에게 연민을 느꼈다. 에어리스는 공터인들 못지않게, 오히려 그 이상으로 고초를 겪었다. 토머스와 테리사의 사이가 그렇듯, 에어리스가 살해당한 텔레파시 파트너와 각별한 사이였다면 지금 에어리스의 마음은 말할 수 없이 괴로울 것이다.

민호가 제일 먼저 침묵을 깼다.

"내 생각엔 우리도, 저기…… 저 창문 앞에서 발광하던 자들이 자기네를 뭐라고 불렀더라? 맞다, 광인. 우리도 그 광인들처럼 미쳐 버린 게 분명해. 아무렇지 않게 여기 앉아서 쥐 선생의 강연을 들을 준비나 하고 있으니. 학교에 와 있는 것도 아니고. 다들 각오는 해 두는 게 좋을 거야. 저 남자가 우리한테 듣기 좋은 얘길 해 줄 거라면, 우리한테서 자신을 지키려고 괴상한 마법의 벽을 세워 둘 필요도 없었을 테니까. 안 그래?"

그러자 뉴트가 타일렀다.

"입 다물고 듣기나 하자. 어쩌면 이 모든 상황이 종료되는 것일 수도 있으니까."

"그래, 참 나. 차라리 프라이팬이 귀여운 자식들을 낳아 기르고, 윈스턴의 얼굴에서 괴물 같은 여드름이 사라지고, 여기 있는 토머스가 웃는 걸 보는 게 빠르겠다."

그러자 토머스는 민호를 향해 과장된 미소를 지어 보였다.

"자, 됐냐?"

"그래, 인마. 그러니까 참 못생겨 보인다."

"하는 수 없지."

그러자 뉴트가 속삭였다.

"망할 입들 좀 다물어. 이제 시작하려는 것 같으니까."

토머스는 그 낯선 남자—민호가 친절하게도 '쥐 선생'이라 이름 붙인 남자—가 두 발을 바닥으로 내리고 책상에 책을 내려놓는 모습을 쳐다보았다. 남자는 의자를 뒤로 빼고 서랍 하나를 열어 그 안을 뒤적거렸다. 토머스가 앉아 있는 자리에서는 서랍 안쪽이 보이지 않았다. 잠시 후 남자는 너저분한 서류들이 잔뜩 꽂힌 서류철 하나를 꺼냈다. 서류들 중 상당수는 한 귀퉁이가 접혀 있고 이상한 각도로 튀어나와 있었다.

쥐 선생이 코맹맹이 소리로 말했다.

"아, 여기 있군."

그는 서류철을 책상에 내려놓고 펼친 후 앞에 앉아 있는 소년들을 흘끗 쳐다보며 말을 이었다.

"질서정연하게 집합해 줘서 고맙다. 지금부터 지시받은 내용을 전달하겠다. 잘 듣도록."

그런데 민호가 고함을 쳤다.

"거기다 벽은 왜 세워 둔 겁니까?"

뉴트가 토머스의 등 뒤로 손을 뻗어 민호의 팔을 잡으며 윽박질렀다.

"조용히 하라니까!"

쥐 선생은 민호의 외침을 듣지 못한 듯 아무렇지 않게 말을 이어 나갔다.

"여러분은 다른 여러 가지 이유도 있지만 온갖 역경 속에서 살아남고자 하는 놀라운 의지를 가진 덕분에 지금 이 자리에 와 있는 것이다. 우리가 공터로 보낸 인원은 총 60여 명이며, 이 인원수는 가 그룹에만 해당된다. 나 그룹도 60여 명이지만 지금은 나 그룹에 대해서 언급하지 않기로 하겠다."

남자의 시선이 에어리스를 스치고 공터인들을 천천히 훑었다. 다른 아이들도 눈치챘는지 모르지만, 토머스는 그 남자의 재빠른 시선이 이 일에 능숙한 이의 눈빛임을 알 수 있었다. 그렇다면······.

"60여 명 중에서 일부만이 살아남아 오늘 이 자리에 와 있다. 지금쯤은 알고 있겠지만, 여러분이 겪은 일들은 오직 여러분의 반응을 평가하고 분석하기 위한 목적으로 시행된 것이었다. 단순한 실험이라기보다는······ 청사진을 구성하기 위한 과정이라 할 수 있다. 위험지역에 자극을 주어 그에 따른 패턴을 수집하고, 그 패턴들을 종합하여 인류의 과학 및 의학사에 획기적인 진전을 이루기 위한 것이다.

여러분에게 가해진 그 상황들은 '변수'이며, 각 변수는 세심하게 기획되었다. 앞으로 이 부분에 대해 더 자세히 설명할 기회가 있을 것이다. 지금은 모든 걸 말해 줄 수 없지만, 이만큼의 정보라도 잘 기억하고 있도록. 여러분이 겪게 될 시련들은 대단히 중요한 목적을 위해 설계되었다. 그러니 변수에 잘 대응하고 살아남는다면, 인류의 생존을 위해 한몫을 담당했다는 자부심으로 보상받게 될 것이다. 인류의 생존뿐 아니라 여러분의 생존도 앞으로 여러분이 어떻게 대응하느냐에 달려 있다."

쥐 선생은 자신의 말이 인상적으로 들리도록 잠시 뜸을 들였다.

토머스가 민호를 슬쩍 쳐다보며 눈썹을 치켜세우자 민호가 속삭였다.

"저놈 머리가 어떻게 됐나 봐. 빌어먹을 미로를 탈출하는 게 인류를 구원하는 거랑 무슨 상관이래?"

쥐 선생의 설명이 이어졌다.

"나는 '사악'이라고 하는 단체를 대표하여 이 자리에 나왔다. 단체명이 위협적으로 들리겠지만, 실은 '세계의 참사: 위험지역 한정실험 관리과'의 자음과 모음을 따서 붙인 명칭이다. 그러니 딱히 위협적이라 여길 건 없다. 우린 오직 한 가지 목적을 위해 존재한다. 그 목적이라 함은 재앙에 휩쓸린 세계를 구하는 것이다. 이 방에 모인 여러분은 우리가 계획한 바를 이루는 데 있어서 매우 중요한 부분이다. 우리는 인류 문명의 역사상 어떤 단체도 보유한 적 없는 자원을 갖고 있다. 무한한 돈과 인적 자본, 가장 머리 좋은 인간이 상상할 수 있는 수준을 뛰어넘는 첨단 기술이 그것이다.

앞서 시련을 겪는 동안 여러분은 이면에 있는 우리의 기술과 자원을 보았을 것이며, 앞으로도 계속 보게 될 것이다. 오늘 내가 여러분에게 말해 줄 수 있는 것은, 앞으로 무엇을 보든 곧이곧대로 믿지 말라는 것이다. 여러분의 머리도 믿지 마라. 그런 의미에서 우리는 천장에 매단 시체들과 창밖의 벽돌 벽을 시범으로 보여 주었다. 여러분이 눈으로 보는 것이 현실이 아닐 수도 있고, 눈에 보이지 않는 것이 현실일 수도 있다. 또한 우리는 필요에 따라 여러분의 뇌와 신경체계를 조종할 수 있다. 이 얘기가 여러분에게는 혼란스럽고 무섭게 들릴 수도 있을 것이다."

토머스가 느끼는 극심한 혼란과 공포에 비하면, 남자의 표현은 몹시 절제된 것이었다. '위험지역'이라는 단어가 계속 머릿속에 맴돌았다. 빈약하게 회복된 기억으로는 그 의미를 알아낼 수 없었지만, 줄여서 '사악'이라고 하는 '세계의 참사: 위험지역 한정실험 관리과'란 글귀는 미로 벽의 금속판에서 처음 본 것이었다.

남자는 공터인들을 하나하나 천천히 눈으로 훑었다. 남자의 윗입술이 땀으로 번들거렸다.

"미로는 시련의 일부였다. 여러분에게 적용된 모든 변수는 오로지 위험지역의 패턴 수집을 위한 것이었다. 여러분이 미로에서 탈출한 것 또한 시련의 일부였다. 여러분이 괴수들과 싸운 것, 척이라는 소년이 죽임을 당한 것, 사람들에게 구출되어 버스를 타고 이동한 것, 이 모든 것이 시련의 일부였다."

남자의 입에서 척의 이름이 나오자 토머스의 가슴에 분노가 치밀었다. 벌떡 일어나려는데 누군가 그를 붙잡아 앉혔다. 뉴트였다.

토머스의 행동에 자극을 받았는지 쥐 선생이 일어나 의자를 뒤쪽 벽으로 밀어 놓았다. 그러고는 책상을 양손으로 짚고 공터인들 쪽으로 몸을 기울이며 말했다.

"이 모든 것이 시련의 일부였다는 말, 다들 알아들었겠지? 정확히 말하면 1단계 시련이었다. 필요한 자료가 아직 충분히 모이지 않았으므로 우리는 추가로 실험을 진행할 것이다. 바로 2단계 시련이다. 이제부터 본격적으로 더 힘들어질 것이다."

11

휴게실 안에 침묵이 흘렀다. 지금까지 겪은 시련이 쉬운 것이었다는 얼토당토않은 얘기에 분노가 치밀고, 두려움을 느껴야 마땅했다. 그들의 뇌를 조종한다는 부분은 더 말할 것도 없었다. 그러나 남자의 말은 토머스의 머릿속으로 무덤덤하게 들어왔다. 토머스는 남자가 말하고자 하는 바에 강한 호기심을 느꼈다.

쥐 선생은 한참을 조용히 기다리다가 천천히 의자에 앉더니 그 의자를 질질 끌고 도로 책상 앞으로 다가갔다.

"여러분은 어쩌면 우리가 생존 능력만을 시험하고 있다고 생각할지도 모르겠다. 표면적으로 1단계 미로 시련은 그런 쪽으로 잘못 분류될 소지가 있는 게 사실이다. 그렇지만 내가 보장하는데 시련은 생존이라든가 살려는 의지를 시험하기 위한 장치가 아니다. 그런 부분은 이 실험의 일부에 불과하다. 이 실험이 끝날 때까지 여러분은 보다 큰 그림을 이해하기 힘들 것이다.

태양 플레어로 인해 지구의 상당 부분이 피폐해졌다. 또한 기존에 알려진 적 없는 새로운 질병이 인류를 유린했다. 바로 '플레어병'이다. 살아남은 국가의 정부는 인류의 생존을 위해 힘을 모아 '사악'이라는 단체를 만들었다. '사악'은 세계에 닥친 새로운 문제들과 맞서 싸우고 해결하기 위한 단체이며, 여러분은 그 싸움에서 큰 부분을 담당하고 있다. 유감스럽게도 여러분 모두는 이미 플레어 바이러스에 감염되었기 때문에 일종의 동기 부여가 된 상태이므로, 우리를 위해 이 일을 해야만 한다."

아이들이 웅성거리며 말을 쏟아 내자 남자가 정숙하라는 뜻으로 두 손을 들어 올렸다.

"자, 자! 그렇다고 걱정할 필요는 없다. 이 플레어 바이러스가 몸 안에 자리 잡고 증상을 나타내기까지는 어느 정도 시간 여유가 있으니까. 이 시련을 끝마친 사람에게는 보상으로 치료제가 주어질 것이다. 치료제를 투여하면…… 고통스러운 병증이 나타나지 않는다. 하지만 치료제의 양이 한정되어 있으므로 시련 과정을 통과한 이들에게만 보상으로 지급된다."

어쩐지 목 안이 쓰린 게 플레어 바이러스에 감염되었음을 나타내는 징후처럼 느껴져서, 토머스는 본능적으로 손을 목으로 가져갔다. 미로에서 나온 후 버스에 탔을 때 구조대원 여자가 했던 말이 또렷하게 기억에 남아 있었다. 플레어 병은 뇌를 파괴시키고, 천천히 미치게 만들어 연민이나 공감 같은 기본적인 인간의 감정을 앗아 간다고 했었다. 사람을 짐승보다 못한 존재로 만든다고.

큰 침실의 창문 너머로 보았던 광인들을 생각하자, 문득 화장실로 달려가 손과 입을 깨끗이 씻고 싶었다. 쥐 선생의 말이 옳았다.

그런 병이라면 그들로 하여금 다음 단계의 시련을 겪어 내게 만들 동기로 충분했다.

쥐 선생이 계속해서 말했다.

"이만하면 역사 강의는 충분한 것 같고, 더 이상 시간을 낭비할 필요가 없다고 본다. 우리는 너희를 알고 있다. 너희 모두를 잘 안다. 내가 지금 말하는 내용이라든가, '사악'의 사명 이면에 무엇이 있는지 따위는 중요하지 않다. 어떤 상황이 닥쳐도 너희는 그것을 감당할 것이라고 우린 확신한다. 그리고 우리가 요구하는 일을 해낼 경우, 너희는 수많은 이들이 간절히 원하는 치료제를 얻어서 스스로를 구원하게 될 것이다."

토머스는 옆에 앉은 민호가 분노에 찬 신음을 내뱉는 소리를 들었다. 민호가 또 불쑥 시건방진 말이라도 내뱉을까 봐 토머스는 미리 "쉿!" 하며 입단속을 시켰다.

쥐 선생은 펼쳐 놓은 서류철 위에 어지럽게 쌓인 종이들을 내려다보다가 그중 한 장을 집어 들고 뒤집은 후 스윽 읽었다. 그러고는 헛기침을 했다.

"2단계. 초열(焦熱) 시련. 공식적인 시작 시점은 내일 오전 6시다. 그 시간에 이 휴게실로 들어오면 내 뒤에 있는 벽에 평면 이동 문이 나타날 텐데, 여러분의 눈에는 희미하게 빛나는 회색으로 보일 것이다. 6시 정각부터 5분 이내에 여러분은 모두 평면 이동 문을 통과해야 한다. 다시 한 번 말하지만 평면 이동 문은 6시 정각에 열리고 5분 후에 닫힌다. 다들 알아들었지?"

토머스는 쥐 선생에게서 시선을 떼지 않았다. 마치 녹화된 화면을 보고 있는 듯, 그 낯선 남자가 실제로는 그곳에 없는 듯한 느낌을 받았다. 다른 공터인들도 마찬가지 생각인지, 남자의 간단한 질문에 아무도 대답하지 않았다. 그런데 평면 이동 문이라는 건 또 뭘까?

쥐 선생이 다시 말했다.

"다들 똑똑히 들었을 텐데. 알…… 아…… 들었지?"

토머스는 고개를 끄덕였다. 주변의 소년들도 나지막한 목소리로 알아들었다는 표시를 했다.

쥐 선생은 무심히 또 다른 종이 한 장을 집어 들고 뒤집은 후 말을 이었다.

"좋아. 여하튼 그 시점부터 초열 시련이 시작된다. 규칙은 아주 간단하다. 야외로 나가서 정북 방향으로 160킬로미터를 가는 거다. 2주일 내에 피난처에 도착하면 2단계 시련이 완료된다. 여러분은 이 과제를 완수해야만 플레어 병을 치료받을 수 있다. 주어진 시간은 정확히 2주일. 평면 이동 문을 나서는 순간부터가 시작이다. 해내지 못할 경우 죽음만이 여러분을 기다리고 있다."

온갖 주장과 질문이 터져 나오면서 공황 상태에 빠져들 만도 하건만 아무도 입을 열지 않았다. 토머스의 혀도 오래된 뿌리처럼 바짝 말라붙었다.

쥐 선생은 곧장 서류철을 소리 나게 닫고는 조금 전의 그 서랍에 휙 집어넣었다. 아무렇게나 던져 넣는 바람에 그 안에 든 종이들이 더 심하게 구겨질 것 같았다. 쥐 선생은 의자에서 일어나 옆으로 가서 섰다. 의자를 책상 밑으로 집어넣은 후, 두 손을 앞으로 포개고 소년들을 바라보며 다시 입을 열었다. 화장실에서 샤워기트는 법을 설명하는 것처럼 사무적인 말투였다.

"간단하다. 규칙은 없다. 지침도 없다. 여러분은 몇 가지 물품을 챙겨 갈 수 있지만 목적지까지 가는 동안 별도로 공급받지는 못한다. 정해진 시간에 평면 이동 문을 통과해서 야외로 나가라. 피난처를 향해 정북 방향으로 160킬로미터를 이동하는 거다. 해내지 못하면 죽는 수밖에 없다."

남자의 마지막 말에 모두들 정신을 차리고 일시에 질문을 쏟아 냈다.

"평면 이동 문이라는 게 뭡니까?"

"우리가 어쩌다가 플레어 병에 걸린 거죠?"

"증상이 나타나기까지 얼마나 걸립니까?"

합창하듯 질문이 계속 이어지다가 혼란스러운 함성으로 바뀌었다. 토머스는 질문하지 않았다. 이 낯선 남자는 아무 대답도 해 주지 않을 테니까. 왜 아이들은 그걸 모르는 걸까?

쥐 선생은 질문들을 깡그리 무시하고는 시끌벅적한 공터인들을 갈색 눈으로 요리조리 살피면서 참을성 있게 기다렸다. 그러다 그 눈이 말없이 앉아 있는 토머스에게 머물렀다. 마주 쳐다보는 토머스의 눈에는 그 남자에 대한 증오와 '사악'이라는 단체에 대한 증오, 세상에 대한 증오가 담겨 있었다.

마침내 민호가 고함을 쳤다.

"이 자식들아 입들 다물어! 대답해 줄 리도 없는데 시간 낭비 하지 마!"

공터인들이 일시에 입을 다물었다.

쥐 선생은 성가심을 덜어 줘 고맙다는 듯 민호에게 고개를 한 번 까닥했다. 민호의 지혜로움을 인정했다는 뜻일 수도 있었다.

"160킬로미터다. 정북 방향. 여러분이 목표를 완수하길 바란다. 명심할 것은 현재 여러분 모두가 플레어 바이러스에 감염된 상태라는 것이다. 시련 과정을 겪어 내는 데 있어 동기 부여가 필요할 것 같아 우리가 직접 여러분을 감염시켰다. 피난처에 도착하면 치료제를 받을 것이다."

그는 돌아서서 벽 쪽으로 걸어갔다. 마치 그 벽을 통과해 지나가려는 듯이. 그런데 갑자기 걸음을 멈추고 돌아서서 덧붙였다.

"아, 한 가지 더. 내일 오전 6시와 6시 5분 사이에 평면 이동 문으로 들어가지 않으면 초열 시련을 피할 수 있을 거란 착각은 하지 마라. 뒤에 미적거리고 남아 있는 이들은 가장…… 끔찍한 방식으로 곧장 처형당할 거다. 그럴 바엔 세상 바깥으로 나가서 운이라도 시험하는 게 낫지. 모두들 행운을 빈다."

그 말을 남기고 쥐 선생은 뒤로 돌아 벽 쪽으로 걸어갔다. 왜 그리로 가는지는 납득이 되지 않았다.

그런데 토머스가 무슨 일이 일어나는지 확인하기도 전에, 그들 사이를 가로막고 있던 투명한 벽이 삽시간에 흐릿해지다가 불투명한 흰색으로 변했다. 그러다 뿌옇게 변한 그 벽이 갑자기 사라지고 휴게실의 건너편 공간이 막힘없이 펼쳐졌다.

그곳에는 책상도 의자도 없었다. 쥐 선생도 없었다.

옆에 있던 민호가 나지막하게 내뱉었다.

"아, 제기랄."

12

다시 한 번 공터인들의 입에서 온갖 질문과 주장이 쏟아져 나왔다. 토머스는 휴게실에서 나갔다. 혼자만의 공간이 필요했는데, 아무도 없는 곳은 화장실뿐이었다. 그래서 소년들의 숙소인 큰 침실로 가는 대신에 테리사가 쓰던, 그리고 지금은 에어리스가 쓰고 있는 작은 침실의 화장실로 갔다. 화장실 세면대에 기대서서 팔짱을 끼고 바닥을 내려다보았다. 다행히 아무도 따라 들어오지 않았다.

이 모든 정보를 어떻게 받아들여야 할지 알 수가 없었다. 천장에 매달려 죽음과 부패의 악취를 풍기던 시체들이 순식간에 사라졌다. 그리고 갑자기 나타난 낯선 남자와 그자의 책상! 그들 사이에 가로놓여 있던 정체를 알 수 없는 보호벽. 그것들 또한 한꺼번에 자취를 감추었다.

앞으로 닥쳐올 일들에 비하면 이 정도는 아무것도 아닐 것이다. 미로에서 구출된 것도 속임수였음이 분명해졌다. '사악'의 술수에 따라 공터인들을 창조자들의 방에서 끌어내어 버스에 태우고 이리로 데려온 졸(卒)들은 누구였을까? 그 사람들은 자기네가 그렇게 죽임을 당하게 될 줄 알고 있었을까? 그들이 정말 죽기는 한 건가? 쥐 선생은 눈으로 보이는 것, 머리로 생각하는 것을 믿지 말라고 했지만, 무엇이 진짜이고 가짜인지 어떻게 구별한단 말인가?

쥐 선생에게 들은 얘기 중 제일 기분 나쁜 부분은 공터인들 모두가 플레어 병에 감염되었다는 것, 치료제를 얻으려면 시련을 통과해야 한다는 것이었다.

토머스는 눈을 감고 이마를 손으로 문질렀다. 그들은 테리사를 빼앗아 갔다. 공터인들은 모두 가족이 없었다. 내일 아침에는 2단계 시련이라고 하는 얼토당토않은 과정을 시작해야 하는데, 미로에서 겪은 일보다 심하면 심하지 덜하지는 않을 것 같았다. 건물 바깥에 있는 미친 사람들, 자칭 '광인'이라는 사람들. 공터인들이 그런 자들을 어떻게 감당한단 말인가? 문득 척이라면 이런 상황에서 무슨 말을 했을지 상상해 보았다.

아마 간단한 말을 했을 것이다. 가령, '이런 젠장' 같은 말.

'네 말이 맞아, 척. 이 세상이 다 젠장맞아'라고 토머스는 속으로 중얼거렸다.

친구 척이 심장에 칼을 맞고 그의 품에서 숨을 거둔 게 불과 며칠 전이었다. 지금 생각하면, 그 일이 끔찍하기는 해도 척에게는 차라리 잘된 일이었다는 생각이 들었다. 저 밖으로 나가 끔찍한 고초를 겪느니 차라리 죽는 게 나을 테니까. 토머스는 자신의 목덜미에 새겨진 문신에 신경이 쓰였다.

"야, 볼일 보는 데 뭐 이렇게 오래 걸려?"

민호였다.

고개를 들어 보니 화장실 문 앞에 민호가 서 있었다.

"더는 휴게실에 못 있겠어서. 다들 갓난쟁이들처럼 재잘대니 견딜 수가 있어야지. 뭐라고 지껄여 대든 앞으로 우리가 해야 될 일은 분명한데 말이야."

민호가 옆으로 다가와 벽에 어깨를 대고 섰다.

"너 원래 긍정적인 놈이잖아? 저 밖에 있는 애들은 다 너 못지않게 용감해. 내일 아침에 한 명도 빠짐없이 그…… 쥐 선생이 말한 문인지 뭔지를 지날 거야. 그러니까 휴게실에서 그 얘기를 목청 높여 떠들어 대든 말든 뭐라 할 것도 없지."

토머스는 눈을 위로 굴리며 말했다.

"내가 남보다 더 용감하다는 개뿔 같은 소리, 난 한 적 없어. 그냥 사람들 목소리를 듣고 있는 데 신물이 난 것뿐이야. 네 목소리도 포함해서."

민호가 낄낄 웃었다.

"어휴 꼴통. 네가 우리가 쓰는 비속어를 써서 어색하게 말할 때마다 왜 이렇게 웃기냐."

"알아줘서 고맙다."

토머스는 잠시 머뭇거리다가 말을 이었다.

"평면 이동 문이라는 거 말이야."

"뭐?"

"흰 정장 입은 놈이 우리가 통과해서 지나가야 한다고 했던 거. 평면 이동 문."

"아, 그래. 무슨 출입구 같은 거겠지."

토머스는 고개를 들어 민호를 쳐다보며 말했다.

"생각해 봤는데, 그것도 미로의 절벽 같은 걸지도 몰라. 평평하게 생긴 데다가 사람을 어딘가로 이동시키는 거라서 평면 이동 문이라고 부르는 걸 테고."

"천재 나셨네."

그때 뉴트도 화장실로 들어오며 물었다.

"둘이 여기 숨어서 뭐 해?"

민호가 손을 뻗어 토머스의 어깨를 툭 치며 대답했다.

"숨기는 누가 숨어. 토머스가 사는 게 고달프다면서 엄마한테 돌아가고 싶다고 징징대는 중이지."

민호의 우스갯소리가 재미없는지 뉴트는 표정 변화 없이 말했다.

"토미, 넌 변화 과정을 겪었으니까 기억이 일부라도 돌아왔잖아. 그래서 말인데 지금 일어나는 일들 중에 기억나는 거 없어?"

안 그래도 토머스는 그 부분에 대해 줄곧 생각하고 있었지만, 괴수의 바늘에 찔린 후 돌아왔던 기억 대부분은 이미 흐릿해져 있었다.

"잘 모르겠어. 바깥세상이 실제로 어떤 모습인지, 미로 설계 단계에서 내 도움을 받았던 자들과 내가 어떤 식으로 관계를 맺고 지냈는지 떠오르지가 않아. 기억이 대부분 흐려지거나 사라져 버려서. 이상한 꿈을 두어 번 꾸긴 했는데 별로 도움이 될 만한 내용은 아니야."

그들은 괴상한 방문자 쥐 선생에게 들은 내용을 놓고 논의하기 시작했다. 태양 플레어와 플레어 병, 이제 자신들이 시험 혹은 실험을 당하고 있다는 걸 알게 되었으니 상황이 어떻게 달라질 것인가에 대해. 답이 없는 수많은 의문들에 대해. 그 의문의 대부분은 그들의 몸에 주입된 것으로 추정되는 바이러스를 향한 무언의 공포로 귀결되었다. 그들은 점차 말이 줄었다.

뉴트가 말했다.

"어쨌든 우리가 알아낼 수밖에 없어. 그러려면 내일 출발하기 전에 빌어먹을 음식이 다 없어지지 않게 해야겠지. 바깥에 나가면 따로 음식을 구하기 힘들 것 같은 느낌이 들어."

토머스는 그것까지는 생각하지 못했다.

"그래. 그 말이 맞아. 아직도 애들이 저기서 음식을 먹고 있어?"

뉴트가 고개를 저었다.

"아니. 프라이팬이 음식 관리를 맡고 나섰어. 그 녀석한테 음식은 종교나 다름없으니까. 아마 다시 차고앉을 거리가 생겨서 좋을 거야. 애들이 공황 상태에 빠져서 단시간에 먹어 치워 버릴까 봐 걱정이긴 하지만."

그러자 민호가 말했다.

"아, 됐어. 여기까지 온 녀석들은 다 그럴 만한 이유가 있어서 살아남은 거야. 계집애 같은 놈들은 죄다 죽어서 솎아 내졌고."

그 계집애 같은 놈들의 범주에 척을, 심지어는 테리사를 포함시켰다고 여길까 봐 민호는 토머스를 곁눈질하며 슬쩍 눈치를 보았다.

뉴트가 말했다.

"그래. 바보처럼 굴지 않길 바라야지. 어쨌든 앞으로 우린 체계적으로 이 상황에 대처해야 돼. 공터에서 살 때와 마찬가지로 행동해야 한다는 뜻이야. 지난 며칠 동안은 아주 엉망이었어. 체계도 계획도 없이 움직이다 보니까 다들 힘들어서 죽는 소리를 해 대고. 아주 돌 지경이었어."

그러자 민호가 물었다.

"우리가 뭘 어쩌길 바라는 건데? 줄 맞춰 엎드려서 팔굽혀펴기라도 할까? 지금 우린 방 세 개짜리 빌어먹을 감옥에 갇혀 있는 신세야."

뉴트는 민호의 말이 성가신 모기라도 되는 듯 손을 휘저었다.

"쓸데없는 소리 마. 내 말은, 내일이면 상황이 완전히 달라질 테니까 미리 대비해 둬야 한다는 거야."

토머스는 뉴트의 논지가 명확하게 이해되지 않아 물었다.

"정확히 어떻게 하자는 거야?"

뉴트는 잠시 입을 다물고 토머스와 민호를 번갈아 쳐다보며 말했다.

"내일부터 우리를 이끌 대장이 필요해. 누가 대장이 되어야 하는지에 대해서는 두말할 것도 없지."

민호가 말했다.

"지금까지 네가 짖어 댄 말 중에 제일 한심한 말이다. 네가 우리 대장인데 무슨 대장을 또 뽑아? 우린 다 널 대장으로 알고 있는데."

뉴트가 단호하게 고개를 저었다.

"하도 굶어서 목덜미에 찍힌 문신은 잊어버렸어? 문신이 그냥 장식인 줄 알아?"

"아, 됐어. 문신이 무슨 대단한 의미라도 담고 있는 줄 아나 보네. 놈들이 그냥 우릴 갖고 노는 것뿐이야!"

뉴트는 대답 대신 민호에게 다가가 그의 셔츠 목깃을 내리고 문신을 드러냈다. 토머스는 민호의 그 문신을 들여다볼 필요도 없었다. 이미 외우고 있었으니까. 문신에 따르면 민호가 대장이었다.

민호는 뉴트의 손을 떨쳐 내고 평소처럼 빈정대는 투로 말하기 시작했다. 그러나 토머스의 귀에는 이미 그 소리가 들리지 않았다. 심장이 고통스러울 정도로 빨리 뛰었고, 자신의 목덜미에 찍힌 문신의 내용이 머릿속을 온통 사로잡았다.

그가 나 그룹에게 죽임을 당할 예정이라는 내용.

13

시간이 점점 늦어지고 있었다. 아침에 대비해 밤에는 잠을 자두어야 한다는 걸 토머스는 알고 있었다. 그래서 토머스와 공터인들은 저녁 내내 음식을 비롯해 서랍장에 담긴 여분의 옷들을 침대시트에 담아 보따리를 쌌다. 음식 중 일부는 비닐봉지에 담았고, 남은 봉지에는 물을 담은 후 커튼을 잘라 만든 끈으로 끝을 묶었다. 이 조악한 임시 물통이 새지 않고 오래 버틸 수 있을 거란 기대는 아무도 하지 않았지만, 달리 대안이 없었다.

뉴트는 결국 민호를 설득해 대장으로 세웠다. 토머스도 누군가는 책임지고 무리를 이끌어야 한다는 생각이어서, 민호가 마지못해 대장직을 수락하자 마음이 놓였다.

저녁 9시경, 토머스는 침대에 누워 위층 침대의 바닥을 올려다보았다. 아직 아무도 잠든 사람이 없을 텐데 방 안이 이상하게 조용했다. 토머스뿐만 아니라 다른 이들도 공포에 사로잡힌 게 분명했다. 그들은 미로에서 온갖 무시무시한 일들을 겪었다. '사악'이라는 단체가 어떤 능력을 갖고 있는지도 보았다. 쥐 선생의 말대로라면, 지금까지 공터인들이 겪은 일들은 어떤 종합 계획의 일부였다. 사악 단체에 속한 이들이 갤리를 조종해 척을 죽이게 한 것, 구조대로 하여금 근거리 사격으로 여자를 쏴 죽이게 한 것, 사람들을 고용해 공터인들을 구출하게 하고 그 임무가 완수되자 그 사람들을 죽인 것 등등.

무엇보다 그들은 공터인들에게 끔찍한 바이러스를 주입하고, 치료제를 미끼 삼아 이 고난을 계속 견디게 만들었다. 무엇이 진실이고 무엇이 거짓일까. 지금까지의 상황으로 보면 사악 단체는 토머스를 따로 추려 낼 작정인 것 같기도 했다. 안타깝게도 척은 목숨을 잃었고, 테리사는 사라졌다. 그 두 사람을 앗아 갔으니……

토머스는 검은 구멍에 빠진 채 살아가는 기분이었다. 아침에 어떻게든 대응해야 하는데, 아침이면 사악이 그들을 위해 준비한 고난과 맞부딪쳐야 하는데, 의지를 쥐어짜 낼 방도가 없었다. 그래도 해내야만 했다. 단순히 치료제를 얻기 위해서는 아니었다. 지금 와서 그만둘 수는 없었다. 그놈들이 자신과 친구들에게 한 짓을 생각하면 더더욱 멈출 수 없었다. 놈들에게 접근할 유일한 방법은 주어진 시험과 시련을 모두 통과하고 살아남는 것이었다. 그러니 해내야만 한다.

반드시.

복수를 다짐하면서, 섬뜩하게 뒤틀린 위안 속에서 토머스는 마침내 잠이 들었다.

공터인들은 모두 디지털 손목시계의 알람을 아침 5시에 맞춰 놓았다. 토머스는 그 시간이 되기 한참 전에 깼고, 다시 잠이 올 것 같지도 않았다. 마침내 삐-삐- 하는 알람 소리가 방 안을 채우자 토머스는 침대 옆으로 발을 내리고 눈을 비볐다. 누군가 전등을 켜자 눈부신 노란 빛이 시야를 뒤덮었다. 토머스는 눈을 찡그리며 일어서서 샤워를 하러 화장실로 들어갔다. 앞으로 또 언제 몸을 씻을 기회가 올지 알 수 없기 때문이었다.

쥐 선생이 지정한 시간을 10분 앞두고 공터인들은 휴게실에 자리를 잡고 앉았다. 다들 손에 물을 채운 비닐봉지를 들었고, 바로 옆에는 침대 시트로 싼 각자의 보따리를 두었다. 토머스도 물이 쏟아지거나 새지 않도록 비닐봉지로 만든 물통을 손에 꼭 쥐었다. 휴게실 가운데에는 밤사이 투명한 보호벽이 다시 생겨나 있었다. 공터인들은 큰 침실 가까운 곳에 앉아, 흰 정장 차림의 낯선 남자가 평면 이동 문이 나타날 거라 했던 벽을 마주 보았다.

옆자리에 앉은 에어리스가 오랜만에 토머스에게 말을 걸었다. 정확히 언제 마지막으로 에어리스의 목소리를 들었는지 토머스는 기억나지 않았다.

"텔레파시 파트너인 여자애의 목소리를 머릿속으로 처음 들었을 때, 넌 네가 미쳤는 줄 알았어?"

토머스는 그를 흘끗 쳐다보기만 하고 선뜻 대답하지 않았다. 무슨 이유에서인지 그동안 토머스는 에어리스와 별로 얘기하고 싶지 않았다. 하지만 이제 그런 꺼림칙한 기분이 말끔하게 가셨다. 테리사의 실종이 에어리스의 탓은 아니라고 생각을 달리한 때문이었다.

"어. 그런데 계속 소리가 들리니까 적응됐어. 다른 사람들이 날 미쳤다고 생각할까 봐 걱정되긴 했지만. 그래서 우린 오랫동안 그 얘길 아무한테도 안 했지."

에어리스는 깊은 생각에 잠긴 표정으로 바닥을 내려다보며 말했다.

"내 경우는 좀 괴상했어. 며칠 동안 혼수상태였다가 깨어나서 레이철한테 계속 텔레파시로 말을 걸었거든. 그게 세상에서 제일 자연스러운 일처럼 생각돼서. 만약에 레이철이 내 말을 받아 주고 대답해 주지 않았다면, 난 그 능력을 잃었을 거야. 게다가 공터의 여자애들은 날 싫어했어. 그중 몇 명은 날 죽이려고 했는데, 레이철이 유일하게……."

에어리스는 말끝을 흐렸다. 에어리스가 하던 얘길 끝마치기 전에 민호가 일어서서 모두를 향해 돌아섰다. 토머스는 차라리 다행이다 싶었다. 자신이 겪은 일을 남자와 여자만 바꿔서 전해 듣는 것 같아 마음이 편치 않았고 테리사 생각이 자꾸 나서 가슴이 아팠기 때문이었다. 더는 테리사 생각을 하고 싶지 않았다. 당분간은 살아남는 데 집중해야 했다.

민호가 평소답지 않게 진지한 얼굴로 입을 열었다.

"이제 3분 남았구나. 다들 여기서 나가겠다는 생각엔 변함없는 거지?"

토머스는 고개를 끄덕였고 주변에 모여 앉은 다른 아이들도 마찬가지였다.

민호가 물었다.

"밤새 마음을 달리 먹은 사람 없어? 있으면 지금 말하고 없으면 영원히 입 다물어. 일단 출발하고 난 후에 누구든 계집애처럼 징 징 짜면서 여기로 돌아가겠다고 하면, 코를 짓이기고 아래 거시기 를 걷어찰 테니 그리 알아."

토머스가 슬쩍 고개를 돌려 보니, 뉴트가 두 손으로 머리를 부 여잡고 들으란 듯이 한숨을 내쉬고 있었다.

"뉴트, 뭐 문제라도 있냐?"

민호의 말투가 놀라울 정도로 단호해서, 토머스는 깜짝 놀라 뉴 트의 반응을 기다렸다.

뉴트도 토머스만큼이나 놀란 얼굴로 대답했다.

"어…… 아니. 네 통솔력이 어찌나 대단한지 감탄하고 있던 참 이다."

민호가 셔츠 목깃을 내리고 몸을 굽혀 모두에게 자신의 목덜미 에 새겨진 문신을 보여 주었다.

"여기 뭐라고 돼 있지, 똘추야?"

뉴트가 얼굴을 붉히며 좌우를 살폈다.

"그래, 우리 모두 네가 대장인 거 알고 있으니까 그만해."

민호는 뉴트를 손가락으로 가리키며 받아쳤다.

"아니, 너나 그만해. 엿 같은 소리 지껄일 여유 없으니까 입 닫 고 있어."

민호는 아이들이 자신을 대장으로 밀어 올린 결정에 대해 이견 이 없도록 확실히 하기 위해 연기하는 것뿐이라고, 뉴트도 그렇게 이해하고 있다고 토머스는 생각하고 싶었다. 민호가 정말로 그런 의미에서 연기를 하고 있다면 꽤 잘하고 있다고 봐야 했다.

공터인 중 누군가가 소리쳤다.

"6시다!"

이 말이 신호라도 된 듯, 투명한 벽이 불투명하게 변했다가 얼룩덜룩한 흰색으로 바뀌었다. 그리고 순식간에 완전히 사라졌다. 건너편 작은 침실 쪽의 벽이 변하고 있었다. 꽤 큰 부분이 희미하게 빛나는 평면으로, 거무칙칙한 회색으로 바뀌고 있었다.

민호가 보따리를 묶은 끈을 어깨 위로 잡아당기며 소리쳤다.

"서둘러! 빈둥거릴 시간 없어. 5분 내에 통과해야 돼. 내가 먼저 나간다."

그러고는 토머스에게 손짓하며 덧붙였다.

"네가 맨 나중에 통과해. 한 명도 빠짐없이 통과하는지 확인하고."

신경이 불붙은 듯 곤두섰지만 토머스는 억제하고 고개를 끄덕인 후, 손을 들어 이마의 땀을 닦았다.

민호가 회색 벽을 향해 걸어가다가 벽 바로 앞에서 멈춰 섰다. 평면 이동 문은 불안정한 상태인 듯 보였다. 토머스는 그 부분에 눈의 초점을 맞춰 보려고 했지만 불가능했다. 벽에 비친 그림자와 소용돌이가 시시각각 음영을 달리하며 춤을 추었다. 금방이라도 사라질 것처럼 흔들렸다.

민호가 고개를 돌려 모두에게 말했다.

"그럼 건너가서 보자."

그러고는 탁한 회색의 벽으로 발을 들이밀었고, 삽시간에 사라졌다.

14

토머스는 공터인들을 재촉해 서둘러 평면 이동 문으로 들어가게 했다. 아무도 불평하지 않았다. 다들 불안하고 겁먹은 눈빛을 교환할 뿐 말없이 평면 이동 문 앞으로 다가갔고, 잠시 망설이다가 탁한 회색의 사각형 안으로 넘어갔다. 토머스는 한 명씩 등을 툭툭 쳐서 이동 문 너머로 보냈다.

2분 후, 토머스와 함께 이쪽에 남아 있는 사람은 에어리스와 뉴트뿐이었다.

에어리스가 텔레파시로 토머스에게 물었다.

정말 여기로 나가야 한다는 확신이 들어?

갑자기 단어들이 의식으로 흘러들자 토머스는 깜짝 놀라 기침이 났다. 귀로 들리지는 않으나 머리로 들리는 말. 토머스는 그런 식으로 대화하고 싶지 않았고, 에어리스가 그걸 눈치 채기를 바랐다. 그의 텔레파시는 오직 테리사만을 위한 것이었다.

토머스는 텔레파시로 대답하지 않고 일부러 소리 내어 말했다.

"서둘러. 시간 없어."

에어리스는 기분이 상한 표정으로 평면 이동 문을 건너갔다. 뉴트도 바로 뒤따라갔다. 이제 넓은 휴게실에 남은 건 토머스뿐이었다.

토머스는 마지막으로 휴게실을 둘러보았다. 며칠 전까지만 해도 퉁퉁 부은 시체들이 매달려 있던 곳이었다. 미로에서의 일들, 미로를 통과하며 겪은 고생이 떠올랐다. 어디에 있는 누구든 들어주기를 바라며 그는 크게 한숨을 내쉬었다. 그러고는 물통을 손에 쥐고, 음식 등으로 채워진 보따리를 들고서 평면 이동 문으로 발을 내디뎠다.

평면 이동 문이 있는 회색 벽은 차가운 물로 된 수직면인 것처럼, 서늘한 선이 피부를 따라 몸의 앞부분부터 시작해 뒤로 이동했다. 토머스는 마지막 순간 눈을 잠시 감았다가 떴다. 눈앞에는 아무것도 없고 빛 한 점 없는 암흑뿐이었다. 웅성대는 목소리들만 들렸다.

토머스가 소리쳤다. 목소리에서 당황한 기색이 묻어났지만 감출 수 없었다.

"야! 다들……."

말을 마치기도 전에 토머스는 무언가에 발이 걸려 앞으로 고꾸라졌다. 누군가 밑에서 버둥거리고 있었다.

"악!"

토머스에게 깔린 아이가 소리치며 그를 밀어냈다. 토머스는 물통을 쥔 손에 힘을 주는 것 외에 달리 할 수 있는 일이 없었다.

앞에서 민호가 소리쳤다.

"다들 진정하고 입 좀 닥쳐! 토머스, 거기 너냐? 문을 통과해 들어온 거지?"

민호의 목소리를 들으니 안심이 돼서 토머스는 환호성이라도 지르고 싶었다.

"어! 내가 마지막으로 통과했어. 다들 잘 통과했지?"

엉거주춤하게 일어선 토머스는 다른 누군가와 또 부딪치지 않으려고 사방으로 손을 휘저었다. 아무것도 만져지지 않고 눈앞은 캄캄했다.

민호가 대답했다.

"지금부터 줄 서서 점호를 하려던 참인데 네가 약에 취한 황소처럼 비틀거리면서 들어온 거야. 점호 다시 하자. 하나!"

아무도 입을 열지 않아서 토머스가 큰 소리로 외쳤다.

"둘!"

그때부터 공터인들은 차례로 점호를 했고 에어리스가 마지막으로 외쳤다.

"스물!"

민호가 말했다.

"좋아. 우리 모두 무사히 통과했어. 여기가 어딘지는 모르겠지만. 빌어먹을 아무것도 안 보이네."

토머스는 다른 소년들의 존재를 느끼고 그들의 숨소리를 들으며 가만히 서 있었다. 섣불리 움직일 수가 없었다.

"손전등이 있으면 좋을 텐데."

토머스의 말에 민호가 대꾸했다.

"누구나 다 아는 사실을 일깨워 줘서 고맙다, 토머스 군. 좋아.

다들 잘 들어. 우리가 있는 이곳은 복도인 것 같아. 만져 보니까 양쪽에 벽이 있고, 너희 대부분은 내 오른쪽에 있어. 토머스, 네가 지금 서 있는 곳은 우리가 통과한 그 벽이 있는 곳이고, 실수로 방향을 잘못 잡아서 평면 이동 문인지 나발인지로 돌아가는 불상사가 생기면 안 되니까 다들 내 목소리 들으면서 따라오도록 해. 이쪽으로 쭉 가다 보면 뭐가 나오든 나오겠지."

민호는 말을 맺으며 토머스가 있는 곳에서 반대 방향으로 움직이기 시작했다. 바닥을 스치는 발소리, 옷에 보따리가 스치는 소리로 짐작컨대 다른 공터인들도 민호의 뒤를 따라가고 있었다. 토머스는 자신이 맨 뒤에 남아 있음을 확인했다. 앞의 누군가와 부딪치지 않겠다 싶을 때쯤 왼쪽으로 천천히 발을 옮겼다. 손을 뻗으니 딱딱하고 차가운 벽이 만져졌다. 방향을 확인하기 위해 벽에 손을 댄 채로 아이들의 뒤를 따라 걸어갔다.

이동하는 동안 아무도 입을 열지 않았다. 토머스는 어둠에 적응하지 못하는 눈이 원망스러웠다. 사방을 둘러봐도 희미한 빛 한 점 보이지 않았다. 서늘한 공기에서 낡은 가죽과 먼지 냄새가 났다. 토머스는 두어 번 앞에 가는 소년과 부딪쳤는데, 그쪽에서 아무 말을 하지 않아서 누구인지 알 수가 없었다.

왼쪽이나 오른쪽으로 굽어지지 않고 곧장 뻗어 나간 터널을 그들은 걷고 또 걸었다. 토머스의 손끝을 스치는 벽, 발밑의 바닥만이 이곳이 현실 세계이며 계속 걸어가고 있음을 일깨워 주었다. 벽이나 바닥이 아니면, 텅 빈 공간을 부유하고 있을 뿐 앞으로 전혀 나아가지 못하고 있는 게 아닌가 하는 생각이 들 수도 있었다.

딱딱한 콘크리트 바닥을 스치는 신발 소리, 이따금 들려오는 공터인들의 속삭임 외에는 아무 소리도 들리지 않았다. 끝없는 암흑의 터널을 걸어가는 동안 토머스는 심장의 고동을 고스란히 느꼈다. 이곳은 그를 공터로 데려갔던 상자를 연상케 했다. 퀴퀴한 냄새를 풍기던 그 컴컴한 큐브는 지금 이곳과 비슷한 느낌이었다. 그래도 지금은 약간이지만 기억을 되찾았고, 친구들도 있으며, 그들이 누구인지도 알았다. 적어도 어떤 위험을 짊어지고 있는지도 알고 있었다. 공터인들은 치료제가 필요하니, 그 치료제를 얻기 위해 지독한 고생을 감내해야 한다는 것도.

갑자기 터널에 격한 속삭임이 퍼져 나갔다. 위에서 들려오는 소리 같았다. 토머스는 걸음을 멈췄다. 공터인들 중 누군가가 낸 소리는 아니었다.

앞쪽에서 민호가 아이들에게 멈추라고 소리친 후 물었다.

"너희도 방금 그 소리 들었냐?"

몇 명이 자기도 들었다면서 이런저런 질문들을 주절거리기 시작했다. 토머스는 아이들이 내는 소음 너머로 그 소리를 포착하기 위해 천장 쪽으로 고개를 기울이며 귀를 바짝 세웠다. 잠깐 들려온 짧은 몇 마디 말이었는데, 나이가 아주 많고 병든 남자의 목소리 같았다. 무슨 말이었는지는 전혀 알아듣지 못했다.

민호가 모두에게 조용히 하고 들어 보라고 지시했다.

사방이 캄캄해서 그럴 필요가 없었지만 토머스는 굳이 눈을 감고 귀에 정신을 집중했다. 그 목소리가 다시 들린다면 무슨 말을 하는지 알아내고 싶었다.

1분이 채 지나지 않아 조금 전에 들었던 목소리가 또다시 들려왔다. 천장에 대형 스피커가 설치되어 있는 것처럼 노인의 목소리가 거칠게 울려 퍼졌다. 공터인들 몇 명은 그 목소리가 내뱉은 말을 알아듣고 충격이라도 받았는지 놀란 숨을 내뱉었다. 토머스는 그 목소리가 말한 단어들을 따로 분리해서 들을 수가 없었다. 다시 눈을 떴다. 눈앞은 여전히 캄캄했다. 완전한 어둠. 암흑.

뉴트가 큰 소리로 물었다.

"뭐라고 했는지 들은 사람?"

윈스턴이 대답했다.

"일부만 들었는데, 중간쯤에 '돌아가' 라는 단어가 있었던 것 같아."

누군가 맞장구를 쳤다.

"맞아, 나도 그렇게 들었어."

토머스는 자신이 들은 바를 돌이켜 생각해 보았다. 윈스턴의 말대로, '돌아가' 라는 단어를 들은 것 같기도 했다.

"다들 조용히 하고 한 번 더 제대로 들어 보자."

민호의 말에 컴컴한 복도는 이내 정적에 잠겼다.

잠시 후 그 목소리가 다시 들렸을 때 토머스는 각 음절을 또렷하게 들을 수 있었다.

"기회는 한 번뿐이다. 지금 돌아가면 잘리지는 않아."

앞쪽의 반응으로 미루어 보아, 다들 그 말을 알아들은 것 같았다.

"잘리지는 않을 거라고?"

"그게 무슨 뜻이지?"

"우리가 돌아갈 수 있다고 하던데!"

"컴컴한 데서 중얼거리는 놈 말을 어떻게 믿어."

토머스는 마지막 단어들이 불러일으킨 불길한 느낌을 떠올리지 않으려 애썼다. '잘리지는 않아' 라니, 기분 좋은 말은 아니었다. 앞이 전혀 보이지 않으니 답답해서 미칠 노릇이었다.

토머스가 민호에게 소리쳤다.

"앞으로 계속 가! 늘어지게 생각하고 있을 여유 없어. 어서!"

프라이팬이 반대하고 나섰다.

"잠깐만. 조금 전에 그 목소리가 기회는 한 번뿐이라고 했잖아. 그러니 최소한 생각은 해 보고 움직여야지."

그러자 다른 누군가가 보탰다.

"그래. 어쩌면 돌아가는 게 맞는 걸 수도 있어."

토머스는 아무도 보지 못한다는 것을 알면서도 고개를 저으며 말했다.

"그건 아닐 거야. 휴게실에서 책상 앞에 있던 남자가 한 말을 생각해 봐. 되돌아오면 끔찍한 죽음을 맞게 될 거라고 했어."

프라이팬이 반박했다.

"저 위에서 속삭이는 놈의 말보다 쥐 선생 말이 더 신뢰가 간다는 근거는 뭔데? 누구 말을 듣고 누구 말을 무시해야 하는지 어떻게 판단해?"

좋은 질문이었지만, 토머스는 휴게실로 돌아가면 안 될 것 같다는 예감이 들었다.

"저 목소리는 우릴 시험하기 위한 장치일 거야. 그러니까 계속 앞으로 가야 돼."

그러자 앞쪽에서 민호가 말했다.

"토머스 말이 맞아. 자, 어서들 가자."

민호의 말이 떨어지자마자 또다시 거칠게 속삭이는 목소리가 공기를 갈랐다. 그 목소리에는 유치한 증오가 섞여 있었다.

"너희 다 죽어. 전부 잘려 버릴 거다. 잘려서 죽을 거다."

토머스는 목덜미의 털이 전부 곤두섰고 등줄기에 소름이 돋았다. 앞에서 공터인들의 놀란 함성이 터져 나올 줄 알았는데 뜻밖에도 아무도 입을 열지 않았다. 곧 그들은 다시 앞으로 걸어가기 시작했다. '계집애 같은 놈들은 죄다 죽어서 솎아 내졌다'고 했던 민호의 말은 허튼소리가 아니었다.

그들은 어둠 속 깊은 곳으로 계속 전진했다. 공기가 한결 더워지고 먼지 농도가 짙어지는 것 같았다. 토머스는 몇 번 기침이 났고 몹시 목이 탔지만 눈앞이 보이지 않는 상태에서 물통의 끈을 푸는 건 너무 위험했다. 물을 쏟아서 먼지를 가라앉히고 싶기도 했지만 그럴 수는 없었다.

앞으로 걸어갔다.

기온이 점점 올라갔다.

갈증이 났다.

끝없는 암흑.

계속 걸었다.

시간이 아주 천천히 흘렀다.

어떻게 이런 복도가 있을 수 있는지 짐작조차 되지 않았다. 으스스하게 속삭이는 경고의 말을 들은 지점에서부터 4, 5킬로미터 정도 이동한 것 같았다. 여긴 어디일까? 지하인가? 거대한 건물 안? 쥐 선생은 그들에게 야외로 나가라고 했었다. 하지만 어떻게…….

그때 3미터쯤 앞에서 공터인 한 명이 비명을 내질렀다.

처음에는 놀란 비명이었지만 점차 극도의 공포를 담은 비명으로 바뀌었다. 토머스는 누구의 비명 소리인지 분간할 수가 없었다. 그 소년은 예전에 공터의 도살장으로 끌려온 짐승처럼, 목이 찢어져라 악을 써 댔다. 곧 이어 바닥에서 몸부림치는 소리가 들렸다.

토머스는 본능적으로 앞으로 달려 나갔다. 두려움에 얼어붙은 공터인들을 제치고, 인간의 것 같지 않은 처참한 비명 소리를 향해 달렸다. 왜 다른 이들보다 자신이 그에게 더 도움이 될 거라 생각했는지는 알 수 없었지만, 망설이지 않았다. 어둠 속을 달리면서도 발밑은 신경 쓰지 않았다. 캄캄한 어둠 속을 오랫동안 걷기만 했더니 그의 몸이 걷는 것 외에 다른 움직임을 갈망하게 된 것일 수도 있었다.

이제 바로 앞에서 소년의 비명이 들렸다. 누구와 싸움을 하는 건지 콘크리트 바닥에 팔다리를 부딪치는 소리가 들렸다. 토머스는 물통과 어깨에 메고 있던 보따리를 한옆으로 밀어 놓고 조심스럽게 앞으로 발을 옮겼다. 소년의 팔이든 다리든 붙잡을 생각으로 두 손을 앞으로 뻗었다. 다른 공터인들이 주변에 모여들고 있음을 느낄 수 있었다. 토머스는 그들의 입에서 쏟아져 나오는 혼란스러운 외침과 질문을 애써 외면하며 정신을 집중했다.

토머스는 몸부림치는 소년에게 소리쳤다.

"야! 왜 그래?"

토머스의 손가락이 소년의 청바지와 셔츠를 스쳤다. 소년이 격하게 경련을 일으키고 있어서 옷자락을 쉽사리 붙잡을 수 없었다. 소년의 비명이 계속 날카롭게 공기를 갈랐다.

결국 토머스는 이판사판으로 몸을 날렸다. 몸부림치는 소년을 덮치면서 찍어 눌렀다. 밑으로 떨어지는 순간 충격 때문에 폐에서 공기가 쭉 빠지는 느낌이었다. 소년의 몸통이 밑에서 꿈틀댔다. 그러다 소년의 팔꿈치가 토머스의 옆구리를 찔렀고, 소년의 손이 토머스의 얼굴을 철썩 때렸다. 소년이 무릎을 세우는 바람에 토머스는 사타구니 정중앙을 맞을 뻔했다.

토머스가 소리쳤다.

"그만해! 왜 그러느냐고!"

마치 물밑으로 끌려 내려간 것처럼, 소년의 비명이 끄르륵거리다 멈췄다. 그러나 경련은 조금도 줄지 않았다.

토머스는 소년의 가슴께를 팔뚝으로 누른 후, 머리카락이나 얼굴을 잡기 위해 손을 뻗었다. 그런데 얼굴이 있어야 할 자리로 손을 뻗은 토머스는 혼란에 빠졌다.

머리가 없었다. 머리카락도, 얼굴도 없었다. 목도 없었다. 있어야 할 것들이 하나도 없었다.

머리가 있어야 할 자리에는 차갑고 매끄러운 대형 금속 공이 자리하고 있었다.

15

그 후 몇 초 동안 이루 말할 수 없이 괴상한 상황이 이어졌다. 토머스의 손이 그 기이한 금속 공에 닿자마자 소년은 움직임을 멈췄다. 경련이 사라지면서 팔다리가 늘어지고 몸통이 뻣뻣해졌다. 단단한 금속 공의 표면에서 질척한 물기가 느껴졌다. 그 물기는 소년의 목이 있어야 할 자리에서 흘러나오고 있었다. 구리 냄새가 풍기는 것으로 보아 피인 것 같았다.

토머스의 손가락에서 미끄러진 금속 공이 공허하게 바닥을 울리며 굴러가다가 가까운 벽에 쿵 부딪혀 멈췄다. 토머스에게 짓눌려 누워 있는 소년은 움직이지도, 소리를 내지도 않았다. 주변에서 공터인들이 어둠 속에 대고 이런저런 질문을 쏟아 냈지만 토머스의 귀에는 들어오지 않았다.

그 소년의 상태가 어떨지 상상되어 가슴속에 공포가 차올랐다. 어이없게도 그 소년은 머리가 절단되어 죽은 게 분명했다. 아니면…… 머리가 금속으로 변한 건가? 대체 어떻게 이런 일이 있을 수 있지? 토머스는 머릿속이 뒤죽박죽이었다. 잠시 후 그는 금속 공이 미끄러져 굴러간 자리에 자신의 손이 닿아 있으며 그 위로 뜨듯한 액체가 흐르고 있음을 알아차리고 기겁했다.

토머스는 황급히 바지에 손을 문지르며 주춤주춤 물러섰다. 고함을 질렀지만 명확한 단어로 발음이 되지 않았다. 공터인 두 명이 뒤에서 토머스를 잡아 일으켜 주었다. 토머스는 그들을 물리치고 비틀대며 벽에 기댔다. 누군가 그의 어깨 쪽 셔츠를 잡고 가까이 끌어당겼다. 민호였다.

"토머스! 토머스! 무슨 일이야?"

토머스는 진정하고 상황을 냉정히 판단하려 애썼지만 배 속이 요동치고 가슴이 죄어들었다.

"모…… 모르겠어. 누구지? 바닥에 누워 악쓰던 애 이름이 뭐야?"

그러자 윈스턴이 떨리는 목소리로 대답했다.

"프랭키인 것 같아. 바로 내 옆에서 농담을 하고 있었는데, 갑자기 뭔가가 프랭키를 잡아당기는 것 같았어. 그래, 프랭키 맞아. 틀림없어."

민호가 다시 토머스에게 물었다.

"무슨 일이냐니까!"

토머스는 여전히 바지에 손을 문지르며 입을 열었다.

"그게……."

그러다가 숨을 한 번 길게 들이쉬고 말을 이었다. 어둠 속에서 이런 일을 겪으니 돌아 버릴 것 같았다.

"비명 소리가 들려서 도와주려고 뛰어갔어. 위에서 누르면서 걔 양팔을 잡아 내렸는데 뭔가 이상하더라고. 그래서 뺨이라도 잡아 흔들려고 머리로 손을 뻗었어. 확실히는 모르겠지만, 내 손에 만져진 건……"

토머스는 차마 말을 할 수가 없었다. 진실을 말해도 몹시 괴상하게 들릴 테니까.

민호가 큰 소리로 재촉했다.

"뭔데?"

토머스는 신음을 내뱉으며 대답했다.

"머리가 있어야 될 자리에 머리가 없고, 그 자리에…… 커다란…… 금속 공이 있었어. 뭐가 뭔지 모르겠는데, 내 손에 만져진 건 그랬어. 커다란 금속 공이…… 걔 머리를 삼킨 것 같았다고!"

"무슨 소릴 하는 거야?"

토머스는 어떻게 말해야 민호를 비롯한 다른 아이들이 믿어 줄지 알 수 없었다.

"너희도 프랭키의 비명이 그친 후에 뭔가 묵직한 게 굴러가는 소리 들었잖아? 그게……"

그때 누군가가 소리쳤다. 뉴트였다.

"여기 있어!"

묵직한 물체가 약간 긁히는 소리가 나고 이어서 뉴트가 끄응 하고 기합을 넣었다. 그 금속 공을 들어 올린 것 같았다.

"이쪽으로 굴러간 소리가 나서 와 봤는데 여기 있어. 온통 끈적 끈적한 액체로 뒤덮여 있어. 피 같아."

민호가 나지막하게 물었다.

"이런 젠장. 크기가 얼마나 돼?"

다른 공터인들도 덩달아 질문을 쏟아 냈다.

그러자 뉴트가 소리쳤다.

"다들 입 좀 닫아!"

사방이 조용해지자 뉴트는 힘없이 말했다.

"크기는 잘 모르겠어."

토머스의 귀에 뉴트가 조심스럽게 금속 공을 만져 보는 소리가 들렸다. 잠시 후 뉴트가 말을 이었다.

"머리통보다는 큰 게 확실하고, 완전히 둥글어. 완벽한 구체야."

토머스는 당황스럽고 속이 메스꺼웠다. 어떻게든 빨리 여기서 빠져나가야 한다는 생각뿐이었다. 이 어둠을 벗어나야 했다.

토머스가 말했다.

"이제부터는 달려야 돼. 서둘러야 된다고."

그러자 누구인지 모를 목소리가 반박했다.

"휴게실 쪽으로 돌아가야 되는 건지도 모르잖아. 그 공의 정체가 뭐든 간에 프랭키의 머리를 잘랐어. 천장에서 들리던 늙은이의 목소리가 경고한 대로잖아."

민호가 나섰다.

"그건 안 돼. 안 되고말고. 토머스 말이 맞아. 더 이상 뭉그적대지 말고, 다들 60센티미터씩 간격을 유지하면서 달리자. 금속 공인지 뭔지가 또다시 날아와서 우리 머리를 떼어 낼지 모르니까 허리를 굽힌 채로 달려야 돼."

아무도 반대하지 않았다. 토머스는 한옆에 치워 놓은 보따리와 물통을 서둘러 찾아 손에 들었다. 공터인들은 무언의 합의를 이루어, 서로 부딪쳐 넘어지지 않을 정도로 간격을 유지하며 달리기 시작했다. 이제 토머스는 더 이상 맨 끝에서 이동하지 않았다. 원래 있던 자리로 돌아가는 데 시간을 낭비하고 싶지 않아서였다. 그는 예전에 미로를 달릴 때와 마찬가지로 속도를 내기 시작했다.

몸에서 땀 냄새가 풍겼다. 먼지와 따뜻한 공기를 들이마셨다. 두 손은 피에 젖어 미끈거렸다. 사방이 암흑천지였다.

토머스는 잠시도 멈추지 않고 계속 달렸다.

죽음의 공이 또 한 사람을 낚아챘다. 이번에는 토머스가 있는 곳 가까이에서 일어났는데, 희생된 사람은 토머스가 말 한마디 나눠 본 적 없는 소년이었다. 금속 덩어리가 금속 표면을 미끄러지는 소리가 나고 두어 번 딸깍거리더니, 그 소년의 비명 소리가 모든 소음을 뒤덮었다.

아무도 달리기를 멈추지 않았다. 너무도 끔찍한 일이 일어났지만, 아무도 멈추지 않았다.

비명 소리가 끄르륵대며 잦아들다가 멈췄다. 금속 공이 딱딱한 바닥에 쿵 떨어지는 소리가 났고 이어서 묵직하게 굴러가다가 벽에 부딪친 후 잠시 더 구르는 소리가 들렸다.

토머스는 계속 달렸다. 속도를 늦출 수가 없었다.

심장이 폭발할 것처럼 두근거렸다. 먼지투성이 공기를 깊고 힘차게 들이마시느라 가슴도 터질 것 같았다. 시간의 끈을 놓친 까닭에 얼마나 달려왔는지 가늠이 되지 않았다. 마침내 민호가 모두에게 멈추라고 소리치자, 토머스는 드디어 다 왔나 싶어 마음이 놓였다. 앞서 두 사람을 죽음으로 몰고 간 금속 공에 대한 두려움이 컸지만, 기진맥진해서 더는 달리기가 어려울 것 같았다.

지친 공터인들이 헐떡이며 가쁜 숨을 내뱉자, 입 냄새가 퍼져 나갔다. 프라이팬이 제일 먼저 호흡을 가다듬고 물었다.

"왜 멈추라고 했어?"

"방금 여기서 뭔가에 정강이를 부딪쳤어! 앞에 계단이 있는 것 같아!"

토머스는 기대에 부풀었지만 얼른 그런 감정을 억눌렀다. 다시는 섣불리 희망을 갖지 않겠다고 다짐했었다. 이 모든 게 끝이 날 때까지는 신중할 작정이었다.

프라이팬이 지나치게 밝은 목소리로 외쳤다.

"그럼, 어서 올라가야지!"

그러자 민호가 말했다.

"그래야겠지? 너 없으면 진짜 우리 어쩔 뻔했냐, 프라이팬?"

민호가 쿵쿵대며 계단을 달려 올라가는 소리가 들렸다. 바닥이 얇은 금속으로 되어 있는지 카랑카랑하게 울리는 소리가 났다. 잠시 후 다른 몇 명이 그 뒤를 따라 올라갔고 나머지도 합류했다.

토머스는 첫 번째 계단을 오르려다가 발을 헛디디는 바람에 넘어져서 두 번째 계단의 모서리에 무릎을 부딪쳤다. 두 손으로 계단을 짚으며 중심을 잡았는데 하마터면 들고 있던 물통을 터뜨릴 뻔했다. 다시 일어선 후에는 두 계단씩 올라가기도 했다. 언제 또 금속 공이 공격을 해 올지 모르는 상황이니, 이렇게 컴컴한 곳만 아니라면 어느 곳으로든 도망치고 싶었다.

계단 위쪽에서 쿵 소리가 났다. 계단을 밟고 올라가는 발소리보다 낮고 둔중했지만 금속성의 소리인 것만은 마찬가지였다.

동시에 민호가 "아우!" 하고 소리쳤고, 민호 뒤에서 계단을 오르던 공터인들이 서로 부딪치며 투덜거렸다.

뉴트가 민호에게 물었다.

"괜찮아?"

토머스도 아이들의 거친 숨소리에 묻히지 않도록 목청을 높여 물었다.

"뭐에⋯⋯ 부딪친 건데?"

"빌어먹을 뭔가에 부딪쳤어. 지붕 같기도 하고⋯⋯."

민호가 짜증 섞인 목소리로 대답하다가 말끝을 흐렸다. 민호의 손이 벽과 천장을 더듬는 소리가 들렸다. 잠시 후 민호가 외쳤다.

"잠깐! 뭔가를 찾은 것 같아⋯⋯."

위에서 딸깍 소리가 나더니 토머스 주변이 온통 거대한 불길에 휩싸인 듯 삽시간에 밝아졌다. 토머스는 비명을 지르며 두 손으로 눈을 가렸다. 눈을 멀게 만들 것 같은 강렬하고 혹독한 빛이 쏟아졌다. 토머스는 물통을 손에서 놓치고 말았다. 칠흑 같은 어둠 속에 장시간 있다가 갑자기 빛이 위에서 쏟아지니, 정신을 차릴 수가 없었다. 손으로 눈을 막았지만 소용없었다. 불타는 오렌지색 빛이 손가락과 눈꺼풀을 뚫고 안구로 밀려들었고, 잔혹한 열기가 바람처럼 몰아닥쳤다.

다시 묵직하게 무언가를 긁는 소리가 나고 쿵 소리와 함께 어둠이 돌아왔다. 토머스는 조심스럽게 두 손을 밑으로 내리고 눈을 살짝 떴다. 눈앞에서 빛의 잔상이 어지럽게 춤을 췄다.

민호가 말했다.

"빌어먹을. 밖으로 나가는 길을 찾아내긴 했는데, 바깥이 젠장

맞을 태양 표면처럼 엄청나게 밝고 뜨거워."

그러자 뉴트가 말했다.

"출구를 아주 약간만 열어서 눈이 빛에 적응하게 해 보자."

토머스는 뉴트가 계단을 올라 민호 옆으로 가 서는 소리를 들었다. 뉴트가 다시 말했다.

"여기 셔츠를 끼워서 약간 벌려 놓자고. 다들 눈 감아!"

토머스는 얼른 눈을 감고 두 손으로 눈을 덮어 가렸다. 오렌지색 빛이 다시 나타나고 열기가 밀려 들어왔다. 잠시 후 토머스는 손을 밑으로 내리고 천천히 눈을 떴다. 실눈을 떴는데도 백만 개의 손전등 빛을 한꺼번에 받고 있는 것처럼 굉장한 빛이 시야에 들어왔다. 하지만 시간이 가면서 점점 견딜 만해졌고 2분쯤 지나자 어느 정도 적응이 됐다.

민호와 뉴트는 천장에 난 문 밑에 웅크리고 앉아 있었고, 토머스는 그곳에서부터 스무 계단쯤 아래에 서 있었다. 문이 닫히지 않도록 오른쪽 구석에 끼워 놓은 셔츠만 아니면, 문의 가장자리를 따라 빛으로 이루어진 세 개의 선은 막힘없이 이어져 있었을 것이다. 주변의 모든 것들, 벽과 계단과 천장의 문까지 모두 탁한 회색의 금속 재질이었다. 토머스는 고개를 돌려 계단 아래를 내려다보았다. 한참 아래의 계단은 어둠에 묻혀 보이지 않았다. 계단의 높이는 토머스가 생각했던 것보다 훨씬 높았다.

민호가 물었다.

"아직도 앞이 안 보이는 사람 있어? 내 눈알은 마시멜로처럼 바짝 구워진 것 같다."

토머스도 마찬가지였다. 화상을 입은 것처럼 눈이 따가웠고 계속 눈물이 났다. 주변의 공터인들도 모두 손으로 눈을 비비고 있었다.

누군가 물었다.

"바깥은 어때?"

민호는 어깨를 으쓱하고는 손으로 시야를 반쯤 가린 후 가느다란 문틈 너머를 내다보았다.

"글쎄. 보이는 거라곤 엄청난 빛뿐이야. 빌어먹을 태양 표면 같다니까. 바깥에 사람들이 돌아다닐 것 같지도 않아. 광인들도 마찬가지고."

그러자 토머스가 서 있는 곳에서 두 계단 아래서 대기 중이던 윈스턴이 의견을 냈다.

"어쨌든 여기서 나갔으면 좋겠어. 금속 공한테 머리를 잘리느니 햇볕에 타는 게 나을 것 같아. 어서 나가자!"

민호가 대답했다.

"그래, 윈스턴. 흥분 가라앉혀. 우리 눈이 빛에 적응할 시간이 필요해서 기다리고 있는 것뿐이야. 다들 괜찮다고 확인되면 문을 마저 열려고 했어. 자 그럼 다들 준비해."

민호는 한 계단 더 올라가서 천장의 편편한 금속 문에 오른쪽 어깨를 갖다 댄 후 숫자를 셌다.

"하나, 둘, 셋!"

민호가 끄응 소리를 내며 굽혔던 다리를 펴고 일어섰다. 금속을 갈아 대는 듯한 날카로운 소음과 함께 문이 열리고, 빛과 열기가 폭발하듯 쏟아졌다. 토머스는 문 바깥을 내다보았다가 얼른 눈을 내리깔았다. 그들이 완벽한 어둠 속에서 수 시간을 머무르기는 했지만, 햇빛이 이렇게까지 강렬하게 느껴진다는 건 불가능했다.

위쪽에서 발소리, 옷이 스치는 소리가 들렸다. 토머스가 고개를 들어 보니 뉴트와 민호가 열린 문으로 흘러드는 사각형의 눈부신 햇빛을 피해 옆으로 물러서고 있었다. 계단통 전체가 이내 오븐 속처럼 달궈졌다.

민호가 얼굴을 찌푸리며 말했다.

"아우, 씨! 뭐가 이래. 이러다 내 살가죽이 바짝 타 버리겠어!"

뉴트가 목덜미를 손으로 비비며 맞장구를 쳤다.

"민호 말이 맞아. 이대로라면 문밖으로 나갈 수 있을지 모르겠어. 해가 저물 때까지 기다려야 되나."

공터인들이 불평 섞인 신음을 쏟아내고 있는데 갑자기 윈스턴이 소리를 질렀다.

"엇! 다들 조심해! 조심해!"

토머스는 고개를 돌려 아래쪽에 서 있는 윈스턴을 내려다보았다. 윈스턴은 두어 계단을 올라오면서 천장을 손으로 가리켰다. 그들의 머리에서 불과 몇 십 센티미터 떨어진 천장에 커다란 은색 액체 방울이 맺히고 있었다. 내부 표면을 이루는 금속에서 녹아 나온 커다란 눈물방울 같았다. 토머스가 바라보는 동안 그것은 점점 커지더니 서서히 금속 공의 형태를 갖췄고 표면에 잔물결이 일었다. 그러다 갑자기 천장에서 분리돼 밑으로 뚝 떨어졌다.

은색 공은 공터인들이 밟고 서 있는 계단으로 떨어지는 대신, 중력을 가르며 수평으로 날아가 윈스턴의 얼굴로 직행했다. 그 공을 맞고 쓰러진 윈스턴은 계단 아래로 굴러떨어지며 끔찍한 비명을 내질렀다.

16

토머스는 참혹한 장면을 보게 되리라 예상하며, 공터인들 사이를 헤치고 윈스턴에게 달려 내려갔다. 이처럼 계단 아래로 뛰어 내려가는 것이 순수하게 윈스턴을 도와주기 위해서인지, 괴상한 은색 공에 대한 호기심을 주체할 수 없어서인지 구분되지 않았다.

계단 아래로 구르던 윈스턴은 마침내 쿵 소리를 내며 멈췄다. 계단에 등을 대고 드러누운 모습이었다. 계단 저 아래 어둠에 휩싸인 곳까지 굴러떨어지지 않아 다행이었다. 열어 놓은 천장 문을 통해 강렬한 빛이 흘러들고 있어 사방이 명확하게 보였다. 윈스턴은 머리를 뒤덮은 은색의 액체를 두 손으로 벗겨 내려 안간힘을 썼다. 은색의 액체는 금속 공의 형태를 갖추며 윈스턴의 머리 위쪽을 뒤덮고 귀의 일부도 잠식하고 있었다. 그 액체의 끄트머리는 진한 시럽처럼 윈스턴의 눈썹으로 서서히 흘러내렸다.

토머스는 윈스턴이 누워 있는 곳을 건너 뛴 후, 바로 아래 계단에서 윈스턴 쪽으로 무릎을 꿇었다. 윈스턴은 끈적이는 은색 액체가 눈으로 내려오지 못하게 밀어 올리고 있었다. 놀랍게도 그 액체는 자체적으로 작동하는 것 같았다. 윈스턴은 폐가 찢어지도록 날카로운 비명을 지르며 벽을 향해 발버둥 쳤다.

"이거 벗겨 줘!"

윈스턴이 악을 썼다. 마치 목이 졸리는 듯한 섬뜩한 소리여서 토머스는 포기하고 도망치고 싶은 심정이었다. 저 물질이 살에 닿았을 때 저 정도로 아프다면…….

대단히 밀도가 높은 은 소재의 젤 같았는데, 마치 살아 있는 생물처럼 끈질기고 집요했다. 토머스가 그 물질의 일부를 눈 위쪽으로 약간 밀어 올리자마자, 그것은 그의 손가락을 슬쩍 피해 다시 윈스턴의 눈을 공략했다. 그 물질이 밀려 올라간 부분의 피부를 슬쩍 보니 벌겋게 물집이 잡혀 있었다.

윈스턴은 알아들을 수 없는 말로 비명을 질러 댔다. 고통스러운 비명은 그 자체로 별개의 언어인 것 같았다. 토머스는 뭐든 해야 한다는 생각이 들었다. 그 액체가 윈스턴의 머리를 완전히 집어삼키기까지 시간이 얼마 남지 않았다.

토머스는 어깨에 메고 있던 보따리를 내리고 그 안에 담긴 내용물을 계단에 쏟았다. 과일이며 포장된 음식들이 여기저기 흩어지고 일부는 계단 아래로 떨어졌다. 음식들을 담았던 침대 시트를 보호막 삼아 양손에 감은 후 금속 구를 잡을 준비를 했다. 윈스턴이 눈 바로 위쪽까지 내려온 금속 구를 또다시 약간 밀어 올린 상태였다. 토머스는 윈스턴의 양쪽 귀로 흘러내린 금속 구 부분을 손으로 잡았다. 시트를 통해 열기가 전해졌다. 금방이라도 천에 불이 붙을 것 같았다. 토머스는 발에 힘을 주며 버티고 서서 그 물질을 최대한 세게 움켜쥐고 위로 끌어 올렸다.

쑤욱, 하는 기분 나쁜 소리와 함께 금속 구의 옆 부분이 몇 센티미터쯤 밀려 올라갔다가 토머스의 손에서 슬쩍 놓여나며 다시 윈스턴의 귀에 철썩 들러붙었다. 윈스턴은 더욱 크게 비명을 쏟아 냈다. 어떻게 그 상태에서 더 큰 소리를 낼 수 있는지 불가사의할 정도였다. 공터인 두 명이 도와주려고 했지만, 토머스는 그들이 방해만 될 거라는 생각에 물러나 있으라고 소리쳤다.

토머스는 금속 구를 더 세게 붙잡고 윈스턴에게 소리쳤다.

"같이 해야 돼! 내 말 잘 들어, 윈스턴! 우리 둘이 같이 해야 된다고! 단단히 잡고 있다가 머리 위로 벗겨 내는 거야!"

윈스턴이 버둥거리며 발버둥을 칠 뿐 대답을 하지 않아서 알아들었는지 확인할 수가 없었다. 토머스가 윈스턴보다 아래쪽 계단에 서서 막고 있지 않았으면 윈스턴은 지금쯤 계단 저 아래로 굴러떨어졌을 것이다.

토머스가 소리쳤다.

"셋에 미는 거야! 윈스턴! 셋에 밀어 올려!"

여전히 윈스턴은 알아들었다는 표시를 하지 않았다. 그저 비명을 내지르고, 몸부림을 치고, 발길질을 하고, 은색의 금속 공을 손으로 치고 있을 뿐이었다.

토머스의 눈에 눈물이 차올랐다. 어쩌면 이마에서 흘러내린 땀일 수도 있었다. 눈이 따끔거렸다. 주변 기온이 급속도로 올라간 것 같았다. 토머스의 온몸에 힘이 들어갔다. 근육이 긴장하면서 다리에 찌르는 듯한 통증이 느껴졌다. 쥐가 난 것이다.

토머스는 통증을 무시하고 앞으로 몸을 기울이며 소리쳤다.

"숫자 센다! 하나! 둘! 셋!"

토머스는 금속 구의 양옆을 움켜잡고 한 번 더 위로 당겼다. 부드러우면서 단단하기도 한, 괴상한 느낌이었다. 토머스의 말을 들었던 건지 아니면 단순히 운이 좋아서인지 몰라도, 윈스턴은 토머스와 동시에 손바닥 끝으로 그 걸쭉한 물질을 머리 위로 밀어 올렸다. 윈스턴의 머리에서 벗겨져 나온 은색 물질은 무거운 시트처럼 부르르 떨었다. 토머스는 망설이지 않고 곧장 그 물질을 들어 계단 아래로 던진 후, 뒤돌아 계단 아래쪽을 살폈다.

공기를 가르며 떨어지던 은색 물질은 빠르게 공의 형태로 되돌아갔고, 잠시 표면에 잔물결이 일다가 굳어졌다. 몇 계단 내려가지 않아서 추락을 멈추더니 잠깐 동안 공중에 떠 있었다. 마치 무엇이 잘못된 것인지 고민하면서, 놓친 먹이를 아쉽게 바라보는 듯한 분위기였다. 그러다 빠르게 계단을 날아 내려가 그 아래 암흑 속으로 사라졌다.

금속 공은 사라졌다. 이유는 알 수 없지만 공격을 재개하지는 않았다.

토머스는 크게 숨을 들이쉬었다. 온몸 구석구석이 땀에 흠뻑 젖어 있었다. 흐느껴 울고 있는 윈스턴의 모습을 볼 용기가 나지 않아 그는 벽에 어깨를 기대고 섰다. 적어도 윈스턴의 입에서 터져 나오던 비명은 그쳤다.

마침내 토머스는 고개를 돌려 윈스턴을 보았다.

윈스턴은 상태가 좋지 않았다. 잔뜩 몸을 웅크린 채 떨고 있었다. 머리털이 한 올도 남아 있지 않았고, 생살이 벗겨져 여기저기서 피가 흘러나오고 있었다. 양쪽 귀는 베이고 살점이 너덜너덜해지기는 했지만 그래도 형태는 온전히 남아 있었다. 윈스턴이 울고 있는 이유는 통증 때문인 것 같았는데, 어쩌면 정신적으로 큰 충격을 받은 것일 수도 있었다. 여드름투성이 얼굴이 도리어 깔끔하게 보일 만큼, 살 껍질이 벗겨진 머리 부분은 상태가 엉망이었다.

토머스가 물었다.

"어때 좀 괜찮아?"

생각해 보면 멍청하기 그지없는 질문이었다.

윈스턴은 발작하듯 고개를 저었고, 계속 몸을 떨었다.

토머스는 고개를 들어 계단 위쪽을 바라보았다. 민호와 뉴트, 에어리스를 비롯한 공터인들이 불과 몇 계단 위쪽에서 충격에 휩싸인 표정으로 토머스와 윈스턴을 내려다보고 있었다. 천장 문에서 흘러드는 강렬한 빛 때문에 그들의 얼굴에 그림자가 져서 표정이 세세히 보이지는 않았지만, 환한 조명에 놀란 고양이처럼 눈을 휘둥그렇게 뜨고 있음을 알 수 있었다.

민호가 나지막하게 물었다.

"저 빌어먹을 건 대체 정체가 뭐지?"

녹초가 된 토머스는 대답할 기운이 없어 고개만 저었다.

뉴트가 대신 대답했다.

"사람 머리를 먹어 치우는 마법의 물질이지, 뭐긴 뭐겠어."

그때 에어리스가 나섰다.

"신기술로 만든 물질인 게 분명해."

토머스가 알기로, 에어리스가 그들의 논의에 끼어서 의견을 내놓은 것은 이번이 처음이었다. 다들 놀라서 쳐다보자 에어리스는 그들을 둘러보더니 당황스럽다는 듯 어깨를 으쓱하고는 말을 이었다.

"내가 기억이 일부 단편적으로 돌아와서 아는데, 세상은 아주 대단한 최첨단 기술을 보유하고 있어. 저렇게 날아다니다가 몸의 일부를 잘라 내는 금속 액체에 대해서는 기억나는 게 없지만, 아무튼 그래."

토머스도 에어리스처럼 개략적인 기억만 복원된 상태였고, 금속 공에 대한 부분은 기억에 없었다. 민호가 계단 아래쪽을 가리키며 말했다.

"저 망할 물질이 얼굴에 끈덕지게 엉겨 붙어서 목을 깔끔하게 잘라 낸다 이거지. 대단하네. 아주 대단들 하셔."

그러자 프라이팬이 목소리를 높였다.

"너희들도 봤지? 그 물질이 천장에서 곧장 떨어져 내려온 거! 얼른 여기서 나가야 돼. 당장."

뉴트가 프라이팬의 의견에 힘을 보탰다.

"대찬성이야."

민호가 넌더리를 내며 윈스턴을 흘끗 내려다보았다. 토머스도 그 시선을 따라 윈스턴을 바라보았다. 윈스턴은 몸의 떨림이 가라앉았고, 흐느낌이 훌쩍임으로 잦아든 상태였다. 몰골은 말이 아니었다. 머리의 상처 자국은 평생 남을 듯했고, 벌겋게 벗겨진 두피에서 머리카락이 다시 자라날 것 같지도 않았다.

민호가 큰 소리로 지시를 내렸다.

"프라이팬이랑 잭! 너희 둘은 윈스턴을 부축해서 데리고 올라와. 에어리스, 넌 윈스턴이 떨어뜨린 보따리랑 물건들 챙기고, 그 옆에 두 명이 에어리스를 돕도록 해. 이제 여길 나갈 거다. 햇볕이 강렬하고 지독하지만 상관없어. 오늘 내 머리가 볼링공으로 변하는 건 싫으니까."

민호는 모두가 그의 지시에 따를 생각인지 여부를 확인하지도 않고 곧장 돌아섰다. 그런 모습을 보며 토머스는 언젠가 민호가 좋은 대장이 될 것이라고 생각했다. 민호가 어깨 너머로 지시를 마저 내렸다.

"토머스랑 뉴트는 지금 바로 올라와. 우리 셋이 제일 먼저 나간다."

토머스는 뉴트와 눈빛을 주고받았다. 뉴트의 눈에는 약간의 두려움과 상당한 호기심이 담겨 있었다. 앞으로 계속 나아가려는 열의도 엿보였다. 토머스도 같은 심정이었고, 인정하고 싶진 않지만 여기서 윈스턴에게 일어난 끔찍한 일의 여파를 견디는 게 더 힘들 것 같았다.

"그래 나가자!"

뉴트는 이렇게 말하며 '나가자'는 단어에 힘을 주었다. 지시에 따라 움직이는 것 외에 달리 선택의 여지가 없다는 듯이. 그러나 뉴트의 얼굴에서 토머스는 진실을 읽어 낼 수 있었다. 토머스와 마찬가지로 뉴트도 불쌍한 윈스턴에게서 조금이라도 멀리 떨어져 있고 싶은 것이다.

토머스는 고개를 끄덕이고는 조심스럽게 윈스턴의 몸을 타 넘어 계단을 올라갔다. 상처투성이가 된 두피를 보면 속이 뒤집힐 것 같아 가급적 보지 않으려 애썼다. 프라이팬과 잭, 에어리스 등이 민호에게 지시받은 대로 일할 수 있도록 토머스는 계단 한옆에 잠시 붙어 서 있다가 한 번에 두 계단씩 밟아 올라갔다. 뉴트와 민호를 따라서 계단 꼭대기를 향해, 열린 문 밖에서 기다리고 있을 태양을 향해 나아갔다.

17

공터인들이 벽 쪽으로 비켜서서 그들에게 길을 내주었다. 그들 세 명에게 바깥세상의 상태를 먼저 확인할 수 있는 기회를 기꺼이 주겠다는 듯이. 토머스는 실눈을 뜨고 계단을 오르다가 곧 손으로 눈을 가려 직사광선을 막았다. 천장의 문을 지나 끔찍한 빛의 세상으로 발을 내디딘 후 과연 살아남을 수 있을까.

민호가 햇빛이 사각형으로 쏟아지는 곳 바로 아래서 걸음을 멈췄다. 그리고 그 사각의 빛 속으로 천천히 손을 내밀었다. 원래 민호의 피부는 황갈색인데, 지금은 마치 하얀 불처럼 빛나고 있었다.

민호는 불과 몇 초를 견디지 못하고 손을 당기더니 망치로 엄지를 맞기라도 한 것처럼 손을 요란하게 휘저었다.

"뜨거워. 확실히 아주 뜨거워."

그러고는 토머스와 뉴트를 마주 보며 말을 이었다.

"밖으로 나가기 전에 뭔가로 몸을 덮지 않으면 5분 내에 2도 화상을 입을 것 같아."

그러자 뉴트가 어깨에 메고 있던 보따리를 내려놓으며 말했다.

"여기 담긴 음식들을 다 내려놓고 시트를 가운처럼 몸에 덮어쓰고 나가 보자. 만약에 효과가 있으면 시트들을 전부 모아서 절반에는 음식이랑 물을 담고, 나머지 반은 몸에 햇빛이 닿지 않게 하는 데 사용하면 될 거야."

시트를 이미 윈스턴을 돕는 데 써 버린 토머스가 말했다.

"그러고 나가면 딱 유령 같아서 우릴 노리던 놈들도 무서워서 달아나겠네."

민호는 뉴트처럼 보따리를 조심스럽게 풀지 않았다. 보따리를 잡고 거꾸로 들어 그 안에 든 음식들을 계단에 와르르 쏟아 냈다. 가까이 서 있던 공터인들이 본능적으로 허리를 굽혀 그 음식들을 집지 않았으면 계단 아래로 굴러떨어졌을 것이다.

민호는 보따리로 썼던 시트에서 매듭을 풀어 내며 말했다.

"농담도 할 줄 아는구나, 토머스. 하긴 광인들이 우릴 마중 나오지 않길 바라야지. 이런 더위에 저 바깥을 돌아다닐 사람이 있을 것 같진 않다만. 나무라든지 그늘진 쉼터라도 있으면 좋을 텐데 말이야."

뉴트는 회의적이었다.

"글쎄. 광인들이 우리가 나오면 덮치려고 숨어 있을 수도 있잖아."

토머스는 얼른 나가서 확인해 보고 싶어 조바심이 났다. 추측은 그만하고 직접 눈으로 보고 싶었다.

"나가서 보기 전엔 모르는 거잖아. 어서 나가자."

토머스는 건네받은 시트를 펼친 후 머리 위로 덮어썼다. 얼굴만 내놓고 여미니 마치 숄을 두른 노파 같았다.

"어때?"

토머스의 물음에 민호가 대답했다.

"세상에서 제일 못생긴 여자 같다. 넌 남자로 태어난 걸 신에게 감사해야 돼."

"칭찬으로 받아들이지."

민호와 뉴트도 토머스처럼 시트를 덮어썼다. 다만 시트를 두 손으로 바짝 당겨 잡아서 얼굴 대부분이 드러나지 않게 하고 머리 위쪽으로 조금 더 당겨 내서 얼굴에 그늘이 지도록 했다. 토머스도 그것을 보고 따라했다.

민호가 뉴트와 토머스를 차례로 돌아보며 물었다.

"준비됐지?"

뉴트는 "좀 흥분되는데" 하고 대답했다.

토머스는 적당한 표현이 생각나지 않았지만 어서 행동을 개시하고 싶은 심정이라 "나도. 어서 나가자"라고 말했다.

열린 문까지 뻗어 올라간 계단은, 태양의 환한 빛이 들어올 일이 거의 없는 오래된 지하 저장고의 출구 같았다. 잠시 망설이던 민호는 한 번도 멈추지 않고 계단을 달려 올라갔고, 곧 햇빛에 흡수된 듯 사라졌다.

뉴트가 토머스의 등을 툭 치며 외쳤다.

"자! 네 차례야!"

토머스는 몸 안에 솟구치는 아드레날린을 느끼며 깊은 숨을 내쉰 후 민호의 뒤를 따라 계단을 올라갔다. 바로 뒤에서 뉴트가 따라 올라오는 소리가 들렸다.

빛으로 발을 내디딘 토머스는 몸에 두른 침대 시트가 여기서는 속이 다 비치는 비닐과 다름없음을 깨달았다. 하늘에서 쏟아지는 눈부신 빛과 살을 태우는 열기를 시트는 전혀 막아 주지 못했다. 토머스가 입을 열고 말을 하려는데 건조한 열기가 목구멍 안으로 밀려 들어와 입안의 공기와 습기를 모조리 말려 버렸다. 산소를 들이마시려고 안간힘을 썼지만 누군가 그의 가슴 안에 불을 지펴 놓은 것 같았다.

복원된 기억은 얼마 되지 않고 그나마 단편적인 것들뿐이지만, 토머스는 온 세상이 이런 상태일 거라고는 생각지 않았다.

새하얀 빛에 눈을 뜨지 못한 채 앞으로 걸어가던 토머스는 민호에게 부딪쳐 넘어질 뻔했다. 휘청거리던 토머스는 무릎을 굽히고 쪼그리고 앉아 시트로 사방을 덮었다. 숨을 쉬려 했지만 쉽지가 않았다. 그러다 겨우 공기를 들이마시고는 빠르게 뿜어냈다. 그러고 나자 긴장이 다소 풀렸다. 계단을 다 올라와 밖으로 나온 순간, 토머스는 빛과 열기로 인해 공포를 느꼈다. 옆에서 민호와 뉴트도 힘겹게 숨을 쉬고 있었다.

민호가 물었다.

"둘 다 괜찮아?"

토머스는 간신히 목소리를 내어 괜찮다고 대답했고, 뉴트는 "우리가 빌어먹을 지옥에 떨어진 게 분명해. 민호 네 녀석이 지옥에 떨어질 줄은 이미 알고 있었지만, 나까지 오게 될 줄이야"라고 말했다.

그러자 민호가 말했다.

"잘됐네. 눈알이 아직 아프기는 한데 그래도 한결 적응된 것 같아."

토머스는 눈을 가늘게 뜨고 60센티미터 정도 앞쪽을 내려다보았다. 흙과 먼지. 회색과 갈색이 섞인 돌멩이 몇 개. 시트로 온몸을 감쌌는데도 새하얀 빛은 너무도 강렬해서 미래의 괴이한 기술을 보는 듯했다.

민호가 토머스에게 물었다.

"뭐가 무서워서 그러고 숨어 있냐. 일어나, 인마. 아무도 없어."

민호의 눈에는 웅크리고 있는 토머스가 겁을 집어먹고 눈에 띄지 않기를 바라며 담요를 덮어쓴 꼬마처럼 보인 모양이었다. 당황한 토머스는 일어서서 시트 끄트머리를 천천히 들어 올리고 주변을 내다보았다.

온통 황무지였다.

전방에는 바짝 말라붙어 생명의 흔적조차 없는 평평한 땅이 끝없이 펼쳐져 있었다. 나무도 없고, 덤불도 없고, 언덕이나 골짜기도 없었다. 그저 흙과 돌덩이로 이루어진 주황색 바다였다. 지평선에 넘실거리며 떠오르는 뜨거운 기류가 주변의 모든 생명체를 청명한 담청색 하늘로 녹여 내는 듯했다.

토머스는 그 자리에서 한 바퀴 돌며 사방을 둘러보았다. 뒤로 돌아서자 저 멀리 들쭉날쭉하게 솟아 있는 민둥산이 보였다. 민둥산과 지금 소년들이 서 있는 곳 중간쯤에, 버려진 상자들처럼 쪼그리고 앉아 있는 건물들이 있었다. 마을인 것 같았다. 하지만 거리가 멀어서 규모를 짐작할 수가 없었다. 희미한 빛을 내뿜는 뜨거운 공기가 지상 가까이에 있는 모든 것들을 덮어 가린 터라 잘 보이지도 않았다.

하얗게 타오르는 태양은 토머스가 서 있는 곳을 중심으로 왼쪽에 있었다. 지평선으로 가라앉고 있는 걸로 보아 그쪽이 서쪽인 모양이었다. 그렇게 따지면 저 마을과 그 뒤로 보이는 검붉은 바위산 쪽이 정북 방향일 것이다. 공터인들이 가야 하는 방향도 바로 정북이었다. 잿더미처럼 타 버린 과거의 한 조각이 되살아나기라도 한 것처럼, 순식간에 방향을 파악해 낸 자신이 놀라웠다.

뉴트가 물었다.

"저 건물들이 있는 곳까지 거리가 얼마나 될 것 같아?"

길고 어두운 터널을 지나 계단을 올라오는 내내 모든 소리가 공허하게 메아리쳤던 터라, 건조한 황무지에서 울림 없는 목소리를 들으니 기운 빠진 속삭임처럼 느껴졌다.

토머스도 딱히 누구에게랄 것 없이 물었다.

"160킬로미터쯤 되지 않을까? 저쪽이 북쪽이니까, 우리가 가야 되는 방향 맞지?"

민호는 시트를 덮어쓴 채 고개를 저었다.

"아니. 그러니까, 저쪽 방향으로 가야 되는 건 맞는데 160킬로미터는 아니야. 최대한으로 잡아도 50킬로미터 정도고, 그 뒤의 산까지는 100에서 110킬로미터야."

그러자 뉴트가 말했다.

"네가 맨눈으로 거리 계산을 잘하는 줄 처음 알았다."

"난 러너잖아, 이 자식아. 미로의 규모가 여기에 비하면 훨씬 작기는 하지만, 그래도 미로를 돌아다니다 보면 거리에 대한 감이 생겨."

토머스는 낙담하지 않으려고 애쓰며 말했다.

"쥐 선생이 태양 플레어에 대해 한 얘기가 헛소리는 아니었나 봐. 핵 재앙이라도 닥쳤던 것 같은 풍경이야. 설마 전 세계가 이런 꼴은 아니겠지."

민호가 말했다.

"그러지 않길 바라야지. 근처에 나무 한 그루라도 있으면 진짜 좋을 텐데. 개울도 있으면 좋고."

그러자 뉴트가 한숨을 쉬며 말했다.

"작은 풀밭이라도 있으면 바랄 게 없겠어."

토머스는 마을로 추정되는 곳을 계속 쳐다보았다. 계속 보고 있으니 민호의 추정치보다는 가까운 것 같기도 했다. 50킬로미터는 지나치게 멀게 잡은 게 아닌가 싶었다. 토머스는 마을 쪽에서 시선을 떼고 뉴트와 민호 쪽으로 고개를 돌리며 말했다.

"여기는 우리가 갇혀 있던 미로와 다를 게 없지 않아? 미로에서 우리는 생존에 필요한 모든 물품을 공급받으면서 벽 안에 갇혀 있었어. 지금은 벽 안에 갇혀 있진 않지만 지시받은 곳으로 가는 것 말고는 살아남을 방법이 없지. 이런 걸 역설이라고 하지 아마?"

민호가 맞장구를 쳤다.

"그럴걸, 철학 신동."

민호는 계단 출입구 쪽을 턱 끝으로 가리키며 말을 이었다.

"자, 이제 나머지 녀석들을 밖으로 끌어내서 목적지로 출발하자. 뙤약볕 아래서 물을 다 마셔 버리기 전에 서둘러야겠어."

뉴트가 제안했다.

"해가 저물 때까지 나오지 말고 계단에서 기다리는 편이 나을 것 같아."

하지만 민호는 찬성하지 않았다.

"그러다가 또 금속 공한테 당하라고? 안 될 말이야."

토머스도 민호와 같은 생각이었다.

"내 생각에도 지금 나오게 하는 게 좋을 것 같아. 일몰까지 몇 시간밖에 남지 않았으니까 그럭저럭 버틸 수 있을 거야. 해가 있는 동안 걷다 쉬다 하다가, 밤에 최대한 멀리까지 이동하면 돼. 저 계단에서는 1분도 더 버틸 자신이 없어."

토머스의 말에 민호가 고개를 끄덕였다.

뉴트가 말했다.

"대충 계획은 세워진 것 같네. 일단은 저 먼지 풀풀 나는 마을로 가 보자. 광인 친구들로 북적이지나 않길 바라야지."

광인이라는 말에 토머스는 가슴이 철렁했다.

민호가 계단 출입구로 돌아가 허리를 굽히며 그 밑에 대고 말했다.

"어이, 이 계집애 같은 썩을 놈들아! 식량 챙겨서 당장 뛰어 올라와!"

계획에 대해 듣고 볼멘소리를 한 공터인은 없었다.

토머스는 그들이 한 명씩 계단 위로 올라오면서 자신과 마찬가지 행동을 하는 것을 볼 수 있었다. 눈도 제대로 뜨지 못하고 힘겹게 숨을 쉬면서 절망하는 표정들. 다들 쥐 선생의 말이 거짓이기를, 미로에서 보낸 시간이 인생에서 최악의 시간이었기를 희망했던 모양이었다. 하지만 머리를 집어삼키는 금속 공을 경험하고 계단을 올라와 이 황무지를 바라보면서, 그런 희망 따위는 모두 접는 듯했다.

이동에 앞서 그들은 몇 가지 준비를 해야 했다. 시트 절반에 음식물과 물통을 모아 전보다 더 빽빽이 보따리를 싸고, 나머지 시트를 두 명에게 한 장씩 배분해 이동 중에 사용하게 했다. 준비 과정은 놀라울 정도로 순조롭게 이루어졌다. 한 조가 되어 움직이기로 한 잭과 불쌍한 윈스턴도 마찬가지였다. 얼마 후 그들은 돌멩이가 깔린 단단한 땅을 가로질러 이동하기 시작했다. 어쩌다가 그렇게 되었는지는 몰라도 토머스는 에어리스와 시트를 함께 쓰게 되었다. 어쩌면 토머스는 에어리스와 같이 시간을 보내야 한다는 것, 에어리스야말로 테리사에게 무슨 일이 일어났는지를 알아낼 수 있는 유일한 끈이라는 것을 지금껏 인정하려 들지 않았던 것뿐일 수도 있었다.

토머스는 왼손으로 시트의 끝부분을 잡고 오른쪽 어깨에 음식과 물이 담긴 보따리를 둘러멨다. 에어리스는 그의 오른쪽에서 시트를 잡고 걸었다. 전보다 한층 무거워진 보따리를 그들은 30분마다 번갈아 들기로 합의를 보았다. 먼지투성이 황무지의 혹독한 열기가 100미터당 하루치의 생명을 빼앗아 가는 기분이었다.

한참 말없이 걷다가 마침내 토머스가 침묵을 깼다.

"전에는 테리사라는 이름을 들어 본 적이 없어?"

에어리스가 매서운 눈초리로 돌아보았다. 토머스가 은근히 비난하는 투로 말한 탓일 수도 있었다. 그러나 토머스는 물러서지 않고 대답을 요구했다.

"어때? 있어, 없어?"

에어리스는 전방으로 시선을 돌렸지만 어쩐지 미심쩍은 구석이 있었다.

"없어. 한 번도 없어. 걔가 누군지, 어디로 갔는지도 나는 몰라. 그래도 넌 네 텔레파시 파트너가 바로 눈앞에서 죽진 않았잖아."

토머스는 무안했지만, 어째서인지 그 말을 하는 에어리스에게 호감을 느꼈다.

"그래, 미안."

토머스는 잠시 생각에 잠겼다가 또 다른 질문을 했다.

"그런데 너희 둘은 얼마나 친했어? 네 파트너 이름이 뭐라고 했지?"

"레이철."

에어리스의 대답이 단답형이라 토머스는 이것으로 대화가 끝났다고 생각했는데 잠시 후 에어리스가 말을 이었다.

"우린 단순히 친한 정도가 아니었어. 여러 가지 일들이 있었고, 공통으로 기억하는 부분들도 있었어. 새로운 추억거리도 만들었고."

만약 민호가 에어리스의 마지막 말을 들었으면 소리 내어 웃었을 것이다. 하지만 토머스에겐 그 무엇보다 슬픈 말이었다.

"나도 정말 좋은 친구를 떠나보냈어. 척을 생각할 때마다 화가 나서 미칠 것 같아. 그들이 만약 테리사에게 그런 짓을 했다면 가만두지 않을 거야. 절대로. 모두 죽여 버리고 말겠어."

토머스는 자신의 입에서 나온 살벌한 말에 충격을 받아 걸음을 멈췄다. 덩달아 에어리스도 멈춰 서야 했다. 마치 무언가가 그를 사로잡아 그런 말을 하게 만든 것 같았다. 물론 진심으로 그런 생각을 하기는 했다. 그것도 아주 강렬하게.

"네 생각엔⋯⋯."

토머스가 말을 맺기도 전에 프라이팬이 소리치며 무언가를 가리켰다.

프라이팬을 흥분하게 만든 게 무엇인지 토머스는 곧장 파악하지 못했다.

가만히 보니, 마을 쪽에서 공터인들을 향해 두 사람이 달려오고 있었다. 발끝에서 조그맣게 먼지를 일으키며 달려오는 그 둘의 모습은 마치 열기의 신기루에 떠다니는 암흑의 유령 같았다.

18

토머스는 달려오는 그 두 사람을 바라보았다. 무언의 지시라도 받은 것처럼 다른 공터인들도 걸음을 멈추었다. 숨 막히는 더위 속에서 도저히 불가능해 보이는 광경이라 토머스는 두려움에 몸이 떨렸다. 이쪽 인원이 열 배는 많은데도 그 두 사람을 보며 등줄기에 오싹한 소름이 끼치는 이유는 알 수 없었다. 하지만 분명 섬뜩한 느낌을 주는 자들이었다.

민호가 말했다.

"다들 바짝 붙어 있어. 말썽이 날 조짐이 보이면 곧장 싸울 준비 해."

하늘로 치솟으며 만물을 녹이는 열기의 신기루 때문에, 100미터 정도로 거리가 좁혀지기 전까지 그 두 사람의 모습은 잘 보이지 않았다. 그들의 모습이 뚜렷하게 시야에 들어오자 토머스의 근육이 긴장했다. 며칠 전 창살 박힌 창문 너머로 보았던 광경을 그

는 또렷이 기억하고 있었다. 광인들. 그런데 이 두 사람은 그때와
는 다른 느낌으로 공포를 자아냈다.

두 사람은 공터인들이 서 있는 곳에서 7, 8미터쯤 떨어진 곳에
멈춰 섰다. 토머스가 보기에 한 명은 남자고 다른 한 명은 여자였
다. 다른 한 명이 여자라는 건 몸의 곡선으로 짐작했다. 둘 다 비
슷하게 키가 크고 깡마른 체구였다. 눈과 입에 약간의 틈을 벌려
놓은 것 외에는 낡은 베이지색 천으로 머리와 얼굴을 거의 완전히
감싼 모습이었다. 지저분한 셔츠와 바지는 여기저기 대충 기웠고
어떤 곳은 더러운 데님 끈으로 묶어 놓았다. 강렬한 햇빛에 유일
하게 노출된 두 손은 벌겋게 타고 갈라졌으며 곳곳에 딱지가 앉아
있었다.

병든 개처럼 헉헉거리고 숨을 고르는 그 두 사람에게 민호가 소
리쳤다.

"당신들 누구야?"

낯선 자들은 대답을 하지도, 움직이지도 않았다. 가쁜 숨을 쉬
느라 가슴을 들썩일 뿐이었다. 토머스는 시트 사이로 그들을 관찰
했다. 이 날씨에 그 먼 거리를 달려오고도 열사병으로 쓰러져 죽
지 않다니 믿기지가 않았다.

민호가 재차 물었다.

"누구냐니까?"

그 두 사람은 대답 대신 양옆으로 갈라지더니, 한곳에 모여 선
공터인들 주변을 크게 빙 돌았다. 그들은 미라를 감싼 붕대 같은
천으로 머리를 휘감고 있었고 그 천 사이로 눈이 보였다. 어떤 식
으로 죽일지를 가늠하듯 공터인들에게 시선을 고정한 채 크게 호

를 그리며 돌고 있었다. 토머스의 온몸이 팽팽하게 긴장했다. 그 두 사람이 반대 방향으로 돌고 있어 한 번에 시야에 담지 못하니 답답했다. 토머스가 뒤로 돌아서자 그 두 사람도 그곳에서 서로 만나 멈춰 서서는 공터인들을 다시금 마주 보았다.

민호가 말했다.

"우리 머릿수가 너희보다 많다는 것만 알아 둬. 어서 말해. 누군지 말하라니까."

민호의 목소리에서 좌절감이 묻어났다. 벌써부터 협박조로 말한다는 것은 그만큼 다급한 심정임을 드러내는 것이었다.

"우린 광인이다."

여자의 입에서 짜증 섞인 거친 후두음으로 말이 튀어나왔다. 그리고 여자는 뚜렷한 이유 없이 공터인들 어깨 너머, 자신들이 달려온 방향에 위치한 마을을 손으로 가리켰다.

"광인이라고? 이틀 전에 우리가 있는 건물 안으로 침입하려고 했던 놈들과 한패인 건가?"

민호가 이렇게 물으며 다른 공터인들 사이를 지나 제일 앞에 와서 섰다.

토머스는 움찔했다. 이 사람들이 민호가 하는 얘길 알아들을 리 없었다. 공터인들은 그 건물의 평면 이동 문을 통과해 길고긴 통로를 지나 여기까지 왔으니까.

"우린 광인이다."

이번에는 남자가 말했다. 뜻밖에도 여자에 비해 가볍고 덜 거친 목소리였지만, 따뜻함이라곤 담겨 있지 않았다. 남자는 여자가 그랬듯이 공터인들 너머에 있는 마을을 손으로 가리키며 말을 이었다.

"너희도 광인인지 확인하러 왔다. 너희도 플레어 병에 걸렸는지 보러 왔다."

민호가 눈썹을 치뜨고 토머스와 다른 몇몇 공터인들을 돌아보았다. 아무도 입을 열지 않자 민호는 도로 그 남자를 바라보며 말했다.

"어떤 작자가 우리도 플레어 병에 걸렸다고 말하기는 했다. 거기에 대해 아는 게 있으면 말해 보든가."

"상관없다. 그 병에 걸렸으면 곧 알게 될 테니까."

남자가 말을 할 때마다 얼굴을 감싼 기다란 천이 움직거렸다.

이번에는 뉴트가 앞으로 나서서 민호 옆에 서며 물었다.

"그럼 당신들이 원하는 게 뭔데? 우리가 광인이든 아니든 상관없다며?"

그러자 여자가 뉴트의 질문을 듣지 못한 척하며 다른 질문을 했다.

"너희는 어떻게 이 초열 지역으로 들어왔지? 어디서 온 거냐? 어떻게 여기로 오게 된 거냐?"

여자가 구사하는 어휘에서 지능이 묻어나서…… 토머스는 깜짝 놀랐다. 큰 침실의 창밖으로 보이던 광인들은 완전히 미쳐서 짐승과 다를 바 없었다. 그런데 이들은 공터인들이 이 장소에 갑작스럽게 나타났다는 것을 충분히 인지하고 있었다. 마을과 마주하고 있는 이쪽 방향은 허허벌판이었다.

민호는 뉴트 쪽으로 몸을 기울여 잠시 의논하고는 토머스에게 다가와 물었다.

"저 사람들한테 뭐라고 말해야 되지?"

토머스도 알 수가 없었다.

"글쎄. 사실대로? 그게 제일 뒤탈이 없지 않을까?"

"사실대로 말하라고? 참 대단한 아이디어구나, 토머스. 역시 넌 환장하게 똑똑한 놈이었어."

민호는 이렇게 빈정대고는 광인들을 마주 보며 말을 이었다.

"우리는 '사악'이 보내서 여기 왔다. 긴 터널을 지나서 저쪽에 있는 구멍을 통해 밖으로 나왔다. 초열 지역을 지나서 북쪽으로 160킬로미터를 가야 되는데, 이 점에 대해 뭐 아는 거라도 있나?"

또다시 광인들은 한마디도 듣지 못한 듯 묻는 말엔 대꾸하지 않았다. 그러다 잠시 후 남자가 다른 얘길 꺼냈다.

"광인들이 전부 미친 건 아니다. 모두가 종점을 지난 건 아니란 말이지."

남자는 '종점'이라는 단어를 마치 장소 이름처럼 말하며 덧붙였다.

"광인마다 각각 다른 단계를 겪고 있으니까. 너희는 누구와 친하게 지내고 누구를 피해야 할지, 누구를 죽일지 잘 배워 두는 게 좋을 거다. 우리 구역으로 들어올 거면 빨리 배워 둬야 할 거야."

민호가 물었다.

"당신네 구역이라니? 당신들 저 마을에서 온 거 맞지? 그럼 저기서 광인들이 모여 사는 건가? 음식이랑 물도 있나?"

토머스도 묻고 싶은 게 한두 가지가 아니었다. 이 광인들을 붙잡아 놓고 강제로라도 대답을 듣고 싶은 심정이었다. 하지만 지금 태도로 보아 공터인들에게 도움이 될 만한 얘길 해 줄 것 같지는 않았다. 두 사람은 또다시 양옆으로 갈라져 마을이 있는 곳을 향해 반바퀴씩 돌았다.

그리고 두 사람은 처음 입을 열었던 곳에서 다시 만나 멈춰 섰다. 아득히 멀리 있는 마을은 마치 그 두 사람 사이에 떠 있는 것 같았다. 마침내 여자가 다시 입을 열었다.

"지금 그 병에 걸리지 않았더라도 곧 걸리게 될걸. 다른 그룹도 그랬어. 그쪽을 죽이기로 되어 있는 그룹."

그리고 두 사람은 돌아서서 지평선에 모여 있는 건물들을 향해 도로 달려갔다. 뒤에 남겨진 토머스와 공터인들은 어안이 벙벙했다. 저만치 달려가던 두 광인의 모습은 곧 뿌옇게 이는 먼지와 열기 속으로 사라졌다.

"다른 그룹이라니?"

누군가 물었다. 아마 프라이팬인 듯했다. 사라져 가는 광인들을 멍하니 바라보며 플레어 병을 걱정하느라 토머스는 그게 누구의 목소리인지 정확히 알아듣지 못했다.

그 질문에 대한 대답은 에어리스가 대신했다.

"내가 속해 있던 그룹을 말한 것 같아."

토머스는 고개를 돌려 에어리스를 쳐다보며 물었다.

"나 그룹? 그럼 나 그룹 애들이 벌써 저 마을에 가 있다는 거야?"

민호가 끼어들었다.

"어휴! 지금 그게 문제야? 너희는 우릴 죽이기로 되어 있는 나 그룹이 더 중요한 사안이라고 생각하나 본데, 지금 우리한테는 플레어 병 문제가 더 중요한 거 아냐?"

토머스는 자신의 목덜미에 새겨진 문신을 떠올렸다. 그 문신의 간단한 단어들을 생각하면 두려움이 밀려왔다.

"아까 그 여자가 '그쪽'이라고 말했을 때, 우리 모두를 지칭한 건 아닌 것 같아."

토머스는 위협적인 문신이 새겨진 자신의 목덜미를 엄지로 가리키며 말을 이었다.

"'그쪽'은 아마 '나'를 지칭한 거였을 거야. 그 말을 할 때 그 여자의 눈이 어딜 보고 있었는지는 확실히 모르겠지만."

민호가 반박했다.

"그 여자가 널 어떻게 알겠어. 그렇더라도 걱정할 거 없어. 누구든 너나 나, 우리 중 아무라도 죽이려고 달려들었다간 우리 모두를 상대해야 될 테니까. 알겠냐?"

그러자 프라이팬이 콧방귀를 끼며 나섰다.

"눈물겹네. 그럼 가서 토머스랑 같이 죽든가. 난 슬쩍 도망쳐서 목숨을 부지한 후에 죄책감을 안고 사는 쪽을 택하겠어."

그러고는 농담이라는 뜻으로 슬쩍 눈짓을 했는데, 토머스는 그 말에 약간이나마 진심이 담겨 있을지 모른다는 생각을 했다.

"음, 이제 어쩌지?"

잭이 물었다. 잭은 여전히 윈스턴의 팔을 자신의 어깨에 둘러 부축하고 있었다. 미로에서 도살팀장으로 일했던 윈스턴은 약간이나마 기운을 회복한 것 같았다. 다행히 두피의 끔찍한 상처는 시트에 덮여 있어 보이지 않았다.

"네 생각엔 어떤데?"

뉴트는 잭에게 이렇게 되물었다가 민호에게 대답을 요구하며 고갯짓을 했다.

그러자 민호는 눈을 위로 굴리며 말했다.

"어쩌긴 뭘 어째. 계속 전진해야지. 선택의 여지가 없잖아. 마을로 가지 않으면 우린 여기서 일사병이나 기아로 죽을 거야. 마을에 가면 잠시라도 쉴 수 있고 어쩌면 먹을 것도 구할 수 있을지 몰라. 마을에 광인들이 있든 없든 우린 그리로 갈 수밖에 없어."

"나 그룹은 어쩌고?"

토머스는 이렇게 묻고는 에어리스 쪽을 슬쩍 보며 말을 이었다.

"나 그룹이 아니더라도, 아까 그 사람들 얘기로는 우릴 죽이려는 자들이 있다며. 우릴 진짜로 죽이겠다고 들면 어떡해? 우린 별다른 무기도 없고 맨주먹뿐인데."

민호가 오른팔을 구부려 불끈 힘을 주며 말했다.

"우릴 죽이려는 자들이 에어리스와 한 패거리였던 그 여자애들이면, 이 주먹을 보여 주면 돼. 보자마자 달아날걸."

"그 여자애들이 무기를 갖고 있으면? 싸움깨나 하는 애들이면? 우릴 죽이려 드는 게 나 그룹 여자애들이 아니라, 2미터 장신의 해병대 같은 놈들이고 그놈들이 식인을 즐겨 한다면? 광인 천 명이 달려들면?"

그러자 민호가 짜증스러운 한숨을 내뱉었다.

"야, 토머스……. 아니, 다들 입 다물고 마음 가라앉혀. 더는 어떤 질문도 하지 마. 죽는 거에 대한 얘기 말고 생존에 대한 아이디어를 낼 거 아니면 주둥이 닥치고 운 닿는 데까지 해 보자. 알았지?"

토머스는 미소를 지었다. 어째서인지는 확실히 알 수 없었다. 민호가 몇 마디 말로 그의 기운을 북돋우고 약간의 희망마저 안겨 주어서일까. 그들이 해야 할 일은 앞으로 나아가는 것, 멈추지 않고 움직이는 것, 행동하는 것. 그게 전부였다.

민호가 만족스러운 표정으로 고개를 끄덕였다.

"이제 좀 낫네. 바지에 오줌 싸면서 엄마 찾아 울어 대고 싶은 녀석 있나?"

몇 명이 낄낄 웃기는 했지만 별다르게 항변하는 이는 없었다.

"좋아. 뉴트, 이제부터 다리를 절룩거리든 말든 네가 앞장서. 토머스, 넌 맨 뒤에서 오도록 해. 잭, 너는 다른 한 명이랑 같이 윈스턴을 번갈아 가며 부축해서 오도록 하고. 자, 출발하자."

그렇게 그들은 그곳을 떠났다. 이번에는 에어리스가 보따리를 들어서 토머스는 공중에 떠가는 듯 몸이 한결 가벼웠고 기분이 좋았다. 시트 한쪽을 계속 받쳐 들어야 하다 보니, 팔에 점차 힘이 빠져 후들거리는 것 말고는 어려운 점이 없었다. 걷기도 하고 뛰기도 하며, 그들은 줄기차게 앞으로 나아갔다.

점점 무거워지던 태양은 지평선에 가까워지면서 빠르게 저물기 시작했다. 토머스는 손목시계를 내려다보았다. 광인 두 명과 만나고 불과 한 시간이 지났을 뿐인데 하늘은 자줏빛을 띤 오렌지색으로 변했고 혹독하던 햇빛은 그럭저럭 견딜 만한 수준으로 누그러졌다. 얼마 지나지 않아 태양이 지평선 아래로 완전히 모습을 감추고, 밤하늘에 별들이 커튼처럼 펼쳐졌다.

공터인들은 마을 쪽에서 희미하게 반짝거리는 불빛들을 향해 계속 나아갔다. 토머스는 손에 보따리를 들지 않아도 되고 시트도 벗을 수 있게 되자 마음이 한결 가벼워졌다.

마침내 황혼의 어스름한 빛마저 사라지고 완전한 어둠이 검은 안개처럼 지상에 내려앉았다.

19

어둠이 내리자마자 토머스는 어떤 소녀의 비명 소리를 들었다.

처음에는 그게 비명인 줄도 몰랐고, 환청일 수도 있다고 생각했었다. 건조한 땅을 터벅터벅 밟는 공터인들의 발소리, 보따리와 옷이 바스락거리며 부대끼는 소리, 숨을 헐떡이며 나지막하게 주고받는 얘기 소리 때문에 명확하게 구분할 수 없었던 탓이었다. 그런데 그의 머릿속에서 위잉 하고 시작된 소리가 어느새 또렷하게 들리기 시작했다. 저 앞 어딘가, 마을 쪽 방향이긴 하지만 마을보다는 좀 더 가까운 곳에서, 소녀의 비명이 밤하늘을 가르고 있었다.

다른 아이들도 그 소리를 들었는지 곧장 달리기를 멈췄다. 모두가 멈춰 서서 숨을 죽이자, 그 괴이한 비명 소리가 더 확실하게 들렸다.

고양이의 울음소리 같기도 했다. 상처 입고 울부짖는 고양이의 소리. 살갗에 소름이 돋게 만드는 소리. 손으로 귀를 틀어막으며 제발 더는 들리지 않기를 기도하게 되는 그런 소리. 그 소리는 어딘지 모르게 부자연스러웠고 토머스의 몸 안팎에 오한을 불러일으켰다. 어둠이 짙어질수록 두려움은 더욱 커졌다. 그 소리를 내는 이가 누구든 가까운 곳에 있는 것 같진 않았지만, 무어라 형언할 수 없는 그 날카로운 울부짖음은 살아 있는 메아리처럼 퍼져 나가다 땅에 부딪친 후에야 잦아들곤 했다.

"저 소릴 듣고 있으면 뭐가 생각나는지 알아?"

민호의 나지막한 물음에 일말의 두려움이 어려 있었다.

토머스는 답을 알고 있었다.

"벤이랑 알비랑 나? 괴수의 바늘에 쏘이고 변화 과정을 겪으면서 내는 비명 소리랑 비슷하다는 거 아니야?"

"바로 그거야."

옆에서 프라이팬이 앓는 소릴 하며 나섰다.

"안 돼, 안 돼, 절대 안 돼. 여기서도 그 빌어먹을 괴수들이랑 만나게 될 거란 말은 제발 하지 마. 그것만은 절대 싫어!"

토머스와 에어리스가 서 있는 곳에서 왼쪽으로 두어 발자국 떨어진 곳에서 뉴트가 말했다.

"괴수가 나타날 것 같진 않아. 그것들 피부가 얼마나 축축하고 끈적거렸는지 다들 기억하지? 이런 데서 굴러다니면 금방 흙덩어리로 변해서 제구실을 못 할 거야."

토머스가 말했다.

"글쎄. 사악이 괴수도 만들었는데 그보다 더한 괴물이라고 못만들겠어. 이런 말 하고 싶진 않지만, 쥐처럼 생긴 그 남자도 앞으로 더 힘들어질 거라고 했잖아."

"이야, 토머스가 이번에도 우리 힘내라고 격려 연설을 해 주는
구나."

프라이팬은 나름 명랑하게 말하려 했지만 막상 입 밖으로 나온
말은 비꼬는 투가 되고 말았다.

"그냥 내 생각이 그렇다는 것뿐이야."

토머스의 말에 프라이팬이 씩씩대며 내뱉었다.

"알아. 아주 엿 같은 상황이긴 하지."

토머스가 물었다.

"이제 어쩌지?"

민호가 말했다.

"여기서 잠깐 쉬자. 배도 채우고 목도 축인 다음, 해가 없는 동
안 최대한 이동하다가 동이 트기 전에 두어 시간 눈 좀 붙이자."

프라이팬이 물었다.

"저기 어디서 미친 여자애가 계속 울부짖고 있는데?"

"악쓰느라 바쁜 것 같은데 뭐."

무슨 이유에서인지 몰라도 민호의 이 말에 토머스는 두려움을
느꼈다. 다른 아이들도 마찬가지인지, 다들 말없이 어깨에 메고
있던 보따리를 내린 후 땅바닥에 앉아 음식을 먹기 시작했다.

"아, 저 여자애 입 좀 안 다무나."

점점 더 어두워져 가는 밤하늘 아래서 달리는 동안 에어리스는
이 말을 벌써 다섯 번째 했다. 정확한 위치는 알 수 없지만 비명이
점점 커지는 것으로 짐작컨대 가여운 소녀와의 거리는 점점 좁혀

지는 듯했다. 소녀의 높고 날카로운 비명은 그칠 줄 몰랐다.

조금 전 그들은 침울한 분위기 속에서 조용히 식사를 했다. 쥐 선생이 말한 변수라든가, 사악에게 공터인들의 반응이 어떤 의미에서 중요하다고 하는 것인가에 대한 얘기를 두런두런 나누었다. '청사진'을 만든다든가, '위험지역' 패턴을 찾아낸다든가 하는 얘기들. 물론 아무도 확실한 답을 알지 못하기에 의미 없는 추측만 주고받을 뿐이었다. 토머스는 기분이 묘했다. 이제 그들은 누군가 자신들을 대상으로 시험을 하고 있다는 것을, 자신들은 사악이 마련한 시련을 겪고 있다는 것을 알고 있었다. 그렇다면 전과는 다르게 행동할 법도 한데 그들은 약속받은 치료제를 얻기 위해 여전히 전진하고 싸우며 생존을 위해 발버둥치고 있었다. 아무리 생각해 봐도, 예전과 다를 바 없는 생활이었다.

앉아서 쉬면서 다리며 관절에 긴장이 풀어질 때쯤 민호가 다시 출발을 지시했다. 하늘에 뜬 달은 가늘고 길어서 별들보다 딱히 더 밝지도 않았지만, 평평한 불모의 땅을 달리고 있는 터라 더 밝은 빛이 필요하지는 않았다. 환각이 아니라면, 그들은 마을에서 반짝거리는 빛을 향해 나아가고 있었다. 그 빛이 고정되어 있지 않고 깜박이는 것으로 미루어 보아 모닥불 같은 것일 수도 있었다. 모닥불인 것이 오히려 말이 되었다. 이런 황무지에 전기가 들어올 가능성은 없다고 봐야 할 테니까.

정확히 언제부터인지는 모르겠지만, 어느 순간부터 마을의 건물 무더기가 한결 가까워진 듯 느껴졌다. 게다가 처음 생각했던 것보다 건물들의 숫자도 더 많았다. 건물들은 높이도 더 높은 데다가 폭도 넓었고, 아무렇게나 세워진 게 아니라 줄 맞추어 서 있었다. 지금은 어떤 원인에 의해 피폐해진 상태이기는 하지만, 애초에 작은 마을이 아니라 대도시였던 곳 같았다. 태양 플레어 현상으로 인해 재앙이 초래된 것일까? 아니면 그 현상이 일어난 동안 다른 이유로 그리 된 것일까?

토머스가 어림잡아 보기로 내일쯤에는 맨 앞쪽 건물에 도착할 수 있을 것 같았다.

해가 져서 더 이상 시트를 함께 쓰고 다닐 필요가 없는데도 에어리스는 토머스 옆에서 천천히 달리고 있었다. 토머스는 말을 걸어 보았다.

"네가 있었다는 그 미로에 대해 좀 들을 수 있을까?"

에어리스는 호흡이 일정했다. 토머스 못지않게 체력이 좋은 편인 듯했다.

"미로에 대해서라니? 정확히 무슨 얘길 듣고 싶은 건데?"

"네가 우리한테 자세한 얘길 해 주지 않았잖아. 네가 있던 그곳은 어땠어? 얼마나 있었던 거야? 어떻게 빠져나왔어?"

에어리스는 건조한 사막의 부드러운 흙을 저벅저벅 밟아 가며 대답했다.

"네 친구들 몇 명이랑 얘기를 나눠 봤는데 내가 있던 곳과 너희가 있던 곳은 판박이더라. 공터인들 다수가 남자가 아니라 여자라는 점만 빼고. 내가 있던 곳에서도 공터인들 중 일부는 미로 안에 머문 지 2년 정도 되었고 나머지는 한 달에 한 명씩 들어온 것으로 알고 있어. 그러다가 레이철이 미로로 들어왔고 바로 다음 날 내가 혼수상태인 채로 들어왔지. 그전의 일은 거의 기억에 없고, 혼수상태에서 깨어난 후 공터와 미로에서 정신없이 보낸 날들만 대부분 기억에 남아 있어."

에어리스는 그곳에서 겪은 일들을 들려주었는데, 토머스를 비롯한 공터인들이 경험한 것과 거의 일치했다. 기괴하고 쉽게 믿기지 않았다. 혼수상태에서 깨어난 에어리스는 '끝'에 대해 언급했고, 그 후 밤마다 닫히던 돌벽이 닫히지 않게 되었으며, 한 달에 한 번 오던 상자도 오지 않게 되었다고 했다. 에어리스를 비롯한 공터인 소녀들은 미로에 숨겨진 암호를 풀어냈고 우여곡절 끝에 탈출하게 되었다고 했다. 토머스 쪽 공터인들이 겪은 끔찍한 경험과 거의 완전히 똑같은 내용이었다. 다만 에어리스 쪽 그룹의 사망자가 토머스 쪽 그룹보다 적었는데, 그 소녀들이 테리사처럼 강한 이들이라면 그리 놀랄 일도 아니었다.

에어리스와 소녀들이 과학자들이 있는 방에 이르렀을 때, 갤리가 그랬듯이 며칠 전에 실종됐던 베스라는 이름의 소녀가 레이철을 죽였고, 그 일이 있은 직후에 구조대가 들어와 그들을 체육관으로 데려갔다고 했다. 그리고 잠시 후에 구조대는 에어리스만 따로 다른 건물로 데려다 놓았는데, 그 건물에서 에어리스가 머문 방이 바로 토머스 일행이 에어리스를 발견한, 테리사의 이름이 적혀 있던 방이었다.

에어리스의 말이 사실이라면 앞으로 무슨 일이 일어날지는 짐작조차 할 수 없었다. 절벽에서 일어난 일, 평면 이동 문을 지나 터널을 따라 이동하면서 벌어진 일들도 생각할수록 괴상했다. 창밖에 갑자기 생겨난 벽돌 벽이라든지, 에어리스의 방문 옆 표시판에 적혀 있던 이름이 바뀐 것도 불가사의였다.

생각할수록 토머스는 골이 지끈거렸다.

나 그룹과 그 그룹에 속한 이들의 역할을 짚어 보며 토머스는 혼란스러웠다. 그와 에어리스가 텔레파시로 연결되어 있다는 것도 그렇고, 에어리스가 나 그룹에서 테리사의 역할을 맡고 있었다는 것도 신경 쓰였다. 미로 시련의 마지막에 척이 토머스를 대신해 죽은 사건……. 그 사건만이 평행하게 진행된 두 그룹의 상황에서 유일하게 다른 점이었다. 두 그룹에 적용된 동일한 조건의 장치들은 특정한 갈등을 조장하기 위한 것이었을까, 아니면 사악의 연구 자료 수집에 필요한 반응을 유발하기 위한 것이었을까?

토머스가 곰곰이 생각하고 있는데 에어리스가 물었다.

"전부 이상하지?"

"단순히 이상하다는 표현으로 충분할까? 두 그룹을 대상으로 어떻게 이런 비현실적인 평행 실험을 할 수 있는지 기가 막힐 뿐이야. 그들은 시험이니 시련이니 떠벌리고 있지만 이게 말이 되냐? 어쨌든 그들이 우리의 반응을 시험하고 있는 거라면, 우리가 같은 조건에서 고생을 겪은 것도 논리적으로 설명되기는 해. 물론 이상하긴 하지만."

토머스가 말을 마치자마자 멀리서 들려오는 소녀의 고통에 찬 비명 소리가 한결 커져서 토머스는 새삼 두려움을 느꼈다.

"이유를 알 것도 같아."

에어리스가 이렇게 말했으나, 목소리가 너무 작아서 토머스는 제대로 들은 건지 알 수가 없었다.

"뭐라고?"

"이유를 알 것 같다고. 왜 두 그룹이어야 했는지. 아니, 두 그룹인지."

토머스는 에어리스를 돌아보았다. 뜻밖에도 에어리스의 표정은 침착했다.

"그래? 말해 봐."

에어리스는 그다지 숨이 차지 않은지 편안하게 설명했다.

"음, 두 가지 가설을 생각해 봤는데. 하나는, 이 사악이라는 단체의 사람들이 두 그룹의 아이들 중에서 최고들만 선별해서 또 다른 목적에 쓰려고 한다는 거야. 어쩌면 최고들만 뽑아서 사육하려는 것일 수도 있고."

"뭐? 사육한다고? 설마."

토머스는 너무 놀라서 소녀의 비명 소리마저 귀에 들어오지 않았다. 사육이라니, 역겹기 짝이 없었다.

"그들은 우릴 미로에 집어넣고 이상한 터널까지 지나게 했어. 그런데도 사육이 전혀 불가능한 얘기 같아? 아닐걸."

에어리스의 말이 일리가 있음을 토머스는 인정할 수밖에 없었다.

"그렇긴 하지. 좋아. 그럼 두 번째 가설은 뭔데?"

이 질문을 하면서 토머스는 피로가 엄습해 오는 것을 느꼈다. 누군가 식도 안으로 모래를 한 컵 들이부은 것처럼 목 안이 깔깔했다.

"반대로 생각해 봤어. 어쩌면 그들은 두 그룹의 생존자들이 아니라 끝까지 살아남은 한 그룹만 원하는 걸지도 모른다고. 즉, 소년 소녀들 중에서 최고만 골라내거나, 한쪽 그룹만 고르거나. 지금 상황에서는 이렇게 두 가지로 생각할 수밖에 없어."

토머스는 에어리스의 말을 한참 생각해 본 후 입을 열었다.

"그럼 쥐 선생이 한 말은 어떻게 해석해야 돼? 그들이 우리 반응을 시험하면서 일종의 청사진을 만들고 있다고 했잖아. 어쩌면 그들은 그냥 실험을 하고 있는 건지도 몰라. 우리 중 누구를 생존하게 만들 계획 따윈 없고 그저 우리의 뇌와 반응, 유전자 등을 연구하고 있는 것일 수도 있어. 실험이 끝나고 나면 우린 다 죽고 그들은 보고서를 잔뜩 받아서 읽게 되겠지."

에어리스가 생각에 잠긴 목소리로 말했다.

"흐음. 그것도 가능하겠네. 난 그들이 왜 양쪽 그룹에 성별이 다른 구성원을 한 명씩 넣어 놨는지 그 이유를 줄곧 생각해 봤어."

"그로 인해 어떤 다툼이나 문제가 발생하는지 알고 싶어서였겠지. 반응을 연구하기에 좋은 특별한 상황이잖아. 이렇게 얘기하니까 재미는 있구나. 언제 멈춰서 똥을 싸야 할지 논의하는 것 같기도 하고."

이 말을 하면서 토머스는 웃음이 나올 뻔했다. 에어리스는 소리 내어 메마르게 킥킥 웃었다. 토머스는 기분이 한결 나아졌고 에어리스가 더욱 마음에 들었다.

"아, 그런 말 하지 마. 안 그래도 지금 똥이 마려운데 한 시간은 더 있어야 민호가 휴식 선언을 할 것 같단 말이야."

에어리스의 말에 이번에는 토머스가 낄낄 웃었다. 그 순간, 마치 에어리스의 요청을 듣기라도 한 것처럼 민호가 모두에게 멈추라고 소리쳤다. 민호는 허리춤에 양손을 얹고 숨을 고르며 말했다.

"각자 똥들 누고 와. 다 눈 다음엔 흙을 잘 덮고, 여기랑 너무 가까운 데서 누지들 말고. 15분간 쉰 다음 걸어서 이동한다. 너희는 나나 토머스 같은 러너의 속도에 맞추기 어려울 테니까."

토머스는 그 말을 흘려들었다. 어디서 어떻게 볼일을 볼지에 대해서까지 지시받고 싶진 않았다. 토머스는 그 자리에 서서 주변을 한 바퀴 돌아보았다. 깊게 한껏 숨을 들이마신 후 긴장을 푸는데 시야에 무언가가 들어왔다. 그들이 가고 있는 방향에서 약간 비껴난 곳, 100미터 전방쯤에 시커먼 건물이 있었다. 도시에서 흘러나오는 희미한 불빛을 배경으로 서 있는 사각형의 납작한 건물. 너무 또렷하게 보여서 지금까지 그 건물을 보지 못했다는 게 믿기지 않았다.

토머스가 그 덩어리를 손으로 가리키며 소리쳤다.

"저기 좀 봐! 저기 작은 건물이 하나 있어. 여기서 수 분 거리고 약간 오른쪽이야. 보여?"

민호가 대답하며 옆으로 다가와 섰다.

"그래, 보여. 뭐하는 건물인지 궁금하구만."

토머스가 무어라 대꾸하기도 전에 두 가지 일이 거의 동시에 일어났다.

첫째, 정체를 알 수 없는 소녀의 괴상한 비명 소리가 갑자기 멈췄다. 누군가 그 소녀가 들어 있는 방의 문을 닫아 소리를 단숨에 차단한 것처럼. 그리고 그 건물 뒤에서 어떤 소녀가 긴 머리카락을 검은 비단처럼 나부끼며 걸어 나왔다. 소녀의 얼굴은 그림자에 가려 보이지 않았다.

20

토머스는 가만히 있을 수가 없었다. 그 소녀가 테리사이기를 바라며, 본능적으로 불러 보았다. 만에 하나 테리사가 저 앞에서 그를 기다리고 있는 거라면.

테리사?

대답이 없었다.

테리사? 테리사!

여전히 대답은 들려오지 않았다. 테리사가 실종된 후 토머스의 가슴에 남은 공허한 느낌은 여전했다. 마치 웅덩이 안에 물이 증발되고 텅 빈 것 같은 느낌. 하지만…… 어쩌면 저 소녀는 테리사일 수도 있었다. 그럴 가능성마저 배제할 수는 없었다. 그들의 텔레파시 통신 능력에 문제가 생긴 것일지도 모르니까.

소녀는 건물 뒤에서 나왔다기보다는 건물 안에서 나온 것 같았는데, 일단 밖으로 나온 후에는 그 자리에 계속 서 있었다. 그림자에 완전히 가려 윤곽만 보였지만 서 있는 자세로 짐작컨대 소녀는 팔짱을 낀 채 그들을 쳐다보고 있는 듯했다.

토머스의 생각을 읽기라도 한 듯 뉴트가 물었다.

"쟤가 테리사인 것 같아?"

토머스는 자기도 모르게 고개를 끄덕였다. 소녀를 알아본 이가 또 있는지 확인하려고 얼른 주변을 둘러보았으나 없는 듯했다. 일단 뉴트의 물음에 대답했다.

"확실하진 않아."

저쪽에서 프라이팬이 민호에게 물었다.

"저 여자애가 계속 악쓰던 애 맞지? 쟤가 밖으로 나오자마자 비명이 멈췄잖아."

그러자 민호가 투덜댔다.

"저 안에서 누군가를 고문하다가 나왔다고 봐야 될 것 같은데. 우리가 가까이 오는 걸 보고, 그 사람을 죽여서 고통을 끝내 준 모양이지."

그러고는 손뼉을 한 번 딱 치고는 덧붙였다.

"자, 저기 가서 멋진 숙녀를 만나고 올 사람?"

지금 같은 때에 별나게 쾌활하게 구는 민호의 모습에 토머스는 당황했지만 얼른 나섰다.

"내가 갈게."

저 소녀가 테리사일지 모른다는 희망을 품고 있다는 걸 아무에게도 들키고 싶지 않았지만, 아무래도 목소리가 너무 크게 나온 것 같았다.

그러자 민호가 말했다.

"농담 한번 해 본 거야, 인마. 다 같이 가서 봐야지. 어쩌면 저 판잣집 안에 미친 소녀 닌자들이 한 부대는 들어 있을지도 모르잖아."

그러자 뉴트가 말했다.

"미친 소녀 닌자라고?"

뉴트는 민호의 가벼운 태도에 화가 났다기보다는 놀란 것 같은 목소리였다.

민호가 앞장서서 걸어가며 말했다.

"그래. 가 보자."

토머스는 본능적으로 민호를 막아 서며, 나지막한 목소리로 말했다.

"안 돼! 그러지 마. 내가 가서 얘기하고 올 테니까 너희는 여기 있어. 함정일 수도 있잖아. 한꺼번에 몰려갔다가 전부 함정에 빠지는 바보짓은 하지 말아야지."

그러자 민호가 물었다.

"그래서 혼자 가겠다는 넌 바보가 아니고?"

"한 명이 먼저 가서 알아보는 게 낫지. 무작정 다 같이 몰려가면 안 되잖아. 내가 먼저 가서 알아볼게. 만약 무슨 일이 일어나거나 수상쩍다 싶으면 도와달라고 소리칠게."

민호는 잠시 뜸을 들이다 대답했다.

"알았어. 가 봐, 용감한 똘추야."

그러고는 토머스의 등을 따끔할 정도로 세게 탁 쳤다.

그런데 뉴트가 나섰다.

"멍청하게 혼자 가려고 하지 말고 나랑 같이 가."

"안 돼! 내가…… 가게 해 줘. 어쩐지 조심해야 될 것 같은 예감이 들어서 그래. 내가 어린애처럼 울면 그때 와서 도와줘."

누가 또 나서서 같이 가자고 하기 전에 토머스는 소녀가 서 있는 건물 쪽으로 걸음을 재촉했다.

서둘러 거리를 좁혀 나갔다. 그의 신발 밑창이 모래와 돌멩이를 버석버석 밟는 소리 외에는 사방에 정적이 흘렀다. 멀리서 무언가 타는 냄새가 사막의 거친 흙냄새에 섞여 있었다. 건물 옆에 서 있는 소녀의 윤곽을 가만히 보니 확신이 섰다. 머리와 몸의 모양새 때문인지, 그녀가 서 있는 모습 때문인지, 한옆으로 비스듬히 팔짱을 낀 채 반대쪽으로 엉덩이를 살짝 뺀 자세 때문인지는 몰라도, 느낌이 왔다.

바로 그녀였다.

테리사.

몇 미터 앞까지 다가갔을 때쯤 희미한 빛이 얼굴을 비추는가 싶더니, 그녀는 그 자리에서 고개를 돌리고 열어 놓은 문을 지나 작은 건물 안으로 들어갔다. 직사각형의 건물에는 천막처럼 가운데가 높고 양옆으로 길게 경사진 지붕이 올려져 있었다. 이쪽 방향에서 봐서는 창문이 없는 건물 같았다. 건물 모서리에 달아 놓은 정육면체의 시커먼 조각들은 확성기인 듯했다. 그렇다면 공터인들이 지금까지 들은 비명 소리는 그 확성기를 통해 방송된 것일 가능성이 있었다. 멀리서도 또렷하게 들린 이유가 바로 이 확성기 때문인 모양이었다.

커다란 목판으로 된 문이 활짝 열린 채 벽에 붙어 있었다. 문 안쪽이 바깥보다 더 어두웠다.

무모하고 어리석은 짓인 줄 알면서도 토머스는 문 안으로 걸어 들어갔다. 테리사니까. 그녀에게 무슨 일이 있었든, 어째서 홀연 사라져 텔레파시 통신마저 거부했는지 몰라도, 그는 그녀가 자신을 해치지 않을 것임을 알고 있었다. 절대 그럴 리 없었다.

건물 안은 바깥에 비해 확실히 시원했다. 축축한 느낌마저 들었다. 기분은 나쁘지 않았다. 토머스는 세 걸음 더 안으로 들어가서 멈춰 선 후 완벽한 어둠에 귀를 기울였다. 그녀의 숨소리가 들렸다. 그는 텔레파시로 말을 걸고 싶은 유혹을 뿌리치고 소리 내어 물었다.

"테리사? 테리사, 무슨 일이야?"

그녀는 대답하지 않았다. 다만 짧게 숨을 들이쉬다가 훌쩍이는 소리가 들렸다. 울음을 감추려고 안간힘을 쓰고 있는 듯했다.

"테리사, 제발 말 좀 해 봐. 너한테 무슨 일이 있었는지, 그들이 너한테 무슨 짓을 했는지 모르지만, 내가 여기 왔잖아. 이건 정말이지 미친 짓이야. 제발 말 좀……."

갑자기 눈앞에서 불빛이 확 타오르다가 자그맣게 잦아드는 바람에 토머스는 말을 끝맺지 못했다. 그의 눈은 그 불빛으로, 성냥을 쥐고 있는 손으로 향했다. 그 불빛은 천천히 밑으로 내려와 작은 탁자에 놓인 초의 심지에 옮겨 붙었다. 심지에 불이 붙자 그 손은 성냥을 흔들어 불을 껐다. 토머스는 고개를 들어 그녀를 보았다. 그의 짐작대로, 테리사였다. 테리사가 살아 있다는 사실에 토머스는 이루 말할 수 없는 기쁨을 느꼈지만 곧 혼란과 두려움에 사로잡혔다.

테리사는 머리끝부터 발끝까지 깔끔했다. 먼지가 이는 사막을

가로질러 여기까지 왔으면 꽤 지저분한 모습이어야 하는데, 여기
저기 찢어져 남루한 옷을 입고 있어야 하는데, 머리가 떡 지고 얼
굴은 흙투성이에다 햇볕에 그을었어야 마땅한데 그렇지가 않았
다. 그녀는 방금 갈아입은 것처럼 깔끔한 옷을 입고 있었고, 깨끗
한 머리카락은 어깨 위에서 찰랑거렸다. 하얀 얼굴과 팔에는 상처
하나 없었다. 미로에서 보았을 때보다도, 그가 변화 과정을 겪으
며 끌어올린 흐릿한 기억의 조각에 남아 있는 모습보다도 훨씬 아
름다웠다.

　하지만 그녀의 두 눈은 눈물로 반짝거리고 있었다. 두려움으로
바르르 떨리는 입술, 부들부들 떠는 두 손이 보였다. 눈물이 뺨을
타고 흘러내려 바닥으로 떨어진 순간, 그녀는 입술을 더 심하게
떨기 시작했고, 울음을 참느라 가슴을 격하게 들썩였다.

　토머스는 앞으로 다가가며 두 팔을 뻗었다.

　그러자 테리사가 악을 썼다.

　"안 돼! 가까이 오지 마!"

　토머스는 멈춰 섰다. 묵직한 주먹으로 배를 맞은 것처럼 충격을
받았다. 그는 두 손을 들어 올리며 말했다.

　"알았어, 그래. 테리사, 그런데……."

　무슨 말을 어떻게 해야 할지, 어떤 질문을 해야 될지 가늠이 되
지 않았다. 어떻게 행동해야 되는지도 알 수 없었다. 가슴이 격하
게 무너져 내리며 목이 메어 숨통이 막힐 것 같았다.

　그녀를 또다시 자극하고 싶지 않아 그는 그 자리에서 움직이지
않았다. 그저 테리사와 마주 보면서 눈으로 생각을 전하려 했다.
제발 무슨 말이든 해 달라고 애원했다.

정적 속에서 한참 시간이 흘렀다. 부들부들 떨고 있는 테리사의 모습은 보이지 않는 무언가에 격하게 저항하고 있는 듯했다. 묘하게 겹쳐지는 사람이 있었다.

바로 갤리였다. 공터인들과 함께 미로를 탈출해 흰 셔츠를 입은 여자가 있는 방으로 들어간 직후에 보았던 갤리의 모습. 상황이 엉망으로 돌아가기 전, 척을 죽이기 직전의 갤리의 모습이었다.

토머스는 속이 터질 것 같아 더는 참지 못하고 입을 열었다.

"테리사, 그들이 널 데려간 후로 내 머릿속엔 온통 네 생각뿐이었어. 넌……."

토머스는 그 말을 끝까지 하지 못했다. 두 걸음 만에 달려온 테리사가 바로 앞에서 팔을 뻗어 그의 어깨를 잡고 바짝 끌어당긴 것이다. 토머스는 깜짝 놀랐지만 얼른 그녀를 팔로 감싸고 바짝 끌어안았다. 너무 세게 끌어안아서 테리사가 숨을 제대로 쉬지 못하는 건 아닐까 문득 걱정되었다. 테리사의 두 손이 그의 머리 뒤에 가 닿았다가 그의 두 뺨으로 내려왔다. 그들은 서로를 마주 보았다.

그리고 키스했다. 토머스는 가슴이 터질 것 같았다. 그간의 긴장과 혼란, 두려움이 불타 사라지고 방금 전에 받은 마음의 상처도 사라졌다. 그 순간만큼은 어떤 생각도 나지 않고, 걱정도 들지 않았다.

그런데 테리사가 갑자기 뒤로 물러섰다. 그녀는 비틀거리며 뒷걸음질 쳐 벽에 등을 붙였다. 또다시 악마에게 사로잡힌 것처럼 얼굴에 공포가 어리더니 다급하게 속삭이기 시작했다.

"나한테서 도망쳐, 톰. 너희 모두…… 나한테서…… 도망쳐야 돼. 이유는 묻지 마. 당장 떠나. 달아나."

마지막 단어들을 힘겹게 내뱉느라 테리사의 목은 긴장으로 뻣뻣해졌다.

토머스는 살면서 이토록 가슴 아픈 순간이 없었다. 하지만 더 충격적인 것은 자신의 행동이었다.

그는 여기 있는 테리사를 알고, 기억하고 있었다. 예상보다 더 앞뒤가 맞지 않고, 끔찍하게 잘못된 상황이긴 하지만, 지금 그녀는 진실을 말하고 있었다. 그녀가 자신을 조종하는 자의 뜻을 거스르며 경고를 해 주고 있었다. 여기서 더 뭉그적대며 이유를 따져 묻고 억지로 그녀를 데리고 나가는 것은 그녀의 의지를 모욕하는 것이었다. 그녀가 시키는 대로 해야 했다.

"테리사. 널 꼭 다시 찾아낼게."

토머스는 눈물을 머금고 돌아서서 건물 밖으로 뛰쳐나갔다.

21

토머스는 컴컴한 건물을 뒤로하고 달려갔다. 눈물이 앞을 가려 잘 보이지 않았다. 공터인들이 모여 있는 곳으로 돌아간 그는 그들의 질문에는 대답하지 않고, 그저 여기서 최대한 멀리 도망쳐야 한다고만 말했다. 설명은 나중에 하겠다고. 지금 그들의 목숨이 위험하다고.

그러고는 기다리지도 않고 먼저 앞장서서 뛰었다. 에어리스에게서 보따리를 받아 들지도 않고 그대로 도시를 향해 전력 질주했다. 그러다 차츰 감당할 수 있을 정도로 속도를 늦추었다. 다른 공터인들의 모습도, 세상의 모습도 눈에 들어오지 않았다. 테리사에게서 달아나고 있다는 사실이 견딜 수 없을 만큼 힘들었다. 이렇게 마음이 괴로운 적이 없었다. 기억이 삭제된 채 공터로 들어갔던 일, 그곳 생활에 적응해 가던 일, 미로에 갇혔던 일, 괴수들과 싸우던 일, 죽어 가는 척을 바라볼 수밖에 없었던 일을 모두 합쳐도…… 지금의 괴로움보다는 덜했다.

테리사는 저기에 있다. 그는 그녀를 품에 안았다. 그들은 다시 만났다.

그들은 키스했고, 그는 예전에 알지 못하던 감정을 느꼈다.

그런데 지금 그는 달아나고 있었다. 테리사를 버려 두고 도망치고 있었다.

속에서 울음이 터져 나왔다. 비참하게 갈라진 목소리로 끅끅거렸다. 심장이 너무 아파서 그 자리에서 멈추고 바닥에 주저앉아 모든 걸 포기하고 싶었다. 슬픔에 사로잡혀 당장 그녀에게 돌아가고 싶은 마음을 수없이 추슬렀다. 테리사가 지시한 대로 해야 했다. 그리고 테리사를 다시 찾아내겠다는 약속을 반드시 지켜야만 했다.

그래도 테리사는 살아 있다. 살아 있다.

그는 이 말을 계속 되뇌며 달려갔다.

테리사는 살아 있다.

토머스의 몸은 더 이상 견뎌 내지 못했다. 테리사를 버려 두고 달아난 지 두 시간, 아니 세 시간쯤 지났을까. 한 발자국만 더 달려도 심장이 터져 버릴 것 같아 토머스는 멈춰 섰다. 뒤를 돌아보니 멀리서 이쪽으로 오고 있는 어렴풋한 그림자들이 보였다. 공터인들이었다. 토머스는 한쪽 무릎에 두 팔을 얹고 바닥에 엎드려 메마른 공기를 크게 들이마시다가, 눈을 감고 공터인들이 올 때까지 기다렸다.

제일 먼저 도착한 사람은 민호였다. 민호는 썩 기분이 좋지 않

은 얼굴이었다. 어느덧 밝아 오기 시작한 동쪽 하늘의 희미한 새
벽빛에 민호의 표정을 읽을 수가 있었다. 민호는 씩씩대면서 토머
스의 주변을 세 바퀴 돌고는 입을 열었다.

"왜…… 어째서……. 너 이 정도밖에 안 되는 놈이었냐, 토머
스?"

토머스는 대답하고 싶지 않았다. 아무 말도 하고 싶지 않았다.

토머스가 입을 다물고 있자 민호가 옆에 무릎을 굽히고 앉으며
다시 물었다.

"왜 그랬어? 어떻게 거기서 아무 설명도 없이 그냥 도망칠 수
가 있어? 우리가 언제부터 그렇게 무계획적으로 움직였어? 이 똘
추야."

그러고는 크게 한숨을 토해 내더니 고개를 절레절레 흔들며 바
닥에 주저앉았다.

토머스는 조그맣게 중얼거렸다.

"미안. 충격이 너무 커서 어쩔 수가 없었어."

나머지 공터인들도 속속 도착했다. 그들 중 절반은 허리를 굽히
고 숨을 고르느라 여념이 없었고, 나머지 절반은 토머스와 민호가
하는 얘기를 들으려고 가까이 다가왔다. 뉴트도 가까이 다가왔지
만, 추궁하는 일은 민호에게 맡기고 조용히 듣고만 있었다.

민호가 물었다.

"충격이 너무 컸다고? 그 건물 안에서 누굴 봤는데? 그들이 뭐
라고 말했어?"

토머스는 달리 선택의 여지가 없었다. 더는 이들에게 진실을 숨
길 수도 없었고, 숨겨서도 안 되었다.

"내가 만난 사람은…… 테리사였어."

토머스는 공터인들이 놀란 숨을 토해 내며 그를 거짓말쟁이로 몰아붙일 것이라 예상했었다. 그런데 흙으로 뒤덮인 땅을 종종걸음 치는 바람 소리만 들릴 뿐 조용했다.

잠시 후 민호가 물었다.

"뭐? 정말이야?"

토머스는 바닥에 놓인 삼각형 모양의 돌멩이를 내려다보며 고개를 끄덕였다. 불과 몇 분 만에 주변이 확연히 밝아졌다.

민호는 무척 충격을 받은 얼굴이었다.

"그런데 걔를 그냥 거기 버려 두고 온 거야? 야, 인마, 무슨 일인지 당장 말해."

토머스는 그 일을 상기하기가 너무도 고통스럽고 가슴이 찢어질 것 같았지만 사실대로 털어놓았다. 건물 안에서 테리사를 보았는데 그녀가 몸을 떨며 울더라는 것, 예전에 갤리가 척을 죽이기 전에 그랬듯이 테리사 역시 무언가에 조종당하는 것 같았는데 그 와중에도 경고를 해 주더라는 것. 키스에 관한 부분만 빼고 전부 다 얘기했다.

다 듣고 난 민호는 한마디 말로 상황을 정리하며 지친 목소리로 내뱉었다.

"어휴."

그리고 몇 분이 지났다. 건조한 바람이 바닥을 할퀴고 지나가며 먼지를 불러일으켰다. 지평선 위로 떠오르는 밝은 주황색 반구는 공식적으로 하루의 시작을 알리고 있었다. 말하는 이는 아무도 없었다. 코 훌쩍이는 소리, 숨 쉬는 소리, 기침 소리, 그리고 몇 명이 물통에 담긴 물을 마시는 소리만 들릴 뿐이었다. 밤사이 도시는 규모가 더 커진 것 같았고 건물들은 구름 한 점 없는 청자색 하늘을 향해 손을 뻗었다. 하루나 이틀 후면 도시로 들어갈 수 있을 듯했다.

마침내 토머스가 다시 입을 열었다.

"거긴 함정이었어. 거기 계속 있었으면 무슨 일이 일어났을지, 우리 중 몇 명이나 죽었을지 모르지. 어쩌면 다 같이 몰살당했을지도 몰라. 그런데 테리사가 조종하는 자한테서 잠깐 벗어났을 때 난 그 눈이 진실을 말하고 있다는 걸 알 수 있었어. 테리사가 우릴 구해 준 거야. 그런 짓을 했으니 이제 그들이 테리사를······."

토머스는 속이 타서 잠시 말을 잇지 못하다가 덧붙였다.

"가만둘 리 없겠지."

민호가 손을 내밀어 토머스의 어깨를 잡았다.

"인마, 빌어먹을 사악 놈들이 테리사를 죽일 작정이었으면 벌써 옛날에 바위 더미에 깔아 죽였겠지. 걘 누구 못지않게, 아니 누구보다도 강한 애야. 끝까지 살아남을 거니까 걱정 마."

토머스는 숨을 깊게 들이마셨다가 뱉어 냈다. 기분이 조금 나아졌다. 이런 상황에서 기분이 나아질 줄은 상상도 못 했다. 민호의 말이 옳았다.

"그래, 나도 알아. 알고 있어."

토머스가 이렇게 말하자 민호가 일어서며 말했다.

"우린 두 시간 전에 잠을 자 뒀어야 했는데 여기 널브러진 사막의 러너, 너 덕분에······."

민호는 토머스의 머리를 가볍게 툭 치며 말을 이었다.

"빌어먹을 해가 뜰 때까지 녹초가 되게 달려야 했어. 그러니 지금이라도 좀 쉬어야겠다. 다들 시트를 덮고 자도록 해. 힘들겠지만 노력들 해 봐."

토머스는 잠드는 게 어려울 것 같지 않았다. 작열하는 태양이 눈꺼풀을 검은 얼룩이 진 진홍색으로 물들였지만 눕자마자 바로 잠이 들었다. 머리 위까지 덮어쓴 시트가 그를 뜨거운 태양으로부터, 온갖 고민으로부터 지켜 줄 것이다.

22

민호는 그들이 거의 네 시간 정도 자게 두었다. 나중에는 굳이 깨울 필요도 없었다. 하늘 높이 떠올라 점점 강한 열기를 내리쬐는 태양 때문에 다들 그 지독한 빛을 무시하고 잠을 잘 수가 없었으니까. 토머스는 일어나서 아침을 먹고 보따리를 다시 쌌다. 이미 옷이 땀에 흠뻑 젖어 있었다. 씻지 않은 몸 냄새가 역겨운 안개처럼 그들 사이에 떠다녔다. 토머스는 자신의 몸 냄새가 제일 심하지는 않기를 바랐다. 지금 돌이켜 생각해 보면 건물 숙소의 화장실에서 했던 샤워는 굉장한 사치였다.

다시 길 떠날 준비를 하는 동안 공터인들은 시무룩하고 말이 없었다. 토머스도 생각을 거듭해 보았으나 이 여정에서 기분 좋은 점은 찾아볼 수가 있었다. 그럼에도 불구하고 두 가지 이유로 인해 그는 멈출 수 없었다. 다른 아이들도 마찬가지이길 바랐다. 첫째는 저 빌어먹을 도시에 무엇이 있을까에 대한 주체할 수 없는 호기심이었다. 거리를 좁혀 갈수록 그곳은 작은 마을이 아니라 도시에 가까운 규모인 듯했다. 둘째는 테리사가 건강히 살아 있기를 바라는 마음이었다. 어쩌면 테리사는 또 다른 평면 이동 문을 지나, 그들보다 앞서 가고 있는지 모른다. 어쩌면 이미 저 도시에 들어가 있을 수도 있었다. 그런 생각을 하면 토머스는 약간이나마 기운이 났다.

다들 준비를 마치자 민호가 지시했다.

"출발!"

그들은 다시 길을 떠났다.

먼지가 이는 건조한 땅을 터벅터벅 걸어갔다. 아무도 입 밖에 내진 않았지만 다들 같은 생각을 하고 있다는 걸 토머스는 알 수 있었다. 해가 떠 있는 동안에는 도저히 달려서 이동할 힘이 남아 있지 않다는 것. 힘이 남아돈다고 해도 지금보다 더 빠른 속도로 이동하려면 물도 더 많이 소비해야 하는데 물이 충분치 않으니 속도를 더 냈다간 목숨을 부지할 수 없다는 것.

그래서 그들은 머리 위로 시트를 덮어쓰고 걸었다. 음식이 점점 줄어드는 만큼 빈 보따리가 늘어났고 태양으로부터 몸을 지켜 줄 시트의 여유분이 늘어났다. 공터인들은 굳이 둘씩 짝을 지어 시트 하나를 쓰고 이동할 필요가 없게 되었다. 토머스는 제일 먼저 시트 하나를 따로 사용할 수 있게 된 이들 중 하나였다. 테리사와의 일을 털어놓은 후로 아무도 그에게 말을 걸려고 하지 않았기 때문에 자연스럽게 혼자 시트를 쓰게 된 것이다. 토머스는 그 점에 대해 불만이 없었다. 지금은 혼자인 게 차라리 나았다.

그들은 걷고 또 걸었다. 잠시 먹고 마시며 쉬다가, 다시 걷기를 반복했다. 물기 없이 바짝 마른 뜨거운 대양(大洋)을 헤엄쳐 건너는 듯했다. 바람은 더욱 거세졌지만 더위를 식혀 주기보다는 먼지와 모래를 덮어씌울 뿐이었다. 바람이 시트를 마구 낚아채서 시트를 잡은 손에 점점 힘을 주어야 했다. 토머스는 계속 기침을 하며, 눈가에 끼는 흙을 문질러 닦아 내야 했다. 물을 마실 때마다 점점 더 갈증이 났다. 남은 물의 양은 위험할 정도로 적었다. 저 도시에 마실 물이 없다면……

그 후로는 어떻게 해야 할지 알 수가 없었다.

그들은 조용히 한 발 한 발 고통스럽게 내디뎠다. 아무도 말을 하지 않았다. 말 한두 마디를 하는 데 엄청나게 에너지가 소비되는 것 같아 토머스도 입을 열지 않았다. 그가 지금 할 수 있는 일은 목표 지점을 응시하며 이쪽 발을 저쪽 발 앞으로 계속 내딛는 것뿐이었다. 도시와의 거리는 좀처럼 좁혀지지 않았다.

가까이 갈수록 건물들은 마치 살아 있는 것처럼 몸집을 불려 가고 있는 듯했다. 얼마 후 토머스는 햇빛을 받아 반짝거리는 석조 건물의 창문들을 볼 수 있었다. 창문들 중 일부가 깨져 있긴 했지만 절반 정도는 온전히 남아 있었다. 거리에 인적은 없는 듯했다. 낮이라 그런지 모닥불 같은 것도 보이지 않았다. 나무 한 그루, 풀 한 포기 자라고 있지 않은 것 같았다. 이런 날씨에 식물이 자랄 수 있을까? 과연 저곳에 사람들이 살고 있기는 할까? 만약 살고 있다면 곡물은 어떻게 재배하지? 저기 가서 무엇을 찾아낼 수 있을까?

내일. 예상보다 오래 걸리기는 했지만 내일이면 저 도시로 진입할 수 있으리라고 토머스는 생각했다. 어찌 보면 도시를 통과하지 않고 에둘러 가는 편이 덜 위험할 수도 있겠지만 그들은 달리 선

스코치 트라이얼 **181**

택의 여지가 없었다. 물과 음식을 보충하는 것이 급선무였다.

그들은 걷고, 쉬고, 더위를 견디며 나아갔다.

마침내 날이 저물어 갔다. 태양이 안달 날 정도로 느리게 서쪽 지평선 아래로 사라지자, 바람이 한층 더 거세지면서 약간의 한기를 몰고 왔다. 토머스는 더위에서 놓여난 것만으로도 기뻐서 그 한기가 되레 반가웠다.

자정 무렵, 민호가 모두에게 걸음을 멈추고 취침하라고 지시했다. 도시 쪽에서 깜박이는 모닥불 빛이 한결 더 가까워진 것 같았고 바람도 더 거칠어졌다. 사나운 바람은 어마어마한 힘으로 매섭게 그들을 몰아쳤다.

이동을 멈추자마자 토머스는 바닥에 드러누워 시트를 턱까지 끌어올려 덮고 하늘을 올려다보았다. 바람이 그를 달래어 잠으로 이끌었다. 피곤에 지쳐 의식이 몽롱해지는 동안 하늘의 별빛도 흐려지고, 잠이 그를 또 다른 꿈으로 데려갔다.

그는 의자에 앉아 있다. 열 살 내지 열한 살 정도의 모습이다. 나무 탁자를 가운데 두고 맞은편에 앉아 있는 테리사가 보인다. 훨씬 어려진 테리사는 그가 아는 모습과는 많이 다르긴 해도 테리사인 것만은 분명하다. 둘이 같은 나이 또래다. 비교적 어두운 방 안에는 그들 두 사람 외에 아무도 없다. 바로 머리 위 천장의 사각형 전등이 누런 빛을 내리비출 뿐 다른 조명도 없다.

테리사가 팔짱을 낀 채 말한다.

"톰, 좀 더 노력해 봐."

어린아이의 모습을 하고 있긴 하지만 그녀의 표정은 토머스에게 낯설지 않다. 아주 익숙하다. 마치 오래전부터 알고 지내 온 사이인 것처럼.

"노력하고 있어."

이번에는 그가 말한다. 하지만 그 말을 한 이는 어린 토머스이지 지금의 토머스가 아니다. 논리적으로는 설명이 안 된다.

"우리가 이걸 해내지 못하면 그들이 우릴 죽일 거야."

"나도 알아."

"그럼 노력해야지!"

"하고 있다니까!"

"그래, 좋아. 앞으로 난 너한테 소리 내서 말하지 않을 거야. 네가 이걸 해내기 전까지는 한마디도 안 해."

"하지만⋯⋯."

테리사는 텔레파시로 말했다.

그리고 이렇게 머릿속으로도 말 걸지 않을 거야. 지금부터 시작이야.

이 텔레파시 기술은 지금도 여전히 그를 흠칫 놀라게 했다. 그는 듣기는 하되 텔레파시로 말을 할 수가 없었다.

"테리사, 며칠만 시간을 주면 해낼게."

테리사는 대답하지 않았다.

"그럼, 하루만 시간을 더 줘."

테리사는 그를 쳐다보기만 했다. 그러다 눈빛마저 거두고 탁자를 내려다보며 손톱으로 한 지점을 박박 긁기 시작했다.

"나랑 말 안 하고 살 수는 없을걸."

하지만 테리사는 여전히 대답하지 않았다. 토머스는 말은 그렇게 했지만 테리사의 고집을 잘 알았다. 너무나도 잘 알았다.

"알았어."

토머스는 이렇게 말하며, 이 기술을 가르치는 교사가 일러 준 대로 눈을 감았다. 검은 무(無)의 바다를 상상하는데 이따금 테리사의 얼굴이 치고 들어왔다. 그러다 의지력을 모두 끌어모아 머릿속에 단어들을 형성한 후 테리사에게 던졌다.

너한테서 똥 냄새 나.

그러자 테리사는 미소를 지으며 텔레파시로 대답했다.

너도 그래.

23

바람이 잠에서 깬 토머스의 얼굴과 머리카락과 옷을 사납게 잡아챘다. 보이지 않는 손이 잡아 흔드는 것 같았다. 하늘은 여전히 어두웠다. 일몰 후 몰려온 한기도 여전해서 그는 온몸을 덜덜 떨었다. 팔꿈치를 바닥에 대고 몸을 일으켜 주변을 둘러보았다. 근처에 웅크리고 누워 잠든 아이들의 형체가 보였다. 다들 시트를 몸에 바짝 감고 자고 있었다.

그런데 그의 시트는 온데간데없었다.

토머스는 깜짝 놀라 벌떡 일어섰다. 덮고 있던 시트가 밤사이 바람에 날아가 버렸다. 어지간한 바람이 아니니 지금쯤 10여 킬로미터는 날아갔을 것이다.

"망할."

그는 나지막하게 내뱉었다. 울부짖는 바람이 그 말마저 쓸어 가 버렸다. 꿈 내용이 떠올랐다. 어쩌면 꿈이 아니라 기억의 한 조각이었을까? 분명 그럴 것이다. 테리사와 함께 텔레파시 기술을 익히던 어린 시절을 잠시 들여다본 것이리라. 가슴이 아프고 테리사가 그리웠다. 그 기억이 바로 자신이 미로로 들어오기 전 사악 단체의 일원이었음을 말해 주는 증거인 것 같아서 죄책감도 느껴졌다. 하지만 지금은 그런 생각을 하고 싶지 않아 머릿속에서 떨쳐냈다. 최대한 밀어내면 그 기억은 당분간 차단해 놓을 수 있을 것이다.

검은 하늘을 올려다보던 그는 문득 공터에서 태양이 사라졌을 때의 일이 생각나 가슴이 철렁했다. 사라진 태양은 끝을 알리는 전조였고, 공포의 시작이었다.

그러나 상식적으로 생각해 보면 그리 놀랄 일도 아니었다. 강풍. 차가운 공기. 바로 폭풍우가 몰아치기 전의 날씨였다.

그래서 구름이 잔뜩 끼어 이렇게 별빛 하나 보이지 않는 것이다.

당황했던 토머스는 마음을 가라앉히고 바닥에 앉았다. 잠시 후 모로 누워 공처럼 몸을 웅크린 다음 두 팔로 몸을 감쌌다.

지난 이틀간 견뎌야 했던 혹독한 더위와 크게 대조되기는 했지만 이 정도의 추위는 그럭저럭 견딜 만했다. 누워서 자신의 내면을 살피는 동안 최근 떠오르는 기억들에 대해 궁금증이 일었다. 그건 변화 과정의 여파에 불과한 걸가? 아니면 삭제되었던 기억이 돌아오고 있는 건가?

이런저런 감정들이 속에서 휘몰아쳤다. 그는 기억을 봉인해 놓은 벽이 완전히 부서지기를 바랐다. 자신이 누구인지, 어디서 왔는지 알고 싶었다. 그러나 자신에 대해 알고 싶지 않은 진실이 밝혀질까 두렵기도 했다. 그를 이곳까지 오게 만든 놈들, 친구들에게 이런 짓을 한 놈들 속에서 자신이 무슨 역할을 했는지. 그 진실을 마주하기가 겁났다.

다급히 잠을 청했다. 귀에 대고 끝없이 포효하는 바람 소리를 들으며 그는 다시 깜박 잠이 들었다. 이번에는 아무 꿈도 꾸지 않았다.

탁한 회색으로 밝아 오는 새벽빛에 토머스는 잠을 깼다. 먹구름이 하늘을 온통 뒤덮고 있어, 사방으로 끝없이 뻗어 나간 사막의 풍경이 더욱 음울하게 느껴졌다. 이제 도시와는 수 시간 거리로 좁혀졌다. 도시의 건물들은 굉장히 높게 솟아 있었는데, 그중 한 건물은 윗부분이 낮게 걸린 안개에 가려 보이지 않을 정도로 높았다. 깨진 유리가 붙어 있는 창문들은 폭풍에 날려 오는 먹이를 붙잡으려는 듯 입을 쩍 벌리고 있었다.

거센 바람이 계속 토머스를 잡아당기고 두꺼운 흙먼지가 얼굴에 켜켜이 들러붙었다. 손으로 머리를 문지르는데, 바람에 말라붙은 흙이 머리카락에 뒤엉켜 뻣뻣하게 굳어 있었다.

공터인들 대부분이 일어나 주변을 살펴보고 있었다. 그들은 뜻밖의 날씨 변화를 담담히 받아들이며 두런두런 얘기를 나누고 있었지만 토머스의 귀에는 바람의 포효만 들릴 뿐이었다.

민호가 깨어 있는 토머스를 보고 가까이 다가왔다. 맞바람을 맞으며 허리를 굽힌 채 걸어오는 민호의 옷자락이 마구 퍼덕였다. 민호가 있는 대로 목청을 높여 말했다.

"지금쯤 일어나 있을 줄 알았어!"

토머스는 눈가에 들러붙은 먼지를 닦아 내며 일어서서 마찬가지로 큰 소리로 대답했다.

"왜 여기서 이런 폭풍이 부는지 모르겠어! 여긴 사막 한가운데 잖아!"

민호는 너울거리는 회색 구름 덩어리를 올려다보다가 다시 토머스를 바라보았다. 그러고는 몸을 기울여 토머스의 귀에 대고 말했다.

"사막에도 가끔 비가 오잖아. 다시 출발해야 되니까 식사나 빨리 끝내. 폭풍우에 휩쓸리기 전에 도시로 가서 비를 피할 만한 곳을 찾아보자."

"도시로 갔는데 광인들이 우릴 죽이려고 덤벼들면 어쩌지?"

민호는 어떻게 그런 멍청한 질문을 할 수 있냐는 듯 미간을 찌푸렸다.

"싸워야지! 다른 좋은 생각이라도 있어? 음식도 얼마 남지 않았어."

민호의 말이 옳았다. 수십 마리의 괴수들과도 싸워 이긴 공터인들이니, 반쯤 정신 나간 굶주린 광인들을 상대하는 것쯤이야 별문제 아닐 수도 있었다.

"그래, 알았어. 가자. 난 그래놀라를 씹으면서 걸으면 되니까 별도로 식사 시간은 필요 없어."

몇 분 후 그들은 다시 도시로 출발했다. 회색 하늘이 당장이라도 지상으로 빗물을 쏟아 낼 것 같았다.

제일 가까이에 있는 건물과의 거리가 3킬로미터 정도 남았을 때쯤, 그들은 담요 여러 장을 몸에 칭칭 감고 모래 바닥에 드러누워 있는 어떤 노인을 보았다. 그 노인을 제일 먼저 발견한 사람은 객이었고, 곧 토머스와 다른 공터인들도 노인 주변에 모여 서서 내려다보았다.

노인의 모습을 면밀히 살펴보면서 토머스는 속이 메스꺼워졌지만 시선을 돌릴 수가 없었다. 낯선 노인의 나이는 100살은 족히 되어 보였다. 어쩌면 햇빛에 바짝 그을어 더 늙어 보이는 것일 수도 있었다. 주름이 자글자글하고 가죽처럼 거친 얼굴. 머리카락이 있어야 할 자리를 가득 메운 딱지와 염증. 새까만 피부.

노인은 살아 있었다. 깊게 숨을 내쉬며 공허한 눈으로 하늘을 올려다보는 중이었다. 신이 내려와 자신의 영혼을 거둬 가 주길, 비참한 삶을 끝내 주길 기다리는 것처럼. 공터인들이 가까이 다가섰는데도 인식하지 못하는 듯했다.

민호가 늘 그렇듯 제일 먼저 목소리를 높였다.

"이봐요! 할아버지! 여기서 뭐 하세요?"

토머스는 이 사막을 지나오는 동안 거센 바람 때문에 말을 알아듣기가 쉽지 않았다. 그러니 이 노인도 민호의 말을 알아들을 것 같지 않았다. 하지만 눈까지 안 보이는 건 아닌 듯했다.

토머스는 민호를 슬쩍 찔러서 옆으로 비켜서게 한 후 노인의 얼굴 바로 옆에 무릎을 꿇고 앉았다. 노인의 몰골은 참담하고 애처로웠다. 토머스는 손을 뻗어 노인의 눈 위에 대고 흔들어 보았다.

반응이 없었다. 눈을 깜박이지도, 움직이지도 않았다. 토머스가 손을 뒤로 치운 후에야 노인은 천천히 눈꺼풀을 감았다 떴다. 딱 한 번.

토머스가 물었다.

"저기요? 선생님?"

선생님이라는 단어가 새삼 생경하게 들렸다. 마치 과거의 기억에 묻혀 있다 흘러나온 것처럼. 공터와 미로가 있는 곳으로 오기전까지는 한 번도 사용해 본 적 없는 단어인 것 같았다.

"들리세요? 말씀하실 수 있으세요?"

토머스의 물음에 노인은 또다시 눈을 천천히 감았다 뜰 뿐이었다.

뉴트가 토머스 옆에 무릎을 꿇고 앉아 바람 소리에 묻히지 않도록 악을 쓰며 말했다.

"이 사람한테 도시에 대한 정보를 얻어 낼 수 있으면 우린 금광을 캔 거나 다름없어! 딱히 해를 끼칠 것 같지도 않고, 나중에 도시로 들어갔을 때 도움될 만한 정보를 얻어 낼 수 있을지도 몰라!"

토머스는 한숨을 쉬었다.

"그렇기는 한데, 길게 대답하기는커녕 우리 얘길 듣고 있는 것같지도 않잖아."

그들 뒤에서 민호가 말했다.

"그러니까 계속 노력해야지. 넌 우리들의 공식 외교 대사잖아, 토머스. 노인네를 잘 구슬려서 그리운 옛날 얘기를 들려주고 싶게만들어 봐."

토머스도 농담으로 가볍게 받아치고 싶었지만 딱히 재미난 표현이 떠오르지 않았다. 예전에는 우스갯소리도 잘하는 사람이었을지 모르지만, 기억을 삭제당한 후 유머 감각마저 깡그리 사라진것 같았다.

"알았어."

토머스는 노인의 머리맡에 최대한 바짝 가까이 다가앉아 60센티미터 간격을 두고 노인의 눈을 똑바로 마주 보았다.

"선생님? 우린 선생님 도움이 절실하게 필요합니다!"

바람 소리 때문에 악을 써야 했다. 노인이 그 뜻을 오해할까 봐 걱정됐지만 어쩔 수 없었다. 바람이 점점 더 거세지고 있었다.

"저 도시로 들어가도 괜찮은지 말씀 좀 해 주세요! 도와달라고 하시면 저희가 도시로 모셔다드릴 수도 있어요! 선생님? 선생님!"

토머스를 외면하고 하늘만 올려다보던 노인의 검은 눈동자가 잠시 흔들리다가 천천히 토머스의 눈을 바라보았다. 검은 액체가 잔으로 천천히 흘러들듯이, 노인의 검은 눈동자에 토머스를 알아본 기색이 어렸다. 노인의 입술이 벌어졌지만 작은 기침 외에 목소리는 나오지 않았다.

그래도 토머스는 포기하지 않았다.

"제 이름은 토머스예요. 여기는 제 친구들이고요. 저희는 이틀째 사막을 걸어서 지나가고 있는데 물과 먹을 것이 필요합니다. 아시는 게 있으면……."

노인이 갑자기 두려움에 떨며 눈을 희번덕거리는 바람에 토머스는 말을 맺지 못했다.

토머스는 얼른 노인을 안심시켰다.

"괜찮아요. 저흰 할아버지를 해칠 생각 없어요. 저희는…… 좋은 사람들이에요. 제 물음에 대답해 주시면……."

노인의 왼손이 담요 밑에서 뻗어 나와 토머스의 손목을 잡았다. 그 여윈 몸에서 나올 수 없을 것 같은 대단한 손아귀 힘이었다. 토머스는 놀라서 소리를 지르며 잡힌 손목을 빼내려 했지만 불가능했다. 토머스는 노인의 힘에 충격을 받았다. 강철 족쇄에 묶이기라도 한 것처럼 움직일 수가 없었다.

토머스가 외쳤다.

"왜 이러세요! 이거 놓으세요!"

노인이 고개를 저었다. 노인의 검은 눈에는 공격성이 아닌 두려움이 담겨 있었다. 노인이 다시 입을 벌리더니 알아들을 수 없는 거친 속삭임을 뱉어 냈다. 토머스의 손목을 놓아줄 생각은 전혀 없는 듯했다.

토머스는 붙잡힌 팔을 빼내려다 그만두었다. 긴장을 푼 다음 몸을 앞으로 기울여 노인의 입에 귀를 가까이 가져다 대고 큰 소리로 물었다.

"다시 한 번 말해 보세요!"

노인이 다시 입을 열었다. 바짝 마르고 거칠며 불안하고 으스스한 목소리. 토머스의 귀에 '폭풍우' '두려움' '나쁜 놈들'이라는 단어들이 들어왔다. 용기를 북돋워 주는 단어들은 아니었다.

"한 번 더요!"

토머스는 이렇게 소리치며 고개를 옆으로 기울여 노인의 얼굴에 귀를 더 가까이 댔다.

이번에는 단어 몇 개를 제외하고 대부분 알아들을 수 있었다.

"폭풍우가 몰려와…… 공포로 가득…… 나쁜 놈들이…… 몰려 나오면…… 멀리해야 돼."

노인이 별안간 벌떡 일어나 앉았다. 휘둥그렇게 뜬 눈의 홍채 주변에 흰자위가 허옇게 드러났다.

"폭풍우다! 폭풍우다! 폭풍우다!"

노인은 그 단어를 계속 되풀이해 외쳤다. 끈적끈적한 침이 노인의 아랫입술에 고였다가 흘러내려 마치 최면술사의 추처럼 앞뒤로 흔들거렸다.

마침내 노인은 토머스의 팔을 놔주었다. 토머스는 앉은 채로 얼른 물러났다. 노인의 말대로 바람은 더욱 강해져서 단순히 세찬 바람에서 허리케인급 강풍으로 무시무시하게 변해 가고 있었다. 거대하게 울부짖는 바람이 온 세상을 집어삼키는 듯했다. 언제든 머리카락과 옷이 바람에 뜯겨 나갈 것 같은 불안감이 밀려들었다. 덮어쓴 시트가 바람에 마구 퍼덕이고 있어 공터인들은 마치 유령 부대 같은 모습이었다. 들고 있던 보따리가 풀리면서 그 안에 담겨 있던 얼마 안 되는 음식들이 사방으로 흩어졌다.

바람이 자꾸만 주저앉히려고 해서 토머스는 힘겹게 저항하며 몸을 일으켜 세웠다. 비틀거리며 몇 걸음 걸어가다가 쓰러질 뻔했는데 바람이 보이지 않는 손처럼 그를 잡아 주었다.

가까이에 선 민호가 모두의 시선을 모으려고 열심히 손을 흔들었다. 토머스를 비롯한 소년들이 그걸 보고 민호를 중심으로 모여 섰다. 토머스는 치솟는 공포를 떨쳐 내려 안간힘을 쓰고 있었다. 이건 폭풍일 뿐이다, 괴수나 칼을 가진 광인들보다 낫다, 시체들을 천장에 매단 밧줄보다 낫다, 라고 마음을 다잡았다.

강풍에 담요를 잃어버린 노인은 태아처럼 몸을 웅크리고는 여윈 두 다리를 가슴께에 붙이고 눈을 감았다. 토머스는 문득 노인을 안전한 곳으로 모셔 가야 되지 않나 싶었다. 공터인들에게 폭풍우에 대해 경고해 준 보답 차원에서도 그래야 할 것 같았다. 하지만 함부로 몸에 손을 댄다거나 부축해 일으키기라도 했다가는 노인은 필사적으로 저항할 게 분명해 보였다.

공터인들은 민호를 중심으로 바짝 모여 섰다. 민호는 도시 쪽을 손으로 가리켰다. 제일 가까이에 있는 건물까지 힘껏 달린다면 30분 내에 도착할 수 있을 것이라는 계산이 섰다. 무섭게 부는 바람, 점점 짙어져 진보라색이 되었다가 검은색에 가까워진 폭풍우 구름, 공기 중에 흩날리는 흙먼지를 피하려면 그 건물로 들어가는 수밖에 없었다.

민호가 먼저 달리기 시작했다. 다른 공터인들이 그 뒤를 따랐고 토머스는 맨 뒤에서 따라갔다. 뒤에서 다른 공터인들을 챙겨 주길 민호가 바랄 것 같아서였다. 점차 속도를 높이다가 가볍게 뛰기 시작했다. 바람을 거슬러 달리지 않아도 되어 다행이었다. 토머스는 노인이 내뱉은 단어들이 불현듯 뇌리를 스치자 식은땀을 흘렸다. 땀이 곧장 증발되면서 그의 건조한 피부에는 소금기만 남았다.

'멀리해야 돼. 나쁜 놈들.'

24

가까이 갈수록 도시의 모습을 보기가 어려워졌다. 숨을 쉴 때마다 갈색 안개처럼 짙어진 자욱한 먼지가 느껴졌다. 눈가에 내려앉은 먼지가 눈물에 섞여 끈적끈적하게 덩어리지고 있어서 토머스는 계속 손으로 닦아 내야 했다. 목표로 삼은 대형 건물이 잠시 후 먼지구름 뒤에서 어렴풋한 그림자로 모습을 드러냈다. 접근할수록 그 건물은 마치 거인처럼 더욱 몸집이 커지는 것 같았다.

더욱 거칠고 날카로워진 바람이 모래와 돌멩이를 흩뿌려 토머스는 온몸이 따가웠다. 가끔 커다란 물체가 빠르게 옆으로 지나갈 때면 기겁을 했는데 대부분 나뭇가지였다. 작은 쥐처럼 생긴 것이 날아갈 때도 있고 기와 조각도 날아갔다. 종잇조각은 셀 수 없이 많았다. 온갖 쓰레기들이 눈송이처럼 바람을 타고 소용돌이쳤다.

어느 순간부터 번개가 치기 시작했다.

건물까지 절반 정도, 아니 절반 넘게 갔을 때쯤 하늘에서 불이 번쩍하더니 사방에서 천둥 번개가 터져 나왔다.

하얀 빛으로 이루어진 창살처럼, 번개는 들쭉날쭉하게 줄을 그으며 지상으로 떨어졌다. 그리고 바짝 타 버린 흙덩어리를 퍼 올렸다. 천둥의 굉음을 더 이상 버티지 못하고 귀가 먹먹해진 탓에, 토머스는 하늘을 쪼개는 듯한 벼락 소리를 멀리서 윙윙대는 소리 정도로밖에 인식하지 못했다.

앞도 잘 보이지 않고 귀도 들리지 않는 상황이지만 토머스는 달리기를 멈추지 않았다. 벼락이 떨어진 충격에 넘어졌던 공터인들은 곧 다시 일어났고, 휘청대던 토머스도 이내 중심을 잡았다. 토머스는 넘어진 뉴트를 일으켜 세우고, 프라이팬을 잡아 세운 후 그들을 먼저 앞으로 보냈다. 두꺼운 단검처럼 지상을 내리찍는 번개가 언제 누구에게 떨어져 시커먼 숯덩어리로 만들어 버릴지 알 수 없었다. 공기 중의 정전기가 극심해서 거센 바람이 부는 와중에도 머리카락이 온통 곤두섰고, 바늘이 날아드는 것처럼 살이 따끔거렸다.

토머스는 악을 쓰고 싶었다. 목소리를 귀로 듣고 싶었다. 하지만 입에서 터져 나온 소리는 두개골 안에서 둔탁한 진동으로 울릴 뿐이었다. 먼지로 가득한 공기를 들이마시자니 숨통이 막혔다. 짧고 빠르게 코로 호흡해야 하는데 쉽지 않았다. 번개가 방향을 가리지 않고 사방으로 떨어져, 주변에서 온통 구리와 재 냄새가 진동하고 있으니 더욱 정신을 차리기 어려웠다.

하늘은 더욱 어두워지고 먼지구름도 짙어졌다. 바로 앞에 있는 몇 명을 제외하고는 공터인들의 모습이 제대로 보이지 않았다. 지상으로 떨어진 번개의 짧고 강렬한 빛이 공터인들에게 하얗게 비추었다가 곧장 잦아들었다. 번쩍이는 번갯불에 토머스는 점점 더 앞이 잘 보이지 않았다. 어떻게든 저 건물까지 가야 했다. 그 건물 안으로 들어가지 못하면 목숨을 장담할 수 없었다.

그런데 비는 왜 안 내리는 걸까? 토머스는 의아했다. 비가 왜 안 오는 거지? 무슨 이런 폭풍우가 있어?

그 순간 하얀 지그재그를 그리며 내려온 번개가 바로 앞에 떨어졌다. 토머스는 비명을 질렀지만 그 소리는 귀에 들리지 않았다. 그는 눈을 질끈 감은 채 공중에 붕 떴다. 에너지 덩어리인지 공기 층인지 모를 무언가에 몸이 밀려 올라간 것이다. 잠시 후 등이 땅에 닿으며 떨어졌고 폐에서 공기가 모조리 빠져나간 것처럼 숨을 쉴 수가 없었다. 몸 위로 흙과 돌멩이가 비처럼 쏟아졌다. 토머스는 입으로 들어간 흙을 뱉어 내고 손으로 얼굴을 닦으며 숨 쉴 공기를 찾아 헤맸다. 몸을 뒤집어 손과 무릎을 땅에 대고 엎드렸다가 다리를 들자 약간이나마 숨을 쉴 수 있었다. 폐 속 깊이 공기를 빨아들였다.

귓속에서 덜그럭덜그럭하는 소리가 지속적으로 들리기 시작했다. 고막 안에 못 여러 개가 들어가 움직이고 있는 것 같은 느낌이었다. 바람이 옷을 마구 잡아 뜯고, 흙이 날아와 살을 때리고, 밤의 어둠이 살아 있는 듯 주변에 휘몰아쳤다. 사이사이에 번개가 사방에서 번쩍거렸다. 그러다 토머스의 눈에 끔찍하기 이를 데 없는 광경이 들어왔다. 번쩍이는 번갯불에 비친 그 광경은 너무나 섬뜩했다.

분화구처럼 살짝 팬 곳에 쓰러져 무릎을 움켜잡은 채 몸부림치고 있는 잭이었다. 잭의 무릎 밑으로는 아무것도 없었다. 정강이와 발목, 발이 하늘에서 떨어진 전기 덩어리에 모조리 타 버렸다. 참혹한 상처에서 검은 타르처럼 쏟아져 나온 피가 흙과 뒤섞여 소름 끼치는 반죽이 되었다. 옷은 전부 타 버렸고 온몸이 상처로 가득했다. 머리카락도 없었고, 안구도······.

뒤로 돌아 바닥에 엎드린 토머스는 위장에 담겨 있던 내용물을 모조리 토해 내고 콜록거렸다. 잭을 위해 해 줄 수 있는 일은 없었다. 전혀. 아무것도. 하지만 잭은 아직 죽지 않고 살아 있었다. 참담하게도, 잭의 비명 소리를 들을 수 없어 다행이란 생각마저 들었다. 잭을 다시 돌아볼 용기조차 나지 않았다.

그때 누군가가 토머스를 잡아 일으켜 세웠다. 민호였다. 민호가 무어라 말을 했지만 토머스는 들리지 않아 최대한 집중해서 입술을 읽었다. "계속 가야 돼. 우리가 해 줄 수 있는 건 없어"라는 말이었다.

토머스는 생각했다.

'잭. 아, 널 어떻게 하면 좋냐, 잭.'

그러나 결단을 내려야 했다. 구토를 해서인지 위장이 쓰리고, 귓속도 계속 고통스럽게 웅웅거리는 데다, 번개에 맞아 조각난 잭의 끔직한 몰골에 충격을 받아 다리에 힘이 풀렸지만 토머스는 민호를 따라 뛰기 시작했다. 좌우에 그림자 덩어리들이 함께 뛰고 있었다. 공터인들이었다. 그런데 숫자가 줄어든 것 같았다. 어두워서 멀리까지는 보이지 않았다. 번갯불에 의지해 살펴보려 했지만 빛이 너무 빨리 사라져 여의치가 않았다. 먼지와 흙, 그리고 저 멀리서 그들을 내려다보며 서 있는 건물의 희미한 형체가 보일 뿐이었다. 공터인들은 이제 조직적으로 움직인다거나 함께 행동해야 한다는 생각은 버리고 각자 알아서 이동하고 있었다. 모두가 목표 건물까지 완주하기를 바랄 뿐이었다.

바람. 지상으로 떨어져 폭발하는 빛. 바람. 숨통을 틀어막는 먼지. 바람. 귓속에서 고통스럽게 윙윙대는 소음. 바람.

토머스는 바로 앞에서 뛰고 있는 민호에게 시선을 고정하고 계속 달려갔다. 잭에 대한 감정을 마음에 담을 겨를도 없었다. 앞으로 영원히 귀가 안 들린다고 해도 상관없었다. 다른 공터인들의 생사에도 관심이 없었다. 무섭도록 혼란스러운 상황 속에서 토머스는 인간성을 말살당한 채 짐승으로 변해 버린 것 같았다. 원하는 것은 오직 생존뿐이었다. 건물까지 달려가 그 안으로 들어가는 것. 살아남는 것. 하루 더 목숨을 부지하는 것.

작열하는 하얀빛이 바로 앞에서 폭발했다. 또다시 토머스는 공중에 붕 떴다. 토머스는 뒤로 날아가며 악을 썼고 바닥에 발을 붙이려 버둥거렸다. 번개가 내리꽂힌 곳은 민호가 달려가고 있던 지점이었다. 민호가 당한 것이다! 바닥에 떨어지자 온몸의 관절이 전부 빠졌다가 도로 끼워진 것처럼 후들거렸다. 토머스는 통증을 외면하고 곧장 일어서서 앞으로 달려갔다. 온통 캄캄한 데다 번갯불의 잔상이 흐릿하게 남아서 눈앞에 자주색 빛이 아메바처럼 떠다녔다. 눈앞에 불덩어리가 보였다.

토머스는 잠시 후에야 자신이 무엇을 보고 있는지 인지했다. 막대기처럼 기다란 불덩어리가 바람의 방향에 따라 오른쪽으로 덩굴손처럼 뻗어 나가며 마법 같은 춤을 추었다. 그러다 바닥으로 쓰러져 휘청거렸다. 그제야 그 불덩어리가 무엇인지 알 수 있었다.

민호였다. 민호의 옷에 불이 붙은 것이다.

토머스는 놀라서 고함을 질렀다. 그러나 골이 지끈거리는 통증만 느껴질 뿐 여전히 귀로는 소리가 들리지 않았다. 토머스는 바닥에 쓰러진 민호 옆에 엎드려 손으로 흙을 파냈다. 땅이 번개에 맞아 부서진 상태라 어렵지 않게 퍼낼 수 있었다. 토머스는 죽을 힘을 다해 두 손으로 흙을 퍼서 민호의 몸에 끼얹었다. 민호가 바닥에 몸을 굴리며 상체를 두 손으로 내리치는 동안 토머스는 제일 밝게 빛나는 부분에 집중적으로 흙을 끼얹었다.

불을 끄고 나서 보니 민호의 옷은 시커멓게 타 버렸고 몸에 벌건 화상 자국이 나 있었다. 토머스는 민호의 입에서 나오고 있을 고통스러운 울음소리를 들을 수 없어 다행이라고 생각했다. 이렇게 꾸물대고 있을 때가 아니었다. 토머스는 얼른 민호를 부축해서 일으켰다.

"힘내!"

토머스가 외쳤다. 그러나 그 말은 그의 머릿속에서만 소리 없이 울릴 뿐이었다.

민호는 기침을 하며 움찔대다가 고개를 끄덕인 후 토머스의 목에 한쪽 팔을 걸쳤다. 그 상태로 그들은 최대한 빨리 건물 쪽으로 이동해 갔다. 민호가 다리에 힘을 주지 못해서 토머스가 거의 끌고 가다시피 해야 했다.

하얀 불이 붙은 화살처럼, 사방에서 번개가 떨어지고 있었다. 토머스는 소리가 들리지 않았지만 번개가 떨어지는 충격은 느낄 수 있었다. 번개가 떨어질 때마다 두개골 안이 덜거덕거리고 뼈가 후들거렸다. 주변이 온통 번쩍댔다. 비틀대며 힘겹게 건물을 향해 가고 있는 동안, 점점 더 많은 불덩어리들이 여기저기서 치솟았다. 번개에 맞은 어떤 건물이 그 아래 거리로 벽돌 조각과 유리 파편들을 우수수 떨어뜨리는 광경을 두세 번 정도 볼 수 있었다.

어둠의 빛깔이 갈색에서 회색으로 달라졌다. 더욱 짙어진 먹구름이 지상으로 내려오면서 먼지와 안개를 밀어내고 있음을 토머스는 짐작할 수 있었다. 바람은 약간 잦아들었지만 번개는 점점 더 세게 지상으로 내리꽂혔다.

좌우에서 공터인들이 한 방향으로 달리고 있었다. 인원수가 많이 줄어든 것 같기는 한데 정확히 파악이 되지 않았다. 토머스는 뉴트와 프라이팬, 에어리스를 보았다. 그들 역시 토머스와 마찬가지로 두려움 가득한 표정으로 달리고 있었다. 그들의 시선은 이제 조금만 더 가면 되는 목표물에 고정되어 있었다.

민호가 발을 헛디디며 넘어졌다. 토머스의 어깨에 걸치고 있던 팔도 밑으로 떨어졌다. 토머스는 걸음을 멈추고 뒤돌아섰다. 쓰러진 민호를 일으켜 세우고 민호의 팔을 어깨에 다시 걸쳤다. 민호의 상체를 두 팔로 감싸 안은 뒤 앞으로 질질 끌고 갔다. 머리 위에서 번쩍이던 번개가 눈부신 호를 그리며 바로 그들 뒤의 지상으로 떨어졌다. 토머스는 돌아보지 않고 걸음을 재촉했다. 왼쪽에서 공터인 한 명이 쓰러졌는데 누구인지는 알 수 없었다. 쓰러지며 비명을 질렀을 테지만 토머스의 귀에는 들리지 않았다. 오른쪽에서 또 누군가 쓰러졌다가 다시 일어났다. 앞쪽과 오른쪽에 또 한 차례 번개가 떨어졌고, 그다음은 왼쪽, 그다음은 또다시 바로 앞쪽에 떨어졌다. 잠시 눈앞이 보이지 않아 토머스는 눈을 깜박이며 걸음을 멈췄다가, 시야가 확보되자 다시 민호를 끌고 나아갔다.

마침내 그들은 목표 지점 앞에 이르렀다. 도시의 제일 앞쪽에서 있는 건물.

무시무시한 검은 폭풍 속에서 올려다본 건물은 온통 회색이었
다. 거대한 돌덩어리, 작은 벽돌로 이루어진 아치 구조, 반쯤 깨진
창문들. 에어리스가 제일 먼저 현관문 앞에 이르렀는데 굳이 문을
열 필요도 없었다. 유리로 된 문이 대부분 깨져 있었던 것이다. 에
어리스는 문틀에 붙어 있는 유리 조각들을 조심스럽게 팔꿈치로
쳐서 떨어뜨렸다. 그리고 공터인 두 명을 먼저 안으로 들여보낸
후 뒤따라 들어갔다.

뉴트와 거의 동시에 건물 앞에 도착한 토머스는 손을 휘저어 도
움을 요청했다. 뉴트와 또 다른 공터인이 달려와 민호를 부축해서
현관문 안으로 끌고 들어갔다. 민호의 발이 문틀에 툭 부딪쳤다가
안으로 사라졌다.

이제 토머스가 들어갈 차례였다. 여기저기서 번쩍이는 번개의
강력한 힘에 충격을 받은 채로, 친구들을 따라 어두운 건물 안으
로 들어갔다.

문 앞에서 뒤를 돌아보니 비가 내리고 있었다. 폭풍우가 그제야
공터인들에게 한 짓을 부끄럽게 여기며 눈물을 흘리기로 한 모양
이었다.

202

25

비가 억수같이 쏟아졌다. 분노한 신이 바닷물을 모조리 빨아들였다가 내뱉는 것 같았다.

토머스는 두 시간째 꼼짝 않고 앉아 그 광경을 내다보고 있었다. 기운도 없고 온몸이 쑤셔서 벽에 등을 기대고 웅크리고 앉아 청력이 돌아오기를 기다렸다. 미약하나마 돌아온 것 같기도 했다. 완전한 정적 속에서 진동만 느낄 수 있었는데 점차 진동이 줄어들면서 귓속에서 덜그럭덜그럭하던 소리도 잦아들었다. 기침을 할 때도 단순한 진동 이상의 느낌이 났다. 기침 소리가 약간은 들린 것도 같았다. 마치 꿈속에서 들려오는 소리처럼, 지상을 꾸준히 두드리는 빗소리가 아련하게 들려왔다. 청력을 완전히 상실하지는 않은 모양이었다.

창문으로 흘러드는 탁한 회색빛은 건물 내부의 차가운 어둠을 물리치지 못했다. 공터인들은 방 안 여기저기에 구부정하게 앉아 있거나 모로 누워 있었다. 민호는 토머스의 발치에서 공처럼 몸을 웅크린 채 꼼짝하지 않았다. 약간만 몸을 움직여도 신경을 따라 불에 타는 듯한 고통이 전해지는 모양이었다. 뉴트도 그렇고, 프라이팬도 가까이에 앉아 있었지만 아무도 입을 열거나 상황 정리를 하려 들지 않았다. 남은 공터인들의 숫자를 헤아리는 사람도, 실종자를 파악하는 사람도 없었다. 다들 멍하니 앉아 있지 않으면 누워 있을 뿐이었다. 머릿속으로는 아마 토머스와 같은 생각을 하고 있을 것이다. 도대체 어떻게 돼 먹은 세상이기에 이런 폭풍우가 존재한단 말인가?

부드럽게 툭툭 떨어지는 빗소리가 점점 크게 들렸다. 토머스는 청력이 돌아왔음을 알 수 있었다. 모진 고생을 겪었음에도 토머스는 빗소리에 위안을 받으며 겨우 잠이 들었다.

잠깐 잠에서 깨었을 때, 누군가 혈관과 근육에 접착제를 들이붓고 건조시킨 것처럼 토머스는 온몸이 뻣뻣했다. 그래도 귓속과 머릿속의 부품들은 완전히 회복되어 제기능을 하고 있었다. 잠든 공터인들의 거친 숨소리, 민호의 끙끙대는 신음 소리, 건물 바깥 인도로 세차게 흘러내리는 물소리가 전부 들렸다.

사방이 캄캄했다. 완전한 어둠이 내리고 밤이 온 것이다.

잠자리가 편치 않았지만 녹초가 된 터라 토머스는 뒤척이다가 드러누웠다. 그러고는 누군가의 다리를 베개 삼아 다시 잠으로 빠져들었다.

얼마 후 토머스는 두 가지 이유로 잠에서 완전히 깼다. 불타는 태양 빛과 거대한 정적이었다. 폭풍우는 지나갔고, 토머스는 밤 시간을 내리 잠으로 보냈다. 예상대로 온몸이 뻐근하고 쑤셨지만, 그보다 더한 고통이 있었으니, 바로 허기였다.

깨진 창문으로 흘러든 햇빛이 건물 바닥을 얼룩덜룩하게 물들였다. 토머스는 폐허나 다름없는 건물을 둘러보았다. 수십 개 층으로 된 이 건물에는 커다란 구멍들이 층마다 뚫려 있고 그 구멍이 지붕까지 이어져 하늘이 올려다보였다. 이 건물이 완전히 붕괴되지 않은 것은 철골 구조이기 때문인 듯했다. 무슨 일로 건물 상태가 이 지경이 되었는지는 짐작도 할 수 없었다. 건물 지붕에 난 들쭉날쭉한 구멍으로 파란 하늘이 보였다. 어제까지만 해도 이런 하늘을 보게 될 줄은 생각도 못 했다. 폭풍우가 야기한 끔찍한 공포를 아직 떨쳐 낼 수 없었다. 지구가 무슨 변덕으로 그런 날씨를 만들어 냈는지 모르겠지만, 이제 폭풍우는 지나갔다.

위장에 찌르는 듯한 통증이 느껴지면서 배 속이 어서 음식을 들이라며 요란하게 꾸르륵거렸다. 주변을 둘러보니 공터인들은 대부분 자고 있었고, 뉴트는 벽에 등을 대고 누워 방 한가운데 텅 빈 곳을 우울하게 응시하고 있었다.

"어이, 뉴트. 괜찮아?"

토머스가 물었다. 턱이 뻐근했다.

뉴트는 토머스에게 천천히 고개를 돌렸다. 멍하니 상념에 잠겨 있던 눈빛이 또렷해지면서 토머스를 마주 보았다.

"괜찮냐고? 그래, 괜찮다고 할 수 있겠지. 우린 살아 있으니까. 다른 게 뭐가 더 중요하겠어."

어느 때보다 신랄한 말투였다.

토머스가 중얼거렸다.

"가끔 궁금할 때가 있어."

"뭐가?"

"살아 있는 게 중요하다고 치면, 사는 걸 포기하고 죽는 건 얼마나 더 쉬울까."

"참 나. 진심으로 그렇게 생각하진 않는다는 거 아니까 그만둬."

토머스는 우울한 말을 중얼대며 눈을 내리깔았다가 뉴트가 반박하자 얼른 고개를 들고 미소 지었다. 기분이 좋아졌다.

"그래. 그냥 너처럼 비관적으로 한번 말해 본 거야."

토머스는 자신이 한 말을 믿으려 애썼다. 죽음으로 이 상황을 쉽게 벗어날 수 있으리란 생각을 하지 않으려고 마음을 다잡았다.

뉴트가 지친 손을 들어 민호 쪽을 가리키며 물었다.

"저 녀석은 상태가 왜 저래?"

"번개가 떨어지면서 옷에 불이 붙었어. 어떻게 뇌까지 바싹 튀겨지지 않고 옷에만 불이 붙는지 모르지만, 크게 다치기 전에 둘이 같이 불을 끌 수 있었어."

"크게 다치기 전에? 얼마나 더 심하게 다쳐야 그걸 크게 다친 거라고 말하려는지 모르겠다."

토머스는 잠시 눈을 감고 벽에 머리를 기댔다.

"네 말대로 민호는 살아 있잖아. 옷도 완전히 타지 않은 걸 보면 화상을 크게 입진 않은 것 같으니까 아마 괜찮을 거야."

"그래. 그렇다고 봐야겠지. 당분간은 널 내 주치의로 고용하면 안 될 것 같긴 하다."

뉴트는 빈정대고는 싱긋 웃었다.

"으아아."

민호가 길게 신음을 뱉어 냈다. 힘겹게 눈꺼풀을 밀어 올려 눈을 가늘게 뜨고 토머스를 쳐다보며 말했다.

"어우, 야. 아파 죽겠다. 뭐 이렇게 아프냐."

뉴트가 물었다.

"얼마나 아픈데?"

민호는 대답 대신 바닥을 손으로 짚고 천천히 몸을 일으켰다. 계속 앓는 소리를 내고 움찔거리면서도 결국 일어나 책상다리를 하고 앉았다. 시커멓게 그슬린 옷은 누더기나 다름없었다. 옷에 난 구멍 사이로 맨살이 들여다보였는데, 벌겋게 수포가 잡혀서 마치 무시무시한 외계인의 눈알이 세상 구경을 하는 것 같았다. 토머스는 의사도 아니고 상처에 대한 전문 지식도 없지만 얼핏 봐서는 견딜 만한 수준의 화상인 듯했고 회복도 빠를 것 같았다. 다행히 얼굴에는 화마가 미치지 않았고, 머리카락도 기름으로 떡이 되긴 했지만 온전히 남아 있었다.

토머스가 싱글거리며 말했다.

"혼자 일어나 앉는 걸 보니 많이 아프진 않은가 보네."

"젠장. 내가 체력이 좋아 이 정도지. 지금보다 두 배는 더 아파도 네 녀석의 조랑말 같은 엉덩이는 걷어차 줄 수 있어."

토머스는 어깨를 으쓱하며 받아쳤다.

"난 조랑말 좋아하니까 잘됐네. 지금 당장 한 마리만 잡아먹었으면 좋겠다."

토머스의 위장이 또다시 우르르 꾸르륵 소리를 냈다.

민호가 말했다.

"그거 농담이냐? 심심하기 짝이 없는 이 녀석이 지금 농담한 거 맞지?"

옆에서 뉴트가 거들었다.

"농담 맞아."

토머스가 어깨를 으쓱하며 대꾸했다.

"내가 원래 웃기는 놈이라니까."

"그래, 잘났다."

민호는 이 잡담에 흥미를 잃은 듯 고개를 돌려 다른 공터인들을 돌아보았다. 대부분 자고 있거나 멍하니 눈을 뜨고 누워 있었다.

"전부 몇 명이야?"

민호의 물음에 토머스가 숫자를 셌다. 열한 명. 어제 그 일을 겪고 열한 명 남았다. 그것도 새로 합류한 에어리스를 포함해서. 수 주일 전 토머스가 처음 공터에 도착했을 때 총인원이 마흔 내지 쉰 명 정도였는데, 지금은 열한 명이었다.

열한 명.

암울한 현실에 토머스는 그 숫자를 차마 소리 내어 말할 수 없었다. 방금 전까지 가볍게 농담을 주고받은 게 몹시 불경한 짓인 것 같아, 스스로가 혐오스러웠다.

'어떻게 내가 사악의 일원이었을 수 있지? 어떻게 내가 이런 짓거리에 힘을 보탰을 수 있냐고?'

꿈인 듯 떠오른 과거의 조각에 대해 친구들에게 말해야 할 것 같았지만, 지금은 때가 아니었다.

토머스가 입을 다물고 있자 결국 뉴트가 대신 그 숫자를 말하고 말았다.

"열한 명이야."

"그럼, 폭풍우 속에서 여섯 명이 죽은 건가? 아니, 일곱 명인가?"

바람에 보따리가 날려 가 사과를 몇 개나 잃었는지 헤아리는 듯, 무심한 말투였다.

뉴트는 민호의 그런 무신경한 말투가 못마땅한지 날카롭게 내뱉었다.

"일곱 명."

그러다 약간 누그러진 투로 덧붙였다.

"일곱 명이야. 그 녀석들이 다른 건물로 대피한 게 아니라면."

"젠장. 겨우 열한 명으로 어떻게 이 도시를 통과해? 광인들이 수백 명은 득시글거릴 텐데. 어쩌면 수천 명일 수도 있겠네. 놈들이 어디 숨었는지 알 수가 있나!"

민호의 말에 뉴트는 크게 한숨을 내쉬었다.

"고작 생각한다는 게 그거야? 죽은 애들 생각은 안 해? 잭도 없어졌고, 윈스턴도 안 보여. 윈스턴은 몸 상태가 그랬으니 어쩔 수 없다 쳐도……."

뉴트는 주변을 둘러보며 덧붙였다.

"스탠도 없고 팀도 없어. 게네들을 어떻게 할지 생각해 봐야 되는 거 아냐?"

민호가 두 손을 들어 올려 뉴트 쪽으로 손바닥을 내보이며 진정시켰다.

"자, 자. 그만 흥분 가라앉혀. 내가 쓸데없이 대장 노릇이나 해 보자고 생존자 숫자를 물어본 게 아니야. 물론 지나간 일을 슬퍼

하면서 종일 울 수도 있지만 대장은 그러면 안 돼. 어디로 가야 할
지, 무엇을 해야 할지 판단하는 게 대장이 할 일이야."

"그래, 네 적성에 퍽이나 잘 맞겠다."

뉴트는 이렇게 내뱉고는 곧 미안해하며 말을 이었다.

"내 말은, 그런 게 아니고……. 어쨌든 미안해."

"그래, 나도 미안하다."

민호는 같이 사과하면서도 어이없다는 듯 눈알을 위로 굴렸다.
토머스의 바람대로 뉴트는 다행히 바닥으로 시선을 떨어뜨린 후
라 민호의 그런 눈짓을 보지 못했다.

에어리스가 그들이 앉아 있는 쪽으로 재빨리 다가왔다. 토머스는
에어리스가 합류해 대화의 방향을 다른 쪽으로 끌어가길 바랐다.

에어리스가 토머스를 쳐다보며 물었다.

"어제처럼 그렇게 번개가 심하게 치는 폭풍우 본 적 있어?"

토머스는 고개를 저으며 대답했다.

"자연스럽게 보이진 않더라. 내 빈약한 기억을 뒤져 봐도 정상
적인 날씨는 아니었어."

그러자 민호가 말했다.

"하지만 쥐 선생이 말한 거랑 버스에서 구조대 여자가 했던 얘
길 생각해 봐. 태양 플레어 현상으로 전 세계가 지옥처럼 불탔다
고 했어. 그래서 날씨도 엉망이 되고 어제 같은 미친 폭풍우가 발
생한 걸 수도 있지. 번개가 더 심하게 치지 않아서 다행이었어."

에어리스가 말했다.

"그걸 다행이었다고 표현해도 될지 모르겠네."

"그냥 말이 그렇다고."

뉴트가 현관문의 깨진 유리를 손으로 가리켰다. 지평선 위로 떠오른 태양이 점차 하얗게 타오르고 있었다. 그들이 초열 지역으로 들어와 처음 이틀 동안 겪었던 것과 똑같은 맹렬하고 지독한 빛이었다.

뉴트가 말했다.

"폭풍우는 지나갔으니 됐고. 앞으로 어떻게 해야 할지 생각해 보는 게 좋겠어."

그러자 민호가 슬쩍 비꼬았다.

"거봐. 너도 나 못지않게 무정한 놈이라니까. 그래도 지금 네 말은 옳아."

토머스는 숙소 건물의 창문 밖에서 아우성치던 광인들의 모습을 떠올려 보았다. 사망진단서만 없다뿐이지 광인들은 좀비와 다름없었고 살아 있는 악몽 그 자체였다. 토머스가 말했다.

"그래, 그 미친놈들이 나타나기 전에 미리 방책을 생각해 두는 게 맞아. 그런데 그 전에 뭐라도 먹어야지. 음식부터 찾아보자."

음식이라는 단어를 입에 올리니 위장이 더 쓰리고 배가 고팠다. 그런데 위에서 낯선 목소리가 들렸다.

"음식이라고?"

토머스는 깜짝 놀라 숨을 몰아쉬었다. 토머스와 공터인들이 고개를 들었다. 3층의 조각난 잔해들 사이로 젊은 라틴계 남자가 그들을 내려다보고 있었다. 남자의 눈빛이 매서워서 토머스는 바짝 긴장했다.

민호가 소리쳤다.

"누구야?"

놀랍게도 남자는 천장에 난 비쭉비쭉한 구멍 사이로 몸을 날려 공터인들이 머물고 있는 곳으로 뛰어내렸다. 토머스는 눈으로 보면서도 믿을 수가 없었다. 남자는 착지하는 순간 몸을 공처럼 말아서 바닥을 세 바퀴 구른 후 벌떡 일어나 바닥을 발로 디뎠다. 그러고는 묘기를 선보인 데 대한 박수라도 기대하듯 두 팔을 쭉 뻗으며 말했다.

"내 이름은 호르헤다. 이곳을 지배하는 광인."

26

토머스는 방금 3층에서 1층으로 뛰어내린 남자가 현실의 인물인지 아닌지 얼른 판단이 서지 않았다. 너무 뜻밖의 광경인 데다가, 남자의 입에서 나온 말은 괴상하기 짝이 없었고 말투도 어눌했다. 하지만 남자는 분명히 그들 앞에 서 있었다. 공터인들이 지금까지 보아 온 광인들만큼 완전히 미쳐 버린 것 같지는 않았지만 스스로 '광인'이라고 했으니 경계심을 늦출 수 없었다.

호르헤는 이 부서진 건물과 전혀 어울리지 않는 미소를 지으며 물었다.

"너희들 말하는 법을 잊어버렸냐? 아니면 광인이 겁나서? 우리가 너희를 바닥에 때려눕히고 눈알이라도 뽑아 먹을까 봐? 음, 아이고 맛있겠다. 유충이 다 떨어지면 눈알을 먹는 것도 괜찮아. 계란 반숙 같은 맛이 나거든."

민호는 화상으로 인한 통증을 드러내지 않으려 애쓰며 받아쳤다.

"당신이 광인이라고? 당신도 정신이 나갔다 이건가?"

그러자 프라이팬이 말했다.

"방금 눈알 먹는 걸 좋아한다고 자기 입으로 말했잖아. 그 정도면 충분히 미친 거지."

호르헤가 큰 소리로 웃어 댔다. 상당히 위협적인 웃음소리였다.

"아이고, 얘들아. 너희가 죽어 있는 상태에서나 눈알을 먹겠다는 거란다. 물론, 너희가 원한다면 친히 죽여 줄 수도 있어. 알아듣겠어?"

호르헤의 얼굴에서 웃음기가 걷히고 단호히 경고하는 눈빛으로 바뀌었다. 공터인들에게 한번 덤벼 보라고 부추기는 것 같기도 했다.

한참 동안 아무도 입을 열지 않다가 마침내 뉴트가 물었다.

"광인이 몇 명이나 되는데요?"

호르헤의 시선이 재빨리 뉴트에게 향했다.

"몇 명? 광인이 몇 명이나 있냐고? 여기 있는 우리는 전부 광인이야, 에르마노(형제)."

"그런 뜻으로 한 말이 아니라는 걸 알 텐데요."

뉴트도 단호하게 받아쳤다.

호르헤는 방 안을 서성이기 시작했다. 바닥에 앉은 공터인들을 넘어 다니기도 하고 옆으로 돌아가기도 하면서 모두의 시선이 자신에게 쏠리게 했다. 그러고는 다시 입을 열었다.

"이 도시가 어떻게 돌아가는지 도통 모르는가 본데, 알아야 할 게 한두 가지가 아니야. 광인, 사악, 정부. 그들이 왜 우릴 여기서 병든 채 썩어 가도록 버려두고 있는지, 우리가 서로를 죽이고 미쳐 가고 있는데도 왜 방치하고 있는지, 플레어 병이 몇 단계로 진행되는지도 너희는 전혀 모르는 것 같으니까. 여기 들어온 이상 너희 역시 이미 늦었다는 것도 모르겠지. 아직 플레어 병에 걸리지 않았더라도 곧 걸릴 테니까 말이야."

토머스는 방 안을 돌아다니며 무서운 말을 내뱉는 낯선 남자를 눈으로 쫓았다. 플레어 병. 토머스는 그 병에 걸린 것에 대한 두려움에 어느 정도 익숙해졌다고 생각했지만, 막상 광인을 앞에 두고 있으니 전보다 더 두려웠다. 당장 마땅한 해결책이 없으니 무력감도 느껴졌다.

호르헤는 토머스와 친구들 가까이에서 걸음을 멈추었다. 호르헤의 발이 민호에게 닿을 듯 말 듯했다.

"여기선 우리 규칙을 따라야 돼, 콤프렌데(알아듣겠어)? 불리한 입장인 놈들이 먼저 입을 여는 거다. 그러니까 너희가 먼저 다 털어놔. 어디서 왔는지, 왜 왔는지, 무슨 목적으로 왔는지 전부 다. 당장."

민호가 나지막하게 위협하듯 낄낄 웃었다.

"우리가 불리한 입장이라고?"

그러고는 공터인들을 쭉 둘러보며 호르헤를 조롱했다.

"폭풍우 속에서 번개에 맞아 내 망막이 타 버린 게 아니라면, 지금 내 눈엔 우리가 열한 명이고 당신은 혼자인 걸로 보이는데. 그러니 당신이 먼저 털어놔야지."

토머스는 민호가 그 말을 하지 말았어야 한다고 생각했다. 어리석고 오만한 그 말로 인해 공터인들이 여기서 떼죽음을 당할 수도 있었다. 이 남자가 혼자일 리 없었다. 이 건물 위층의 잔해 뒤에서 백여 명의 광인들이 몸을 숨기고 그들을 내려다보며, 무시무시한 무기를 들고 기다리고 있을지도 모를 일이었다. 어쩌면 광기에 휩싸여 맨손과 이빨로 야만스럽게 공격을 해 올 수도 있을 텐데, 생각해 보니 그게 무기로 당하는 것보다 더 끔찍했다.

호르헤는 어안이 벙벙한 표정으로 한참 동안 민호를 쳐다보았다.

"설마 지금 그 말을 나한테 한 건 아니지? 나한테 개처럼 짖어 댄 게 오해라고 말해라. 10초 줄 테니까 사과해."

민호가 히죽거리며 토머스를 힐끗 쳐다보았다.

호르헤가 숫자를 세었다.

"하나. 둘. 셋. 넷."

토머스는 민호에게 경고의 눈짓을 보내며 고개를 끄덕였다. 어서 사과하라는 뜻이었다.

"다섯. 여섯."

참다못한 토머스가 결국 소리 내어 말했다.

"사과해 좀."

"일곱. 여덟."

숫자를 말할 때마다 호르헤의 목소리에 힘이 들어갔다. 토머스는 위층 어딘가에서 무언가 움직이는 것 같은 느낌을 받았다. 흐릿한 그림자가 재빨리 이동한 것 같기도 했다. 민호도 그것을 보았는지 표정에서 거만함이 걷혔다.

"아홉."

"미안하게 됐네요."

민호가 불쑥 사과했다. 그러나 전혀 미안해하는 투가 아니었다.

"진심이 느껴지질 않아."

216

호르헤는 이렇게 말하며 민호의 다리를 걸어찼다.

민호가 고통스러운 비명을 내지르자 토머스는 두 주먹을 부르쥐었다. 호르헤가 화상 입은 자리를 정확히 걸어찬 게 분명했다.

"진심을 담아서 말하라고, 에르마노."

토머스는 그 광인을 노려보았다. 증오가 끓어올랐다. 비이성적인 생각이 머릿속에서 마구 휘몰아쳤다. 당장 달려들어 공격하고 싶었다. 미로에서 탈출한 후 갤리를 두들겨 팼을 때처럼 이 남자를 흠씬 패고 싶었다.

호르헤가 발을 뒤로 빼더니 민호를 다시 걸어찼다. 조금 전에 때린 그 자리를 또 때린 것이다.

"진심을 담아서 말하라니까!"

호르헤는 발광을 하며 소리쳤다.

민호는 걸어차인 곳을 두 손으로 움켜쥐고 고통스럽게 울부짖다가 힘겹게 숨을 내쉬며 말했다. 목소리에 괴로움과 고통이 가득했다.

"미안…… 합니다."

상대에게 굴욕을 안긴 호르헤가 만족스러운 미소를 지으며 긴장을 푸는 순간, 민호는 팔을 뻗어 호르헤의 정강이를 강타했다. 호르헤는 한쪽 다리로 펄쩍 뛰다가 꺼억 하고 비명을 지르며 바닥으로 쓰러졌다. 놀라기도 하고, 아프기도 해서 내지른 비명 같았다.

민호는 곧장 호르헤의 몸에 올라타고 욕을 퍼부었다. 토머스가 들어 본 적도 없는 온갖 욕이 민호의 입에서 튀어나왔다. 민호는 두 다리를 바짝 조여 호르헤를 꼼짝 못 하게 하고 주먹을 내리꽂았다.

토머스가 소리쳤다.

"민호, 그만둬!"

토머스는 관절이 뻣뻣하고 근육이 욱신거렸지만 비틀거리며 일어나 달려갔다. 민호를 호르헤한테서 떼어 놓기에 앞서 위층을 흘끗 살펴보았는데, 위층 여러 곳에서 움직임을 감지할 수 있었다. 공터인들을 내려다보며 밑으로 뛰어내릴 준비를 하는 낯선 자들의 모습이 보였다. 그자들은 비쭉비쭉한 구멍 너머로 밧줄을 던졌다.

토머스는 민호를 들이받아 호르헤의 몸통 위로 쓰러지게 한 다음 옆으로 끌어내렸다. 그러고는 재빨리 두 팔로 민호의 가슴팍을 감싸서 빠져나가지 못하게 붙잡은 후, 뒤에서 민호의 귀에 대고 악을 썼다.

"저 사람 패거리가 위층에 있어! 여기서 그만둬야 돼! 안 그러면 저들이 널 죽일 거야! 우릴 다 죽일지도 몰라!"

휘청거리며 일어선 호르헤가 입가에 흘러내린 피를 천천히 닦았다. 그 살벌한 표정을 보는 것만으로도 토머스는 심장에 대못이라도 박힌 것처럼 공포가 밀려들었다. 이 남자가 무슨 짓을 할지 전혀 짐작이 되지 않았다.

다급해진 토머스는 목청을 높여 만류했다.

"잠깐만! 잠깐만요!"

호르헤의 눈이 토머스와 마주쳤다. 그리고 다른 광인 몇 명이 위층에서 내려왔는데, 호르헤처럼 곧장 뛰어내린 후 몸을 굴려 착지한 이들도 있고, 밧줄을 잡고 내려와 정확하게 바닥에 발을 디디는 이들도 있었다. 그들은 재빨리 자기네 대장인 호르헤 뒤에 모여 섰다. 어림잡아 열다섯은 되었다. 남자도 있고 여자도 있었다. 몇 명은 10대 청소년이었다. 다들 누더기와 다름없는 지저분한 차림새였고 대부분 바짝 여위고 허약해 보였다.

민호가 저항을 멈추자 토머스는 팔을 놓아주었다. 돌아가는 상황을 보니 주먹질이 대량 살육으로 바뀌기 일보직전이었다. 토머스는 한 손을 민호의 등에 대고 진정시키면서, 다른 손은 화해하자는 뜻으로 호르헤 쪽으로 뻗었다. 심장이 쿵쾅거리지 않게, 목소리가 떨리지 않게 차분히 가라앉히며 토머스는 입을 열었다.

"잠깐 내 얘기 좀 들으세요. 저희를 해쳐 봤자 여러분한테 득이 될 게 없습니다."

호르헤는 입안에 고인 진득한 핏덩어리를 뱉으며 되물었다.

"우리한테 득이 될 게 없다니? 내 생각엔 득이 아주 많을 것 같은데. 그건 내가 보증하지, 에르마노."

그러고는 주먹을 단단히 쥔 후 보일 듯 말 듯하게 고개를 살짝 기울였다. 그것을 신호로 호르헤 뒤에 서 있던 광인들이 누더기 안쪽에서 온갖 흉기들을 꺼내 들었다. 일반적인 칼부터 녹슨 마체테 칼, 예전에 철로에 박혀 있었을 법한 검은 대못, 면도날처럼 얇고 예리한 유리 조각에 이르기까지 온갖 무기가 다 있었다. 유리 조각 끝은 불그스름한 피로 얼룩져 있었다. 열세 살도 채 안 되어 보이는 한 소녀는 부러진 삽을 손에 들었는데, 금속으로 된 삽 앞부분이 마치 톱날처럼 들쭉날쭉했다.

토머스는 살려 달라고 애원해야 할 입장임을 깨달았다. 지금 공터인들은 이 사람들과 싸워서 이길 수 없었다. 절대. 이 사람들은 괴수가 아니니, 마법의 암호로 작동을 멈추게 만들 수도 없었다.

민호가 또다시 멍청하게 나대지 않기를 바라며 토머스는 천천히 일어섰다.

"일단 들어 보세요. 저희는 특별한 사람들입니다. 그동안 여러분 구역에 얼씬댔던 똘추들하고는 달라요. 죽이지 말고 살려 둬야 여러분한테 이득이 될 겁니다."

호르헤는 분노를 약간 누그러뜨리는 눈치였다. 약간 호기심을 보이는 것도 같았다. 그런데 막상 입에서 나온 질문은 의외로 "똘추가 뭔데?"였다.

토머스는 하마터면 웃음이 나올 뻔했다. 호르헤의 반응이 비논리적이긴 했지만 이 상황에서는 어찌 보면 적절한 것일 수도 있겠다 싶었다.

"저랑 어디 가서 얘기 좀 하죠. 10분이면 됩니다. 단둘이서요. 원하는 건 그것뿐입니다. 필요하다면 무기를 들고 가셔도 상관없습니다."

호르헤는 그 말에 큭큭거리며 웃었는데, 질척거리는 콧소리가 섞여서 코웃음을 치는 것처럼 들렸다.

"실망시켜서 미안하지만, 얘야. 너랑 얘기하면서 무기 따윈 안 들어도 될 것 같구나."

그러다 호르헤는 잠시 뜸을 들였는데, 몇 초에 불과했지만 한 시간은 족히 지난 것처럼 느껴졌다. 마침내 결심이 선 듯 호르헤가 말했다.

"좋아. 10분 준다. 너희는 여기서 이 쓸모없는 놈들을 잘 지키고 있어. 언제든 내 명령이 떨어지면 죽음의 게임을 시작하는 거다."

그러고는 부서진 현관문 바로 앞의 이 방과 이어지는 어두운 복도를 손으로 가리키며 다시 한 번 못을 박았다.

"딱 10분이다."

토머스는 고개를 끄덕였다. 호르헤가 먼저 움직일 생각을 하지 않아 토머스가 먼저 그 복도로 향했다. 그 복도 끝의 담판 장소에서 토머스는 그의 인생에서 가장 중요한, 어쩌면 마지막이 될지 모를 논의를 하게 될 것이다.

27

컴컴한 복도를 걸어가는 동안 바로 뒤에서 따라오는 호르헤의 발소리가 들렸다. 복도에서 흰곰팡이 냄새와 무언가 썩고 있는 냄새가 풍겼다. 천장에서 똑똑 떨어지는 물소리가 으스스한 메아리를 만들어 내고 있었다. 어쩐지 핏방울이 떨어지는 소리 같기도 했다.

호르헤가 뒤에서 말했다.

"계속 걸어. 이 끝에 의자가 있는 방이 있다. 조금이라도 허튼 짓을 했다간 너희들을 깡그리 죽일 줄 알아."

토머스는 돌아서서 그에게 악을 쓰고 싶었지만 시키는 대로 계속 걸으며 말했다.

"전 바보가 아니니까, 그렇게 거친 남자로 보이려고 애쓰실 필요 없어요."

호르헤는 대답 대신 히죽거리기만 했다.

말없이 몇 분을 걸은 끝에 토머스는 둥그런 은색 손잡이가 붙은 나무 문 앞에 이르렀다. 자존심 있게 굴고자 토머스는 망설임 없이 손을 뻗어 문을 열었다. 하지만 방 안으로 들어가서는 무엇을 어찌해야 할지 알 수가 없었다. 방 안은 칠흑처럼 어두웠다.

호르헤가 뒤따라 들어오는 소리가 나고, 이윽고 묵직한 천이 확 젖혀지는 소리가 들렸다. 작열하는 눈부신 빛이 방 안으로 쏟아져 들어와 토머스는 얼른 팔뚝으로 눈을 가렸다. 처음에는 눈을 거의 뜨지 못하다가 차츰 팔을 내리고 주변을 둘러보았다. 호르헤가 열어젖힌 범포 소재의 커다란 커튼 너머에 창문이 있었다. 창유리는 온전하게 붙어 있었고, 창밖에 보이는 풍경은 햇빛과 콘크리트 덩어리들이 전부였다.

"앉아."

거칠게 말할 줄 알았는데 의외로 호르헤의 말투는 한결 누그러져 있었다. 토머스는 새로운 방문객인 공터인들이 호르헤 무리에게 이성적이고 침착하게 접근하고자 한다는 것, 허물어져 가는 건물에서 살고 있는 호르헤 일행이 지금 이 논의를 통해 이득을 볼 수도 있다는 것을 호르헤가 알아주길 바랐다. 물론, 이 남자도 광인이기에 어떤 식으로 반응할지는 예상할 수 없었다.

방 안의 가구는 작은 나무 의자 두 개와 그 사이에 놓인 탁자 하나가 전부였다. 토머스는 가까이에 있는 의자를 당겨 앉았다. 호르헤는 맞은편 의자에 앉아 앞으로 몸을 기울인 후 탁자 위에 양 팔꿈치를 얹고 두 손을 깍지 꼈다. 그러고는 무표정한 얼굴로 토머스를 뚫어져라 쳐다보았다.

"말해."

저쪽 큰 방에서 떠올랐던 온갖 아이디어들을 정리할 틈이 있으면 좋겠지만 그럴 여유가 없다는 걸 토머스는 잘 알고 있었다.

"알았어요."

토머스는 한마디 해 놓고 뜸을 들였다. 분위기는 그리 좋지 않았다. 토머스는 숨을 한 번 들이쉬고 말을 이어 갔다.

"저기, 아까 저쪽에서 '사악'이라는 말을 하셨는데, 저희도 아는 단체예요. 그들에 대해 얘기해 주시면 무척 흥미로울 것 같습니다만."

호르헤는 미동도 하지 않고 표정 변화도 없이 내뱉었다.

"지금 얘기를 해야 할 사람은 내가 아니라 너다."

"아, 예, 그렇죠."

토머스는 의자를 탁자 쪽으로 약간 당겨 앉았다가 뒤로 뺀 후한쪽 발을 다른 쪽 무릎에 얹었다. 자세를 편하게 해야 마음이 진정되고 말이 편하게 나올 것 같아서였다.

"음, 어디까지 알고 계신지 모르니까 말하기가 힘드네요. 일단 그쪽이 그 부분에 대해 전혀 무지하다고 가정하고 얘기하죠."

"나에 관해 말할 때 '무지하다'는 단어는 앞으로도 절대 쓰지 않는 게 좋을 거다."

토머스는 두려움으로 목이 조여서 억지로 침을 삼켜 긴장을 풀었다.

"그냥 그렇게 가정하겠다는 거예요."

"얘기나 계속해."

토머스는 다시 숨을 깊이 들이쉰 후 말했다.

"처음에 저흰 50명이었어요. 그리고…… 여자애 한 명이 있었고요."

그 부분에서 토머스는 가슴이 먹먹했지만 힘겹게 말을 이어 갔다.

"지금은 열한 명으로 줄었습니다. 사악에 대해서는 저도 자세히는 모르고, 어떤 목적이 있어서 저희한테 역겨운 짓을 잔뜩 하고 있는 조직이라는 것 정도만 알고 있어요. 처음에 저희는 돌벽으로 된 미로 안쪽에 있는 공터라는 곳에서 살았습니다. 공터 주변은 괴수라고 불리는 괴생물체들이 에워싸고 있었고요."

토머스는 그 정보에 대한 반응이 궁금해서 호르헤의 안색을 살폈지만 그자는 혼란스러워한다거나 알아듣는 것 같은 티를 내지 않았다. 줄곧 무표정이었다.

결국 토머스는 전부 털어놓았다. 미로 안에서 무슨 일을 겪었으며 어떻게 미로를 탈출했는지, 안전하게 도망쳐 나온 줄 알았는데 결국 사악이 계획한 다음 단계의 시련을 겪게 되었다는 것까지 다 얘기했다. 또한 쥐 선생에 대해, 쥐 선생이 그들에게 내 준 소위 '시련'이라는 과제에 대해서도 말해 주었다. 끝까지 살아남아 북쪽으로 160킬로미터를 가서 피난처라 불리는 장소로 들어가라고 한 과제. 또한 기다란 터널을 지나오면서 날아다니는 은색 금속 공의 공격을 받았던 일, 사막에서 수 킬로미터를 걷고 뛰어 여기까지 이동해 온 일도 빼놓지 않았다.

토머스는 지금까지 있었던 일들을 전부 얘기했다. 시간이 지날수록 이 사람에게 과거를 털어놓는 게 미친 짓이라는 생각이 자꾸 들었지만 이제 와서 달리 어찌해 볼 도리가 없으니 얘기를 계속하는 수밖에 없었다. 광인들이 '사악'이라는 단체를 공터인들 못지않게 적대시하기를 바랄 뿐이었다.

토머스는 테리사에 대해서는 언급하지 않았다. 유일하게 빼놓은 부분이었다.

"그래서 저희가 특별하다는 겁니다. 단순히 괴롭히기 위해 저희한테 그런 짓을 하는 건 아닐 테니까요. 어쨌든 지금 이 상황에서 최선책은 뭐라고 생각하십니까?"

토머스는 얘기를 마무리 지으며 물었다.

10분을 내주고 줄곧 듣기만 하던 호르헤가 드디어 입을 열었다.

"최선책이라. 네 생각은 어떤데?"

토머스는 뜸을 들였다. 드디어 유일한 기회가 왔다.

호르헤가 재촉했다.

"말해 보라니까?"

토머스는 조심스럽게 대답했다.

"그쪽에서…… 저흴 도와주시면…… 그러니까 몇 명만이라도 저희랑 동행하면서 저희가 피난처로 들어갈 수 있게 도와주시면……."

"그러면?"

"여러분의 안전도 보장받을 수 있을 겁니다."

이것이 바로 토머스가 생각해 둔 계획이었다. 쥐 선생이 공터인들에게 준 희망의 미끼를 이 사람들에게도 나눠 주는 것.

"사악 쪽에 있는 사람이 저희도 플레어 병에 감염됐다고 했습니다. 피난처까지 살아서 도착하면 치료받을 수 있다고 하더군요. 자기네는 치료제를 갖고 있다면서요. 그러니까 저희를 도와 함께 그곳으로 가시면 여러분도 치료제를 받을 수 있을 겁니다."

토머스는 호르헤를 진지하게 바라보았다.

마지막 말에 호르헤의 표정이 미세하게 변했다. 토머스는 자신
이 이 담판에서 이겼음을 직감할 수 있었다. 아주 잠깐 스쳐 지나
간 표정이었고 곧 무심한 얼굴로 되돌아갔지만, 호르헤는 토머스
의 얘기를 듣고 희망을 품은 게 분명했다.

"치료제라."

"치료제 맞아요."

토머스는 최선을 다해 설득했으니 이제부터는 최대한 말수를
줄이기로 했다.

호르헤가 의자 등받이에 기대어 팔짱을 꼈다. 나무 의자가 금방
이라도 부서질 듯 삐걱거렸다. 호르헤는 눈을 내리깔고 생각에 잠
겨 있다가 문득 물었다.

"넌 이름이 뭐지?"

의외의 질문이었다. 아까 큰 방에서 이름을 말했던 것 같은데. 어
쩌면 이름을 말해야 하는 시점을 놓치고 지나간 것일 수도 있었다.
평범하게 서로 인사를 나누고 안면을 트는 상황은 아니었으니까.

"이름이 뭐냐니까? 너도 이름이 있을 거 아니야, 에르마노."

"아, 죄송해요. 토머스예요."

또다시 호르헤의 표정이 흔들렸다. 이번에는…… 아는 이름이
라 놀라는 것 같은 표정이었다.

"토머스라. 음, 토미라고도 불러도 되나? 아니면 톰?"

'톰'이라는 약칭에 테리사 생각이 나 토머스는 가슴이 아팠다.
꿈속에서 테리사와 함께 있던 생각이 나서 얼른 호칭 정리를 했다.

"아뇨. 그냥…… 토머스라고 불러 주세요."

"그래, 토머스. 질문 하나 하지. 플레어 병에 걸리면 사람들이

어떻게 되는지 네 그 덜떨어진 뇌로 짐작이나 하고 있는 거냐? 네가 보기엔 내가 그 끔찍한 병에 걸린 사람처럼 보여?"

잘못 대답했다간 얼굴을 주먹으로 맞기 마침 좋은 질문이었다. 토머스는 안전한 대답을 택했다.

"아뇨."

"아니라고? 두 가지 질문에 대해 전부 아니라는 건가?"

"예. 그러니까, 아니라고요. 제 말은…… 두 가지 질문에 대한 답이 모두 '아니오'라는 겁니다."

호르헤가 오른쪽 입꼬리를 살짝 올리며 슬쩍 미소를 지었다. 지금 이 시간을 꽤 즐기고 있는 듯했다.

"플레어 병은 단계별로 진행돼, 이 무차초(소년)야. 이 도시 사람들은 누구나 그 병에 걸렸으니까 너와 네 계집애 같은 친구들도 그 병에 걸렸다는 게 새삼 놀랄 일도 아니지. 나 같은 사람은 이름만 광인이지 아직 초기 단계야. 몇 주 전에 감염됐고 검역소에서 양성 판정을 받았어. 정부가 감염자와 비감염자를 엄격하게 분리하려고 개고생을 하고 있긴 한데 제대로 되지는 않고 있지. 나는 온 세상이 망해 가는 꼴을 봤고, 여기로 보내졌어. 지금은 다른 신참들과 함께 이 건물을 점유하느라 애쓰고 있는 중이다."

'신참'이라는 단어에 토머스는 공터에서의 여러 가지 기억들이 떠올라 목구멍이 흙덩어리로 막힌 것처럼 답답해졌다.

"아까 거기서 무기를 들고 있는 내 친구들은 병 진행 상태가 전부 나랑 비슷해. 너도 이 도시를 어슬렁거리고 돌아다니다 보면 단계별로 어떤 증상이 나타나는지 직접 볼 수 있을 거다. 완전히 맛이 가는 단계를 종점이라고 하는데, 종점을 지난 광인이 어떻게 되는지도 확실히 알 수 있지. 그런 광인 앞에서 얼쩡거리다간 목숨을 부지하기 어려워. 무엇보다 여기엔 그 병에 대한 치료제로 쓰이는 빌어먹을 마취제도 없거든. '축복'이라고도 불리는 물질인데, 여긴 하나도 없어."

토머스는 그 물질에 대해 자세히 듣고 싶었지만 나중에 듣기로 하고 다른 질문을 했다.

"누가 당신을 여기로 보냈는데요?"

"사악. 너희랑 같아. 너희와는 달리 우린 특별한 사람들은 아니야. 사악은 재앙에서 살아남은 여러 정부들이 플레어 병 퇴치를 위해 만든 조직인데, 그들은 이 도시가 그 병과 관련있다고 주장하고 있어. 자세한 건 나도 몰라."

토머스는 놀랍기도 하고 혼란스럽기도 했지만 그동안 품고 있던 질문을 해 보기로 했다.

"사악에 대해 아세요? 뭐 하는 단체예요?"

호르헤도 토머스만큼이나 혼란스러워하고 있었다.

"내가 아는 건 다 말해 줬는데, 뭘 또 물어? 너희는 그들에게 특별한 존재고, 이 모든 상황의 이면에는 그들이 있다고 네가 나한테 얘기했잖아."

"제가 말한 건 전부 사실이에요. 우린 시련 완수에 대한 보상으로 치료제를 약속받기는 했지만 사악 사람들에 대해 아는 게 별로 없어요. 자세한 얘길 해 주지 않으려 하더라고요. 그러고 보면, 무슨 일이 일어나고 있는지 모르는 상태에서 이 모든 고생을 겪어 낼 수 있는지를 시험하고 있는 것 같기도 해요."

"그런데도 넌 그들이 치료제를 갖고 있다고 믿는다고?"

토머스는 쥐 선생에게 들은 얘기를 떠올리며, 목소리가 흔들리지 않도록 차분히 대답했다.

"제가 아까 얘기했던 흰 정장 입은 남자요. 그 남자가 치료제를 피난처까지 가야만 하는 동기로 삼으라고 말했어요."

"으흠."

호르헤의 이 말은 긍정처럼 들리기는 했지만, 실은 부정이었다.

"무슨 근거로 그들이 우릴 너희와 똑같이 취급해 주고, 치료제도 같이 받게 해 줄 거라고 생각하지?"

토머스는 편안하고 침착하게 대답했다.

"솔직히 말하면 저도 확실히는 모르겠어요. 그래도 시도는 해 봐야 되지 않을까요? 저희를 도와서 함께 목적지까지 가면 치료제를 얻을 가능성이 생기지만, 저희를 죽이면 치료제를 얻을 가능성은 사라지게 돼요. 종점을 넘어간 광인이나 후자를 선택하겠죠."

호르헤는 안쓰럽다는 듯 미소를 짓다가 작게 소리 내어 웃었다.

"너 참 대단하구나, 토머스. 몇 분 전까지만 해도 난 네 친구의 눈알을 파내고 나머지한테도 똑같이 해 주려고 했었다. 네가 날 설득시키지 못했으면 아주 안타까울 뻔했어."

토머스는 침착한 표정을 유지하려고 애쓰며 어깨를 으쓱했다.

"제가 지금 바라는 건 하루라도 더 살아남는 겁니다. 이 도시를 통과하는 게 제일 우선이고, 나중 일은 그때 가서 또 생각해 봐야겠죠. 그리고 이거 아세요?"

토머스는 속내를 감추고 강하게 보이려고 표정 관리를 했다.

호르헤가 눈썹을 치떴다.

"뭔데?"

"그쪽 눈알을 파내서 하루를 더 살 수 있다면 당장 그렇게 할 수도 있습니다만, 우린 그쪽이 필요하니까 그렇게 하지 않을 겁니다."

말은 이렇게 했지만 실제로 그의 눈알을 파낼 수 있을지 토머스는 확신할 수 없었다.

하지만 그 말은 효과가 있었다.

호르헤가 토머스를 한참 쳐다보다가 탁자 너머로 손을 내민 것이다.

"좋아. 거래가 성사된 것으로 하지, 에르마노. 이유는 여러 가지다."

토머스도 손을 내밀어 악수했다. 안도감이 밀려들었지만 속내가 드러나지 않도록 신중을 기했다.

그런데 호르헤가 청천벽력 같은 말을 내뱉었다.

"단, 한 가지 조건이 있다. 나를 때린 그 너저분한 놈, 네가 민호라고 부르던 그놈."

"예?"

토머스의 목소리에 힘이 빠지고 심장이 또 철렁했다.

"그놈은 죽일 거다."

28

"안 됩니다."

토머스는 목소리에 힘을 주고 최대한 단호하게 받아쳤다.

호르헤는 놀란 표정이었다.

"안 된다고? 너희를 산채로 잡아먹고도 남을 포악한 광인들로 가득한 이 도시를 무사히 통과할 수 있게 해 주겠다는데, 안 된다고? 아주 작은 요구인데? 기분 참 더럽구만."

"영리한 짓이 아니니까요."

토머스는 자신이 어떻게 침착한 표정을 유지하고 있는지, 어디서 이런 용기가 나는지 알 수 없었다. 하지만 이렇게 하지 않으면 이 광인과의 담판에서 살아남지 못할 것이었다.

호르헤가 팔꿈치를 탁자에 얹고 상체를 앞으로 기울였다. 이번에는 두 손을 깍지 끼우는 대신 주먹을 쥐었고 손가락 관절에서 두둑 소리를 냈다.

"네 인생의 목표는 나를 완전히 뚜껑 열리게 해서 네 동맥을 하나씩 끊어 놓게 만드는 건가 보지?"

"아까 민호가 한 짓 보셨잖아요. 배짱이 아주 두둑한 녀석이에요. 민호를 죽이면 그가 가진 싸움 기술을 이용할 수 없게 되잖습니까. 우리 중에서 제일 싸움을 잘하는 데다 두려운 게 없는 녀석이에요. 미친놈 같긴 해도 우리한테 꼭 필요합니다."

토머스는 그것이 최대한 현실적이고 실용적인 관점에서 나온 의견이라는 투로 말했다. 테리사 외에 토머스가 진정으로 친구라고 부를 만한 사람이 있다면 그건 바로 민호였다. 민호를 잃을 수는 없었다.

"하지만 그놈은 날 열 받게 했어. 내 사람들 앞에서 날 개망신 줬다. 있을 수 없는 일이야."

호르헤는 간단히 물러설 태세가 아니었다. 부르쥔 주먹도 펼 생각이 없어 보였다.

토머스는 그게 뭐 그렇게 대단한 일이냐, 사소하고 의미 없는 사건일 뿐이다, 라는 뜻으로 어깨를 으쓱했다.

"그럼 벌을 주시든가요. 똑같이 개망신 한번 주세요. 하지만 죽이는 건 우리한테 도움이 안 되니까 죽이지는 마시고요. 싸움이 날 경우 인원수가 많을수록 살아남을 가능성이 높아지잖아요. 여기서 사는 분이니 그 이유는 굳이 설명하지 않아도 아시겠죠?"

마침내 호르헤는 손가락 관절이 하얗게 질리도록 쥐고 있던 주먹을 풀더니 참고 있던 숨을 길게 내뱉었다. 토머스는 그가 그렇게 숨을 참고 있었다는 걸 그제야 알았다.

"그래. 알았다. 하지만 네 변변찮은 설득에 넘어가서 참는 게 아니라, 내 나름대로 결심이 섰기 때문에 봐주는 거다. 이유는 두 가지다. 첫 번째 이유는 너도 짐작할 만한 것이고."

"뭔데요?"

토머스는 안도한 속내를 더는 감추려 하지 않았다. 감정을 숨기려다 보니 진이 빠지기도 했고, 호르헤가 무슨 말을 할지 무척 궁금하기도 했기 때문이다.

"첫째, 사악이 너희를 대상으로 진행하고 있는 이 시험인지 실험인지 하는 짓거리의 이면에 대해 너희는 자세히 모르고 있는 것 같아서다. 너희로선 최대한 많은 인원이 피난처로 가야 치료제를 얻을 가능성도 높아질 테지. 그런데 네가 말한 그 '나 그룹'이 너희의 경쟁자일지 모른다는 생각은 해 봤냐? 만일 그렇다면 너희 열한 명이 경쟁에서 이기게 만드는 게 내 이익에 부합하는 거다."

토머스는 말없이 고개를 끄덕였다. 이 담판에서 겨우 목적하는 바를 이뤘는데 실언을 해서 망치고 싶지는 않았다. 호르헤는 토머스가 말한 쥐 선생과 치료제에 대한 얘기를 믿는 눈치였다.

"그리고 그건 내가 결심을 세운 두 번째 이유하고도 연결된다."

"말해 보세요."

"난 저기 있는 광인들을 전부 데려가진 않을 거다."

"예? 어째서요? 저희가 도시를 통과할 수 있게 도와주겠다면서요."

호르헤는 단호하게 고개를 저으며 의자 등받이에 기대앉아 팔짱을 꼈다. 그러고 있으니 상체를 앞으로 기울였을 때보다는 덜 위협적으로 보였다.

"이 도시를 무사히 통과하려면 힘을 쓰는 것보다 눈에 띄지 않게 이동하는 편이 나으니까. 우린 여기 도착한 후로 줄곧 지옥 같은 이곳에서 다른 광인 패거리들 눈에 띄지 않게 숨어 다녔어. 지금까지 우리가 해 온 대로 필요한 음식을 몰래 조달해 가면서 이동한다면 성공할 가능성이 높다고 본다. 오래전에 완전히 맛이 간 광인들을 상대하면서 전사(戰士) 나부랭이라도 되는 것처럼 칼부림을 해 대는 것보다는 피해서 이동하는 게 상책이야."

"이해하기 힘든 분이네요. 딴지를 걸겠다는 건 아니고, 그쪽 분들이야말로 전사처럼 하고 다니시는 것 같던데요. 옷차림도 그렇고 들고 다니는 흉기도 그렇고요."

한참 침묵이 흘렀다. 말실수를 했나 하는 생각이 들려는 찰나 호르헤가 소리 내어 웃으며 말했다.

"아, 이런 어이없는 무차초를 봤나. 그놈 참 마음에 드네. 이유는 모르겠지만 아무튼 난 네가 마음에 든다. 안 그랬으면 벌써 세 번은 죽였을 거다."

"그게 가능해요?"

"뭐?"

"사람을 세 번 죽이는 거요."

"방법이야 찾아보면 있겠지."

"그럼 앞으로는 제가 더 공손하게 굴어야겠군요."

호르헤는 탁자를 손으로 치며 일어섰다.

"좋아. 이렇게 하자. 너희 열한 놈을 그 피난처라는 곳으로 데려다 주지. 우리 쪽 사람은 한 명만 더 데려갈 거다. 브렌다라는 여자애인데 천재적인 두뇌를 갖고 있으니 쓸모가 있을 거야. 만약 피난처에 도착해서 우리 몫의 치료제가 없다고 하면 그땐 대가를 톡톡히 치러야 될 거다."

토머스가 슬쩍 빈정대며 말했다.

"왜 또 그러세요. 우린 이제 친구가 되었잖아요."

"쳇. 친구는 무슨. 동업자지. 내가 너희를 사악이 있는 곳으로 데려다 주면 너희는 나한테 치료제를 주면 돼. 그게 거래 조건이다. 이행되지 않을 땐 죽음으로 답하는 거고."

토머스도 삐걱거리는 의자를 뒤로 밀고 일어섰다.

"그 부분에 대해서는 이미 합의가 된 거 아닌가요?"

"그래, 그래. 합의했지. 내 말 잘 들어라. 밖에 나가서는 지금 얘기한 걸 입도 뻥긋하지 마. 쓸데없이 입을 놀렸다간 다른 광인들을 떼어 놓고 가기가 힘들어져."

"좋은 생각이라도 있어요?"

호르헤는 생각에 잠긴 눈으로 토머스를 쳐다보다가 잠시 후 입을 열었다.

"내가 나가서 얘기하는 동안 넌 주둥이 단속이나 잘하고 있어."

그러고는 문 쪽으로 걸어가다 말고 멈춰 서서 덧붙였다.

"아, 네 콤파드레(친구) 민호는 그 생각을 별로 마음에 들어 하지 않을 것 같구나."

복도를 걸어 나와 다른 이들이 모여 있는 곳으로 걸어가는 동안 토머스는 너무 허기가 져서 배가 뒤틀릴 지경이었다. 위장의 경련이 온몸으로 퍼져 나가, 몸 안의 장기와 근육이 서로를 뜯어먹고 있는 것처럼 느껴졌다.

폐허나 다름없는 큰 방으로 돌아간 호르헤가 소리쳤다.

"자, 다들 잘 들어! 내가 여기 있는 이 새처럼 생긴 놈이랑 해결책을 생각해 봤다."

그 말에 토머스는 생각했다.

'새처럼 생긴 놈?'

공터인들은 벽에 등을 대고 방 가장자리에 앉아 있고, 광인들은 무시무시한 무기를 손에 단단히 쥐고 부동자세로 공터인들을 노려보고 있었다. 부서진 창문과 뚫린 지붕으로 햇빛이 흘러들어 왔다.

호르헤는 방 한가운데 서서 좌중을 천천히 둘러보았다. 잔뜩 기합이 들어가 있는 꼴이 토머스의 눈에는 우습게 보였다.

"첫째, 우린 이들에게 먹을 걸 줘야 한다. 힘들게 모은 식량을 낯선 자들에게 내준다는 게 정신 나간 소리 같겠지만, 내가 보기엔 이용 가치가 있는 놈들이다. 그런 이유로 이들에게 돼지고기와 콩을 주기로 했다. 말똥 같은 그 음식에 이제 진력이 나기도 했으니까."

광인 한 명이 그 말에 킬킬 웃었다. 키 작고 마른 어린아이였는데 눈동자를 기민하게 요리조리 굴리고 있었다.

"둘째, 나는 훌륭한 신사이자 성인(聖人)으로서, 나를 공격한 놈을 죽이지 않기로 결정했다."

그러자 광인들 사이에서 실망의 한숨과 볼멘소리가 터져 나왔다. 플레어 병이 어느 정도 진행된 상태이기에 이런 반응들을 보이는 것인지 토머스는 불안했다. 그런데 그중 10대 후반으로 보이는 긴 머리의 예쁘장한 소녀는 다른 광인들의 반응을 어이없어 하며 눈을 위로 굴렸다. 소녀는 이상할 정도로 매무새가 깔끔해 보였다. 토머스는 그 소녀가 호르헤가 말한 브렌다이길 바랐다.

민호 역시 그답게 미소를 지으며 사람들에게 여유롭게 손까지 흔들어 보였다. 호르헤가 그런 민호를 손으로 가리키며 걸걸한 목소리로 말했다.

"기분이 째지나 보지? 그것참 다행이네. 그렇다면 이제부터 전할 소식을 마음 편히 받아들이겠군."

민호가 날카롭게 물었다.

"무슨 소식이오?"

토머스는 호르헤의 입에서 무슨 말이 나올지 궁금하여 그를 돌아보았다.

광인 대장 호르헤가 무덤덤하게 말했다.

"우린 너희 낙오자 놈들이 굶어 죽지 않게 먹을 걸 내줄 거다. 일단 배를 채운 다음, 넌 나를 공격한 죄에 대한 벌을 받을 거다."

민호가 두려움을 느꼈는지 어떤지는 표정만 봐서는 알 수 없었다.

"아, 그래요? 무슨 벌인데요?"

호르헤는 민호를 바라보았다. 무표정한 얼굴이라 더 섬뜩했다.

"네가 두 주먹으로 나를 때렸으니, 네 양손에서 손가락을 하나씩 자를 거다."

29

 손가락을 자르겠다고 민호를 위협하는 게 어떻게 나머지 광인들을 떼어 놓는 작업의 토대가 된다는 것인지 토머스는 이해되지 않았다. 딱 한 번 짧게 대화를 나누었을 뿐인 호르헤를 전적으로 신뢰할 만큼 토머스는 어리석지 않았다. 일이 이상하게 꼬이는 것 같아 두렵고 당황스러웠다.

 광인들이 웃으며 환호성을 올렸다. 그런데 호르헤와 눈이 마주친 순간, 그 눈에 담긴 무언가에 토머스는 마음이 놓였다.

 하지만 당사자인 민호는 곧장 반발했다. 호르헤가 처벌에 대해 언급하자마자 민호는 벌떡 일어섰다. 긴 머리 소녀가 재빨리 다가와 턱 밑에 칼날을 갖다 대지 않으면 민호는 호르헤에게 다시 달려들었을 것이다. 부서진 문 사이로 쏟아져 들어오는 햇빛에 새빨간 피 한 방울이 비쳤다. 지금은 살짝 베였지만 무어라 말이라도 했다가는 크게 다칠 수도 있는 상황이라 민호는 꼼짝하지 못했다.

호르헤가 침착하게 동료들에게 말했다.

"계획은 이렇다. 브렌다랑 내가 이제부터 이 부랑자 녀석들을 식량 저장실로 데려가 먹을 것을 내줄 테니까, 너희는 앞으로 한 시간 후 탑에 집합해라."

그리고 손목시계를 내려다본 후 덧붙였다.

"정확히 정오에 집합이다. 점심을 챙겨다 줄 테니까 탑에서 받도록."

그러자 광인 중에 한 명이 질문을 했다.

"왜 대장이랑 브렌다만 이 녀석들이랑 같이 움직이는 건데? 이것들이 달려들면 어쩌려고? 둘이서 열한 명을 어떻게 상대해?"

토머스는 그 말을 한 이가 누구인지 처음에는 알지 못했지만, 목소리가 들리는 쪽을 바라보니 그 방에서 제일 나이가 많아 보이는 남자였다.

호르헤는 비웃음을 흘리며 눈을 가늘게 떴다.

"수학 시간도 아닌데 숫자를 정확히 짚어 줘서 고맙군, 바클리. 다음번에 내 발가락이 몇 개인지 기억이 안 나면 너랑 같이 세기로 하지. 지금은 쓸데없는 소리 말고 모두를 탑으로 데려가도록. 이놈들이 허튼짓을 하면 브렌다가 잘나신 민호 군을 칼로 잘게 썰 것이고, 나머지는 내가 상대하면 돼. 서 있을 기운도 없는 놈들이라 나 혼자서도 충분하다. 어서 출발해!"

토머스는 안도감이 밀려들었다. 일단 다른 광인들을 떼어 놓은 후 호르헤는 서둘러 이곳을 뜰 계획인 듯했다. 민호의 손가락을 자르는 벌을 주겠다는 것도 말뿐이었다.

바클리라는 남자는 나이는 많아도 몸집이 다부진 편이었다. 셔

240

츠 소매 아래로 드러난 근육질 팔에 푸른 정맥이 도드라졌다. 바
클리는 한 손에는 날카로운 단검을, 다른 손에는 커다란 망치를
쥔 채로 자기네 대장을 한참 내려다보다가 말했다.

"알았어. 이 녀석들이 대장한테 달려들어 목을 따더라도 우린
알아서 잘 살아갈 테니 걱정 마슈."

"생각해 줘서 고맙군, 에르마노. 어서 가 봐. 이따가 탑에서 재
미나 실컷 보자고."

바클리는 일부러 요란하게 웃으며 자존심을 세운 뒤 토머스와
호르헤가 조금 전에 지나왔던 복도로 걸어갔다. 바클리가 따라오
라는 뜻으로 팔을 흔들자 호르헤와 긴 갈색머리 소녀를 제외한 나
머지 광인들이 그 뒤를 터벅터벅 따라갔다. 여전히 민호의 목에
칼을 대고 있는 소녀가 호르헤가 말한 브렌다인 모양이었다.

플레어 병에 감염된 사람들 대다수가 방에서 나가자 호르헤는
토머스를 쳐다보며 안도한 표정을 짓다가, 아직은 말이 새어 나가
면 안 된다는 뜻으로 살짝 고개를 저어 보였다.

브렌다 쪽에서 움직임이 있어 토머스는 그리로 시선을 돌렸다.
브렌다가 민호의 턱 밑에 대고 있던 칼을 거두고 뒤로 물러나 칼
끝에 묻은 피를 바지에 문질러 닦고 있었다. 그리곤 약간 거칠고
쉰 것 같기도 한 목소리로 민호에게 말했다.

"죽여 버릴 수도 있었어. 한 번만 더 호르헤한테 덤볐다간 동맥
을 끊어 놓을 줄 알아."

민호는 턱 밑에 난 작은 상처를 엄지로 슥 문지르더니 빨갛게
묻은 피를 내려다보며 브렌다에게 말했다.

"꽤 날카로운 칼이네. 이걸 보니까 네가 더 마음에 든다."

그러자 뉴트와 프라이팬이 동시에 끄응 하고 한숨을 쉬었다.

브렌다가 받아쳤다.

"여기 우리 말고 광인이 또 한 명 있나 봐. 넌 나보다 더 심하게 맛이 갔구나."

호르헤가 브렌다 옆으로 걸어가며 말했다.

"아직 우리는 미치지 않았지만, 시간이 많이 남진 않았어. 식량 저장실에서 먹을 걸 내줄 테니까 다들 따라와. 굶주린 좀비 떼 같은 꼬락서니를 해 가지고 멍하니 서 있지들 말고."

민호는 마음에 들지 않는 표정이었다.

"내가 너희 사이코들이랑 사이좋게 앉아 음식을 먹고 내 손가락을 잘라 가게 둘 줄 알아?"

어쩔 수 없이 토머스가 나섰다.

"그냥 입 다물고 가서 먹기나 해. 그 후에 네 예쁜 손가락이 어떻게 되든 알게 뭐야."

토머스는 날카로운 그 말에 담긴 속뜻을 알아듣기를 바라며 민호에게 눈빛을 보냈다.

민호는 혼란스러워하며 눈을 찡그렸지만 곧 눈치를 챘다.

"에라 모르겠다. 그래 가자."

그런데 브렌다가 갑자기 토머스에게 바짝 가까이 다가왔다. 몇센티미터 간격을 두고 그를 올려다보는 브렌다의 눈동자는 굉장히 짙은 색이라 마치 흰자에서 하얗게 빛이 나는 것 같았다.

"네가 대장이니?"

토머스는 고개를 저었다.

"아니. 네가 칼을 갖다 댔던 사람이 우리 대장이야."

242

브렌다는 민호를 흘끗 쳐다보고는 다시 토머스를 돌아보며 생긋 웃었다.

"흥, 멍청한 선택이었네. 내가 미치기 직전인 상태이긴 해도 나라면 널 대장으로 뽑았을 거야. 너야말로 대장에 어울려."

"어. 빈말이라도 고맙다."

토머스는 당황스러웠다. 민호의 문신과 자신의 문신이 떠올랐다. 토머스의 문신은 죽임을 당할 예정이라는 내용이었다. 토머스는 우울해졌지만 속내를 감추려고 일부러 계속 떠들었다.

"나도, 음, 저기 있는 호르헤 대신 널 대장으로 뽑았을 것 같아."

그 말에 소녀는 앞으로 더 다가와 토머스의 뺨에 입을 맞추며 말했다.

"귀엽네. 우리가 서로를 죽이는 일은 없었으면 좋겠어."

호르헤는 토머스 일행을 현관문 쪽으로 몰아가며 브렌다에게 말했다.

"자, 야합의 기쁨은 그 정도로 해 둬, 브렌다. 식량 저장실에 도착하면 나랑 얘기 좀 하자. 어서들 서둘러."

브렌다는 토머스에게서 시선을 거두지 않았다. 브렌다의 입술이 닿은 순간 토머스의 온몸에 전율이 흘렀고 그 얼얼한 기분은 쉽게 가시지 않았다.

"난 네가 좋아."

브렌다의 말에 토머스는 정신을 차릴 수가 없어 마른침을 삼켰다. 브렌다는 입가를 혀로 핥더니 생긋거리며 돌아서서 현관문 쪽으로 향했다. 그러고는 들고 있던 칼을 바지 주머니에 넣고 앞으로 걸어가며 소리쳤다.

"어서 가자!"

토머스가 주변을 돌아보니 공터인들의 시선이 전부 그에게 쏠려 있었다. 토머스는 어느 누구와도 눈을 마주치지 않고 셔츠를 당겨 올린 후 현관문 쪽으로 걸어갔다. 자꾸 미소가 지어졌지만 굳이 숨기지 않았다. 곧 다른 아이들도 그의 뒤를 따라왔고 다 같이 건물 밖으로 나가 새하얀 햇볕이 뜨겁게 쏟아지는 부서진 인도로 발을 내디뎠다.

브렌다가 앞장을 서고 호르헤가 맨 뒤에서 걸었다. 강렬한 햇빛에 적응하기가 힘에 부쳐 토머스는 눈 위쪽을 가린 채 실눈을 뜨고 걸었다. 그들은 열기를 피하기 위해 건물 벽에서 드리워진 좁은 그늘에 최대한 붙어서 걸어갔다. 주변의 다른 건물들과 도로는 마치 마법의 돌로 만들어진 물건들처럼 기이한 빛을 뿜어내고 있는 듯했다.

브렌다는 방금 전까지 머물러 있던 건물의 바깥벽을 따라 이동해 그 건물 뒤쪽으로 걸어갔다. 그곳 인도에 지하로 향하는 계단이 나 있었다. 그 계단을 보자 토머스는 과거의 기억이 어렴풋이 떠올랐다. 지하 훈련 시설로 가는 입구도 이렇게 생겼던 것 같았다.

브렌다는 뒤에 사람들이 잘 따라오고 있는지 확인도 하지 않고 곧장 깡충거리며 계단을 내려갔다. 하지만 토머스는 브렌다가 오른손에 칼을 단단히 쥐고 있음을 알아챘다. 칼을 옆에서 약간 바깥쪽으로 내밀고 있었는데, 언제든 상대를 몰래 공격하거나 곧장 방어하기 위한 자세인 것 같았다.

토머스는 바로 그 뒤를 따라 내려갔다. 뜨거운 햇볕을 얼른 피하고 싶기도 했고 무엇보다 몹시 허기가 져서 먹을 것을 얼른 입에 넣고 싶었다. 계단을 한 칸씩 내려갈 때마다 배 속이 더 심하게 쓰렸다. 아직도 이렇게 움직일 수 있다는 게 놀라울 정도로, 나른한 기운이 온몸에 독처럼 퍼져 나가 주요 장기들을 고통스러운 암덩어리로 바꿔 놓는 듯했다.

이윽고 시원하고 반가운 어둠이 그들을 집어삼켰다. 토머스는 브렌다의 발소리를 따라 계속 걸었고, 잠시 후 오렌지색 빛이 새어 나오는 좁은 문 앞에 이르렀다. 브렌다는 그 문 안으로 들어갔으나 토머스는 문 앞에 멈춰 섰다. 좁고 축축한 방 안은 상자와 통조림으로 가득했고, 천장 가운데에 백열등 하나가 매달려 있었다. 그들이 모두 들어가기엔 공간이 협소했다.

그의 생각을 읽은 것처럼 브렌다가 말했다.

"너랑 다른 애들은 복도에서 기다리고 있어. 벽에 기대앉아 있든지. 내가 맛있는 음식을 금방 찾아 줄게."

브렌다가 쳐다보고 있지는 않았지만 토머스는 고개를 끄덕인 후 비틀거리며 문 근처의 복도로 물러났다. 그는 다른 공터인들과 약간 거리를 두고, 한층 짙은 어둠에 잠겨 있는 벽 앞에 주저앉았다. 뭐든 먹지 않으면 다시는 일어서지 못할 것 같았다.

브렌다가 말한 '맛있는 음식'은 콩 통조림과 소시지였다. 브렌다는 통조림과 소시지 포장지에 적힌 글자가 스페인어라고 했다. 그들은 그 음식을 데우지도 않고 먹었다. 그래도 세상에서 제일 맛있게 느껴져서 토머스는 걸신 들린 듯 입안에 음식을 퍼 넣었다. 오랫동안 굶다가 급하게 먹으면 도로 게워 낼 수도 있다는 걸 알고 있었지만 개의치 않았다. 전부 게워 낸다고 해도 새로 차려 놓은 음식처럼 기꺼이 주워 먹을 수 있을 것 같았다.

브렌다는 굶주린 공터인들에게 음식을 나눠준 뒤 토머스 옆으로 와 앉았다. 식량 저장실에서 흘러나오는 부드러운 불빛이 브렌다의 가느다란 앞머리를 비췄다. 브렌다는 통조림 따위를 잔뜩 담은 배낭 두 개를 옆에 내려놓으며 말했다.

"배낭 하나는 네 거야."

"고마워."

토머스는 벌써 통조림 바닥을 스푼으로 긁고 있었다. 남은 찌꺼기까지 박박 긁어 먹었다. 말하는 사람은 아무도 없고, 온통 후루룩 꿀꺽꿀꺽 소리뿐이었다.

브렌다가 자기 몫의 음식을 먹으며 물었다.

"맛 괜찮아?"

"끝내줘. 엄마가 저 계단을 막고 서 있더라도 밀치고 내려가서 먹을 수 있을 만큼 맛있어. 나한테 엄마가 아직 있는지는 모르겠지만."

토머스는 꿈속에서 잠깐 본 엄마의 모습이 떠올랐지만, 생각해 봤자 기분만 우울해질 뿐이어서 잊어버리려 애썼다.

"계속 먹다 보면 질릴 거야. 음식 종류가 네다섯 가지밖에 없어."

브렌다의 말에 토머스는 상념을 떨쳤다. 문득 보니 브렌다가 오른쪽 무릎을 그의 정강이에 붙이고 앉아 있었다. 일부러 다리를 그렇게 놓고 앉은 건가 싶었지만 얼토당토않은 생각이었다.

토머스는 머리를 맑게 하고 현재 상황에 집중하기로 했다.

"음식은 어디서 구했어? 얼마나 남았어?"

"플레어로 폐허가 되기 전에 이 도시에는 식품 제조공장들이 몇 개 있었어. 제조된 식품들을 보관하기 위한 창고들도 많았고. 사악이 광인들을 이곳으로 보낸 이유도 그래서일 거라는 생각이 가끔 들어. 여기에서라면 우린 서서히 미쳐 가면서 서로의 손에 죽기는 하겠지만 굶어 죽지는 않을 테니까."

토머스는 통조림 바닥에서 양념을 마저 퍼낸 후 스푼을 혀로 깨끗이 핥았다.

"그럼 음식 종류도 많을 것 같은데 왜 네다섯 가지밖에 없어?"

토머스는 문득 그들이 브렌다를 너무 쉽게 믿은 건 아닐까 생각했다. 어쩌면 독이 든 음식을 준 것일 수도 있었다. 하지만 브렌다도 같은 음식을 먹고 있으니 그런 의심은 지나친 억측일 것이다.

브렌다는 엄지로 천장을 가리키며 대답했다.

"가까이에 있는 창고들만 훑어서 그래. 제조하는 식품 종류가 몇 가지 안 되는 회사의 창고였어. 뜰에서 키운 신선한 채소를 먹을 수만 있으면 네 엄마를 죽일 수도 있을 것 같아. 샐러드가 먹고 싶어."

"만약 엄마가 우리가 있는 이곳과 식료품점 사이에 서 있다면 몸이 남아나질 않겠다."

"그렇겠지."

브렌다의 얼굴 대부분은 그림자에 덮여 있었지만 미소를 짓고 있다는 걸 알 수 있었다. 생긋 웃는 모습을 보며 토머스는 브렌다에게 호감을 느꼈다. 비록 브렌다가 민호의 피를 보게 만들기는 했지만. 어쩌면 그래서 더 마음에 드는 것일 수도 있었다.

토머스가 물었다.

"이 세상에 아직도 식료품점이라는 게 있을까? 플레어 현상이 있은 후에 여기 말고 다른 곳은 어떻게 됐어? 전부 이렇게 덥고, 미친 사람들이 떼를 지어 돌아다녀?"

"아니. 음, 잘 모르겠어. 태양 플레어로 사람들이 많이 죽었고 살아남은 사람들은 북쪽이나 남쪽으로 탈출했어. 우리 가족은 원래 캐나다 북부에 살았는데, 부모님은 연합 정부가 세운 수용소에 제일 먼저 들어간 사람들 중 하나였어. 그 사람들이 나중에 '사악'을 결성했지."

토머스는 놀라서 잠시 입을 벌린 채 아무 말도 못했다. 브렌다는 짧은 문장 몇 개를 말했을 뿐이지만, 토머스는 기억이 삭제된 이래로 세상에 대해 이보다 더 구체적인 정보를 들은 적이 없었다.

"자…… 잠깐만. 자세히 좀 듣고 싶은데, 처음부터 얘기해 줄래?"

브렌다는 별것 아니라는 듯 어깨를 으쓱했다.

"자세히 얘기할 것도 없어. 오래전 일이야. 전혀 예상도, 예측도 못 했던 태양 플레어 현상이 일어났어. 과학자들이 사람들에게 경고하려고 했을 땐 이미 늦었어. 그 현상으로 이 행성은 초토화됐고 적도 가까이에 있는 생물이 다 죽었어. 기후도 싹 바뀌었고. 그러다 생존자들이 모여서 연합 정부를 만든 거야. 나중에 질병통제 센터인지 뭔지 하는 곳에서 끔찍한 바이러스가 퍼져 나갔다는 걸 알게 되었지만 이미 손 쓸 수 없는 상황이었어. 그래서 그병의 이름이 플레어인 거야."

"맙소사."

토머스는 중얼거리며 복도 저쪽에 앉아 있는 공터인들을 흘끗 쳐다보았다. 그들도 이 얘기를 듣고 있는지 궁금해서였는데, 다들 먹는 데 열중하느라 듣고 있지 않은 듯했다. 토머스와 브렌다가 있는 곳에서 멀리 떨어져 앉아 있기 때문일 수도 있었다.

"그럼 언제……."

토머스가 물으려는데 브렌다가 조용히 하라는 뜻으로 한 손을 들어 올렸다.

"가만있어 봐. 낌새가 이상해. 누가 우릴 찾아왔나 봐."

토머스의 귀에는 아무 소리도 들리지 않았다. 공터인들도 마찬가지인 것 같았다. 호르헤만 무슨 소릴 들었는지 브렌다 옆으로 다가와 귀에 대고 무어라 속삭였다. 브렌다가 자리에서 일어서려는 순간, 복도 저쪽에서 요란한 폭발음이 들렸다. 조금 전 그들이 이곳으로 내려오기 위해 이용했던 계단이 있는 쪽이었다. 무시무시할 정도의 굉음이 있은 후 건물이 우르릉 흔들리며 시멘트와 금속 조각이 떨어져 내렸다. 그들이 앉아 있는 쪽으로 먼지구름이 몰려와 식품 저장실의 백열전구 불빛이 자욱하게 가려졌다.

공포로 몸이 마비된 토머스는 그 자리에 앉아 몰려오는 먼지를 멍하니 바라보았다. 민호와 뉴트를 비롯한 공터인들은 부서진 계단 쪽으로 가다가 조금 전까지 눈에 띄지 않던 한옆의 좁은 복도로 달려가고 있었다. 브렌다가 토머스의 셔츠를 잡고 일으켜 세웠다.

"뛰어!"

브렌다는 소리치며 토머스를 더 깊은 지하로 잡아끌었다.

멍하니 있던 토머스는 정신을 차리고 브렌다의 손을 밀어냈다. 하지만 브렌다는 셔츠를 놓으려 하지 않았다.

"안 돼! 내 친구들을 따라가야……."

하지만 토머스가 말을 끝맺기도 전에 바로 앞에서 천장이 통째로 무너져 내렸다. 천둥이 치는 듯한 소음과 함께 시멘트 덩어리들이 떨어지는 바람에 친구들 쪽으로 가는 길이 막혀 버렸다. 위에서 돌에 금이 가는 소리가 들려와 토머스는 더 이상 선택을 지체할 수 없었다. 당장 결정을 내려야 했다.

토머스는 마지못해 돌아서서 브렌다와 함께 뛰었다. 브렌다는 그의 셔츠를 꼭 잡고 어둠 속으로 달려갔다.

30

토머스는 심장이 쿵쾅거리는 것도 인식하지 못했고, 무엇 때문에 폭발이 일어났는지 추측할 겨를도 없었다. 머릿속에는 오직 다른 어딘가로 달려간 친구들 생각뿐이었다. 지금 그는 앞이 보이지 않는 채로 브렌다에게 목숨을 맡긴 채 달리고 있었다.

"여기야!"

브렌다가 소리치며 급하게 오른쪽으로 방향을 꺾었다. 토머스가 균형을 잃고 넘어지려 하자 브렌다가 얼른 잡아 주었다. 그가 다시 빠른 속도로 달리기 시작한 후에야 브렌다는 그의 셔츠를 손에서 놓았다.

"내 뒤에 바짝 따라붙어."

새로운 길로 달려가는 동안 뒤에서 들려오는 천장 무너지는 소리가 점점 약해지고 멀어졌다. 하지만 토머스는 두려웠다.

"내 친구들은? 만약에……."

"따라오기나 해! 지금은 흩어져서 이동하는 게 나아."

기다란 복도를 이동하면서 공기가 점점 서늘해지고 어둠이 짙어졌다. 토머스는 점차 체력이 돌아오는 것을 느끼며 빠르게 호흡을 가다듬었다. 뒤에서 들려오던 소음은 거의 그쳤다. 공터인들이 걱정스러웠지만 브렌다와 함께해도 될 것 같다는 본능적인 느낌이 있었다. 만약 밖으로 나갔더라도 공터인들은 스스로를 방어할 수 있을 것이다. 하지만 폭발물을 터뜨린 자들에게 붙잡혔다면? 혹은 죽임을 당했다면? 공격을 가해 온 자들은 대체 누구일까? 브렌다와 함께 달리는 동안에도 이런저런 걱정에 토머스는 심장의 피가 바짝바짝 마를 지경이었다.

브렌다가 세 번 더 방향을 바꾸었다. 빛 하나 없는 캄캄한 곳에서 어떻게 길을 찾아 가는 건지 토머스는 알 수가 없었다. 물어보려는데 브렌다가 갑자기 멈춰 섰다. 그녀는 그의 가슴팍에 손을 대고 저지시킨 후 가쁜 숨을 내쉬며 물었다.

"무슨 소리 못 들었어?"

토머스는 귀를 기울였지만 들리는 건 그들의 숨소리뿐이었다. 사방이 고요하고 어두웠다.

"아니. 여긴 어디야?"

"마을 이쪽의 건물들은 이 터널이랑 비밀 통로들로 전부 연결되어 있어. 어쩌면 도시 전체가 그럴 수도 있지만, 더 멀리까지는 가 본 적이 없어서 모르겠어. 어쨌든 다들 이곳을 '지하로'라고 불러."

토머스는 브렌다의 얼굴이 보이지 않았지만 가까이에 있어서 그녀의 숨 냄새를 맡을 수 있었다. 이런 척박한 환경에서 살고 있는 점을 감안하면 악취가 날 만도 한데 놀랍게도 그렇지가 않았다. 기분 좋은 무취에 가까웠다.

"지하로라고? 웃기는 이름이다."

"내가 붙인 이름이 아니야."

"넌 어디까지 탐색해 봤어?"

앞에 뭐가 있는지도 모르고 달리고 싶진 않았다.

"멀리는 가 보지 못했어. 보통 여기로 다니다 보면 광인들을 만나게 돼. 진짜 상태 안 좋은 광인들. 종점을 지나 완전히 미쳐 버린 자들."

그 말에 토머스는 지금도 이 어둠 속에 미지의 두려운 존재가 있지 않을까 싶어 슬쩍 한 바퀴 돌아보았다. 얼음물에 뛰어든 것처럼 온몸이 긴장되었다.

"지금 우린…… 안전한 거야? 아까 그 폭발은 뭐였어? 당장 돌아가서 내 친구들을 찾아봐야겠어."

"호르헤는?"

"뭐?"

"호르헤도 찾아봐야 되는 거 아니니?"

토머스는 브렌다의 기분을 상하게 하고 싶지 않았다.

"그래, 호르헤랑 내 친구들. 그 똘추들을 다 찾아봐야지. 버려두고 갈 순 없어."

"똘추가 뭔데?"

"별거 아니야. 그런데…… 아까 그 폭발은 어떻게 된 거야?"

브렌다는 한숨을 쉬며 그에게 다가와 몸을 밀착시켰다. 그녀의 입술이 그의 귀에 닿았다. 그러고는 속삭임에 가까운 낮고 부드러운 목소리로 말했다.

"약속 하나만 해 줘."

토머스의 몸에 전율이 일었다.

"뭐…… 뭔데?"

브렌다는 그대로 서서 그의 귀에 속삭였다.

"앞으로 무슨 일이 일어나든, 혹시 우리 둘이서만 가게 되더라도, 날 반드시 데리고 가겠다고 약속해. 사악이 있는 곳으로, 네가 호르헤한테 약속한 그 치료제가 있는 곳으로 말이야. 식량 저장실에서 호르헤한테 얘기 전해 들었어. 난 여기서 살다가 서서히 미쳐 가고 싶지 않아. 그럴 순 없어. 차라리 죽는 게 나아."

브렌다는 토머스의 두 손을 꼭 잡았다. 까치발로 서서 그의 어깨에 머리를 기대고 그의 목에 코를 갖다 댔다. 브렌다의 숨결이 닿을 때마다 토머스는 살이 떨렸다.

브렌다와 껴안다시피 한 지금, 기분이 나쁘지는 않았지만 뭔가 이상하고 난데없는 상황인 것만은 분명했다. 테리사를 생각하면 죄책감이 들기도 했다. 멍청한 짓을 하고 있는 것 같다는 생각도 들었다. 황무지를 가로지르는 가혹하고 무자비한 여정의 한가운데에서 목숨이 위태로운 상황인데, 친구들은 죽었을지도 모르는데, 어쩌면 테리사도 죽었을 수도 있는데, 어둠 속에서 낯선 소녀와 부둥켜안고 있다는 건 말이 되지 않았다.

토머스는 브렌다에게 잡힌 손을 슬쩍 빼내고 그녀의 팔죽지를 잡아 밀어냈다. 여전히 앞이 보이지는 않았지만 가만히 쳐다보는 브렌다의 시선이 느껴졌다.

"이럴 게 아니라, 당장 어떻게 해야 할지부터 생각해야 되는 거 아니야?"

"아직 나한테 약속 안 했어."

토머스는 답답해서 고함을 지르고 싶었다. 브렌다가 왜 이렇게 이상하게 구는지 이해되지 않았다.

"알았어, 약속할게. 호르헤한테 얘길 다 들었다고?"

"대충은. 호르헤가 나머지 동료들한테 탑에서 집합하자는 말을 했을 때 이미 짐작은 했었어."

"뭘 짐작해?"

"우리가 너희를 도와 이 도시를 통과하게 해 주면 너희가 우릴 문명 사회로 다시 데려가 주겠구나, 하는 짐작."

토머스는 걱정이 되었다.

"네가 그렇게 빨리 눈치를 챘으면 네 친구들 중에도 알아챈 사람이 있지 않겠어?"

"바로 그거야."

"바로 그거? 뭔가 알고 있다는 뜻 같은데?"

브렌다는 다시 가까이 다가와 그의 가슴팍에 두 손을 얹었다.

"아까 폭발이 일어난 거 말이야. 처음엔 종점을 넘어간 광인들 짓인 줄 알았는데 아무도 우릴 쫓아오지 않았잖아. 그래서 지하로 입구에 폭발물을 설치하고 우릴 죽이려고 든 게 바클리랑 그의 친구 두 명의 짓이란 생각이 들었어. 그들은 그 식품 저장실 말고 다른 곳에서도 먹을 걸 찾을 수 있다는 걸 알고 있고, 계단을 폭파시켜도 식품 저장실로 내려오는 길이 또 있다는 걸 알고 있으니까."

하지만 토머스는 브렌다가 동료들에 대해 냉혹하게 말하는 이유를 이해할 수 없었다.

"말이 안 되잖아? 네 친구들이 우릴 죽이려고 했다고? 우리를 이용하고, 우리랑 같이 가고 싶어 한 게 아니라?"

"아니, 그렇지가 않아. 바클리랑 그 친구들은 여기 생활에 만족하고 있어. 우리보다 병이 더 진행된 상태라서 이성적인 면을 잃기 시작한 거겠지. 너희를 이용하고 어쩌고 하는 생각 따윈 하지도 못했을걸. 그저 우리가 작당해서 자기네를…… 제거하려 한다고 생각했을 거야. 우리끼리 지하에서 꿍꿍이를 꾸미고 있다고 여긴 거겠지."

토머스는 브렌다를 약간 밀어내고 벽에 머리를 기댔다. 하지만 브렌다는 다시 다가와 두 팔로 그를 안았다.

토머스는 그녀의 상태가 미심쩍었다.

"있잖아…… 브렌다?"

브렌다는 그의 가슴팍에 기대어 웅얼거렸다.

"왜애?"

"지금 뭐 하는 거야?"

"뭐 하는 거냐니?"

"지금 나한테 이러는 거 좀 이상하다는 생각 들지 않아?"

브렌다가 소리 내어 웃었다. 뜻밖의 반응이라 토머스는 브렌다의 플레어 병이 본격적으로 진행된 건가, 완전히 미친 단계로 진입하는 것인가 싶었다. 브렌다는 웃으며 뒤로 물러섰다.

"뭐야?"

브렌다는 여학생처럼 계속 쿡쿡 웃다가 대답했다.

"아니. 우리가 서로 다른 지역 출신이라 그런 거 같아. 어쨌든 미안해."

"무슨 뜻이야?"

토머스는 차라리 브렌다가 다시 들러붙으려 하는 편이 낫겠다는 생각이 들었다.

그의 불안한 목소리에 브렌다는 웃음을 거뒀다.

"들이대서 미안해. 내가 살던 곳에서는…… 원래 다 그러거든."

"아…… 그래. 알았어. 음…… 그래."

브렌다에게 얼굴이 보이지 않아 다행이었다. 벌겋게 달아오른 걸 봤으면 또 웃어 댔을 테니까.

테리사 생각이 났다. 민호를 비롯한 공터인들 생각도. 우물쭈물하지 말고 주도권을 잡아야 했다. 당장.

토머스는 자신감 있게 말하려고 목소리에 힘을 주었다.

"조금 전에 네가 말했잖아. 아무도 우릴 쫓아오지 않았다며. 그러니까 돌아가자고."

"진심이야?"

브렌다는 믿기지 않는다는 투였다.

"무슨 뜻이야?"

"난 널 데리고 이 도시를 통과할 수 있어. 가는 길에 먹을 걸 충분히 찾아낼 자신도 있고. 다른 사람들은 그냥 내버려 두고 우리 둘이서 피난처로 가자."

이런 식이라면 더는 대화할 필요가 없었다.

"돌아갈 생각이 없는 모양인데, 알았어. 나 혼자 갈게."

토머스는 벽에 손을 대고 더듬거리며 왔던 길로 되돌아가기 시작했다.

"잠깐만!"

뒤에서 브렌다가 소리치며 따라왔다. 그녀는 오래된 연인처럼 그의 손가락에 자신의 손가락을 엮고 나란히 걸었다.

"미안해. 진심이야. 난…… 최대한 소수로 움직이는 편이 낫겠다고 판단했어. 그동안 다른 광인들하고 그렇게 친하게 지내지 못했기도 하고. 너랑 그…… 공터인들 사이하고는 달리 말이야."

브렌다가 듣는 데서 '공터인'이라는 단어를 입에 올린 적이 있었던가? 기억이 나지 않았다. 하지만 그가 아닌 다른 사람이 브렌다 앞에서 그 단어를 언급했을 수도 있었다.

"글쎄. 난 최대한 많은 인원이 피난처로 가야 한다고 생각해. 도시를 통과한 후에 또 무슨 일이 닥칠지 모르니까. 인원수가 많아야 유리할 수도 있어."

토머스는 자신이 한 말을 곱씹어 보았다. 그저 안전하게 살아남을 가능성을 높이기 위해 인원수에 신경 쓰고 있는 걸까? 그렇게 냉혹한 인간이었나?

"알았어."

브렌다는 어딘지 모르게 달라진 것 같았다. 자신감이 전보다 덜해 보였고, 책임지고 앞장서던 자세에서 한발 물러서는 모습이었다.

토머스는 기침하는 척하며 브렌다에게서 손을 빼냈고, 기침을 다 한 후에도 다시 브렌다의 손을 잡지 않았다.

그 후 몇 분 동안 그들은 말이 없었다. 보이지는 않지만 앞에서 걷고 있는 브렌다를 느낄 수 있었다. 몇 번 방향 전환을 하자 전방에 빛이 보였고 가까이 갈수록 빠르게 밝아졌다.

그것은 폭발로 인해 지붕에 생겨난 들쭉날쭉한 구멍으로 쏟아져 들어오는 햇빛이었다. 커다란 돌덩어리와 휘어진 강철 조각들, 부서진 파이프들이 계단이 있던 자리를 틀어막고 있어서, 그 잔해를 넘어가는 건 상당히 위험해 보였다. 구름처럼 짙게 내려앉은 먼지 사이로 스며든 햇빛은 살아 있는 듯했고, 미세한 티끌들이 모기처럼 춤을 추었다. 회반죽 냄새와 탄내가 났다.

음식이 들어 있는 식량 저장실로는 잔해 때문에 접근할 수 없었지만 브렌다는 따로 싸 놓았던 배낭 두 개를 찾아냈다.

"아무도 없어. 호르헤랑 네 친구들은 이리로 되돌아오지 않고 그대로 밖으로 나간 것 같아."

토머스는 자신이 여기서 무엇을 찾고자 했는지 알 수 없었다. 하지만 아무도 없다니 그나마 다행이었다.

"시체가 없다고? 폭발로 인해 죽은 사람은 없다는 거네?"

브렌다는 어깨를 으쓱했다.

"광인들이 시체를 끌고 갔을 수도 있지만, 그건 아닌 것 같아."

토머스는 아니기를 바라며 고개를 끄덕였다. 그 말을 믿고 싶었다. 하지만 앞으로 어떻게 해야 할지 가늠이 되지 않았다. 다른 공터인들을 찾으러 지하로의 터널로 들어가야 하나? 거리로 올라갈까? 바클리를 비롯한 다른 광인들과 헤어졌던 그 건물로 되돌아가야 되는 걸까? 전부 다 두렵고 내키지 않았다. 해답이 마법처럼 나타나지 않을까 싶어 괜히 주변을 둘러보았다.

한참 후 브렌다가 입을 열었다. 토머스처럼 여러 가지 선택지를 놓고 고민한 것 같은 말투였다.

"지하로로 가자. 만약 호르헤랑 공터인들이 지상으로 올라갔으면 지금쯤 멀리 갔을 거야. 그랬으면 고맙게도 다른 광인들의 관심이 그들 쪽으로 쏠리겠지."

"그들이 지상이 아니라 지하로로 내려갔으면 우리랑 만날 수도 있겠지? 이 터널들은 결국 이어지게 되어 있지 않아?"

"맞아. 어느 쪽이든, 호르헤는 공터인들을 도시 반대쪽으로, 산이 있는 쪽으로 데려가는 중일 거야. 그러니까 우리도 그쪽으로 가다 보면 결국 그들과 만나게 되어 있어."

토머스는 생각에 잠긴 눈으로 브렌다를 바라보았다. 지금으로서는 브렌다와 함께 다니는 것 외에는 대안이 없으니, 어쩌면 생각에 잠긴 척하는 것일 수도 있었다. 오래전에 종점을 지난 광인들의 손에 처참하게 죽임을 당하지 않고 조금이라도 길게 살아남으려면 브렌다와 손을 잡는 것이 상책이었다. 달리 어쩔 수가 없었다.

"알았어. 출발하자."

브렌다는 미소를 지었다. 먼지투성이 얼굴에 환하게 번지는 귀여운 미소를 보자, 토머스는 문득 어둠 속에서 껴안고 있던 그 순간으로 되돌아가고 싶었다. 하지만 그 생각은 머릿속에 떠오르자마자 곧 사라졌다. 브렌다는 그에게 배낭 하나를 건네주고 다른 배낭을 집어 든 후 그 안에서 손전등을 꺼내어 켰다. 그러고는 먼지 사이로 손전등 불빛을 이리저리 비추다가 방금 전에 올라왔던 기다란 터널 쪽을 비추었다.

"갈까?"

브렌다의 물음에 토머스는 나지막하게 대답했다.

"그래."

친구들을 생각하면 마음이 좋지 않았고, 브렌다와 함께하는 게 과연 옳은 일인지 확신도 서지 않았다.

하지만 브렌다가 앞장서서 걸어가자 그는 그 뒤를 곧장 따라갔다.

31

지하로는 습하고 초라했다. 그 안의 참담한 풍경을 보고 있자니, 차라리 완전한 어둠 속에서 걸어가는 게 낫겠다 싶었다. 콘크리트 소재인 벽과 바닥은 탁한 회색 페인트로 칠해져 있고, 벽을 타고 여기저기서 물이 흘러내렸다. 몇 미터 간격으로 문이 있었는데, 열어 보려 했지만 대부분 잠겨 있었다. 천장에 전구들이 설치되어 있었지만 이미 오래전부터 불이 꺼진 채 먼지만 내려앉은 상태였고, 절반 정도는 박살이 나서 녹슨 구멍에 비쭉한 유리 조각만 붙어 있었다.

귀신이 출몰하는 무덤 같은 곳. 지하로라는 명칭이 딱 어울렸다. 애초에 무슨 목적으로 지어진 지하 구조물인지 토머스는 궁금했다. 미지의 일을 하는 사람들을 위한 통로와 사무실이었을까? 비 오는 날에 대비해 건물 사이를 잇기 위해 만들어진 길이었나? 비상용 도로? 아니면 태양 플레어 현상과 미친 자들의 공격 등에 대비해 만들어진 탈출로였을까?

브렌다를 따라 여러 개의 터널을 지나는 동안 그들은 조용히 걷기만 했다. 교차 지점이나 갈림길에서 왼쪽으로 방향을 틀 때도 있고, 오른쪽으로 방향을 틀 때도 있었다. 식품 저장실 앞에서 폭식을 하며 얻은 에너지가 빠르게 소모되고 있었다. 수 시간 정도 걸은 것 같다는 생각이 들 때쯤 토머스는 브렌다에게 잠시 멈추고 요기를 하자고 말했다.

배를 채운 후 다시 출발하며 토머스가 말했다.

"방향은 제대로 알고 가는 건지 모르겠다."

토머스의 눈에는 주변이 온통 똑같아 보였다. 칙칙하고 어두운 데다, 물기로 젖어 있지 않으면 먼지로 덮여 있었다. 멀리서 물방울이 떨어지는 소리, 걸어가면서 옷이 스치는 소리 외에 터널 안은 고요해서, 콘크리트 바닥을 둔탁하게 밟는 그들의 발소리가 더욱 또렷하게 들렸다.

브렌다가 걸음을 멈추고 빙글 돌아서더니 손전등 불빛을 턱밑에서 비추며 속삭였다.

"얍!"

토머스는 깜짝 놀라 "그만해!"라고 소리치며 브렌다를 밀어냈다. 멍청이가 된 기분이었다. 공포로 심장이 터져 나가는 줄 알았다.

"그러니까 꼭⋯⋯."

브렌다는 손전등을 밑으로 내렸지만 시선은 그에게 고정한 채로 물었다.

"그러니까 꼭 뭐?"

"아니야."

"광인 같다고?"

그 단어가 토머스에게 아프게 와 닿았다. 브렌다를 그런 식으로 생각하고 싶지 않았다.

"음…… 어. 미안."

브렌다는 돌아서서 손전등을 앞으로 비추며 다시 걷기 시작했다.

"그래, 나 광인이야, 토머스. 플레어 병에 걸렸으니까 광인이지. 너도 마찬가지고."

토머스는 걸음을 재촉해 바로 뒤에서 따라가며 말했다.

"그래. 하지만 넌 아직 완전히 미치지 않았어. 나도…… 그렇고. 완전히 맛이 가기 전에 치료제를 얻어 내야지."

피난처에 도착하면 치료제를 얻을 수 있을 거라는 쥐 선생의 말이 진실이길 바랐다.

"그래, 엄청 기대되네. 그건 그렇고, 나 방향 제대로 알고 가는 거 맞아. 짚어 줘서 고맙구나."

그들은 계속 방향 전환을 하며 기다란 터널들을 지나갔다. 천천히 꾸준하게 걷다 보니 토머스는 브렌다에 대한 고민을 떨치고, 과거 어느 때보다도 편안해졌다. 반쯤 몽롱한 상태로 접어들면서 미로에 대한 생각, 군데군데 잘려 나간 기억과 테리사에 대한 생각도 떠올랐다. 물론 그의 머릿속을 대부분 차지하고 있는 것은 테리사 생각이었다.

마침내 그들은 커다란 방으로 들어갔다. 그 방은 왼쪽과 오른쪽에 여러 개의 출구들이 가지처럼 뻗어 나가 있었다. 터널을 지나오면서 이렇게 갈림길이 많은 곳은 처음이었다. 이 도시의 모든 건물들에서 뻗어 나온 터널들이 모인 것 같았다.

토머스가 물었다.

"여기가 이 도시의 중심이야?"

브렌다는 걸음을 멈추고 벽에 등을 기댄 채 바닥에 주저앉았다. 토머스도 그 옆에 가서 앉았다.

"거의 그럴 걸. 내 말대로지? 우린 벌써 도시를 절반이나 가로 지른 거야."

토머스는 그 말이 반가우면서도 공터인들이 걱정되었다. 민호와 뉴트를 비롯한 공터인들은 어디에 있을까? 그들을 더 찾아보지도 않고, 곤경에 빠졌는지 확인해 보지도 않고, 브렌다와 이동하고 있는 자신이 몹쓸 놈 같았다. 지금쯤 공터인들은 마을에서 무사히 빠져나갔을까?

뒤에서 요란하게 딱 소리가 나서 토머스는 깜짝 놀랐다. 전구가 터지는 소리였다.

브렌다가 그들이 걸어온 방향으로 곧장 손전등 불빛을 비추었다. 하지만 통로 대부분은 어둠에 묻혀 있고, 회색 벽에 시커멓게 흉한 줄을 그은 물 자국만 보일 뿐이었다.

토머스가 목소리를 낮추고 물었다.

"뭐지?"

"낡은 전구가 깨진 것뿐이야."

브렌다는 별로 걱정하지 않는 투였다. 그녀는 손전등을 도로 바닥에 내려놓아 그들이 앉아 있는 곳 반대편 벽에 빛이 비추도록 했다.

"낡은 전구가 왜 갑자기 깨지는데?"

"몰라. 쥐 때문인가?"

"쥐는 한 마리도 못 봤어. 게다가 무슨 쥐가 천장을 걸어 다녀?"

그러자 브렌다가 그를 놀리는 눈빛으로 바라보며 말했다.

"하긴 그러네. 그럼 날아다니는 쥐인가 보지. 얼른 여기서 도망쳐야겠다."

신경이 곤두선 토머스는 짧게 웃고 말았다.

"재미있네."

또다시 딱 소리가 났다. 이번에는 전구의 유리 조각이 바닥에 흩뿌려지는 소리가 뒤따랐다. 그들이 왔던 길 쪽에서 들리는 소리였다. 누군가 뒤를 밟고 있었다. 그들을 놀라게 하고 겁을 주려는 것 같으니, 공터인들은 아닐 것이다.

브렌다도 두려움을 숨기지 않았다. 그들은 걱정스러운 눈으로 서로를 마주 보았다.

브렌다가 목소리를 낮추며 말했다.

"일어나."

그들은 일어나서 조용히 배낭을 집어 들었다. 브렌다가 그들이 왔던 길 쪽으로 한 번 더 손전등을 비추었다. 아무것도 없었다.

"돌아가서 확인해 볼까?"

브렌다는 속삭였지만 고요한 터널 안이라 목소리가 무척 크게 들렸다. 가까이에 누군가 있다면 브렌다와 토머스가 하는 얘기를 다 들을 수 있을 것이다.

"확인해 보자고? 아니, 아까 네가 얘기한 것처럼 여기서 빨리 빠져나가는 게 낫겠어."

이 상황에서 길을 되짚어 가 확인한다는 건 무모한 짓이었다.

"뭐야, 그럼 누군지도 모르는 자에게 뒤를 밝히면서 가자고?"

숨어 있다가 기습이라도 하면 어쩌려고? 차라리 지금 손보는 게
나아."

토머스는 손전등을 쥔 브렌다의 손을 잡아 바닥을 비추게 하고,
가까이 다가가 속삭였다.

"함정인 거 같아서 그래. 저쪽 바닥에 유리 같은 건 없어. 누
군지 몰라도 손을 뻗어 올려서 천장에 달린 오래된 전구를 일부러
부순 거야. 그런 짓을 왜 하겠어? 우릴 소리 나는 쪽으로 오게 하
려는 수작이잖아."

"자기네 패거리가 많으면 군이 그런 미끼를 던질 필요는 없지
않겠니? 함정은 아닐 거야. 차라리 곧장 이리로 와서 우릴 치는
게 낫지."

들어 보니 일리가 있었다.

"하긴, 여기 앉아서 종일 이러고 떠드는 것보다 멍청한 짓은 없
겠다. 어떻게 하면 좋겠어?"

"우선······."

손전등을 들어 올리며 말을 하던 브렌다는 놀라서 눈이 휘둥그
레졌다.

얼른 고개를 돌린 토머스는 그 이유를 알 수 있었다.

한 남자가 손전등 불빛이 닿는 곳 가장자리에 서 있었다.

귀신 같은 몰골. 현실이 아닌 것 같은 분위기. 남자는 초조하게
경련을 일으키듯 왼발과 왼다리를 부들부들 떨면서 오른쪽으로
약간 기우뚱하게 서 있었다. 왼팔을 씰룩거리며 주먹을 계속 쥐었
다 폈다 했다. 남자가 입고 있는 짙은 색 정장은 한때는 꽤 품질이
좋았을 것이다. 하지만 지금은 낡고 더러운 데다 바지 양 무릎께

는 악취 나는 액체로 젖어 있었다.

토머스는 빠르게 상황을 파악했으나 남자의 머리를 올려다본 순간 너무 놀라서 넋 나간 듯 멍하게 바라볼 수밖에 없었다. 남자의 머리카락은 두피에서 뜯겨 나갔고 그 자리에는 피딱지가 엉겨 붙어 있었다. 창백하고 축축한 얼굴도 딱지와 염증투성이였다. 눈도 하나 없었는데, 눈이 있어야 할 자리에 붉고 끈적끈적한 덩어리가 붙어 있었다. 코도 없었다. 끔찍하게 난도질당한 피부에 뻥 뚫린 콧구멍이 고스란히 드러나 있었다.

그리고 입. 으르렁대는 짐승처럼, 안쪽으로 말려 들어간 입술 사이로 악문 이빨이 허옇게 번뜩였다. 남자는 성한 눈으로 브렌다와 토머스를 번갈아 포악하게 노려보았다.

그러고는 괴상하게 꾸르륵대는 것 같은 목소리로 웅얼거렸다. 토머스는 소름이 돋았다. 남자는 몇 마디밖에 하지 않았지만 상황에 맞지 않는 괴상한 말이라 더 무시무시했다.

"로즈가 내 코를 가져갔나 봐."

32

토머스의 가슴속 깊은 곳에서 작은 비명이 터졌다. 그것이 소리가 돼서 입 밖으로 나왔는지, 속에서만 울렸는지 아니면 상상일 뿐이었는지는 알 수 없었다. 브렌다는 손전등 불빛을 흉물스러운 낯선 남자에게 고정한 채 얼어붙어 말이 없었다.

남자는 성한 다리로 서서 성한 팔을 휘저어 균형을 잡아 가며 느릿느릿 그들에게 다가왔다. 그러면서 목 안에서 가래를 부글부글 끓이며 기분 나쁘게 갈라지는 목소리로 같은 말을 되풀이했다.

"로즈가 내 코를 가져갔나 봐. 너무 충격적인가 봐."

토머스는 숨을 죽인 채, 브렌다가 먼저 움직이길 기다렸다.

으르렁대던 남자가 먹이를 덮치기 직전의 짐승처럼 이를 드러내고 활짝 웃었다.

"알겠어? 로즈가 내 코를 가져갔나 봐. 너무 충격적인가 봐. 그런가 봐."

남자는 가래를 끓이며 웃었다. 끄륵끄륵 웃어 대는 소리가 몹시 소름끼쳐서 토머스는 앞으로 밤에 편하게 잠을 잘 수 있을지 걱정스러웠다.

브렌다가 남자에게 말했다.

"그러네요. 진짜 웃기는 얘기네요."

토머스는 움직임을 느끼고 브렌다를 쳐다보았다. 브렌다가 가방에서 슬쩍 통조림을 하나 꺼내 오른손에 쥐고 있었다. 토머스는 그게 과연 좋은 생각인지, 말려야 하는 건지 판단이 서지 않았다. 그때 브렌다가 곧장 팔을 뒤로 가져갔다가 앞으로 뻗으며 통조림을 광인에게 던졌다. 토머스의 눈앞에서 통조림이 광인의 얼굴을 강타했다.

광인이 내지른 비명에 토머스는 뼛속까지 한기를 느꼈다.

그 순간 다른 자들이 나타났다. 두 명. 세 명. 네 명. 남자도 있고 여자도 있었다. 그들은 어둠 속에서 다리를 질질 끌며 걸어 나와 첫 번째 광인 뒤에 섰다. 모두 종점을 지난 광인들이었다. 플레어 병이 완전히 진행되어 제정신이라곤 남아 있지 않은 자들. 그들은 머리부터 발끝까지 성한 데가 없이 끔찍한 몰골이었고, 전부 코가 없었다.

맨 앞에 선 광인이 말했다.

"그렇게 아프지도 않아. 너희는 예쁜 코를 갖고 있구나. 나도 다시 코를 갖고 싶어. 내 친구들도 코를 갖고 싶어 해."

남자는 으르렁대다 말고 혀로 입술을 핥더니 다시 이를 드러냈다. 심심할 때마다 이로 잘근잘근 씹는 건지 남자의 보랏빛 혀는 끔찍한 흉터로 뒤덮여 있었다.

배 속에서 유독가스가 치솟는 것처럼, 토머스의 가슴에 두려움이 차올랐다. 플레어 병에 걸리면 어떻게 되는지 실감이 났다. 큰 침실 창문 너머로 광인들을 본 적은 있지만 이렇게 직접 대면해 보니 더 확실히 알 수 있었다. 보호해 줄 쇠창살도 없는 지금, 바로 앞에 서 있는 광인들의 원시적이고 짐승에 가까운 얼굴을 보니 두렵기 그지없었다. 맨 앞에 선 광인이 휘청대며 한 걸음, 두 걸음 다가왔다.

달아나야 했다.

브렌다는 뛰라고 말하지 않았다. 굳이 할 필요도 없었다. 브렌다는 통조림 하나를 더 꺼내어 광인들에게 던진 후 곧장 토머스와 함께 돌아서서 달리기 시작했다. 전투에 나선 악마 군대의 함성처럼, 정신병자들의 날카로운 고함이 등 뒤에서 터져 나왔다.

오른쪽, 왼쪽으로 방향을 전환해 가며 전력질주하는 동안 브렌다의 손전등 불빛이 종횡으로 마구 흔들렸다. 토머스는 몸이 망가지고 상처투성이인 광인들보다는 자신들이 유리한 입장이라고 생각했다. 저들은 이 정도로 속도를 낼 수 없을 테니까. 하지만 저 앞에 다른 광인들이 도사리고 있을지도 모른다고 생각하니 아찔했다.

브렌다가 잠시 멈췄다가 오른쪽으로 방향을 돌리며 토머스의 팔을 잡아끌었다. 토머스는 발을 헛디뎌 비틀대다가 다시 중심을 잡고 속도를 냈다. 광인들의 성난 고함과 야유가 조금씩 멀어져 갔다.

브렌다는 왼쪽으로 방향을 돌렸다가 다시 오른쪽으로 움직이면서 손전등을 끄고 달리기 속도를 유지했다. 토머스는 자칫 잘못하면 벽에 부딪칠 것 같아서 앞으로 손을 뻗으며 물었다.

"불은 왜 꺼?"

브렌다는 대답 대신 "쉿!" 하며 입을 다물게 했다. 토머스는 브렌다를 어디까지 믿어야 할지 가늠이 되지 않았다. 이대로 브렌다에게 목숨을 맡겨도 될지 미심쩍었지만 다른 수가 없었다.

잠시 후 브렌다는 완전히 멈춰 섰다. 그들은 어둠 속에 서서 가쁜 숨을 골랐다. 광인들과의 거리가 상당히 멀어지긴 했지만 괴성은 여전히 들렸고 점점 가까워지고 있었다.

브렌다가 중얼거렸다.

"아, 여기 어디쯤인데……. 찾았다."

"뭔데?"

"이 방으로 들어갈 거니까 따라와. 전에 탐색 나왔다가 찾았는데 이 안에 완벽한 은신처가 있어. 저것들은 절대 찾아내지 못할 거야. 얼른 따라와."

브렌다가 토머스의 손을 잡고 오른쪽으로 당겼다. 그는 좁은 문을 지나가고 있음을 감지했다. 브렌다가 그를 밑으로 잡아당기며 말했다.

"여기 낡은 탁자가 하나 있어. 만져지지?"

그녀는 그의 손을 앞으로 뻗게 해 딱딱하고 부드러운 나무 탁자에 얹었다.

"어."

"머리 조심해. 탁자 밑으로 기어 들어가면 벽에 조그맣게 V 표시가 되어 있고, 그 안쪽에 숨겨진 공간이 있어. 원래 뭐 하는 곳이었는지는 모르지만, 그리로 들어가 숨으면 광인들한테 들키지 않을 거야. 광인들이 이리로 불을 갖고 들어온다고 해도 거기 숨으면 우릴 찾긴 힘들어. 불을 갖고 있을 리도 없지만."

토머스는 광인들이 어떻게 손전등도 없이 이 터널 안을 돌아다니는지 의아했지만, 그 질문은 나중에 하기로 했다. 브렌다가 이미 탁자 밑으로 들어가 이동하기 시작해서 놓치지 않으려면 바로 따라붙어야 했다. 바짝 가까이에서 움직이다 보니 손가락이 브렌다의 발에 닿았다. 브렌다는 손과 무릎을 바닥에 대고 탁자 밑으로 서둘러 기어갔다. 벽에 나 있는 작고 네모난 구멍을 넘어가자 길고 좁은 공간이 나왔다. 그곳이 바로 브렌다가 말한 은신처였다. 브렌다가 먼저 은신처 안으로 들어가고, 토머스는 머리부터 들이밀었다. 토머스는 내부를 손으로 쓸어 가며 구조를 대강 파악했다. 바닥에서 천장까지 60센티미터밖에 되지 않는 좁은 공간이었다. 그는 그 안으로 몸을 끌고 들어갔다.

브렌다가 먼저 벽에 등을 대고 모로 누웠다. 토머스도 그 앞에 어색하게 자리를 잡았다. 워낙 좁아서 둘 다 모로 길게 누울 수밖에 없었다. 그들은 네모난 구멍 바깥을 내다보며 나란히 누웠고 브렌다의 가슴이 토머스의 등에 바짝 붙었다. 토머스는 목덜미에 브렌다의 숨결을 느끼며 조용히 말했다.

"여기 진짜 편하다."

"조용히 있어."

토머스는 몸을 약간 움직여 머리를 위쪽 벽에 기댄 후 긴장을 풀었다. 천천히 깊게 숨을 들이쉬면서 광인들이 낼지도 모를 소리에 귀를 기울였다.

처음에는 정적이 깊어서 귓속에서 위잉 소리만 공허하게 울렸다. 그러다 광인들의 소리가 조금씩 들리기 시작했다. 기침, 느닷없는 고함, 광적인 웃음. 시시각각 가까워지고 있었다. 토머스는 이런 곳에 갇혀 있다시피 한 것이 어리석은 결정은 아닌지 두렵고 걱정스러웠다. 그렇지만 달리 생각하면 이런 어둠 속에서 광인들이 벽 안쪽에 숨겨진 이 작은 은신처를 발견할 가능성은 매우 낮았다. 그는 광인들이 이곳을 지나치길, 멀리 가 버리길 바랐다. 그와 브렌다에 대해 아예 잊어버려 준다면 더 좋을 것이다. 저런 광인들에게 오래 쫓기는 것도 못 할 짓이니까.

최악의 경우 싸움이 벌어진다 해도 여기는 출구가 작아 쉽게 방어할 수 있을 것이다. 아마도.

이제 광인들은 그리 멀지 않은 곳까지 와 있었다. 토머스는 아예 숨을 멈추고 싶었지만 마음을 다독여 조용히 호흡을 계속했다. 숨을 멈췄다가 버티지 못하고 급히 산소를 들이마시려 했다간 위치가 탄로 나고 말 것이다. 어둠 속에서도 토머스는 눈을 감고 주변의 소리에 정신을 집중했다.

발을 질질 끌며 걷는 소리. 그르릉대며 힘겹게 숨 쉬는 소리. 누군가 벽에 부딪치는 소리, 콘크리트 바닥에 몇 차례 둔탁하게 넘어지는 소리. 무어라 지껄이는 소리, 미친 듯이 횡설수설하는 소리.

그러다 "이쪽이다!" "저쪽이다!" 하는 소리가 들렸고, 기침 소리가 더 크게 들려왔다. 광인들 중 한 명이 크어억 하고 가래를 걸어 올려, 마치 몸 안의 장기 한두 개를 목구멍으로 뽑아 올리듯 격하게 내뱉었다. 그러자 여자가 웃어 댔는데, 광기로 가득한 웃음이라 토머스는 몸서리를 쳤다.

브렌다가 토머스의 손을 찾아 쥐었다. 손을 잡힌 채로 있자니 테리사를 두고 바람을 피우는 것 같아 토머스는 또다시 죄책감을 느꼈다. 이 소녀는 그에게 지나치게 달라붙고 있었지만, 이 상황에서 그런 고민이나 하는 것도 어처구니없었다.

광인 한 명이 그들이 숨어 있는 방 안으로 들어왔다. 곧이어 한 명이 더 들어왔다. 토머스는 그들이 씩씩대는 소리, 바닥에 발을 끄는 소리를 들을 수 있었다. 그리고 한 명이 더 들어왔다. 바닥에 발을 길게 끌다가 툭 내려놓고, 또 길게 끌다가 툭 내려놓는 걸음걸이였다. 제일 처음 토머스와 브렌다를 마주하고 말을 건 광인 남자인 것 같았다. 무리의 우두머리인 듯하고, 제구실을 못하는 한쪽 팔과 다리를 계속 떨고 있던 그놈.

우두머리가 징그러운 목소리로 놀리듯 그들을 불렀다. 결코 잊을 수 없는 목소리. 역시 그놈이었다.

"어린 소년아, 어린 소녀야, 이리 나와서 소리를 내라. 코를 내놓아라."

그 옆에서 광인 여자가 말했다.

"여긴 아무것도 없어. 낡은 탁자뿐이야."

나무 탁자를 질질 끌어 옮기는 소리가 나다가 그쳤다.

우두머리가 말했다.

"탁자 밑에 코를 숨기고 있을지도 모르지. 고것들의 작고 예쁜 얼굴엔 아직 코가 붙어 있을걸."

좁은 은신처의 입구 바로 앞, 4, 50센티미터쯤 앞에서 손인지 신발인지로 바닥을 훑는 소리가 들려 토머스는 브렌다 쪽으로 더 물러났다.

여자가 다시 말했다.

"아무것도 없어!"

뒤로 물러나는 여자의 발소리가 들렸다. 토머스는 온몸이 철사 뭉치처럼 팽팽하게 긴장했다. 호흡이 거칠어지지 않도록 조심하며 억지로 긴장을 풀었다.

이리저리 발을 끄는 소리, 음산한 수군거림이 들려왔다. 광인 셋이 방 한가운데서 전략이라도 짜고 있는 것 같았다. 그들의 머리가 전략을 짤 수 있을 정도로 온전한 상태였나? 무슨 얘길 하는지 들어 보려고 토머스는 귀를 쫑긋 세웠다. 하지만 거친 숨소리에 섞여 간간히 들리는 단어들은 해석이 불가능했다.

그들 중 한 명이 소리쳤다. 남자인지 여자인지는 알 수 없었다.

"안 돼! 안 돼! 안 돼 안 돼 안 돼 안 돼 안 돼 안 돼 안 돼 안 돼."

그 외침이 나지막한 중얼거림으로 잦아들 때쯤 여자가 나섰다.

"돼 돼 돼 돼 돼 돼 돼 돼."

그리고 우두머리가 나섰다. 확실히 그 우두머리의 목소리였다.

"닥쳐! 닥쳐 닥쳐 닥쳐!"

토머스는 피부에 땀이 맺혔지만 한기를 느꼈다. 그 괴상한 대화에 어떤 의미가 있는 것인지, 단순한 광기의 증거일 뿐인지 알 수 없었다.

놀이에 끼지 못하게 된 어린아이처럼 여자가 흐느끼며 말했다.

"나 갈래."

남자도 말했다.

"나도, 나도."

그러자 우두머리가 더 크게 고함쳤다.

"닥쳐 닥쳐 닥쳐 닥쳐! 꺼져 꺼져 꺼져!"

그들이 계속 같은 단어를 되풀이하고 있어 토머스는 소름이 끼쳤다. 뇌에서 언어를 제어하는 부분이 망가져 버린 것일까.

브렌다가 그의 손을 아프도록 세게 쥐었다. 그의 목덜미에 배어 나온 땀이 그녀의 숨결에 서늘하게 식었다.

방 바깥으로 발을 끄는 소리, 옷 스치는 소리가 들렸다. 광인들이 방에서 나가는 걸까?

광인들이 복도며 터널로 떠나면서 그 소리는 급격히 작아졌다. 그들 무리에 속해 있던 다른 광인들은 일찌감치 다른 곳으로 간 것 같았다. 곧 사방이 다시 고요해졌다. 토머스의 귀에 들리는 것이라곤 자신과 브렌다의 희미한 숨소리뿐이었다.

그들은 어둠 속에서 딱딱한 바닥에 모로 누워 작은 입구 바깥을 내다보며 기다렸다. 땀이 흘렀다. 정적이 길게 늘어나 위잉 소리가 귀에 들리는 듯했다. 광인들이 확실히 물러갔다는 생각이 들 때까지 토머스는 계속 귀를 기울였다. 이 좁고 불편한 은신처를 나가고 싶은 마음이 굴뚝같았지만 기다려야 했다.

몇 분이 지났다. 그리고 또 몇 분이 지나갔다. 사방에 정적과 암흑뿐이었다.

"갔나 봐."

마침내 브렌다가 소곤거리며 손전등을 켰다.

그 순간 방 안에서 섬뜩한 목소리가 외쳤다.

"안녕, 예쁜 코들아!"

그리고 은신처 입구로 광인의 손이 불쑥 들어와 토머스의 멱살을 잡았다.

33

토머스는 상처 나고 멍든 광인의 손을 때리며 비명을 질렀다. 브렌다가 켜 놓은 환한 손전등 불빛에 적응하느라 실눈을 뜬 채로 그는 단단히 잡힌 멱살을 내려다보았다. 광인은 토머스를 거칠게 잡아당겨 은신처 입구 주변의 벽에 부딪치게 했다. 단단한 콘크리트에 얼굴을 부딪친 토머스는 코 주변에 강한 통증을 느꼈고 코피를 흘리기 시작했다.

광인은 토머스를 약간 뒤로 밀었다가 다시 앞으로 잡아당겼다. 그 행동을 반복하면서 토머스의 얼굴을 계속 벽에 짓이겼다. 광인은 믿을 수 없을 정도로 힘이 셌다. 끔찍한 상처까지 난 마른 몸뚱이에서 어떻게 그런 대단한 힘이 나오는지 알 수가 없었다.

브렌다가 칼을 꺼내 들고 토머스의 몸 위로 팔을 뻗어 광인의 손을 베려고 시도했다.

"조심해!"

토머스가 소리쳤다. 칼이 너무 가까웠다. 토머스는 광인의 손목을 잡고 버둥거리며 밀어내려 했다. 하지만 강철처럼 단단한 그 손은 꿈쩍도 하지 않고 계속해서 토머스의 몸을 밀고 당겨 벽에 찧어 댔다.

브렌다가 악을 쓰며 위로 팔을 뻗었다. 순식간에 그 칼이 광인의 팔뚝을 찔렀다. 광인은 악마처럼 섬뜩하게 울부짖으며 손아귀에 쥐었던 토머스의 셔츠를 놓았다. 광인의 손이 은신처 입구 바깥으로 물러나고 바닥에는 핏자국만 남았다. 놈의 고통스러운 비명이 방 안에 메아리치며 끝없이 울려 댔다.

브렌다가 소리쳤다.

"도망가게 두면 안 돼! 빨리 나가!"

브렌다의 말이 옳았다. 토머스는 온몸이 아팠지만 서둘러 자세를 바꿔 나갈 준비를 했다. 저놈이 밖으로 나가 다른 광인들을 불러오면 큰일이었다. 어쩌면 놈의 패거리들이 벌써 소리를 듣고 이곳으로 돌아오고 있을지도 모를 일이었다.

머리와 팔부터 입구 바깥으로 내놓고 나니 나가기가 수월해졌다. 토머스는 혹시 모를 공격에 대비해 광인에게 시선을 고정한 채, 뒷벽을 지지대 삼아 발로 밀고 입구 밖으로 나갔다. 광인은 얼마 떨어지지 않은 방 안에서 다친 팔을 부여잡고 누워 있었다. 토머스와 눈이 마주치자 광인은 상처받은 짐승처럼 허공을 물어뜯으며 으르렁거렸다.

토머스는 곧장 일어서려다가 탁자 밑에 머리를 부딪치고 말았다.

"젠장!"

그는 목판으로 만든 낡은 탁자 밑에서 서둘러 기어 나왔고 브렌다도 곧바로 뒤따라 나왔다. 그들은 웅크리고 누워 훌쩍이고 있는 광인을 내려다보았다. 광인의 팔에서 흘러내린 피가 바닥에 작은 웅덩이를 이루고 있었다.

브렌다는 한 손에 손전등을, 다른 손에 칼을 들고 그 칼끝을 광인에게 겨누며 말했다.

"진즉에 다른 사이코 친구들이랑 같이 꺼졌어야지, 이 아저씨야. 우리랑 엮이면 좋을 게 없다는 걸 왜 몰라."

광인은 대답 대신 어깨를 휙 돌리더니 성한 다리로 브렌다를 걷어찼다. 속도와 힘이 대단했다. 브렌다가 토머스에게 부딪치면서 둘은 한꺼번에 바닥으로 쓰러졌다. 브렌다가 쥐고 있던 칼과 손전등이 시멘트 바닥에 떨그렁 데구르르 굴러가는 소리가 들리고, 손전등 불빛에 그림자들이 벽에서 춤을 추었다.

비틀거리며 일어난 광인이 복도로 나 있는 방문 옆에 떨어져 있는 칼을 집으려고 달려갔다. 토머스는 벌떡 일어나 광인의 오금을 들이받아 앞으로 고꾸라뜨렸다. 광인이 곧장 팔꿈치를 휘둘러 턱을 치는 바람에 토머스는 엄청난 통증을 느끼며 넘어졌고, 본능적으로 손으로 얼굴을 가렸다.

이번에는 브렌다가 달려들어 광인의 얼굴을 두 번 세게 강타했다. 광인이 잠시 기절한 틈을 타 브렌다는 놈을 엎어뜨리고 양팔을 등 뒤로 당겨 바짝 잡아 올렸다. 정신이 든 광인은 고통스러워하며 몸을 뒤틀었지만 브렌다는 놈에게 올라타고 두 다리로 몸을 감아 제압했다. 광인은 고통과 공포에 찬 날카로운 비명을 내질렀다.

그 와중에 브렌다가 소리쳤다.

"죽여야 돼!"

무릎을 바닥에 대고 엉거주춤하게 일어난 토머스는 어찌할 바를 모르고 그 광경을 바라보았다. 지친 데다 크게 놀라서 브렌다의 말을 곧장 알아듣지 못했다.

"뭐라고?"

"칼 가져와! 죽여야 된다고!"

광인이 내지르는 괴성에 토머스는 여기서 멀리 도망치고 싶은 마음이었다. 도저히 인간의 것이라 할 수 없는 부자연스러운 비명이었다.

브렌다가 다시 소리쳤다.

"토머스!"

토머스는 엉금엉금 기어가 칼을 집어 들고 날카로운 칼날에 찐득하게 붙은 피를 내려다보았다. 그리고 브렌다를 향해 돌아섰다.

"빨리!"

소리치는 브렌다의 눈은 분노로 타오르고 있었다. 광인에 대한 분노만이 아니라, 꾸물대는 토머스에 대한 분노이기도 했다.

하지만 토머스는 과연 그 일을 할 수 있을지 의문이었다. 사람을 죽일 수 있을까? 아무리 죽일 듯이 달려든 미치광이라고 해도? 악을 쓰며 코를 내놓으라고 했다는 이유로 죽여도 되는 걸까?

토머스는 칼끝에 독이라도 묻은 것처럼 어색하게 칼자루를 잡고 어기적거리며 브렌다에게 돌아갔다. 놈의 피가 묻은 칼을 들고 있다는 것만으로도 백 가지 질병에 감염되어 서서히 고통스러운 죽음을 맞게 될 것만 같았다.

광인은 두 팔을 등 뒤로 잡힌 채 바닥에 엎드려 계속 비명을 질러 댔다.

토머스와 눈이 마주친 브렌다는 단호하게 지시했다.

"내가 이놈을 뒤집을 테니까 심장에 칼을 꽂아!"

토머스는 고개를 젓다가 그만두었다. 선택의 여지가 없었다. 해야만 했다. 결국 그는 고개를 끄덕였다.

브렌다가 기합을 넣으며 광인의 몸 오른쪽으로 내려와 온 힘을 다해 그의 두 팔을 잡아당겨 모로 눕게 했다. 발광하며 악을 쓰던 광인은 더 크게 비명을 질러 댔다. 모로 누운 광인은 활처럼 몸을 뒤로 굽힌 채 토머스 쪽으로 가슴팍을 내밀었다.

브렌다가 소리쳤다.

"지금이야!"

토머스는 칼을 잡은 손에 힘을 주었다. 그러다가 다른 손으로도 칼을 같이 잡고 칼자루에 열 손가락을 단단히 감아쥐었다. 칼날을 바닥으로 향한 채 마음을 다잡았다. 해야만 했다. 하지 않으면 안 되었다.

브렌다가 다시 소리쳤다.

"어서!"

광인이 비명을 내질렀다.

토머스의 얼굴에서 땀이 흘러내렸다.

심장이 쿵쿵, 쾅쾅, 덜컥덜컥 뛰었다.

땀이 눈으로 들어갔다. 온몸이 아팠다. 인간의 것 같지 않은 광인의 끔찍한 비명 소리가 귀를 울렸다.

"얼른 하란 말이야!"

토머스는 마침내 온 힘을 다해 광인의 가슴에 칼을 내리꽂았다.

34

그 후 30초 동안, 토머스는 견딜 수 없을 만큼 두려웠다.

광인이 버둥거리다 몸을 부르르 떨었다. 숨이 막히는지 끄르륵
대다 피를 뱉어 냈다. 브렌다가 놈을 단단히 붙잡고 있는 동안 토
머스는 칼을 비틀어 더 깊이 찔러 넣었다. 광인의 몸에서 서서히
생명이 빠져나가고 광기 어린 눈빛이 흐릿해지자, 그르렁대던 소
리가 잦아들고 뒤틀리던 몸뚱이가 잠잠해졌다.

플레어 병에 감염된 남자는 마침내 숨을 거두었다. 뒤로 물러난
토머스는 녹슨 철사를 팽팽하게 감아 놓은 것처럼 온몸이 뻐근했
고, 구역질이 치밀어 올라 숨 쉴 공기를 찾아 헉헉거렸다.

방금 사람을 죽였다. 다른 이의 생명을 빼앗았다. 토머스는 몸
속이 독으로 가득 찬 기분이었다.

브렌다가 벌떡 일어서며 말했다.

"어서 가자. 이렇게 소란을 떨었는데 다른 광인들이 못 들었을

리 없어. 얼른.”

어떻게 그리 아무렇지 않게 행동할 수 있는지, 어떻게 그리 신속하게 다음 행동으로 넘어갈 수 있는지 토머스는 이해가 되지 않았다. 하지만 이번에도 선택의 여지가 없었다. 다른 광인들이 이곳으로 돌아오고 있음을 알리는 소음이 통로 깊숙한 곳에서 메아리치고 있었다. 흡사 골짜기를 달려오는 하이에나 떼의 소리 같았다.

힘겹게 몸을 일으킨 토머스는 솟구치는 죄책감을 억지로 가라앉혔다.

“알았어. 하지만 더 이상 이렇게는 못 가.”

처음에는 머리를 먹어 치우는 은색 공에게 공격당했고, 이제는 어둠 속에서 날뛰는 광인들에게 쫓기고 있으니 견딜 수가 없었다.

“그게 무슨 말이야?”

길고 검은 터널이라면 넌더리가 났다. 어둠 속에서의 끔찍한 기억은 평생 잊히지 않을 것이다.

“햇빛을 봐야겠어. 어떤 대가를 치르더라도 상관없어. 햇빛이 드는 곳으로 가자. 당장.”

브렌다는 말리지 않았다. 토머스는 브렌다의 안내를 받아 구불구불한 터널 여러 개를 지나갔고, 지상으로 연결되는 기다란 쇠사다리를 찾아냈다. 멀리서 광인들이 내는 괴상한 소음이 들려왔다. 커다란 웃음소리, 고함 소리, 낄낄대는 소리. 그리고 간간히 질러대는 비명 소리.

동그란 맨홀 뚜껑을 밀어 올리는게 꽤 힘들긴 했지만 결국 그들은 지하로를 벗어나 지상으로 올라갔다. 그들은 높다란 건물들에

둘러싸인 채 잿빛 황혼 아래 서서 주변을 둘러보았다. 깨진 창문들. 거리 곳곳에 버려진 쓰레기. 여기저기 널브러진 시체들. 부패와 먼지 냄새. 열기.

돌아다니는 사람은 없었다. 아니, 생명체라곤 보이지 않았다. 시체들 중에 친구들이 있을까 싶어 토머스는 잠시 불안했지만 확인 결과 모두 나이 든 남녀들이었고 이미 부패가 시작된 지 오래였다.

브렌다는 천천히 한 바퀴를 돌며 주위를 살피더니 말했다.

"음, 저쪽 거리로 가면 산이 나올 거야."

하지만 시야가 제대로 확보되지 않은 상태인 데다 저무는 해도 건물들에 가려 보이지 않으니 아무리 브렌다라도 방향을 짐작하기 어려울 것 같아 토머스가 물었다.

"확실해?"

"그럼. 어서 가자."

그들은 길게 뻗어 나간 인적 없는 거리를 걷기 시작했다. 토머스는 눈을 부릅뜨고 부서진 창문마다, 골목마다, 부서진 문간마다 샅샅이 살펴보았다. 민호와 공터인들의 흔적을 조금이라도 찾아내기 위해, 또다시 광인들과 맞닥뜨리지 않기 위해.

그들은 어두워질 때까지 걸었고 아무하고도 마주치지 않았다. 멀리서 비명 소리가 들리거나, 건물 안에서 무언가 부서지는 소리가 들리기는 했다. 한번은 몇 구역 떨어진 거리를 허둥지둥 달려가는 사람들을 보기도 했는데, 그들은 토머스나 브렌다 쪽으로는 시선조차 주지 않았다.

태양이 지평선 아래로 완전히 가라앉기 직전에 그들은 모퉁이를 돌아가다가 도시의 가장자리를 보게 되었다. 모퉁이에서 1.5킬로미터가량 떨어진 곳에서부터 건물들이 뚝 끊기고 그 너머로 산이 장엄하게 솟아 있었던 것이다. 며칠 전에 얼핏 보고 짐작했던 것보다 몇 배는 더 높은 산이었고 물기라곤 없는 바위투성이였다. 과거의 흐릿한 기억에 따르면 그 정도 높이의 산이라면 정상이 눈으로 덮여 있어 아름다울 텐데 지금 보이는 산은 그런 아름다움과는 거리가 멀었다.

토머스가 물었다.

"이제 산까지 쭉 걸어가면 되는 거야?"

숨을 곳을 찾아 분주하게 주변을 살피던 브렌다가 대답했다.

"그러고 싶지만 안 돼. 이유는 두 가지야. 첫째, 밤에 이런 데서 뛰어다니는 건 너무 위험해. 둘째, 산에 도착할 때까지 중간에 몸을 숨길 만한 곳이 없어. 그러니까 당장은 못 가."

이 끔찍한 도시에서 또 하룻밤을 보낼 생각을 하니 두려웠지만 동의하지 않을 수 없었다. 다른 공터인들의 흔적이 보이지 않아 절망스럽기도 하고 걱정도 되어 토머스는 속이 바짝바짝 타들어갔다. 토머스는 힘없이 대답했다.

"알았어. 그럼 어디로 가면 돼?"

"따라와."

그들은 끝이 커다란 벽돌 벽으로 막힌 막다른 골목으로 들어갔다. 처음에 토머스는 출구가 하나뿐인 곳에서 잠을 잔다는 것이 끔찍했지만, 다른 길로 이어지지 않는 이런 막다른 골목으로는 광인들이 들어올 일이 없다는 브렌다의 설득에 넘어갔다. 게다가 브렌다의 말대로 그곳에는 마침 몸을 숨기기 좋은 녹슨 대형 트럭들이 여러 대 세워져 있었다.

그들은 그중 한 트럭으로 들어갔다. 누군가 필요한 부품을 이리저리 뜯어 간 흔적이 보였다. 좌석은 낡았지만 부드러웠고 내부 공간도 널찍했다. 토머스는 운전석에 앉아 좌석을 최대한 뒤로 밀었다. 일단 자리를 잡으니 예상외로 무척 편안했다. 브렌다도 조수석에 자리를 잡았다. 바깥의 어둠이 완연해지고, 멀리서 광인들이 내는 소음이 깨진 창문을 넘어 들어왔다.

토머스는 기진맥진했다. 온몸이 아프고 욱신거렸다. 옷에는 온통 피가 말라붙어 있었다. 트럭에 오르기 전 그는 브렌다가 물을 그만 낭비하라고 소리칠 때까지 피 묻은 손을 물에 씻었다. 손가락과 손바닥에 묻은 광인의 피를 견딜 수가 없었다. 그 피를 생각할 때마다 가슴이 철렁 내려앉곤 했다. 하지만 더 이상은 끔찍한 진실을 부정할 수 없었다. 그는 쥐 선생이 한 말이 거짓일지 모른다고, 자신은 플레어 병에 감염되지 않았을 수도 있다고 실낱같은 기대를 품었다. 하지만 이렇게 광인의 피를 뒤집어썼으니 이젠 틀림없이 감염되었을 것이다.

어둠 속에서 트럭 문짝에 머리를 기대고 앉아 있는 지금, 토머스는 자신이 저지른 일을 자꾸만 되새김질했다.

"내가 그 남자를 죽였어."

토머스의 속삭임에 브렌다가 부드러운 목소리로 대꾸했다.

"그래, 그랬지. 안 그랬으면 그가 널 죽였을 거야. 넌 해야 할 일을 한 것뿐이야."

토머스도 그렇게 믿고 싶었다. 그 광인은 플레어 병에 완전히 사로잡혀 미쳐 버렸으니까 죽일 만했다고. 어차피 조만간 죽을 사람이었다고. 죽이지 않았으면 그 광인은 그와 브렌다를 어떻게든 다치게 했을 것이고, 심지어 죽였을 수도 있다고. 옳은 일을 한 거라고. 그러나 그는 죄책감으로 뼛속까지 괴로웠다. 인간을 죽였다는 사실을 받아들이기 힘들었다.

"알아. 하지만 너무…… 잔인하고, 악랄했어. 차라리 멀리서 총 같은 걸로 쐈으면 좋았을걸."

"그래. 일이 그렇게 돼서 유감이야."

"밤에 잠이 들 때마다 그 남자의 험한 얼굴이 보이면 어떡하지? 꿈속에 나타나면?"

토머스는 광인을 칼로 찌르라고 재촉한 브렌다에게 화가 났다. 상황을 다시금 되짚어 보니 굳이 죽일 필요까지 있었을까 싶었다.

브렌다는 앉은 채로 몸을 돌려 토머스를 바라보았다. 달빛이 브렌다의 짙은 눈동자와 지저분하지만 예쁜 얼굴을 비췄다. 토머스는 얼간이가 된 것 같고 어색했다. 브렌다를 바라보며 그는 테리사가 다시 돌아오길 바랐다.

브렌다가 손을 뻗어 그의 손을 꼭 잡았다. 토머스는 손을 뒤로 빼지는 않았지만 그녀의 손을 마주 잡아 주지는 않았다.

브렌다는 그를 바라보고 있으면서도 굳이 이름을 불렀다.

"토머스?"

"어?"

"넌 네 몸만 지킨 게 아니라 나까지 지켜 준 거야. 나 혼자서는 그 광인을 밟아 놓지 못했어."

토머스는 고개를 끄덕이기만 할 뿐 아무 말도 하지 않았다. 여러 가지 이유로 마음이 너무 괴로웠다. 친구들이 전부 사라졌다. 어쩌면 죽었는지도 모른다. 척은 확실히 죽었다. 테리사도 어디 있는지 알 수 없다. 피난처까지 겨우 중간 정도 왔을 뿐인데, 그는 언제 완전히 미쳐 버릴지 모를 소녀와 한 트럭에서 잠을 자야 하는 상황이고, 이 도시는 피에 굶주린 광인들로 가득했다.

이런저런 생각을 하고 있는데 브렌다가 물었다.

"넌 눈 뜨고 자니?"

토머스는 억지로 미소를 지었다.

"아니. 내 인생이 얼마나 엿 같은지에 대해 생각하느라고."

"내 인생도 그래. 아주 엿 같아. 그래도 너랑 있어서 좋아."

브렌다의 단순한 말이 상냥하게 들려 토머스는 눈을 감았다. 꼭 감았다. 내면의 고통이 브렌다에 대한 호감으로, 척에게 느꼈던 것과 비슷한 감정으로 바뀌었다. 브렌다에게 이런 짓을 한 사람들이 싫고, 이런 일이 일어나게 만든 그 병이 싫었다. 어떻게든 바로잡고 싶었다.

그는 다시 눈을 뜨고 브렌다를 바라보았다.

"나도 좋아. 혼자였으면 더 엿 같았을 거야."

"그들이 우리 아빠를 죽였어."

갑작스러운 화제 전환에 놀란 토머스는 고개를 들었다.

"뭐라고?"

브렌다가 천천히 고개를 끄덕였다.

"사악 말이야. 아빠는 사악 사람들이 나를 데려가지 못하게 하려고, 미치광이처럼 소릴 지르면서 그들을 공격했어. 그때 아빠가 손에 들고 휘두르던 게 아마…… 나무로 된 밀대였을 거야."

브렌다는 밀대 얘기를 하며 살짝 웃고는 말을 이었다.

"그런데 그들이 아빠 머리에 총을 쏴서 죽였어."

브렌다의 눈에 맺힌 눈물이 희미한 달빛에 반짝였다.

"정말이야?"

"응. 내가 직접 봤어. 아빠는 바닥에 쓰러지기도 전에 숨이 끊어졌어."

"이런, 세상에."

토머스는 무슨 말을 해야 좋을지 알 수가 없었다.

"정말…… 마음이 아프다. 나도 절친한 친구가 칼에 찔리는 걸 눈앞에서 봤어. 그 친구는 결국 내 품에서 숨을 거뒀어."

그는 머뭇거리다 물었다.

"엄마는?"

"오랫동안 못 봤어."

브렌다는 자세한 얘기를 하려고 하지 않았다. 토머스도 캐묻지 않았다. 실은 알고 싶지가 않았다.

한참 만에 브렌다가 다시 입을 열었다.

"난 이대로 미쳐 버리게 될까 봐 무서워. 벌써부터 증상이 시작되고 있다는 느낌이 들기도 해. 사물이 이상하게 보이고, 소리가 이상하게 들릴 때도 있어. 갑자기 말도 안 되는 생각을 하기 시작할 때도 있고. 주변 공기가…… 딱딱하게 느껴질 때도 있어. 그런 게 다 무슨 의미인지 모르겠지만 겁이 나. 증상이 시작됐나 봐. 플레어 병이 내 뇌를 지옥으로 만들어 버릴 거야."

토머스는 브렌다의 눈을 계속 보고 있을 수가 없어서 시선을 떨어뜨렸다.

"아직 포기하긴 일러. 피난처로 가서 치료제를 얻어 내면 돼."

"헛된 희망이겠지만, 그래도 아주 희망이 없는 것보단 낫겠지."

이 말을 하며 브렌다는 그의 손을 꼭 잡았다. 이번에는 토머스도 같이 잡아 주었다.

도저히 잠이 올 것 같지 않았는데, 시간이 흐르면서 그들은 서서히 잠에 빠져들었다.

35

토머스는 악몽을 꾸다가 잠을 깼다. 꿈에서 그는 민호와 뉴트가 종점을 지난 광인 무리에게 둘러싸인 모습을 보았다. 칼을 든 광인들은 분노에 차 있었다. 친구들 몸에서 피가 쏟아지기 시작하자 토머스는 눈을 번쩍 떴다.

주변을 둘러보았다. 꿈을 꾸다가 자기도 모르게 소리를 질렀거나 헛소리를 중얼대진 않았는지 두려웠다. 트럭 안은 여전히 밤의 어둠에 잠겨 있었다. 브렌다의 모습이 어렴풋이 보이긴 했지만 눈을 떴는지 감았는지는 알 수 없었다. 그런데 별안간 브렌다가 말했다.

"악몽을 꿨어?"

토머스는 고개를 바로하고 눈을 감았다.

"어. 친구들이 계속 걱정돼서 그런가 봐. 따로 떨어져 있으니까 마음이 안 좋아."

브렌다는 앉은 자리에서 뒤척였다.

"일이 그렇게 돼서 유감이야. 진심으로. 하지만 심각하게 걱정할 필요는 없어. 네 친구들도 제 몸 하나 지킬 능력들은 되는 것 같으니까. 그럴 능력이 되지 않더라도 호르헤가 꽤 강한 사람이라서 네 친구들을 데리고 도시를 무사히 빠져나갈 거야. 그러니까 괜히 스트레스 받으면서 괴로워하지 마. 우리 걱정이나 해."

"말투는 험한데 그래도 그 얘기를 들으니까 기분이 꽤 좋아진다."

브렌다가 소리 내어 웃었다.

"미안. 마지막 부분을 얘기하면서부터 웃고 있었어. 넌 못 봤겠지만."

토머스는 손목시계의 조명을 켜 시간을 확인하고 말했다.

"일출까지 아직 몇 시간 남았어."

그는 잠시 침묵하다가 다시 입을 열었다.

"요즘 세상이 어떻게 돌아가는지에 대해 얘기 좀 해 줘. 사악이 우리 기억 대부분을 삭제해 버렸거든. 나는 기억이 약간 돌아오긴 했지만 개략적인 데다가 그 기억을 믿어도 되는지 모르겠어. 세상에 대한 기억은 거의 돌아오지 않았고."

브렌다가 깊은 한숨을 쉬었다.

"세상? 아주 엉망진창이지 뭐. 결국 기온은 내려가기 시작했는데, 해수면은 아무리 세월이 흘러도 예전 수준으로 돌아갈 것 같지 않아. 오래전에 발생한 플레어 현상으로 많은 사람들이 죽었어, 토머스. 아주 많은 사람들이. 살아남은 사람들이 놀라울 정도로 빠르게 생활을 안정시키고 문명사회를 다시 구축하긴 했지. 망할 플레어 병만 아니었어도 세상은 결국 어떤 식으로든 예전 모습으로 복구됐을 거야. 하지만 바라는 걸 입으로만 떠들기보다는…… 아, 그다음 부분이 기억나지 않네. 아빠가 자주 하던 말이 있는데."

토머스는 솟구쳐 오르는 의문을 더는 입안에 담고 있을 수가 없었다.

"그래서 어떻게 됐어? 새로운 국가들이 생겨난 거야, 아니면 거대 정부 하나만 있는 거야? 사악은 어떻게 세워지게 됐어? 사악이 바로 정부야?"

"여러 개의 국가들이 있는데, 전보다 더…… 통합된 형태야. 플레어 병이 미친 듯이 번져 나간 후로, 각국 정부는 군사력, 기술, 자원 등을 모아서 사악을 출범시켰어. 이 괴상하고 정교한 시험 체계를 만들고 공들여 격리 지역을 만든 것도 바로 그 사악이라는 단체야. 내가 알기로 사악이 보유한 약은 플레어 병의 진행을 늦출 수는 있지만 멈추지는 못해. 우리가 찾아야 되는 건 그런 약이 아니라 제대로 된 치료제야. 그러니 사악이 치료제를 보유하고 있다는 네 말이 맞길 바라야지. 지금까지의 상황으로 보면, 사악이 치료제를 찾아냈다고 해도 일반인들에겐 내주지 않고 있는 것 같아."

"여긴 어디야? 지금 우리가 있는 이곳."

"트럭 안이지."

토머스가 웃지 않자 브렌다는 농담을 접고 설명을 계속했다.

"미안해, 농담할 때가 아닌데. 식품에 붙은 상표를 보면 멕시코인 것 같아. 예전에 멕시코였던 곳이라고 해야 맞겠지. 지금은 이곳을 초열 지역이라고 불러. 두 회귀선 사이, 즉 북회귀선이랑 남회귀선 사이에 있는 황무지야. 중미와 남미, 아프리카 대부분 지역, 중동과 남아시아 대부분이 죽은 땅이 되었고, 사람들도 셀 수 없이 많이 죽었어. 초열 지역에 온 걸 환영해, 토머스. 우리 잘난 광인들을 이곳으로 보내 준 사악에게 고맙다고 해야 하려나?"

"맙소사."

토머스의 머릿속에 온갖 생각들이 떠올랐다. 어떻게 자신이 사악의 일부라고, 그것도 사악의 활동에서 꽤 큰 부분을 담당했다고 생각할 수 있는지에 대한 생각이 대부분이었다. 그 밖에도 미로, 가 그룹, 나 그룹, 그들이 겪어 온 온갖 고난들이 어떻게 사악의 활동과 연계되는지에 대해서도 생각해 보았다. 하지만 타당하고 충분한 근거를 기억해 낼 수가 없었다.

"맙소사라고? 할 말이 겨우 그것뿐이야?"

"수많은 의문이 한꺼번에 떠올라서 뭐부터 물어봐야 될지 모르겠어."

"마취제에 대해서는 알고 있니?"

토머스는 브렌다 쪽을 쳐다보았다. 어두워서 표정을 읽을 수 없는 게 아쉬웠다.

"호르헤한테 듣긴 했는데, 정확히 어떤 물질이야?"

"너도 알다시피 세상이 이 모양이잖아. 새로운 병이 생겨나고 새로운 약이 만들어졌어. 마취제가 플레어 병을 낫게 해 주진 못하지만 그래도 사람들은 그 약을 쓰더라고."

"그 약이 어떤 작용을 하는데? 너도 갖고 있어?"

그의 물음에 브렌다가 경멸조로 내뱉었다.

"쳇! 그들이 그걸 우리한테 줬을 것 같니? 중요 인사들이랑 부자들만 그 약을 손에 넣을 수 있어. 그들은 그 약을 '축복'이라고 불러. 감각을 마비시키고 뇌의 작용을 둔화시켜서 술에 취한 것처럼 서서히 정신을 혼미하게 만드는 작용을 해. 플레어 바이러스가 뇌 안에서 활동하면서 뇌를 파먹고 파괴시키니까, 뇌의 작용을 둔화시켜서 병의 진행을 늦추는 거야. 뇌의 활동이 약화되면 바이러스도 힘을 못 쓰게 되니까."

토머스는 팔짱을 꼈다. 방금 들은 얘기에 중요한 단서가 들어 있는 것 같은데 정확히 짚어 낼 수가 없었다.

"그럼…… 치료제는 아닌 거네? 바이러스의 진행 속도를 늦추는 것뿐이고?"

"치료제는 아니지. 불가피하게 닥쳐올 결과를 늦추는 것뿐이니까. 결국에는 플레어 병에 잠식당하게 될 거고, 그렇게 되면 이성도 상식도 연민도 없는 존재가 되고 말아. 인간성 자체를 잃고 마는 거야."

토머스는 잠시 말이 없었다. 과거를 틀어막은 벽의 균열을 뚫고 중요한 기억이 비집고 나오려는 것 같은 느낌이 어느 때보다 강렬하게 들었다. 플레어 병. 뇌. 정신이상. 축복이라 불리는 마취제. 사악. 시련. 이 모든 일이 변수에 대한 공터인들의 반응을 얻고자 기획된 것이라던 쥐 선생의 얘기.

토머스가 한참 동안 말이 없자 브렌다가 물었다.

"자?"

"아니. 많은 정보를 얻었더니 단번에 소화하기가 힘들어서 그래."

그리 경악할 만한 얘기를 들은 것도 아닌데 토머스는 생각이 잘 정리되지 않았다.

브렌다는 트럭 문짝에 머리를 기대고 돌아누우며 말했다.

"그럼 난 이만 입 다물게. 너도 생각 그만하고 잠이나 자. 계속 고민해 봤자 좋을 거 없어. 지금은 쉬는 게 우선이야."

"으음."

단서는 많이 얻었는데 해답은 찾을 수 없으니 답답했다. 하지만 브렌다의 말이 옳았다. 밤에 충분히 자 둬야 했다. 토머스는 최대한 마음을 편안하게 먹으려 애썼다. 한참 만에야 그는 잠들었고, 꿈을 꾸었다.

조금 더 나이를 먹은 모습이다. 열네 살 정도. 토머스와 테리사는 바닥에 엎드려 문틈에 귀를 바짝 갖다 대고 엿듣고 있다. 문 안쪽에서 어떤 남자와 여자가 나누는 얘기 소리가 꽤 잘 들려온다.

남자가 여자에게 말한다.

"변수 목록에 추가될 사항들에 대한 내용 받았어요?"

"어젯밤에요. 미로 시련 마지막에 트렌트가 추가한 내용이 마음에 들더라고요. 잔인하기는 하지만 필요한 부분이죠. 흥미로운 패턴을 만들어 낼 것 같아요."

"그렇죠. 실행만 제대로 된다면 배신 시나리오 못지않을 겁니다."

그러자 여자가 억지로 쥐어짠 것 같은 웃음을 흘리며 대꾸했다.

"내 생각도 그래요. 휴우. 이 아이들이 미쳐 버리기 전에 이런 상황을 얼마나 견딜 수 있을까요?"

"미칠 정도는 아니더라도 위험하기는 하죠. 그 소년이 죽으면 어떻게 될까요? 결국에 그 소년이 최고 후보들 중 한 명이 될 거라는 데 다들 동의하고 있는데 말입니다."

"죽지는 않을 거예요. 그렇게 되도록 우리가 내버려 두지도 않을 거고요."

"하지만 우린 신이 아니잖습니까. 그 소년이 죽을 수도 있어요."

한참 만에 남자가 다시 입을 열었다.

"일이 그 정도까지 되지는 않겠지만, 혹시 몰라서 한 말입니다. 심리학팀 말로는 트렌트가 추가한 내용으로 우리한테 필요한 패턴들을 많이 얻을 수 있을 것 같다더군요."

"꽤 많은 감정적인 흐름이 만들어질 수 있을 테니까요. 트렌트한테 들으니까, 가장 창조하기 어려운 패턴들 중 하나가 될 거라고 하더라고요. 그 변수들에 대한 계획만큼은 제대로 실행될 것 같아요."

"시련들이 잘 작동할 거라고 보세요? 규모와 실행 계획이 어마어마한 수준인 만큼, 잘못될 가능성도 배제할 수 없습니다!"

"그럴 수도 있겠죠. 하지만 대안이 없잖아요? 그러니 시도해 봐야죠. 실패하더라도, 아무것도 시도해 보지 않은 것과 마찬가지인 상태로 되돌아오기밖에 더하겠어요."

"그렇긴 합니다만."

테리사가 토머스의 셔츠를 잡아당겼다. 토머스가 고개를 돌리자 테리사는 복도 저쪽을 가리켰다. 이만 가야 할 시간이라는 뜻이었다. 토머스는 고개를 끄덕이면서도 마지막으로 한두 마디라도 더 듣기 위해 다시 문틈에 기댔다. 여자의 목소리가 들렸다.

"우리가 시련의 끝을 보지 못하는 게 유감이에요."

"그렇긴 합니다만, 미래는 우리에게 고마워할 겁니다."

새벽의 보라색 기운이 하늘에 퍼져 나가며 또다시 토머스의 잠을 깨웠다. 밤에 브렌다와 얘기를 나누다가 잠이 든 후로 그는 한 번도 뒤척이지 않고 내리 잤다. 잠에서 깨어나서도 그는 뒤척이지 않고 가만히 생각에 잠겼다.

꿈. 지금까지 꿔 본 중에서 제일 괴상한 꿈이었다. 눈을 뜨자마자 꿈 내용이 희미해지기 시작한 데다가 내용도 잘 이해되지 않아서, 서서히 맞춰져 가는 과거의 조각들 사이에 끼워 넣기엔 무리가 있었다. 다만, 사악이 만든 시련에 자신은 그리 큰 개입을 하지 않았을 수도 있다는 기대를 약간은 품게 되었다. 꿈 내용의 상당 부분이 이해되지 않았지만, 꿈에서 그와 테리사는 몰래 사악 사람들의 얘기를 엿듣고 있었으니, 어쩌면 그와 테리사가 시련의 모든 과정에 깊게 개입하지는 않았을 수도 있었다.

그런데 시련의 목적은 무엇일까? 왜 미래가 사악에게 고마워하게 된다는 건가?

토머스는 손으로 눈을 비비고 기지개를 켜면서 브렌다를 돌아보았다. 브렌다는 눈을 감고, 입을 약간 벌린 채 천천히 고르게 숨을 쉬며 가슴을 달싹이고 있었다. 몸은 어제보다 더 뻐근했지만 편안하게 잠을 잤더니 기분이 한결 나아졌다. 원기를 회복한 듯 상쾌한 기분이었다. 브렌다에게 들은 얘기들, 밤사이 본 기억인지 꿈인지 모를 내용을 생각하면 혼란스럽고 머리에 쥐가 날 지경이었지만, 그래도 체력은 많이 회복되었다.

한 번 더 기지개를 켜고 길게 하품을 내뱉던 토머스는 골목 벽에 붙어 있는 무언가를 보고 멈칫했다. 벽에 리벳으로 고정해 놓은 커다란 금속판. 익숙하게 보이는 표시판이었다.

그는 차문을 열고 휘청거리며 바닥으로 내려서서 금속판 쪽으로 걸어갔다. 미로의 벽에 붙어 있던 '세계의 참사: 위험지역 한정실험 관리과'라는 금속판과 똑같은 것이었다. 탁한 회색의 금속 소재인 데다 글씨체도 같고, 적힌 내용만 달랐다. 토머스는 그자리에 못 박힌 듯 서서 5분 동안 그 금속판을 바라보았다. 금속판에는 이렇게 적혀 있었다.

토머스, 네가 진짜 대장이다.

36

브렌다가 트럭에서 나오지 않았으면 토머스는 온종일 그 금속판만 쳐다보고 있었을 것이다.

"적당한 때를 봐서 너한테 얘기해 주려고 했어."

브렌다의 말에 토머스는 멍한 상태에서 벗어났다. 그는 고개를 돌려 브렌다를 쳐다보며 물었다.

"뭐? 무슨 소리야?"

브렌다는 그의 눈을 마주 보지 않고 금속판에 시선을 고정한 채 대답했다.

"네 이름을 알게 된 후로 계속 때를 기다렸어. 호르헤도 마찬가지였고. 호르헤가 도시를 통과해 피난처라는 곳으로 너희를 데려가기로 결정한 것도 네가 바로 토머스이기 때문일 거야."

"브렌다, 무슨 소릴 하는 거냐니까?"

마침내 브렌다는 그의 눈을 마주 보았다.

"도시 곳곳에 이런 금속판이 붙어 있어. 전부 같은 내용이야. 토씨 하나 안 틀리고."

토머스는 다리에 힘이 풀리는 기분이었다. 돌아서서 바닥에 주저앉아 벽에 등을 기댔다.

"어떻게…… 어떻게 이런 일이 있을 수 있지? 금속판의 상태로 봐서는 꽤 오랫동안 붙어 있던 것 같은데……."

그는 무슨 말을 해야 할지 알 수가 없었다.

브렌다가 옆에 나란히 앉으며 대답했다.

"글쎄. 금속판에 적힌 그 글귀의 뜻을 정확히 아는 사람은 아무도 없었어. 하지만 네가 패거리와 함께 나타나서 네 이름을 말했을 때…… 우린 우연이 아니라는 걸 알았지."

속에서 분노가 솟구쳐 토머스는 브렌다를 노려보았다.

"왜 지금까지 말하지 않았어? 내 손 잡고 네 아버지의 죽음에 대해 얘기할 시간은 있었으면서 금속판 얘길 할 시간은 없었다고?"

"네가 어떻게 반응할지 모르니까 걱정돼서 말을 못 한 거야. 내 생각은 안 하고 금속판들만 살펴보러 다닐까 봐."

토머스는 한숨을 쉬었다. 이런 상황에 신물이 났다. 분노를 가라앉히고 길게 숨을 내쉬며 말했다.

"그래. 어차피 이것도 말도 안 되는 악몽의 일부일 뿐이니까."

브렌다가 금속판으로 고개를 돌리며 말했다.

"이 글의 의미를 어떻게 모를 수가 있어? 이렇게 간단한데? 네가 대장이니까 대장 구실을 하라는 거잖아. 내가 도와줄게. 나랑 힘을 합쳐서 피난처로 같이 들어가자."

토머스는 웃음이 났다.

"이 도시는 맛 간 광인들로 넘쳐나고 있어. 날 죽이려고 벼르는 여자애들도 있고. 이런 상황에서 누가 패거리의 진정한 대장이 되어야 하느냐 따위에 신경을 쓰란 말이야? 참, 웃기는 소리 하고 있다."

브렌다가 어리둥절해하며 미간을 찌푸렸다.

"널 죽이려고 벼르는 여자애들? 그게 무슨 소리야?"

토머스는 브렌다에게 자초지종을 얘기해 줘도 될지 판단이 서지 않았다. 지금 그 얘기를 길게 늘어놓고 싶지도 않았다.

브렌다가 재촉했다.

"무슨 소리냐니까?"

마음에 짐처럼 떠안고 있던 얘기를 털어놓는 게 차라리 나을 것 같기도 하고, 브렌다에게 어느 정도 신뢰가 가기도 해서 토머스는 모든 것을 털어놓기로 결정했다. 그동안 이따금 암시처럼 짧게 흘렸던 부분들에 대해 그는 자세히 들려주었다. 미로에서의 고난, 구조대에게 구출된 일, 자고 일어나 보니 지긋지긋한 시련 속으로 되돌아온 상황. 에어리스와 나 그룹에 대해서도. 테리사에 대해서는 길게 말하지 않았지만, 브렌다는 그가 그 이름을 언급할 때 눈치를 챈 것 같았다. 아마 그의 눈빛에서 무언가를 읽어 낸 모양이었다.

그가 얘기를 마치자 브렌다가 물었다.

"그래서 너랑 그 테리사라는 여자애랑 둘이 뭔가 있었구나?"

토머스는 어떻게 대답해야 할지 알 수 없었다. 둘이 뭔가 있었던가? 토머스와 테리사는 가까운 사이였고 친구였다. 삭제됐던 기억이 일부 돌아온 후, 그는 미로로 들어오기 전에 그와 테리사가 단순한 친구 이상이었음을 느꼈다. 끔찍하게도, 그와 테리사는 사악이 이 멍청한 계획을 세우는 걸 함께 도왔으니까.

그리고 그는 테리사와 키스를······.

"톰?"

브렌다가 '톰'이라고 부르자 그는 날카롭게 브렌다를 쳐다보았다.

"그렇게 부르지 마."

"뭐? 왜?"

브렌다는 놀란 얼굴이었고 기분이 상한 것 같기도 했다.

"그냥······ 하지 마."

토머스는 괜한 말을 했다 싶었지만 주워 담을 수 없었다. '톰'은 테리사가 그를 부르던 약칭이었다.

"알았어. 그럼 이제부터 토머스 씨라고 부르면 되지? 아니면 토머스 왕이라고 불러 줄까? 아, 그냥 전하라고 부르면 되겠구나?"

토머스는 한숨을 쉬었다.

"미안. 너 편한 대로 불러."

브렌다는 삐딱하게 웃었고 그들은 둘 다 입을 다물었다.

토머스와 브렌다는 벽에 기대앉아 몇 분을 흘려보냈다. 평화로운 정적이 흐른다 싶을 때쯤 둥둥 울리는 이상한 소리에 토머스는 깜짝 놀랐다.

그는 정신을 바짝 차리며 물었다.

"들려?"

브렌다는 고개를 한옆으로 기울이고 침착하게 소리에 집중했다.

"응. 북 치는 소리 같아."

"휴식은 이걸로 끝인가 보다."

먼저 일어선 토머스는 브렌다를 부축해 일으키며 물었다.

"네 생각엔 어때?"

"별로 좋은 예감은 안 들어."

"우리 친구들이 내는 소리일 수도 있잖아?"

나지막하게 둥둥둥 울리는 그 소리가 골목의 벽에 메아리치자, 사방에서 들려오는 것처럼 느껴졌다. 한참 듣고 있던 토머스는 그 소리가 이 막다른 골목 끄트머리의 모퉁이 쪽에서 들려오고 있음을 알았다. 위험 부담을 무릅쓰고 확인해 보기 위해 모퉁이로 달려갔다.

"뭐 하는 거야!"

브렌다가 말렸지만 그는 듣지 않았다. 브렌다도 곧 뒤를 따랐다.

골목 입구로 간 토머스는 갈라지고 변색된 벽돌들로 이루어진 벽 앞에 섰다. 그곳에는 네 칸으로 이루어진 계단이 있었고, 그 아래 긁힌 자국이 난 낡은 나무 문이 세워져 있었다. 문 바로 위에는 직사각형 모양의 작은 창문이 하나 있었는데 유리창이 박살 난 채 깨진 유리조각 하나만 윗부분에 뾰족한 이빨처럼 붙어 있었다.

그 앞에 서자 음악 소리가 한층 크게 들렸다. 강렬하고 빠른 음악이었다. 힘찬 베이스 소리, 둥둥 북 두드리는 소리, 날카로운 기타 소리. 웃고 고함치고 노래하는 사람들의 목소리. 음악도 그렇고 목소리도…… 제정신이 아닌 것 같았다. 오싹하고 섬뜩했다.

광인들이 전부 남의 코를 찾아 물어뜯을 궁리만 하는 건 아닌 모양이었다. 토머스는 느낌이 좋지 않았다. 친구들이 이런 소음을 낼 리 없었다.

"여길 뜨는 게 좋겠어."

토머스의 말에 브렌다가 그의 어깨에 바짝 가까이 다가서며 물었다.

"그렇게 생각해?"

"어서 가자."

뒤로 돌아서는 순간 그들은 그 자리에 얼어붙고 말았다. 그들이 소음에 정신이 팔려 있는 동안 골목 입구에 세 사람이 와서 서 있었던 것이다.

남자 둘과 여자 하나. 그들과의 거리는 몇 미터밖에 되지 않았다.

낯선 이들의 행색을 재빨리 훑어본 토머스는 심장이 덜컥 내려앉았다. 옷은 누더기와 다름없고, 머리카락은 헝클어진 데다, 얼굴은 때가 잔뜩 끼어 지저분했다. 좀 더 자세히 살펴보니 눈에 띄는 상처는 없었고 눈빛에서 지능을 읽어 낼 수 있었다. 광인이기는 하지만, 종점에 도달한 상태는 아니었다.

"어이, 거기. 우리 파티에 참석하지 않을래? 춤도 넘치고, 정도 넘치고, 술도 넘쳐."

여자가 말했다. 기다란 붉은 머리카락을 뒤로 묶은 여자의 셔츠 앞부분이 심하게 파여서 토머스는 여자와 눈을 맞추기가 힘들었다.

여자의 목소리에 날이 서 있어서 토머스는 신경이 곤두섰다. 여자가 말한 내용은 이해할 수 없었지만, 친절한 말투는 아니었다. 여자는 그들을 조롱하고 있었다.

토머스가 대답했다.

"음, 아뇨. 고맙지만 사양하겠습니다. 우린, 그냥……."

브렌다가 나섰다.

"우린 친구들을 찾고 있어요. 여기 새로 와서, 자리를 잡아 보려는 참이었어요."

그러자 떡 진 머리카락에 키 크고 못생긴 남자가 말했다.

"사악이 소유한 광인 나라에 온 걸 환영한다, 얘들아. 걱정할 거 없어."

그는 계단 아래를 턱 끝으로 가리키며 말을 이었다.

"저 아래 있는 사람들은 겨우 절반밖에 미치지 않았거든. 얼굴을 팔꿈치로 얻어맞을 수도 있고 고환을 걷어차일 수도 있겠지만, 잡아먹히진 않을 거다."

그러자 브렌다가 받아쳤다.

"여보세요. 고환이라뇨?"

남자가 토머스를 가리키며 말했다.

"쟤한테 한 말이다. 우리 옆에 붙어 있지 않으면 넌 더한 봉변을 당할 수도 있어. 여자애니까 더하지."

이런 대화를 나눈다는 자체가 불안하게 느껴져 토머스는 정리하고 나섰다.

"재미있을 것 같기는 한데, 이만 가 봐야겠습니다. 친구들을 찾아야 돼서. 나중에 다시 이쪽으로 올 일이 있으면 뵙도록 하죠."

옆에 있던 다른 남자가 앞으로 다가왔다. 키 작고 잘생긴 그 남자는 아주 짧은 금발이었다.

"너희 둘이 아직 어려서 모르나 본데, 인생의 교훈을 얻을 때가 있고, 재미를 볼 때가 있어. 지금 우린 너희를 공식적으로 파티에 초대하는 거다."

마지막 문장의 각 단어를 또박또박 발음하는 남자의 목소리는 살벌하기 그지없었다.

"고맙지만 못 갈 것 같아요."

브렌다의 말에 금발 머리는 긴 재킷 주머니에서 총을 꺼내 들었다. 지저분하고 윤기 없는 은색 권총이었다. 토머스가 그동안 보아 온 다른 무기들 못지않게 위협적이고 치명적인 것 같았다.

"말뜻을 이해하지 못했나 본데, 너희는 우리 파티에 초대받았으니 거절은 있을 수 없다."

키 크고 못생긴 남자는 칼을 꺼내 들었고 묶은 머리 여자는 드라이버를 꺼냈다. 드라이버 끝에 오래되고 시커먼 핏자국이 묻어 있었다.

금발 머리가 물었다.

"어쩔 거냐? 우리 파티에 참석할 거냐?"

토머스는 브렌다를 쳐다보았지만 브렌다는 마주 보지 않았다. 브렌다의 시선은 금발 머리에게 고정되어 있었고, 표정으로 봐서는 금방이라도 어리석은 말을 내뱉을 것 같았다.

토머스가 재빨리 대답했다.

"그러죠. 알겠습니다. 참석할게요."

브렌다가 고개를 휙 돌렸다.

"뭐라고?"

"저 남자 총을 갖고 있잖아. 그 옆에 다른 남자는 칼을 들었고 여자는 빌어먹을 드라이버를 쥐고 있어! 잘못하면 저들한테 내 눈알이 터질 판이야."

그러자 금발 머리가 말했다.

"네 남자 친구가 멍청하진 않은 것 같구나. 자, 그럼 파티에 가서 재미있게 놀아 볼까. 너희들 먼저 내려가라."

그러고는 권총으로 계단을 가리키며 미소를 지었다.

브렌다는 화가 난 표정이었지만 달리 선택의 여지가 없다는 걸 아는 눈빛이었다.

"알았어요."

금발 머리가 또다시 미소를 지었다. 뱀한테나 어울릴 만한 기분 나쁜 미소였다.

"바로 그거야. 멋지고 세련되고 근심 걱정 없고 얼마나 좋아."

키 크고 못생긴 남자가 옆에서 거들었다.

"까탈을 부리지만 않으면 아무도 너흴 해치지 않아. 버릇없는 애새끼처럼 굴지만 않으면 돼. 파티가 끝나고 나면 우리 패거리에 들어오고 싶어질 거다. 내 장담하지."

공포가 밀려들었지만 토머스는 꾹 참고 금발 머리에게 말했다.

"가시죠, 그럼."

그러자 금발 머리는 또다시 권총으로 계단을 가리키며 지시했다.

"먼저 내려가라니까."

토머스는 브렌다의 손을 잡고 가까이 끌어당긴 후 최대한 빈정대는 투로 말했다.

"파티에 가 보자, 자기야. 엄청 재미있겠다!"

그러자 묶은 머리 여자가 "이런 거 너무 좋아. 사랑에 빠진 커플을 보면 눈물이 날 것 같더라" 하고 말하며 눈물 훔치는 시늉을 했다.

토머스는 브렌다와 나란히 계단 쪽으로 돌아섰다. 금발 머리가 등에 계속 권총을 겨누고 있음을 느낄 수 있었다. 그들은 낡은 나무 문을 향해 계단을 내려갔다. 계단의 폭이 두 명이서 나란히 내려갈 정도는 되었다. 계단을 다 내려가서 보니 나무 문에 손잡이가 없었다. 토머스는 두 계단 뒤에 서 있는 금발 머리를 돌아보며 눈썹을 치켜세웠다.

그러자 금발 머리가 말했다.

"정해 놓은 대로 노크해야 돼. 주먹으로 천천히 세 번 치고, 주먹으로 빠르게 두 번 치고, 손가락 관절로 두 번 두드려."

토머스는 이 사람들이 싫었다. 차분하고 점잖은 단어를 사용하고는 있지만 조롱 가득한 말투로 얘기하는 것도 싫었다. 어떤 의미에서 이 광인들은 어제 그가 칼로 찌른 코 없는 광인보다 더 난감한 자들이었다. 적어도 어제 그 광인은 의도가 명확했으니 말이다.

브렌다가 속삭였다.

"하라는 대로 해."

토머스는 주먹을 쥐고 천천히 세 번 , 빠르게 두 번 문을 쳤다. 그리고 손가락 관절로 두 번 두드렸다. 문이 벌컥 열리고 쿵쾅거리는 음악 소리가 폭발하듯 터져 나왔다.

문을 열어 준 남자는 몸집이 크고, 귀와 얼굴에 뾰족한 것으로 찔린 자국이 나 있으며, 겉으로 드러난 피부가 온통 문신으로 뒤덮여 있었다. 어깨 너머로 길게 늘어뜨린 백발이 특히 눈에 띄었다. 토머스가 외모를 다 살피기도 전에 남자가 말했다.

"여어, 토머스. 기다리고 있었다."

37

잠시 동안 토머스는 오감이 마비된 것처럼 멍했다.

충격적인 환영 인사에 토머스가 무어라 대답하기도 전에 긴 머리 남자는 토머스와 브렌다를 안으로 끌고 들어갔다. 그들은 빽빽하게 모여 춤추는 이들, 제자리에서 빙빙 돌고 펄쩍펄쩍 뛰고 서로 껴안고 회전하는 이들 사이로 지나갔다. 음악 소리가 어찌나 큰지 토머스는 귀청이 터질 것 같았다. 북소리가 망치처럼 두개골을 마구 두드렸다. 사람들은 천장에 매달아 놓은 손전등들을 이리저리 쳐서 불빛이 방향을 바꿔 가며 파티장에 흩뿌려지게 했다.

춤추는 이들 사이로 천천히 지나가는 동안 긴 머리가 허리를 굽혀 토머스에게 말했다. 그가 목청을 높였지만 토머스는 잘 들리지 않아 일부만 알아들었다.

"배터리가 있어서 기쁘구나! 배터리가 다되면 사는 게 거지 같아!"

토머스가 큰 소리로 물었다.

"어떻게 내 이름을 알죠? 왜 나를 기다렸는데요?"

긴 머리가 웃었다.

"우린 밤새 너희를 지켜봤다! 오늘 아침에 너희가 금속판을 보고 어떤 반응을 보이는지도 창문 너머로 다 봤어! 네가 바로 그 유명한 토머스구나 했지!"

브렌다는 광인들이 따로 떨어뜨려 놓지 못하게 토머스의 허리를 두 팔로 감았는데, 그 말을 듣고는 토머스에게 더 바짝 매달렸다.

토머스는 뒤를 돌아보았다. 금발 머리와 그자의 두 친구가 바로 뒤에서 따라오고 있었다. 총은 보이지 않았지만 언제 다시 꺼내 들지 알 수 없었다.

음악 소리는 몹시도 요란했다. 쿵쿵대는 베이스에 맞춰 사람들이 사방에서 펄쩍펄쩍 뛰며 춤을 추었다. 칼날처럼 날카로운 손전등 불빛들이 어두운 공기를 종횡으로 갈랐다. 광인들의 몸은 땀으로 번들거렸고, 춤추는 몸뚱이에서 나오는 체열로 방 안 공기는 불쾌할 정도로 달아올랐다.

춤판의 한가운데에서 긴 머리가 갑자기 걸음을 멈추더니 말갈기 같은 흰 머리카락을 휘날리며 토머스와 브렌다에게 돌아섰다.

"우리 패거리에 들어와라! 넌 특별한 사람이니까! 우리가 널 나쁜 광인들한테서 지켜 주겠다!"

이들이 그의 이름 외에 다른 정보는 알고 있지 않은 듯해서 토머스는 마음이 놓였다. 어쩌면 상황이 완전히 꼬여 버린 건 아닐 수도 있었다. 이들과 같이 어울려 놀면서 최대한 의심을 사지 않고 특별한 광인인 척 행세하다가, 브렌다와 함께 몰래 도망치면 될 것 같았다.

"마실 걸 가져다주마! 재미나게 놀아!"

긴 머리는 이렇게 소리치더니, 꿈틀대며 춤추는 무리 속으로 사라졌다.

토머스는 다시 뒤를 돌아보았다. 금발 머리와 두 친구가 여전히 그의 뒤에 서서 춤도 추지 않고 가만히 쳐다보고만 있었다. 토머스와 눈이 마주치자 묶은 머리 여자가 손을 흔들며 소리쳤다.

"춤이라도 춰 봐!"

말은 이렇게 하면서 정작 자신은 춤을 추지 않고 있었다.

토머스는 다시 고개를 돌려 브렌다를 마주 보았다. 브렌다와 얘기를 해야 했다.

토머스의 속내를 읽은 브렌다가 두 팔로 그의 목을 감싸서 가까이 끌어당겼다. 브렌다의 입술이 토머스의 귀에 닿을 듯 말 듯했고, 브렌다의 뜨거운 숨결이 그의 땀 솟은 피부에 와 닿았다. 토머스는 당혹스러웠다.

브렌다가 물었다.

"어쩌다 이런 최악의 상황에 처하게 된 거지?"

토머스는 어찌해야 할지 몰라 일단은 브렌다의 등과 허리를 팔로 감쌌다. 브렌다의 젖은 옷을 통해 체온이 느껴졌다. 테리사에 대한 죄책감과 그리움이 뒤섞여 토머스는 마음이 편치 않았다.

"한 시간 전만 해도 이렇게 될 줄은 상상도 못 했어."

토머스는 브렌다의 머리카락에 대고 말했다. 저들에게 의심을 사지 않으려면 이런 자세로 말을 할 수밖에 없었다.

음악이 어둡고 음산하게 바뀌었다. 박자가 느려지고 북 소리도 깊어졌다. 토머스는 가사를 알아들을 수 없었지만, 가수가 어떤 끔찍한 비극을 애도하기라도 하는 것처럼 슬픔에 찬 높은 목소리로 흐느끼듯 노래를 불러 댔다.

브렌다가 말했다.

"당분간은 이 사람들하고 지내야 될 것 같아."

토머스는 어느새 브렌다와 춤을 추고 있었다. 딱히 의도한 것도, 생각을 하고 움직인 것도 아니었다. 그저 서로 몸을 밀착한 채 끌어안고 음악에 맞춰 천천히 움직이고 있었다.

놀란 토머스가 물었다.

"무슨 소리야? 벌써 포기하겠다고?"

"아니. 좀 지쳐서 그래. 여기 있는 게 더 안전할 것 같기도 하고."

토머스는 브렌다를 믿고 싶었고, 믿을 수 있는 사람이라고 생각하기도 했다. 하지만 뭔가 석연치 않았다. 혹시 브렌다가 일부러 그를 이쪽으로 데려온 건가 싶기도 했지만, 지나친 억측일 터였다.

"브렌다, 이대로 포기하면 안 돼. 피난처로 가는 것 말고 다른 길은 없어. 치료제를 얻어야지."

브렌다는 살짝 고개를 저었다.

"치료제가 진짜 있다는 걸 못 믿겠어. 있다고 해도 얻을 수 있을지 없을지 모르잖아."

"그런 말 하지 마."

토머스는 부정적으로 생각하고 싶지도, 그런 말을 듣고 싶지도 않았다.

브렌다가 말했다.

"치료제가 있으면 사악이 왜 광인들을 치료하지 않고 이런 곳으로 보내겠어? 말이 안 되잖아."

토머스는 브렌다의 태도가 갑자기 변한 것이 걱정되어 고개를 뒤로 빼고 표정을 살폈다. 브렌다의 눈이 눈물로 젖어 있었다.

토머스 역시 치료제에 대한 의심을 품고 있었지만 브렌다를 낙담시키고 싶지 않았다.

"이상한 소리 하지 마, 브렌다. 치료제는 진짜 있어. 그러니까 우린……."

토머스는 말끝을 흐리며 금발 머리 쪽을 슬쩍 쳐다보았다. 금발 머리는 여전히 그를 노려보고 있었다. 워낙 시끄러우니 금발 머리의 귀에 목소리가 들릴 리는 없겠지만 그래도 조심하는 게 나중에 후회하는 것보다 나을 것 같았다. 토머스는 고개를 숙여 브렌다의 귀에 입을 가까이 대고 말했다.

"여기서 빠져나가야 돼. 총과 드라이버를 들고 위협하는 사람들이랑 같이 살고 싶어?"

브렌다가 대답하기 전에 긴 머리가 양손에 컵을 하나씩 들고 돌아왔다. 사방에서 춤추는 이들에게 떠밀려 컵에 담긴 갈색 액체가 출렁거렸다. 긴 머리가 소리쳤다.

"마셔!"

토머스의 내면에서 무언가 깨어나는 듯했다. 이 낯선 자가 주는 음료를 받아 마시는 건 절대 좋은 생각이 아닌 것 같았다. 안 그래도 편치 않았던 장소와 상황이 한층 더 불편하게 느껴졌다.

그런데 브렌다가 컵으로 손을 뻗는 바람에 토머스는 저도 모르게 "안 돼!" 하고 소리쳤다. 아차 싶어서 토머스는 실수를 만회하려 주절거렸다.

"내 말은, 그게 아니라, 아직은 우리가 그걸 마시면 안 될 것 같

아. 장시간 물을 못 마셨으니까 먼저 물부터 마신 다음에 마시자. 그리고 음, 춤을 좀 더 추고 나서."

토머스는 태연하게 행동하려 했지만 속으로는 잔뜩 긴장되었다. 브렌다가 이상하게 쳐다보고 있으니 멍청이가 된 기분이었다.

그런데 작고 딱딱한 무언가가 토머스의 옆구리에 와 닿았다. 굳이 고개를 돌려 보지 않아도 그것이 금발 머리의 권총임을 알 수 있었다.

"마시라고. 음료를 거절하는 건 아주 무례한 짓이다."

긴 머리가 다시 말하며 컵을 내밀었다. 문신한 그의 얼굴에서 친절하던 표정이 걷혔다.

토머스는 두렵고 당황스러웠다. 음료에 뭔가 이상한 것을 집어 넣은 게 분명했다.

금발 머리가 토머스의 옆구리에 총을 더 바짝 들이밀며 귀에 대고 위협했다.

"하나를 세고 쏠 거다. 하나까지만 셀 거야."

토머스는 더 생각할 것도 없이 손을 뻗어 컵을 받아 들었다. 그러고는 안에 담긴 액체를 입에 털어 넣고 단번에 삼켰다. 음료가 내려가면서 목구멍과 가슴을 지지는 듯한 느낌에 토머스는 휘청대며 고통스러운 기침을 뱉어 냈다.

긴 머리가 브렌다에게 컵을 내밀며 말했다.

"너도."

브렌다는 토머스를 한 번 쳐다보고는 컵을 받아 들고 마셨다. 음료가 목구멍으로 넘어갈 때 눈을 살짝 감은 것 외에 그녀는 별로 당황한 기색도 없었다.

빈 컵 두 개를 도로 받아 든 긴 머리가 환하게 웃으며 소리쳤다.

"좋았어! 이제 계속 춤 춰라!"

토머스는 이상하게 취기가 돌았다. 마음이 진정되면서 따뜻해지는 느낌, 차분한 기운이 온몸에 퍼져 나가는 것 같았다. 그는 브렌다를 끌어안고 음악에 맞춰 몸을 흔들었다. 브렌다의 입술이 그의 목에 닿았다. 그 입술이 피부를 스칠 때마다 쾌락의 파도가 그를 휩쓸었다.

"왜 이러지?"

토머스는 이미 혀 꼬부라진 소리를 내고 있었다.

"뭔가 이상해. 약을 탔나 봐. 점점 취하는 것 같아."

브렌다가 대답하는 소리를 토머스는 간신히 알아듣고 생각했다.

'맞아. 뭔가 이상해.'

방 안이 빙글빙글 돌기 시작했다. 브렌다와 춤을 추며 천천히 돌고 있긴 하지만 주변이 훨씬 빠르게 돌고 있었다. 웃고 떠드는 사람들의 입이 검은 구멍처럼 벌어지고 얼굴이 길게 늘어났다. 음악이 느릿하고 걸쭉해졌다. 노래하는 목소리가 깊고 낮아지며 음을 질질 끌었다.

브렌다가 고개를 뒤로 젖히더니 양손으로 그의 얼굴을 잡았다. 그를 바라보는 브렌다의 눈동자가 위아래로 흔들리는 것 같았다. 브렌다는 무척 아름답게 보였다. 지금까지 보아 온 그 무엇보다도 아름다웠다. 주변의 모든 것이 어둠에 묻히고 토머스는 더 이상 생각을 제대로 이어 나갈 수 없었다.

브렌다가 말했다.

"이렇게 사는 게 나을지도 몰라. 이 사람들이랑 같이 사는 것도 괜찮지 뭐. 종점을 넘어갈 때까지 행복하게 즐기면 그만이야."

브렌다의 말과 입술의 움직임이 어긋났다. 얼굴이 목에서 분리되어 빙글빙글 돌았다. 사람을 불안하게 하는 기분 나쁜 미소를 지으며 브렌다가 덧붙였다.

"종점을 넘어가면 네가 날 죽여."

"아니, 브렌다. 그건 안 돼……."

그의 목소리가 백만 킬로미터쯤 떨어진 끝없는 터널에서 들려오는 것처럼 아득했다.

"키스해 줘. 톰, 키스해 줘."

브렌다가 그의 얼굴을 잡고 가까이 끌어당겼다.

토머스는 끌려가지 않으려고 버텼다.

"안 돼."

그러자 브렌다는 더 이상 그의 얼굴을 잡아당기지 않았다. 그녀의 상처받은 표정이 부옇게 흐려지고 있었다.

"왜 안 돼?"

어둠이 토머스의 의식을 거의 잠식했다. 그의 목소리가 멀리서 메아리쳤다.

"넌…… 테리사가 아니니까. 넌 테리사가 될 수 없어."

이윽고 브렌다가 눈앞에서 사라지고 토머스의 의식도 어둠에 묻혔다.

38

토머스는 정신이 들었지만 눈앞은 여전히 어두웠다. 사방에서 뾰족한 못이 두개골로 서서히 파고드는 듯했다. 고대의 고문 기구에 묶여 있는 기분이었다.

입에서 끄응 소리가 절로 나왔다. 신음 소리가 귀에 들렸다 말았다 하면서 두통을 가중시켰다. 토머스는 소리를 내지 않으려고 애쓰면서 손을 머리로 들어 올리려 했는데…….

손을 움직일 수가 없었다. 끈끈한 무언가가 손목을 감아서 찍어 누르고 있었다. 테이프였다. 두 다리를 차올리려 했지만 마찬가지로 테이프에 묶여 있었다. 팔다리를 움직이려 했더니 또다시 두통이 밀려와 그는 몸에 힘을 빼고 얕은 신음을 내뱉었다. 얼마나 오래 이러고 있었는지 가늠이 되지 않았다.

"브렌다?"

나지막하게 불러 보았으나 대답이 없었다.

눈앞이 갑자기 환해졌다.

밝은 빛에 눈이 아팠다. 그는 눈을 감았다가 한쪽 눈을 살짝 떴다. 앞에 세 사람이 서 있었는데 빛이 그들 뒤에서 비추고 있어서 얼굴이 보이지 않았다.

목 쉰 소리로 누군가 "일어났네, 일어났어"라고 말했다. 옆에서 다른 사람이 키득거렸다.

여자가 "불 주스 더 줄까?"라고 말하자, 조금 전에 웃던 사람이 또다시 키득거렸다.

겨우 빛에 적응된 토머스는 눈을 완전히 떴다. 그는 나무 의자에 앉아 있었다. 손목은 팔걸이에, 발목은 의자 다리에 넓은 회색 테이프로 단단히 묶여 있는 상태였다. 앞에 서 있는 남자 두 명과 여자 한 명이 시야에 들어왔다. 금발 머리 남자, 키 크고 못생긴 남자, 묶은 머리 여자였다.

토머스가 물었다.

"차라리 골목에서 그냥 날 해치우지 그랬어요?"

"널 해치워?"

금발 머리가 반문했다. 지난 몇 시간 동안 파티장에서 악을 썼는지 목이 잔뜩 쉬어 있었다.

"우릴 뭘로 보는 거지? 20세기 마피아쯤으로 생각하는 모양인데, 우리가 해치울 마음만 있었으면 너흰 벌써 길에서 피를 잔뜩 흘리면서 죽었어."

금발 머리가 말하는데 묶은 머리가 끼어들었다.

"우린 너희를 죽일 생각 없어. 죽으면 고기 맛이 떨어지잖니. 숨이 붙어 있을 때 먹어야 맛있지. 출혈로 죽기 전에 최대한 많이 뜯어 먹어야 돼. 육즙이 얼마나 풍부하고…… 달짝지근하고 맛 좋은지 몰라."

그 말에 키 크고 못생긴 남자가 웃어 댔다. 토머스는 묶은 머리의 말이 진심인지 아닌지 판단이 서지 않았지만 어느 쪽이든 기분이 섬뜩했다.

금발 머리가 말했다.

"농담한 거야. 우린 진짜 어쩔 수 없을 때가 아니면 인육은 먹지 않는다. 돼지 똥 같은 맛이라서."

그러자 키 크고 못생긴 남자가 피식 웃었다. 키득거리는 웃음도 아니고, 시원하게 하하 웃는 것도 아니고, 피식 하는 웃음이었다. 토머스는 진심으로 하는 말이 아니라는 걸 느낌으로 알 수 있었다. 다만 정신이 얼마만큼 나갔는지가 더 걱정스러웠다.

금발 머리가 처음으로 미소를 지어 보이며 말했다.

"이것도 농담이다. 우린 아직 완전히 미치지 않았어. 먹어 보진 않았지만 어쨌든 인육이 그렇게 맛있을 것 같진 않더라."

키 크고 못생긴 남자와 묶은 머리 여자가 고개를 끄덕였다.

토머스는 '맙소사, 이 사람들 진짜로 정신을 놓기 시작했구나' 하는 생각이 들었다. 왼쪽에서 조그맣게 신음 소리가 들려 고개를 돌려 보니 방 한쪽 구석에 브렌다가 그와 마찬가지로 의자에 결박당한 채 앉아 있었다. 입까지 테이프로 막아 놓은 것으로 보아, 브렌다는 기절하기 전에 이 사람들에게 한바탕 달려든 모양이었다. 이제 막 정신이 든 브렌다는 앞에 서 있는 세 명의 광인들을 보고는 의자에 묶인 채로 몸을 들썩이며 끙끙거렸다. 브렌다의 눈은 분노로 타오르고 있었다.

어느새 권총을 꺼내 든 금발 머리가 브렌다에게 소리쳤다.

"입 닥쳐! 시끄럽게 굴면 머리에 총구멍을 내서 벽에 피 칠갑을 해 놓을 줄 알아!"

브렌다는 다시 얌전해졌다. 토머스는 브렌다가 흐느끼거나 훌쩍거릴 줄 알았는데 아니었다. 그의 어리석은 착각이었다. 지금까지 보여 준 행동만 봐도 브렌다는 무척 강한 사람이었다.

금발 머리가 권총을 밑으로 내리며 말했다.

"이제 좀 낫군. 저 계집애가 악을 쓰기 시작할 때 죽여 버렸어야 했는데 말이야. 그냥 두니 물어뜯질 않나."

그는 이렇게 말하며 벌겋게 이빨 자국이 난 자신의 팔뚝을 내려다보았다.

묶은 머리가 말했다.

"쟨 이 남자애랑 짝이니까 아직은 죽이면 안 돼."

금발 머리가 벽 쪽에 놓인 의자 하나를 끌고 와, 토머스 앞에 1미터 정도 거리를 두고 앉았다. 나머지 두 명도 의자를 끌고 와서 앉았는데, 이렇게 무언의 허락이 떨어지길 수 시간째 기다렸는지 안도하는 표정들이었다. 금발 머리가 허벅지 위에 권총을 내려놓고 총구를 토머스 쪽으로 겨냥하며 입을 열었다.

"좋아. 피차 할 말이 많을 것 같은데 말이야. 헛소리 지껄일 생각 없으니까 너도 우릴 갖고 놀거나 대답을 회피할 궁리는 마라. 처음엔 이쪽 다리, 두 번째는 다른 쪽 다리에 총을 쏠 거다. 세 번째는 네 여자 친구의 얼굴에 총알을 박아 줄 건데, 두 눈 사이에 정확히 박아 넣는 게 좋겠지. 네 번째로 또 나를 열 받게 만들면 무슨 일이 일어날지 잘 생각해 봐."

토머스는 고개를 끄덕였다. 그는 자신이 강한 사람이라고, 이 광인들에게 맞설 수 있다고 마음을 다잡으려 했다. 하지만 상식적으로 그럴 수 있는 상황이 아니었다. 그는 무기도 없고, 도와줄 사람도 없이 의자에 묶여 있었다. 특별히 숨길 것도 없으므로 묻는 대로 솔직하게 대답해 주면 그만이었다. 어떤 식으로 결론이 나든 다리에 총을 맞고 싶지 않았다. 무엇보다 이 남자의 말이 단순한 엄포가 아니라는 걸 느낌으로 알 수 있었다.

금발 머리가 말했다.

"첫 번째 질문. 넌 누구며, 왜 네 이름이 이 똥 같은 도시 곳곳에 붙어 있는 거지?"

"내 이름은 토머스입니다."

토머스가 이 말을 하자마자 금발 머리는 기분이 상한 듯 인상을 구겼다. 토머스는 실수했음을 깨닫고 얼른 덧붙였다.

"그건 이미 알고 계실 테고요. 여기로 오게 된 과정은 정말 괴상하기 짝이 없어서 아마 믿기 어려우실 겁니다. 하지만 진실을 말하겠다고 맹세하겠습니다."

묶은 머리가 토머스에게 물었다.

"너희도 우리처럼 버그를 타고 온 거 아니야?"

"버그요?"

토머스는 버그가 무엇을 말하는 건지 알 수가 없었지만 고개를 젓고 얘기를 계속했다.

"아뇨. 우린 여기서 남쪽으로 50킬로미터쯤 떨어진 곳에 있는 지하 터널에서 밖으로 나왔습니다. 평면 이동 문이라는 장치를 통과해서 지하 터널로 들어갔던 것이고, 그 전에는……."

그런데 금발 머리가 손을 들어 올리며 말을 막았다.

"잠깐, 잠깐, 잠깐. 평면 이동 문? 거짓말이면 당장 총을 쏴 버릴 거다. 설마 지어낸 얘기는 아니겠지?"

토머스는 어리둥절해서 이마에 주름을 잡으며 물었다.

"왜요?"

"그런 뻔한 거짓말로 은근슬쩍 빠져나갈 생각을 한다면 정말 멍청한 건데. 평면 이동 문을 통과해서 왔다고?"

금발 머리는 놀란 기색이 역력했다.

다른 광인들도 금발 머리 못지않게 충격을 받은 표정이었다.

"예. 왜 내 말을 못 믿는 건데요?"

"평면 이동 문의 이용료가 얼마나 비싼지 알기나 해? 플레어 현상 이전에 일반에 공개되긴 했지만, 정부 인사들과 갑부들만 이용했어."

토머스는 어깨를 으쓱했다.

"글쎄요, 그 집단은 돈이 많으니까요. 그 남자가 그걸 평면 이동 문이라고 불렀어요. 회색 벽인데 그걸 통과할 때 얼음물을 통과하는 것처럼 얼얼한 느낌이었어요."

묶은 머리가 물었다.

"그 남자?"

토머스는 설명을 시작하기도 전에 머릿속이 뒤죽박죽된 기분이었다. 이런 식으로 아무렇게나 끼어들면 어떻게 얘기를 할 수 있겠는가?

"사악 쪽 사람이에요. 그들은 우릴 대상으로 실험인지 시험인지를 하는 중이라고 했습니다. 나도 다 아는 건 아니라고요. 그들은…… 우리 기억을 삭제했어요. 나는 기억이 약간 돌아오기는 했지만 완전히 다 돌아온 건 아니에요."

금발 머리는 별다른 반응을 보이지 않고 토머스를 쳐다보기만 했다. 아니, 토머스를 보는 게 아니라 그 너머의 벽을 보는 것 같았다. 그러다 입을 열었다.

"플레어 현상이 발생하고 플레어 병이 모든 걸 파멸시키기 전에 난 변호사였다. 상대가 거짓말을 하면 바로 알 수 있지. 난 내 일을 아주아주 잘했거든."

이상하게도 토머스는 마음이 놓였다.

"그럼 내가 거짓말을 하고 있지 않다는 것도……."

"그래, 알아. 어떻게 된 건지 전부 듣고 싶으니까 처음부터 얘기해 봐."

토머스는 그의 요구에 따랐다. 이유는 알 수 없지만 얘기를 해도 괜찮을 것 같았다. 이 광인들이 다른 사람들과 별반 다르지 않다는 걸 그는 본능적으로 알 수 있었다. 사악은 이들이 플레어 병에 잠식당해 끔찍한 여생을 보내도록 이곳으로 보낸 것이다. 그러니 이들도 자기네에게 유리한 기회를 잡아 보려고, 이 상황에서 벗어날 방법을 찾아보려고 할 것이다. 그렇게 따지면, 도시 곳곳에 부착된 금속판에 이름이 새겨진 사람과의 만남은 꽤 괜찮은 시작점일 것이다. 토머스는 자신이 이들의 입장이었어도 마찬가지 행동을 했으리라 생각했다. 총을 겨누고 팔다리를 묶는 짓까지는 하지 않았겠지만.

토머스는 어제 브렌다에게 했던 얘기를 고스란히 되풀이했다. 미로, 탈출, 건물 숙소. 초열 지역을 가로지르라는 과제를 부여받은 것. 이 시련의 끝에 치료제가 기다리고 있다는 부분을 특히 강조해서 신중하게 말했다. 이 도시를 지나는 데 있어서 호르헤의 도움을 얻는 데 실패한 지금, 이 사람들과의 협력을 기대해 볼 만했다. 토머스는 다른 공터인들의 생사 여부가 걱정돼서 혹시 그들을 보았는지 물었다. 또한, 소녀 여럿으로 이루어진 집단을 보았는지도 물어보았다. 금발 머리는 어느 쪽도 보지 못했다고 대답했다.

이번에도 토머스는 테리사에 대해서는 길게 얘기하지 않았다. 어떤 얘기가 테리사에게 위협이 될지는 알 수 없었지만, 테리사를 위험에 처하게 할 만한 말은 하고 싶지 않았다. 브렌다에 대해서도 완전히 사실대로 털어놓지는 않았다. 직접적으로 거짓말을 한 것은 아니고, 그저 처음부터 자신과 동행이었던 것처럼 들리도록 말했다.

골목에서 그들 광인 세 사람을 만난 부분을 언급하며 얘기를 끝마친 토머스는 깊은 숨을 들이마시며 의자에 앉은 채로 자세를 바로잡았다.

"테이프는 좀 떼어 주시면 안 될까요?"

토머스의 말에 키 크고 못생긴 남자의 손에서 무언가 번쩍했다. 그 남자는 어느새 날카로운 칼을 꺼내 들고 금발 머리에게 물었다.

"어떻게 할까?"

"까짓 거 풀어 줘."

얘기를 듣는 내내 금발 머리의 표정에 변화가 없어서 토머스는 그가 자신의 얘기를 믿은 건지 아닌지 확신할 수가 없었다.

키 크고 못생긴 남자는 어깨를 으쓱하고는 일어서서 토머스에게 다가왔다. 상체를 굽히고 칼을 내미는데 위에서 소리가 들렸

다. 천장을 세차게 밟는 소리에 이어 비명 소리가 두어 번 들려왔
다. 그리고는 백 명쯤 되는 사람들이 이리 뛰고 저리 뛰는 소리,
쿵쾅대는 소리, 악 쓰는 소리가 들렸다.

"다른 패거리가 우리가 있는 곳을 찾아냈나 보군."

금발 머리의 얼굴에서 핏기가 가셨다. 그는 의자에서 일어나 다
른 두 명에게 따라오라고 손짓했다. 그들 셋은 그림자에 가려진
계단을 올라갔고 문이 열렸다가 닫혔다. 위에서는 여전히 시끌벅
적한 소리가 들렸다.

토머스는 놀라서 어쩔 줄을 모르다가 브렌다를 쳐다보았다. 브렌
다는 꼼짝 않고 앉아서 천장에서 들려오는 소음에 귀를 기울이고
있었다. 마침내 브렌다의 눈이 토머스를 마주 보았다. 입에 테이프
가 붙어 있는 상태라 브렌다는 말은 못 하고 눈썹만 치켜세웠다.

여기 이렇게 의자에 결박당한 채 남아 있다가는 살아남지 못할
듯했다. 이 광인들이 코 타령을 하는 광인 패거리와 맞붙었다면,
싸워 이길 수 있을 것 같지도 않았다.

"종점을 지난 광인들이 쳐들어온 거면 어떡하지?"

토머스의 물음에 브렌다는 테이프에 입이 막힌 채 무어라 웅얼
거릴 뿐이었다.

토머스는 의자에 앉은 채로 온 힘을 다해 조금씩 브렌다 쪽으로
이동했다. 90센티미터쯤 이동했을 때 위층에서 들려오던 싸움 소
리, 덜커덩거리는 소리가 돌연 멈췄다. 토머스는 천장을 올려다보
며 그 자리에서 얼어붙었다.

몇 초 동안 아무 소리도 나지 않다가 발소리가 들리기 시작했
다. 두 명이 걸어가는 소리였다. 그러다 요란하게 쿵 소리가 나고,

쿵쿵 하고 바닥을 찧는 소리가 두 번 더 들렸다. 사람들이 바닥으로 쓰러진 것 같았다.

그리고 계단 위쪽의 문이 벌컥 열렸다.

묵직하고 힘찬 발소리가 계단을 내려왔다. 계단 쪽이 그림자에 가려져 있어 토머스는 누가 내려오고 있는지 볼 수가 없었다. 서늘한 공포가 밀려들었다.

계단을 내려온 이가 마침내 빛이 비추는 곳으로 와 섰다.

민호였다. 화상 자국이 나 있는 얼굴은 지저분했고 여기저기 피가 묻어 있었다. 두 손에는 칼이 들려 있었다. 민호가 말했다.

"야, 너희 아주 편하게 앉아 있구나."

39

그동안 온갖 경악스러운 일들을 겪었지만, 토머스는 무슨 말을
해야 할지 모를 정도로 놀랐다.

"이게 대체…… 어떻게 된……."

말을 더듬는 토머스에게 민호는 미소를 지었다. 험악한 몰골을
하고 있었지만 민호의 그 미소가 토머스는 더없이 반가웠다.

"어떻게 되긴. 우리가 너희를 찾아낸 거지. 저 망할 놈들이 너
희를 해치게 우리가 그냥 둘 줄 알았어? 너 이번에 나한테 크게
신세진 거야."

민호가 다가와 토머스의 팔다리를 묶은 테이프를 칼로 끊기 시
작했다.

"우릴 찾아냈다니 그게 무슨 소리야?"

토머스는 기분이 너무 좋아서 멍청이처럼 킬킬 웃고 싶었다. 무
사히 구출되었을 뿐 아니라, 친구들이 살아 있는 것까지 보게 되

다니. 친구들은 살아 있었다!

민호가 계속 테이프를 끊으며 말을 이었다.

"호르헤 덕분에 광인들을 피해 먹을 걸 구해 가면서 도시를 지나왔어."

그는 토머스를 묶은 테이프를 모두 끊어 낸 후 브렌다 쪽으로 걸어가며 어깨 너머로 계속 말했다.

"어제 아침에 이 근처에서 흩어져서 주변을 살피고 있었는데, 프라이팬이 저 골목 모퉁이 너머에서 광인 세 명이 너희를 총으로 위협하는 걸 본 거야. 프라이팬이 돌아와서 그 얘길 했고 우린 열받아서 기습 계획을 세웠지. 막상 와 보니까 저 광인 놈들은 대부분 술인지 약인지에 취해 있거나 잠들어 있었어."

민호가 테이프를 끊어 주자마자 브렌다는 의자에서 일어났다. 브렌다는 민호 옆을 지나 토머스 쪽으로 걸어오다가 잠시 머뭇거렸는데, 토머스는 그녀가 화가 난 건지 걱정이 돼서 그러는 건지 분간할 수가 없었다. 브렌다는 토머스 옆으로 마저 걸어오며 입에 붙은 테이프를 뗐다.

의자에서 일어서던 토머스는 머리가 울리고 방이 빙글빙글 도는 데다 구역질이 나서 도로 의자에 주저앉았다.

"아, 젠장. 아스피린 가진 사람 없어?"

그 말에 민호는 웃었지만 브렌다는 말없이 계단 발치로 걸어가 팔짱을 끼고 섰다. 그런 몸짓만 봐도 화가 난 게 분명했다. 문득 토머스는 어제 약에 취해 정신을 잃기 직전에 브렌다에게 했던 말이 기억났다. 넌 테리사가 될 수 없어, 라는 말.

'아, 이런.'

토머스는 계면쩍어하며 물었다.

"브렌다, 괜찮아?"

어제 이상한 춤을 추며 나눴던 대화를 민호 앞에서 언급할 수는 없었다.

브렌다는 토머스 쪽은 쳐다보지도 않고 고개만 끄덕였다.

"괜찮아. 어서 나가자. 호르헤를 봐야겠어."

짧게 끊어지는 브렌다의 말투에는 아무런 감정이 담겨 있지 않았다.

토머스는 두통을 핑계 삼아 신음을 흘렸다. 브렌다는 그에게 화가 난 것 같았다. 단순히 화났다는 표현으로는 부족했다. 마음에 상처를 받은 듯했다.

어쩌면 전부 토머스의 착각일 뿐이고 브렌다는 별로 신경 쓰지 않는지도 모른다.

민호가 다가와 토머스에게 손을 내밀었다.

"일어나, 인마. 머리가 지끈거리든 아니든 이제 나가야 돼. 위층에 잡아 놓은 포로들이 언제까지 얌전하게 있어 줄지 모르겠어."

"포로들?"

"네가 저들을 뭐라고 부르는지 모르겠지만, 우리가 여기서 빠져나갈 때까지는 저들을 밖으로 나가게 할 수가 없어서 잡아 놨어. 우리 쪽 숫자는 열 명 남짓에 불과한데 스무 명이 넘는 자기네가 붙잡힌 걸 생각하면 지금 기분이 안 좋을 거야. 취기가 가시고 나면, 우릴 제압하려 들겠지."

토머스는 이번에는 좀 더 천천히 몸을 일으켰다. 가까이에서 북을 두드려 대는 것처럼 머릿속이 울리고 지끈거렸다. 머리가 울릴 때마다 두개골 안쪽에서 바깥을 향해 눈알을 밀어내는 것 같았다. 현기증이 가라앉을 때까지 눈을 감고 있다가 깊게 숨을 들이마신 후 민호를 쳐다보며 말했다.

"이제 괜찮아졌어."

민호가 싱긋 웃었다.

"그래야지. 나가자."

토머스는 민호를 따라 계단을 올라가다가 브렌다 옆에서 멈춰 섰다. 아무 말도 할 수 없었다. 민호가 '저 여자애랑 무슨 일 있었어?'라는 눈빛으로 돌아보았지만 토머스는 고개를 슬쩍 저었다.

민호는 어깨를 으쓱하며 계단을 성큼성큼 올라가 문을 나섰다. 토머스는 잠시 브렌다 옆에 서 있었다. 브렌다는 밖으로 나갈 생각도 않고 그와 눈을 맞추려 하지도 않았다.

"미안."

막상 사과하려고 보니 가혹하게 들릴 수도 있을 것 같았다. 그래도 그는 마저 말했다.

"내가 네 기분이 상할 만한 말을 했던 것 같아……."

그러자 브렌다가 고개를 들고 그를 쳐다보며 내뱉었다.

"내가 너나 네 여자 친구한테 신경이라도 쓰는 줄 아니? 상황이 아주 암담해지기 전에 춤추면서 재미나 좀 보려고 했던 거야. 왜, 내가 널 사랑하게 된 줄 알았어? 네가 청혼해 줄 때까지 애간장이라도 끓이고 있을까 봐? 정신 차려."

가시 돋친 브렌다의 말에 토머스는 뺨이라도 맞은 것처럼 뒤로 주춤 물러섰다. 토머스가 대꾸하기도 전에 브렌다는 쿵쿵거리며 계단을 마저 올라가 버렸다. 남은 건 한숨뿐이었다. 토머스는 테리사가 몹시 그리웠다. 충동적으로 텔레파시를 이용해 테리사를 불러 보았지만 여전히 대답은 없었다.

춤을 추었던 방으로 올라가자마자 악취가 토머스의 코를 찔렀다. 땀 냄새와 토사물 냄새였다.

광인들이 바닥에 널브러져 있었다. 자고 있는 이들도 있고, 서로를 껴안고 벌벌 떠는 이들도 있고, 죽은 것처럼 보이는 이들도 있었다. 호르헤와 뉴트, 에어리스가 손에 칼을 들고 천천히 맴을 돌며 주변을 경계하고 있었다.

프라이팬을 비롯한 공터인들을 본 토머스는 심한 두통에도 불구하고 안도감이 밀려들었고 기분이 들떴다.

"너희 어떻게 된 거야! 그동안 어디 있었어?"

토머스의 물음에 프라이팬이 큰 소리로 대꾸했다.

"어이, 토머스! 못생긴 건 여전하구나!"

뉴트가 진심 어린 미소를 지으며 다가왔다.

"죽지 않고 살아 있는 걸 보니 반갑다, 토미. 진짜 반가워."

"뉴트 너도 안 죽고 살아 있었구나."

하루나 이틀 동안 떨어져 있다가 다시 만난 사람들과 이런 식으로 인사를 나누는 게 일상이 되었구나 싶어 토머스는 문득 가슴이 저렸다.

"한 명도 빠짐없이 온 거야? 어디로 갔었어? 어떻게 여기로 왔어?"

토머스의 물음에 뉴트는 고개를 끄덕이며 대답했다.

"추가로 낙오된 사람 없이 열한 명이야. 호르헤도 우리 일행이 되었고."

토머스는 길게 대답할 시간도 주지 않고 질문을 쏟아냈다.

"바클리 패거리들은? 건물을 폭파시킨 게 그 사람들 맞아?"

그 질문에 대해서는 호르헤가 대신 대답했다.

"그 후로 못 봤다. 우리가 신속하게 거길 빠져나오기도 했고, 그 녀석들은 도시 안쪽 깊숙한 곳으로는 겁이 나서 못 들어오거든."

호르헤는 키 크고 못생긴 남자의 어깨에 무시무시하게 생긴 칼을 얹고서 문 바로 옆에 서 있었다. 키 크고 못생긴 남자 옆에 묶은 머리 여자가 나란히 웅크리고 앉아 있었다.

키 크고 못생긴 남자를 본 순간 토머스의 마음속에 경고등이 켜졌다. 금발 머리 남자. 그자는 어디 있지? 금발 머리가 총을 갖고 있어서 쉽지 않았을 텐데 민호와 공터인들은 어떻게 여길 제압한 걸까? 토머스는 방 안을 둘러보았지만 금발 머리의 모습은 보이지 않았다.

"민호!"

토머스는 민호를 나지막하게 부르고 손짓을 해 가까이 오게 했다. 민호와 뉴트가 옆으로 다가오자 토머스는 몸을 기울여 다른 이들이 듣지 못하게 속삭였다.

"짧은 금발 머리 남자 말이야. 여기 우두머리 같던데, 어떻게 됐어?"

민호가 어깨를 으쓱하고는 뉴트를 쳐다보았다. 그러자 뉴트가 대답했다.

"도망쳤을걸. 몇 명이 도망 나갔어. 전부 다 붙잡아 놓진 못했어."

민호가 물었다.

"왜? 걱정되는 점이라도 있어?"

토머스는 주변을 둘러보며 한층 더 목소리를 낮추었다.

"그 사람 총을 갖고 있었어. 칼 말고 그렇게 위험한 무기를 소지한 사람은 처음 봤어. 정신 상태가 괜찮아 보이지도 않았고."

민호가 말했다.

"신경 꺼. 우린 한 시간 내로 이 망할 도시를 벗어날 거니까. 당장 여길 나가야지."

며칠 동안 들어 본 중에서 제일 듣기 좋은 말이라서 토머스는 얼른 동의했다.

"그래, 금발 머리가 돌아오기 전에 빨리 나가는 게 좋을 것 같아."

민호가 포로들 사이로 걸어가며 소리쳤다.

"다들 잘 들어! 우린 이제 여길 떠난다. 쫓아오지만 않으면 무사할 거고, 쫓아오면 죽는다. 아주 쉬운 선택이지?"

언제부터 민호가 호르헤 대신 무리의 대장 노릇을 하게 된 건지 토머스는 궁금해하며 호르헤를 쳐다보았다. 문득 벽 옆에 말없이 서서 바닥만 내려다보고 있는 브렌다가 눈에 들어왔다. 어제 일이 계속 마음에 걸렸다. 사실 어제 토머스는 브렌다에게 키스하고 싶었다. 하지만 어째서인지 그런 자신에게 역겨움을 느꼈다. 약 기운 때문일 수도 있고, 테리사 때문일 수도 있었다. 어쩌면······.

그때 민호가 소리쳤다.

"야, 토머스! 정신 차려, 인마! 나가자!"

공터인들 몇 명은 이미 문밖으로 나가 햇빛 아래 서 있었다. 몸에서 약 기운이 빠진 지 얼마나 된 걸까? 하루? 아침이 밝고 몇 시간 정도? 토머스는 문 쪽으로 가다가 브렌다 옆에서 걸음을 멈추고 그녀를 슬쩍 앞으로 밀었다. 브렌다가 같이 안 가겠다고 할까 봐 걱정했는데 다행히 잠시 머뭇거리다가 문으로 향했다.

나머지 공터인들이 문밖으로 나가는 동안 민호와 뉴트, 호르헤는 손에 무기를 들고 경계를 늦추지 않았다. 이제 문 안쪽에는 토머스와 브렌다만 남았다. 문 앞에서 지키고 있던 민호와 뉴트, 호르헤가 단검과 장검의 칼끝을 문 안의 광인들에게 겨눈 채 천천히 뒤로 물러나고 있었다. 광인들이 딱히 소동을 일으킬 것 같지는 않았다. 살아남게 된 걸 기뻐하며 이대로 밖으로 나가면 될 듯했다.

다들 계단 위의 골목에 모여 있었다. 문밖으로 나선 토머스는 계단 맨 위로 올라섰고, 브렌다는 다른 공터인들 쪽으로 가서 섰다. 토머스는 나중에 상황이 안정되면 브렌다를 따로 불러서 차분하게 얘기를 나눠 봐야겠다고 생각했다. 그는 브렌다에게 호감을 갖고 있었다. 사귀고 싶다기보다는 친구로 두고 싶은 마음이었다. 예전에 척에게 느꼈던 것과 비슷한 감정이었다. 이유는 모르겠지만 브렌다의 안전을 책임져야 한다는 생각도 강하게 들었다.

"…… 최대한 빨리 달리는 거야."

생각에 잠겨 있느라 토머스는 민호가 하는 말을 끄트머리밖에 듣지 못했다. 정신을 차리려고 고개를 흔들자 칼로 찌르는 것 같은 날카로운 두통이 밀려왔지만, 민호의 말에 최대한 귀를 기울였다.

"남은 거리는 1.6미터밖에 안 돼. 저 광인들이 만약 쫓아온다고 해도 상대하기가 그리 어렵진 않을 것 같으니까……."

"이봐!"

토머스의 등 뒤에서 누군가 소리쳤다. 목 쉰 소리로 질러 대는 그 고함에 광기가 어려 있었다. 뒤를 돌아본 토머스는 계단 아래

문간에 서 있는 금발 머리를 보았다. 금발 머리는 손가락 관절이 하얗게 질리도록 권총을 단단히 쥔 채 팔을 앞으로 뻗었다. 흔들림이 전혀 없는 차분한 자세였다. 총구는 정확히 토머스를 겨냥하고 있었다.

누가 막으려고 나설 새도 없이 금발 머리는 총을 쏘았다. 벼락이 떨어진 것 같은 요란한 폭발음이 좁은 골목을 뒤흔들었다.

토머스는 왼쪽 어깨에 극심한 통증을 느꼈다.

40

총에 맞은 토머스는 충격으로 빙글 돌며 앞으로 고꾸라져 바닥에 코를 찧었다. 어깨의 통증과 함께 귓속에서 위잉 하는 소리가 들려왔다. 한 번 더 총성이 들렸고, 고함치는 소리와 싸우는 소리, 시멘트 바닥에 금속성 물체가 쩔그럭 떨어지는 소리가 이어졌다.

토머스는 옆으로 몸을 굴려 바닥에 등을 대고 누운 뒤 총 맞은 자리를 손으로 잡았다. 상처가 어느 정도인지 들여다볼 용기가 나지 않아 마음을 다잡아야 했다. 귓속의 울림이 더 심해졌다. 곁눈질로 보니 누군가 금발 머리를 바닥에 때려눕히고 흠씬 두들겨 패고 있었다.

민호였다.

토머스는 겨우 고개를 숙여 총 맞은 자리를 내려다보았다. 상처를 보자마자 심장박동이 갑절은 빨라졌다.

셔츠에 난 작은 구멍 안쪽으로, 겨드랑이 바로 위쪽에 끈적거리는 붉은 덩어리가 들여다보였다. 그곳에서 피가 흘러나오고 있었다. 아팠다. 몹시 아팠다. 저 계단 아래 방에서 그를 괴롭힌 두통보다 서너 배는 더 심한 통증이 단단히 뭉쳐 어깨의 그 자리로 쑤시고 들어오는 것 같았다. 지독한 통증은 곧 온몸으로 퍼져 나갔다.

뉴트가 옆에서 걱정스러운 눈으로 내려다보았다.

"놈이 날 쐈어."

토머스의 입에서 나온 말 중에 제일 명청한 말로 기록될 만했다. 살아 있는 못이 날을 세우고 몸 안의 장기를 샅샅이 훑으며 찌르고 긁는 느낌이었다. 토머스는 또다시 의식을 잃기 직전이었다.

뉴트가 누군가에게 셔츠를 받아서 토머스의 어깨에 대고 세게 눌렀다. 지혈을 위해서였지만 엄청난 통증이 밀려들어 토머스는 비명을 지르고 말았다. 겁쟁이처럼 보이든 말든 상관없었다. 이렇게 심한 통증은 처음이었다. 눈앞의 세상이 순식간에 흐릿해졌다.

'기절해. 제발 기절해. 의식을 놔 버려.'

토머스는 스스로를 재촉했다.

주변에서 들려오는 목소리들이 까마득히 멀어지고 있었다. 어제 약에 취해 춤을 출 때도 지금처럼 목소리가 아득하게 들렸었다.

"내가 총알을 빼낼 줄은 아는데, 그러려면 불이 있어야 돼."

호르헤였다.

"여기서는 못 해요."

이건 뉴트의 목소리인가?

"이 망할 도시를 벗어나야 돼."

확실히 민호의 목소리였다.

"그래. 내가 들어 옮길게."

이건 누군지 알 수 없었다.

밑에서 여러 개의 손이 토머스의 몸을 잡고 누군가는 다리를 잡아 올렸다. 통증이 밀려왔다. 누군가 셋을 세겠다고 말했다. 몹시 아팠다. 끔찍하게 아팠다. 하나. 고통스러웠다. 둘. 윽. 셋!

위로 몸이 들려지고 다시금, 새로이, 무시무시한 통증이 몸 안에서 폭발했다.

기절하고 싶다는 소망이 드디어 이루어져, 토머스의 의식은 고통을 밀어내고 암흑 속으로 잠겼다.

정신이 들었지만 토머스는 여전히 몽롱한 상태였다.

강렬한 빛에 눈을 뜰 수가 없었다. 여러 개의 손이 그의 몸을 단단히 붙잡고, 무언가에 떠밀리기도 하고 부딪치기도 하며 이동 중이었다. 거칠고 빠른 숨소리, 바닥을 밟는 발소리. 뜻을 알 수 없는 고함 소리. 멀리서 들려오는 광인들의 흥분에 찬 괴성. 아무래도 광인들이 토머스 일행을 바짝 추격하고 있는 듯했다.

뜨거웠다. 공기가 타는 듯이 뜨거웠다.

어깨에 불이 붙은 것 같았다. 상처 부위에서 유독성 물질이 폭발한 것처럼 지독한 통증이 느껴졌다. 토머스의 의식은 다시 어둠 속으로 도망쳤다.

눈을 약간 떴다.

이번에는 빛이 그리 강렬하지 않았다. 황금빛 황혼으로 물든 하늘이 보였다. 토머스는 딱딱한 바닥에 등을 대고 누워 있었다. 허리 쪽이 튀어나온 돌멩이에 눌리고 있기는 했지만 어깨가 썩어 들어가는 것처럼 아파서 허리의 통증은 아무것도 아니었다. 주변에서 사람들이 느릿하게 돌아다니며 짧고 긴장한 말투로 속삭였다.

광인들의 들뜬 웃음소리는 한층 멀어져 있었다. 주변은 온통 하늘뿐이고 건물은 보이지 않았다. 그리고 어깨의 통증. 모진 통증이 여전히 그를 괴롭히고 있었다.

가까이에서 불길이 솟으며 탁탁 소리를 냈다. 뜨거운 공기를 타고 뜨거운 바람이 흘렀다. 그의 몸 위로 열기가 지나갔다.

"움직이지 않게 잡아 눌러. 팔이랑 다리를 다 잡아."

누군가 말했다.

의식은 여전히 안개 속을 떠가고 있었지만, 그 말들은 기분 좋게 들리지 않았다.

은색으로 빛나는 무언가가 시야에 들어왔다. 저무는 태양 빛이 반사된 그것은…… 칼인가? 칼날이 벌겋게 타오르고 있는 걸까?

"심하게 아플 거다."

이 말을 한 이가 누구인지는 알 수 없었다.

치익 소리와 함께 어마어마한 양의 다이너마이트가 어깨 안에서 폭발한 것처럼 끔찍한 통증이 느껴졌다.

토머스는 또다시 의식의 끈을 놓고 말았다.

다시 정신이 들기까지 꽤 오랜 시간이 흐른 듯했다. 눈을 뜨자 검은 하늘에 대낮의 햇빛처럼 환하게 박혀 있는 별들이 보였다. 누군가 그의 손을 잡고 있었다. 고개를 돌려 보려고 했지만 또다시 맹렬한 통증이 척추를 타고 흐르는 바람에 그만두었다.

굳이 보지 않아도 알 수 있었다. 브렌다였다.

달리 또 누구겠는가? 부드럽고 작은 손이니, 브렌다임이 분명했다.

통증은 여전히 지독했고, 몸 상태는 더 나빠진 것 같았다. 몸 안쪽이 병들어 가고 있는 느낌. 몸 안을 갉아먹는 불결한 기운. 혈관과 뼛속의 빈 공간, 근육 사이사이로 구더기처럼 더러운 무언가가 파고들고 있었다. 병균이 그를 파먹고 있었다.

단순한 통증이 아니었다. 몸속 깊숙이 스며드는 날것 그대로의 통증. 배 속이 불안정하게 끄르륵거렸고, 혈관이 불붙은 듯 뜨거웠다.

어떻게 아는지는 모르지만 토머스는 알고 있었다. 뭔가 잘못됐다. 머릿속에 '감염'이라는 단어가 떠올라 계속 그 자리에 머물렀다. 잠시 후 토머스는 다시 잠들었다.

아침의 태양이 토머스를 깨웠다. 제일 처음 인식한 것은 브렌다가 더 이상 그의 손을 잡고 있지 않다는 것이었다. 그리고 피부에 와 닿는 이른 아침의 시원한 공기. 그는 아주 짧은 순간 상쾌함을 맛보았다.

온몸을 집어삼키며 구석구석으로 스며드는 통증이 느껴졌다. 통증은 더 이상 총상을 입은 어깨에 국한되어 있지 않았다. 몸 전체가 완전히 망가지고 있는 듯했다.

감염. 이 단어가 다시 떠올랐다.

앞으로 5분을 더, 한 시간을 더 어떻게 버텨 낼 수 있을지 자신이 없었다. 이 상태로 하루를 더 견딜 수 있을까? 잠을 자고 또 하루를 살아 낼 수 있을까? 절망이 그를 텅 빈 공간으로, 무시무시한 심연으로 잡아끌었다. 공포와 광기가 뒤섞여 밀어닥치고, 통증이 격하게 번져 나갔다.

그런데 괴상한 소리가 들렸다.

토머스보다 먼저 다른 이들이 그 소리를 들었다. 모두가 허둥지둥하며 무언가를 찾는 듯 하늘을 올려다보고 있었다. 왜 하늘을 보고 있는 걸까?

누군가 "버그다!"라고 외쳤다. 아마도 호르헤인 듯했다.

이윽고 토머스의 귀에도 들렸다. 저음으로 묵직하게 쿵쿵 울리는 소리였다. 어떻게 된 상황인지 파악하기도 전에 그 소리는 점점 커지면서 토머스의 두개골로 파고들어 턱과 고막을 뒤흔들며 척추를 타고 흘렀다. 세상에서 제일 큰 북 여러 개를 꾸준히 힘차게 두드리는 것 같았다. 그리고 중장비에서 나는 것 같은 거대한 소음이 더해졌다. 바람이 거세게 불어서 처음에는 폭풍이 다시 시작되려는 줄 알고 걱정했는데 하늘은 구름 한 점 없이 푸르렀다.

소음 때문에 통증이 더 심해지면서 의식을 잃을 것 같았지만 토머스는 버텼다. 어디에서 나는 소리인지 알고 싶었다. 민호가 북쪽을 가리키며 무어라 소리쳤다. 토머스는 통증 때문에 고개를 돌려 확인할 수가 없었다. 점점 더 거세진 바람이 옷을 잡아당겼다. 먼지가 공중으로 자욱하게 치솟았다. 브렌다가 다시 옆으로 다가와 그의 손을 잡았다.

브렌다가 그에게 얼굴을 바짝 가까이 댔다. 그녀의 머리카락이 사방으로 휘날렸다.

토머스의 귀에 간신히 브렌다의 목소리가 들렸다.

"미안해. 그럴 의도가 아니었어. 난 네가……."

342

브렌다는 더듬거리며 말하다가 옆으로 고개를 돌렸다.

무슨 얘길 하는 거야? 도대체 무엇이 저런 괴상한 소음을 내고 있는 건지 왜 말을 해 주지 않아! 견딜 수 없는 통증이 밀려왔다.

브렌다의 눈이 휘둥그레지며 입이 벌어졌다. 호기심과 공포가 뒤섞인 표정이었다. 그러다 브렌다가 낯선 두 사람에게 밀려 뒤로 물러났다.

토머스는 공포에 사로잡혔다. 괴상한 복장을 한 두 사람이 바로 옆으로 다가왔다. 상의와 하의가 붙어 있는 진녹색의 헐렁한 옷이 었는데 가슴팍에 글씨가 적혀 있었다. 고글을 쓰고 있어 얼굴은 보이지 않았다. 아니, 고글이 아니라 방독면 같았다. 플라스틱을 몸에 두른 채, 발광하며 인간을 먹어 치우는 사악하고 거대한 곤충처럼, 섬뜩하고 생경한 모습이었다.

그중 한 명이 토머스의 발목을 잡았고, 다른 한 명은 토머스의 겨드랑이 밑에 손을 넣었다. 토머스는 비명을 질렀다. 위로 들리는 순간 온몸이 통증으로 뒤덮였다. 이미 익숙해진 통증이지만 한층 더 심해졌다. 너무 아파서 토머스는 저항조차 하지 못하고 축 늘어지고 말았다.

그들은 토머스를 데리고 어딘가로 이동했다. 겨우 눈의 초점을 맞춘 토머스는 그의 발목을 잡아서 들고 가는 이의 가슴에 찍힌 글씨를 읽어 냈다.

'사악' 이었다.

어둠이 다시 토머스를 감쌌다. 그는 어둠에 몸을 맡기고 통증과 함께 정신을 놓았다.

41

다시 한 번 토머스는 하얗게 빛나는 밝은 빛 아래서 정신이 들었다. 그 빛은 바로 위에서 곧장 눈으로 쏟아지고 있었다. 태양이 아니라는 걸 곧 알 수 있었다. 햇빛과는 확연히 달랐다. 눈과 광원과의 거리가 무척 짧았으니까. 눈을 감으니 전구의 잔상이 어둠 속에 떠다녔다.

목소리가 들렸다. 속삭임에 가까운 목소리들. 한 단어도 알아들을 수 없었다. 소리가 너무 작고 멀어서 해석이 불가능했다.

금속끼리 딸깍 달그락 부딪치는 소리가 조금씩 났다. 의료 기구인 것 같았다. 메스, 그리고 끝에 거울이 붙어 있는 작은 막대기들. 그의 흐릿한 기억에서 떠오른 이미지들이 머리 위의 빛과 결합하고 있었다.

병원으로 실려 온 모양이었다. 병원이라니. 초열 지역에 병원 같은 게 있을 줄은 상상도 못 했다. 혹시 초열 지역 바깥으로 옮겨진 것인가? 먼 곳으로? 평면 이동 문을 통과해서?

그림자가 조명을 가로질러서 토머스는 눈을 떴다. 그를 여기로 데려온 자들과 똑같이 우스꽝스러운 복장을 한 사람이 그를 내려다보았다. 얼굴에는 방독면처럼 생긴 커다란 고글을 썼다. 그 보호 안경 너머의 검은 눈동자와 토머스의 눈이 마주쳤다. 여자의 눈이었다. 어째서인지는 모르지만 그는 알 수 있었다.

"내 말 들려?"

방독면 때문에 조그맣게 들렸지만 목소리를 들으니 여자가 맞았다.

토머스는 고개를 끄덕이려고 해 보았다. 실제로 끄덕였는지 아닌지는 알 수 없었다.

여자가 누군가에게 말했다.

"이런 일은 일어나면 안 되는 거였어요. 도시에서 어떻게 총이 사용될 수 있죠? 총알에 얼마나 많은 녹과 오물이 묻어 있는지는 알고 있어요? 세균은 말할 것도 없어요."

여자가 고개를 약간 뒤로 젖히고 다른 쪽으로 시선을 돌리며 말하는 것으로 보아, 토머스에게 하는 말은 아니었다. 여자는 잔뜩 화가 난 것 같았다.

어떤 남자가 대답했다.

"치료부터 하죠. 있던 곳으로 빨리 돌려보내야 합니다."

토머스는 그들의 대화를 알아들을 만한 여유가 없었다. 어깨에 참을 수 없는 통증이 새로이 솟구쳤다.

그는 또다시 기절했는데, 몇 번째인지는 알 수 없었다.

다시 정신이 들었다.

무언가 사라졌다. 그게 무엇인지는 알 수가 없었다. 머리 위 똑같은 곳에서 똑같은 빛이 그를 향해 내리쬐고 있었다. 이번에는 눈을 감는 대신 옆으로 슬쩍 고개를 돌렸다. 그러자 눈에 초점을 맞추고 앞을 보기가 좀 더 수월해졌다. 천장은 은색으로 된 정사각형 타일로 덮여 있고, 옆에는 다양한 종류의 다이얼과 스위치, 모니터로 구성된 강철 소재의 장치가 있었다. 이 상황이 도저히 이해되지 않았다.

문득 떠오르는 생각이 있었다. 그러나 너무나 충격적이고 놀라워서 사실로 믿기지 않았다.

통증이 사라진 것이다. 완전히. 말끔하게.

주변에는 아무도 없었다. 진녹색의 괴상한 옷을 입고 고글을 낀 사람도, 그의 어깨를 메스로 찌르는 사람도 없었다. 혼자인 것 같았다. 통증이 사라지니 황홀할 정도였다. 살면서 이렇게 기분이 좋을 수 있다니.

어쩌면 약 때문일 수도 있었다.

그는 다시 잠들었다.

주변에서 들려오는 나지막한 목소리에 토머스는 다시 정신이 들었다. 약에 취해 몽롱한 상태였다.

이곳으로 데려온 사람들에 대해 정보를 조금이라도 더 얻으려면 계속 눈을 감고 있는 편이 나았다. 이들은 그의 총상을 치료했고 감염된 몸을 낫게 해 주었다.

남자의 목소리가 말했다.

"이 일로 계획에 차질이 생기지 않을 거라고 확신합니까?"

그러자 여자가 대답했다.

"괜찮을 거라고 봐요. 최대한 긍정적인 쪽으로 보고 있어요. 위험지역 내에서 우리가 예상하지 못했던 패턴을 만들 수도 있을 거예요. 보너스라고 생각하면 되지 않을까요? 우리가 기대하는 여타 패턴들의 생성을 막는 쪽으로는 작용하지 않을 겁니다. 이 소년도 그렇고, 다른 대상들의 경우도 마찬가지라고 봅니다."

"그 말이 맞길 바랄 수밖에요."

옆에서 또 다른 여자가 수정처럼 맑고 높은 목소리로 물었다.

"남아 있는 이들 중에 몇 명이나 가능성 있는 후보가 될 거라고 생각하세요?"

토머스는 그 여자가 '후보'라는 단어를 특히 강조하고 있음을 알아차렸다. 혼란스러웠지만 잠자코 듣고 있기로 했다.

처음 목소리의 여자가 대답했다.

"네다섯 명 정도로 압축해 놓고 있어요. 우리가 제일 기대하는 게 바로 여기 있는 토머스고요. 변수에 대해 아주 예민하게 반응하고 있으니까요. 잠깐만, 방금 토머스의 눈동자가 움직인 것 같아요."

토머스는 눈꺼풀 중앙의 어둠을 응시하면서 눈알이 움직이지 않게 하려고 애썼다. 힘들었지만 마치 잠을 자고 있는 것처럼 호흡을 고르게 조정했다. 이 사람들이 무슨 얘기를 하고 있는 건지 정확히 알 수는 없었지만 더 듣고 싶었다. 더 들어야 했다.

남자가 말했다.

"듣고 있으면 뭐 어떻습니까. 해답을 낼 만큼 이해하지도 못할 텐데요. 우리가 예외적으로 감염을 치료해 주었다는 걸 아는 게 오히려 좋은 쪽으로 작용할 수도 있을 겁니다. 사악은 필요에 따라 꼭 필요한 일은 하는구나, 라고 생각하겠죠."

높은 목소리의 여자가 소리 내어 웃었다. 토머스가 들어 본 중에서 가장 유쾌한 소리였다. 그 여자가 말했다.

"듣고 있다면 말이야, 토머스, 너무 좋아하지는 마. 우린 널 데려왔던 곳에다가 다시 버릴 거야."

혈관으로 다시 약물이 흘러드는지 토머스는 의식이 흐릿해졌다. 눈을 뜨려고 했지만 뜰 수 없었다. 잠들기 전 토머스는 처음 목소리의 여자가 하는 이상한 말을 들었다.

"우리가 그렇게 해 주길 네가 바랄 테니까."

42

정체를 알 수 없는 그 사람들의 말은 사실이었다.

정신이 든 토머스는 손잡이가 붙은 범포 들것에 묶인 채 앞뒤로 흔들거리며 지상으로 내려가고 있었다. 파란 금속 고리에 연결된 밧줄에 매달려 내려가는 동안 머리 위의 거대한 비행선 같은 물체에서 위잉 쿵쿵 하는 소음이 계속 이어졌다. 괴상한 이들이 별안간 나타나 그를 데리고 갈 때 들었던 것과 같은 소음이었다. 겁에 질린 토머스는 들것의 양옆을 손으로 꼭 잡았다.

들것이 부드럽게 땅바닥에 닿은 순간 여럿의 얼굴이 주변을 에워쌌다. 민호와 뉴트, 호르헤, 브렌다, 프라이팬, 에어리스, 그 밖의 공터인들이었다. 밧줄이 들것에서 분리되어 공중으로 올라가자마자 거대한 비행선은 눈부신 태양 빛 속으로 날아올라 모습을 감추었다. 엔진 소리만 희미하게 들리다가 그마저도 곧 사라졌다.

토머스에게 한꺼번에 질문이 쏟아졌다.

"대체 어떻게 된 거야?"

"너 괜찮아?"

"그들이 너한테 무슨 짓을 한 거지?"

"널 데리고 온 게 누구야?"

"버그를 타 보니 재미가 있더냐?"

"어깨는 좀 어때?"

토머스는 대답하지 않고 일어서려고 했다. 하지만 몸이 들것에 밧줄로 단단히 묶여 있어 움직일 수가 없었다. 눈이 마주친 민호에게 말했다.

"좀 도와줄래?"

민호와 다른 두 명이 밧줄을 풀어 주는 동안 토머스는 그간의 일을 생각해 보았다. 사악 사람들은 갑자기 나타나 그를 신속하게 구해 주었다. 그 사람들은 토머스가 총에 맞은 건 그들이 계획했던 바가 아니라고 말했다. 그것은 사악 사람들이 줄곧 공터인들의 움직임을 지켜보고 있다가 필요할 때면 언제든 지상으로 내려와 구할 수 있다는 의미였다.

하지만 지금까지 사악은 시련 과정 중에 개입하여 공터인들을 구해 준 적이 없었다. 사악이 수수방관하는 동안 얼마나 많은 공터인들이 죽어 갔던가? 왜 토머스만 예외로 취급하여 구해 준 것일까? 단순히 그가 녹슨 총알에 맞았기 때문일까?

토머스는 머릿속이 복잡했다.

밧줄에서 풀려나자 토머스는 일어서서 몸을 쭉 뻗어 근육을 풀었다. 또 한 차례 질문이 쏟아졌지만 대답하지 않았다. 날이 더웠다. 인정사정없이 더웠다. 어깨가 약간 뻐근한 것 외에는 어떤 통증도 느껴지지 않았다. 게다가 그는 새 옷을 입고 있었고, 셔츠의 왼쪽 소매 안쪽으로 붕대가 불룩하게 감겨 있었다. 문득 다른 쪽으로 생각이 미쳤다.

"그런데 너희들 이 땡볕에서 뭐 하고 있었어? 햇볕에 피부가 바짝 그을릴 텐데!"

민호는 대답 대신 어깨 너머를 손으로 가리켰다. 그곳에 몹시 허름한 오두막 한 채가 서있었다. 건조한 목재로 지어진 그 오두막은 당장이라도 먼지처럼 바스라질 것 같았지만 여기 있는 이들이 모두 들어가 쉴 수 있을 정도의 규모는 되는 듯했다.

"그럼 저 안으로 들어가시든가."

민호의 말에 토머스는 이들이 거대한 비행선에 매달려 내려오는 그를 맞이하러 이리로 달려 나왔다는 걸 알게 되었다. 그 비행선의 명칭이…… 버그라고 했던가? 호르헤가 그걸 버그라고 불렀던 기억이 났다.

그들은 모두 오두막으로 이동했다. 계속 질문들을 해 대서 토머스는 일단 오두막에 들어간 후에 처음부터 끝까지 다 설명하겠다고 열두 번도 넘게 말해야 했다. 브렌다는 그를 보더니 옆으로 다가와 나란히 걸었다. 하지만 손을 내밀지는 않아서 토머스는 어색하면서도 마음이 놓였다. 브렌다는 아무 말도 하지 않았고 토머스도 마찬가지였다.

남쪽으로 수 킬로미터 떨어진 곳에서는 광인들이 모여 사는 비참한 도시가 광기 속에 웅크린 채 썩어 가고 있었다. 이 부근에는 광인들의 자취가 보이지 않았다. 북쪽에 서 있는 산까지는 하루정도면 갈 수 있을 듯했다. 험준한 바위산은 풀 한 포기 자라지 않는 듯했고, 가파르게 경사져서 들쭉날쭉한 갈색 봉우리들이 하늘로 뻗어 있었다. 바위에 난 거친 자국들을 보면, 마치 거인이 몇 날 며칠을 거대한 도끼로 산을 내리쳐 분풀이라도 한 것 같았다.

마침내 그들은 썩은 뼈처럼 바짝 마른 목재로 지어진 오두막에 이르렀다. 그 자리에 100년은 족히 서 있던 것 같았는데, 아마도 세상이 피폐해지기 전에 어느 농부가 지어 놓은 집일 것이다. 성냥불만 던져도 3초 만에 다 타 버릴 것 같은데 어떻게 그 황폐한 세월을 버텨 왔는지 불가사의했다.

오두막 안으로 들어간 민호는 그늘진 구석 자리를 가리키며 토머스에게 말했다.

"자, 저쪽에 점잖고 편안하게 앉아서 얘기를 시작해 봐."

토머스는 어깨가 약간 쑤시는 것 외에 아무런 통증이 느껴지지 않아 기분이 무척 좋았다. 몸 안에 약 기운이 남아 있는 것 같지도 않았다. 사악이 그를 치료하라고 붙여 준 의사들의 실력이 꽤 괜찮았던 모양이었다. 토머스가 먼저 자리를 잡고 앉자 나머지들도 뜨거운 흙바닥에 책상다리를 하고 앉았다. 수업하기 전에 학생들이 자리에 앉기를 기다리는 선생님이 된 기분이었다. 문득 그 장면이 흐릿한 기억에서 떠올랐다.

"자, 이제 그 크고 못생긴 우주선을 타고 외계인들이랑 모험을 하고 돌아온 소감을 얘기해 보셔."

민호가 마지막으로 바닥에 앉으며 말했다. 브렌다의 바로 옆자리였다.

토머스가 민호에게 물었다.

"괜찮겠어? 저 산을 넘어가서 피난처로 가야 하는데 시간이 며칠 남지 않았잖아?"

"닷새 남았어. 너도 알다시피 피부를 보호할 장비도 없이 땡볕에서 이동할 수는 없잖아. 그러니까 지금은 일단 네 얘기를 듣고, 잠을 좀 자고 난 다음에, 밤새워 죽기 살기로 걸어야지. 어서 시작해."

"알았어."

토머스는 자신이 없는 동안 이들이 무엇을 하며 지냈는지 궁금했지만 그리 중요한 부분은 아닐 듯했다.

"얘기가 다 끝날 때까지는 질문을 아껴 두렴, 애들아."

토머스가 우스갯소리 하듯 말했으나 아무도 소리 내어 웃거나 미소를 짓지 않았다. 토머스는 헛기침을 한번 하고 서둘러 말을 이었다.

"여기로 와서 나를 데리고 간 건 사악이었어. 기절해 있다가 정신이 들어 보니까 의사들이 내 몸을 치료했더라고. 그들이 하는 얘길 들었는데, 총에 맞는 건 일어나선 안 되는 일이었대. 총은 그들이 예상치 못한 요소였다고 했어. 총알이 내 몸을 지독하게 감염시켰는데, 그들은 내가 아직 죽을 때가 아니라고 생각한 것 같았어."

다들 표정 변화가 없었다.

자기 입으로 얘기하고는 있지만 토머스도 좀처럼 받아들이기 어려운 내용임을 알고 있었다.

"난 들은 대로 얘기하는 것뿐이야."

토머스는 이렇게 말하고는 추가로 설명했다. 기억할 수 있는 모든 세밀한 부분들, 잠든 척하고 엿들은 이상한 대화, 위험지역 패턴과 후보에 관한 내용. 변수에 관한 말들. 그 얘길 처음 들었을 때도 잘 이해가 되지 않았는데, 앞에 모여 앉은 이들에게 고스란히 전달하는 동안 다시 곱씹어 보니 더더욱 이해되지 않았다. 호르헤와 브렌다, 공터인들도 토머스만큼이나 답답해하는 표정이었다.

민호가 말했다.

"뭐, 어쨌든 분명하게 정리는 되네. 그들이 너만 데려가서 치료해 준 이유는 도시 곳곳에 붙어 있는 너에 관한 금속판들하고도 관계가 있는 거겠지."

토머스는 어깨를 으쓱하며 슬쩍 비꼬았다.

"내가 살아 돌아온 걸 보고 그렇게 기뻐하니 나도 기쁘다."

"야, 그 금속판의 내용대로. 네가 대장이 되더라도 내 등껍질은 벗기지 마라. 난 네가 살아 돌아와서 기쁜 사람이야."

"됐으니까 대장 자리 너나 가져."

민호는 대답하지 않았다. 금속판의 내용이 민호의 마음을 무겁게 짓누르고 있음을 느낄 수 있었다. 사악은 토머스가 대장이 되기를 바란다는데, 그게 대체 무슨 뜻일까? 앞으로 어떻게 하면 좋을까?

집중해서 듣느라 얼굴을 찌푸리고 있던 뉴트가 일어서며 말했다.

"그러니까 우리 모두는 무언가를 위한 잠재적인 후보라는 거네. 지금까지 우리가 겪은 괴상망측한 짓거리들은 자격 미달인 자들을 걸러 내기 위한 장치인 것 같고. 그런데 녹슨 총알로 우리 중 하나가 다친 건…… 일반적인 시험의 요소인지 변수인지가 아니었다는 거잖아. 즉, 토머스가 숨이 꼴깍 넘어가게 되는 상황은 닥칠 수 있어도, 총에 맞아 감염돼서 죽는 건 안 된다는 거지."

토머스는 입술을 비쭉 내밀고 고개를 끄덕였다. 뉴트가 그의 얘기를 아주 잘 요약했다.

민호가 말했다.

"그 얘기는 그들이 우릴 지켜보고 있다는 뜻이잖아. 미로에서 그랬던 것처럼. 혹시 우리 주변에서 딱정벌레 날개깃이 돌아다니는 거 본 사람?"

공터인들 몇 명이 고개를 저었다.

호르헤가 물었다.

"제기랄, 딱정벌레 날개깃은 또 뭐냐?"

"미로에서 우릴 염탐한 작은 기계인데요, 카메라가 달려 있고 도마뱀처럼 생겼어요."

토머스의 대답에 호르헤는 눈을 위로 굴리며 내뱉었다.

"어련하겠냐. 괜히 물어봤네."

에어리스가 말했다.

"미로는 분명 실내 시설이었어. 하지만 여긴 실내가 아니니까, 사악은 위성이나 장거리 카메라 같은 걸 사용해서 우릴 지켜보고 있을지도 몰라."

호르헤가 헛기침을 하며 나섰다.

"그런데 토머스는 왜 특별 취급을 받고 있는 거냐? 도시에 붙어 있는 금속판에도 토머스가 진짜 대장이라고 적혀 있질 않나, 토머스가 숨이 넘어갈 것 같으니까 하늘에서 사악 놈들이 내려와 치료를 해 주지 않나."

그는 토머스를 쳐다보며 덧붙였다.

"못마땅하다는 게 아니야, 무차초. 궁금하다는 거지. 네 친구들보다 네가 어디가 더 특별한 거냐?"

"전 특별하지 않아요."

이 말을 하면서 토머스는 마음에 걸리는 바가 있었지만, 그것이 무엇인지는 아직 정확히 알지 못했다. 토머스가 계속해서 말했다.

"사악 사람들이 말한 것처럼, 우린 시련 중에 온갖 다양한 방법으로 죽을 수 있지만, 총상으로 죽는 건 그들이 정해 놓은 변수가 아닌 거예요. 제가 아니라 다른 사람이 총에 맞았어도 그들은 구하러 왔을 겁니다. 상황을 꼬이게 만든 건 바로 총알이니까요."

호르헤가 히죽거리며 대꾸했다.

"그래도 앞으로는 네 옆에 바짝 붙어 있어야겠구나."

이런저런 논의가 몇 건 더 진행됐지만 민호는 논의가 길어지지 못하게 막았다. 밤새 걸으려면 잠을 자 둬야 하기 때문이었다. 토머스는 불만이 없었다. 뜨끈한 공기 속에서 뜨거운 바닥에 앉아 있으려니 점점 지쳐 가고 있었다. 몸이 낫느라 그런 건지 열기 때문인지 알 수는 없지만, 잠이 쏟아졌다.

오두막 안에 담요나 베개가 없어서 토머스는 앉은 자리에서 팔을 베고 웅크리고 누웠다. 다들 자리를 잡고 눕기 시작했는데 어쩌다 보니 브렌다가 그의 바로 옆에 눕게 되었다. 하지만 브렌다는 말을 걸지도, 몸을 가까이 붙이지도 않았다. 토머스는 브렌다의 속내를 알게 될 날이 올까 싶었다.

토머스는 천천히 길게 숨을 들이마신 후 눈을 감았다. 이렇게라도 쉬게 돼서 좋았고, 깊은 수면으로 이끌려 가는 묵직한 느낌도 좋았다. 주변의 소리들이 차츰 멀어지고 공기가 무겁게 가라앉았다. 잠잠한 분위기 속에서 그는 잠이 들었다.

아직 하늘에 태양이 타오르고 있는데 목소리가 들려와 토머스
는 잠이 깼다. 귀가 아닌 머릿속으로 들려온 목소리였다.

소녀의 목소리.

테리사였다.

여러 날을 침묵하던 테리사가 마침내 텔레파시로 말을 걸어온
것이다. 그녀는 갑자기 속사포처럼 말을 쏟아 냈다.

톰, 대답하지 말고 듣기만 해. 내일 너한테 끔찍한 일이 일어날 거야.
아주아주 가혹한 일이야. 두들겨 맞고 위협을 당할 수도 있어. 하지만
날 믿어야 돼. 무슨 일이 일어나든, 무엇을 보든, 무엇을 듣든, 무엇을
생각하든, 날 꼭 믿어야 돼. 너한테 따로 말은 못 걸어.

테리사의 말이 그쳤으나 토머스는 어안이 벙벙했다. 말뜻을 해
석하려고, 기억해 두려고 안간힘을 쓰고 있는데 테리사가 다시 말
했다.

그만 끊을게. 당분간은…….

잠시 정적이 흐르고 테리사가 덧붙였다.

다시 만날 때까지는 내 목소리를 듣지 못할 거야.

토머스가 대답할 말을 찾고 있는데 그녀의 목소리와 존재가 훌
쩍 사라졌다. 그는 또다시 빈 공간에 혼자 남았다.

43

토머스가 다시 잠들기까지는 꽤 오랜 시간이 걸렸다.

그 목소리가 테리사의 것이라는 점은 의심할 여지가 없었다. 예전에 텔레파시로 대화를 나누었을 때처럼 그는 테리사의 존재를 느꼈고 그녀의 감정을 인식했다. 짧은 시간 동안이지만 테리사는 그와 함께 있었다. 테리사와 연락이 끊기자 다시 가슴속에 거대한 빈 공간이 생겨난 기분이었다. 테리사가 실종된 동안 걸쭉한 액체가 천천히 흘러들어 빈 공간을 채우고 있었는데, 테리사의 목소리가 잠깐 왔다가 가고 나자 액체가 모조리 빠져나가고 다시 텅 비어 버린 것 같았다.

테리사의 말은 무슨 뜻이었을까? 끔찍한 일이 일어나겠지만 자길 믿어야 한다고? 아무리 생각해 봐도 앞뒤가 맞지 않았다. 전반적으로 불길한 경고였지만 자꾸만 그녀의 마지막 말이 떠올랐다. 다시 만날 거라던 말은 헛된 기대일까? 힘든 일들을 겪어 내고 나면 다 괜찮아질 거라는 뜻인가? 테리사를 다시 만날 수 있는 건가? 온갖 가능성이 머릿속에 휘몰아쳤지만 전부 막다른 길에 다다른 것처럼 타당한 결론으로 이어지지 못했다.

머릿속이 복잡한 상태로 뒤척이는 동안 날은 점점 더 더워졌다. 테리사의 부재에 거의 익숙해진 상태였는데, 갑작스러운 연락에 마음이 뒤숭숭해졌다. 브렌다를 친구로 받아들이고 가까운 사이가 된 것이 테리사에 대한 배신인 것 같아 기분이 더 울적했다.

얄궂게도 테리사와 연락이 된 후 그가 제일 먼저 하고 싶었던 건 손을 뻗어서 브렌다를 깨우고 테리사의 일에 대해 얘기하는 것이었다. 그런 자신이 답답하고 한심해서 소리라도 지르고 싶었다.

숨 막히게 더운 데다 머릿속이 복잡하니 잠자기가 쉽지 않았다.

태양이 하늘의 정점에서 지평선까지 절반쯤 내려간 후에야 토머스는 비로소 다시 잠들었다.

늦은 저녁 무렵 뉴트가 토머스를 흔들어 깨웠다. 토머스는 기분이 조금 나아져 있었다. 테리사가 머릿속에 잠시 찾아왔던 게 꿈이었나 싶었다. 테리사의 방문 따윈 애초에 일어나지 않았던 일 같기도 했다.

"잘 잤어, 토미? 어깨는 좀 어때?"

뉴트가 물었다.

토머스는 일어나 앉아 눈을 비볐다. 겨우 서너 시간이지만 깊고 평온하게 잤다. 총상을 입었던 어깨를 문질러 보고 토머스는 다시 한 번 놀랐다.

"아주 좋아. 약간 쑤시기는 하지만 통증은 거의 없어. 전에 심하게 아팠다는 게 믿기지 않을 정도야."

뉴트는 출발 준비를 하는 공터인들을 둘러보고는 토머스에게 말했다.

"그 망할 숙소를 떠나온 후로 너랑 얘기를 별로 나누지 못했네. 앉아서 차 마실 시간도 없었고."

"그래."

그 얘길 하면서 토머스는 척을 생각했다. 척의 숨이 끊어질 때 느꼈던 마음의 고통이 다시 밀려들었다. 이 일의 배후에 있는 자들을 증오하지 않을 수 없었다. 테리사가 텔레파시로 한 말도 다시 떠올랐다.

토머스가 말했다.

"사악이 선한 것 같지는 않아."

"뭐?"

"예전에 테리사가 혼수상태에서 깨어나 팔뚝에 적었던 글귀 기억나? 뭘 말하는지 알지? 사악은 선한 것이다, 라고 테리사가 적었잖아. 그런데 아무리 생각해 봐도 그들이 선하다는 생각이 들지 않아."

토머스가 대놓고 빈정대자 뉴트는 묘하게 미소를 지었다.

"그래도 그들이 네 변변찮은 목숨을 구해 줬잖아."

"그래, 아주 성인들 나셨지."

토머스는 혼란스러웠다. 사악은 그의 목숨을 구해 주었다. 그는 예전에 사악을 위해 일한 적이 있다. 하지만 이런 게 다 무슨 의미인지 알 수가 없었다.

뒤척이던 브렌다가 일어나 앉아 입을 크게 벌리고 하품하더니 말했다.

"좋은 아침이야. 아니, 좋은 저녁이라고 해야겠다."

"또 하루를 살게 됐지 뭐."

가만 생각해 보니 뉴트는 브렌다와 따로 인사를 나눈 적이 없었다. 그가 총에 맞아 정신을 못 차리는 동안 무리 안에서 무슨 일이 있었는지는 알 수 없지만 일단 서로를 인사시키기로 했다.

"너희 서로 인사한 적 없지? 브렌다, 이쪽은 뉴트야. 뉴트, 여긴 브렌다야."

뉴트가 손을 내밀어 브렌다와 악수하며 놀리듯 말했다.

"그래, 이미 알고 있어. 이 샌님 녀석이랑 거기서 파티를 즐기면서 죽지 않게 잘 돌봐 준 것에 대해 다시 한 번 고맙단 인사를 해야겠다, 브렌다."

브렌다는 보일 듯 말 듯한 미소를 지으며 말했다.

"파티를 즐기면서라. 그래. 광인들이 우리 코를 베어 가겠다고 한 부분이 특히 재미있긴 했어. 머잖아 나도 그런 정신병자들 중 하나가 되겠지만."

브렌다의 얼굴에 당혹스러움과 절망이 스쳤다.

토머스는 무어라 해야 좋을지 알 수 없어서 일단 위로의 말을 건넸다.

"너라고 우리보다 증세가 많이 진행되진 않았을 거야. 그리고 알다시피……"

브렌다는 그의 말을 잘랐다.

"그래, 나도 알아. 너희 덕분에 마법의 치료제를 얻게 되겠지. 알고 있어."

브렌다가 일어나 버려서 대화는 그것으로 끝이 났다.

토머스가 뉴트를 쳐다보자 뉴트는 어깨를 으쓱하더니 바닥에 무릎을 댄 채로 앞으로 몸을 기울여 속삭였다.

"쟤가 네 새 여자 친구가 된 거야? 테리사한테 이른다."

뉴트는 쿡쿡 웃으며 일어나서 다른 곳으로 갔다.

토머스는 잠시 그 자리에 앉아 생각에 잠겼다. 테리사, 브렌다, 친구들. 테리사가 해 준 경고의 말. 플레어 병. 며칠 내로 저 산을 넘어가야 한다는 사실. 사악. 향후 피난처에서 그들을 기다리고 있을 상황.

힘겨웠다. 그것도 많이.

생각을 그만해야 했다. 배가 고프니 일단 허기부터 해결하기로 하고 일어나서 먹을 것을 찾아보았다. 그리고 역시 프라이팬은 그를 실망시키지 않았다.

태양이 지평선 아래로 잠기고 오렌지색으로 절절 끓던 먼지투성이 땅이 보랏빛으로 물들자 그들은 오두막을 나섰다. 비좁은 데서 웅크리고 잔 데다 피곤에 지쳐 있던 토머스는 어서 열기를 떨치고 걸으면서 근육을 풀어 주고 싶었다.

그림자가 지면서 산을 이루는 뾰족한 검은 봉우리들이 점점 더 높게 솟는 듯 보였다. 딱히 기슭이라고 부를 만한 곳도 없이 평평한 골짜기가 뻗어 나가다가, 별안간 땅이 솟으며 깎아지른 듯한 절벽과 가파른 경사면으로 이어지고 있었다. 갈색의 바위들로 이루어진 험한 산에 생명의 흔적이라곤 없었다. 이 정도 왔으면 길이라고 부를 만한 게 나타날 법도 한데 아직까지 보이지 않았다.

다들 묵묵히 걷기만 했다. 브렌다는 토머스 가까이에서 걷고 있었지만 말이 없었고 호르헤에게도 말을 걸지 않았다. 토머스는 마음이 편치 않았다. 어쩌다 브렌다와의 사이가 이렇게 어색해졌을까. 그는 브렌다가 마음에 들었다. 뉴트와 민호, 그리고 당연히 테리사를 제외하고 일행 중에서 제일 마음에 드는 사람을 꼽자면 브렌다였다.

어둠이 내리고 별빛과 달빛에 의지해 걷기 시작할 무렵 뉴트가 가까이 다가왔다. 빛은 그 정도면 충분했다. 평지인 데다 전방에 높게 솟은 바위산을 향해 걸어가기만 하면 되므로 밝은 조명은 필요 없었다. 저벅 저벅 저벅 땅을 밟는 그들의 발소리만 허공에 퍼져 나가고 있었다.

뉴트가 말을 걸었다.

"생각해 봤는데⋯⋯."

"무슨 생각?"

토머스는 뉴트가 어떤 말을 하든 상관없었다. 그저 누군가와 얘기를 나누며 잡념을 떨쳐 낼 수 있게 돼서 반가웠다.

"사악 말이야. 알다시피, 그들은 너 때문에 자기네가 세운 빌어먹을 규칙을 깼어."

"어째서?"

"애초에 그들은 규칙 따윈 없다고 말했잖아. 우리한테 충분한 시간을 주고 망할 피난처로 가기만 하면 된다고 했었지. 규칙이 없는 게 규칙이었단 말이야. 그들은 사람들이 여기저기서 죽어 나가는데도 눈 하나 깜짝 안 하고 있다가, 네 목숨이 위험해지니까 괴상한 비행 물체를 타고 내려와서 널 구해 줬어. 그게 불만이라는 뜻은 아니야. 네가 살아 있어서 무척 기뻐."

"쳇, 고맙다."

토머스는 뉴트의 지적이 일리가 있다는 걸 알고 있었지만, 지금은 피곤해서 그 문제를 깊게 생각하고 싶지 않았다.

"게다가 너에 관한 금속판들이 도시 곳곳에 붙어 있었으니까 이상하다는 거지."

토머스는 뉴트를 바라보았다. 어두워서 표정을 읽을 수가 없었다. 토머스는 농담처럼 가볍게 넘기고 싶었다. 금속판이 중요한 의미를 갖고 있을지도 모른다는 사실을 인정하고 싶지 않았다.

"그래서 뭐, 질투가 난다 이거야?"

뉴트가 웃었다.

"아니, 이 똘추야. 여기서 대체 무슨 일이 일어나고 있는지 궁금해서 그래. 대체 이게 다 뭐 하자는 짓인가 싶어서."

토머스도 같은 생각이라 고개를 끄덕였다.

"하긴. 그 여자는 우리 중에 몇 명만 후보 자격이 있다는 식으로 말했어. 그중에서도 내가 최고의 후보라고, 자기네가 계획하지 않은 요인으로 인해 죽게 둘 수는 없다고 했어. 그게 무슨 의미인지는 나도 몰라. 위험지역 패턴에 관한 실험인지 뭔지랑 관계있는 거겠지."

잠시 말없이 걷던 뉴트가 다시 입을 열었다.

"괜히 앞당겨서 골치 썩을 필요는 없을 것 같기도 해. 닥치면 그냥 겪지 뭐."

토머스는 테리사가 텔레파시로 했던 말을 뉴트에게 털어놓을까 싶었지만, 그러지 않는 게 나을 것 같아 그만두었다.

그들은 그대로 말없이 걸었고 얼마 후 뉴트는 저만치 멀어졌다. 토머스는 다시 어둠 속에서 홀로 걸어갔다.

두 시간쯤 후 토머스는 다시 대화를 나누었다. 이번에 다가온 이는 민호였다. 그들 사이에 많은 단어들이 오가다가 점점 줄어들었다. 속으로 백만 번도 넘게 곱씹었던 질문들을 되풀이하며 시간을 보낼 뿐이었다.

토머스는 다리가 좀 피곤했지만 심하지는 않았다. 산이 한층 가까워졌고 공기가 확연히 시원해져서 견딜 만했다. 브렌다는 여전히 말이 없었고 토머스 가까이로는 오지 않았다.

그렇게 그들은 계속 걸었다.

새벽이 열리며 하늘이 진청색으로 변하고, 다가올 낮을 피해 별들이 깜박이며 사라지기 시작했다. 토머스는 드디어 브렌다에게 다가가 말을 걸 용기가 생겼다. 어떤 얘기든 하고 싶었다. 전방에 절벽들이 어렴풋이 보이고, 죽은 나무들과 여기저기 흩어져 있는 바윗덩어리들이 시야에 또렷하게 들어왔다. 지평선 위로 태양이 떠오를 무렵 그들은 산기슭에 다다랐다. 토머스는 이때다 싶어 브렌다에게 말을 걸었다.

"어때, 계속 걸을 만해?"

"괜찮아."

짧게 대답한 브렌다는 얼른 뒤에 말을 붙였다.

"넌 어때? 어깨는 괜찮은 거야?"

"믿기지 않을 정도로 좋아졌어. 거의 아프지도 않아."

"잘됐다."

"어."

토머스는 머리를 쥐어짜 내며 대화를 이어 갔다.

"그런데 있잖아, 음, 그때 거기서 이상하게 굴었던 거에 대해 사과하고 싶어. 내가…… 말도 기분 나쁘게 했던 것 같고. 지금도 내 머릿속은 뒤죽박죽 엉망이야."

고개를 들어 그를 쳐다보는 브렌다의 눈빛이 한결 부드러워져 있었다.

"그러지 마, 토머스. 네가 사과할 일이 아니야."

브렌다는 다시 앞을 바라보며 말을 이었다.

"우린 그냥 다른 사람들인 거야. 그리고 넌 여자 친구가 있는 거고. 처음부터 내가 너한테 키스하려고 하거나 달라붙지 말았어야 했어."

"걘 사실 내 여자 친구는 아니야."

토머스는 이 말을 하자마자 괜한 소릴 했다 싶었다. 어째서 그런 말을 했는지는 알 수 없었다.

"멍청한 소리 마. 날 모욕하지도 마. 물론……."

브렌다는 기분이 상한 투로 말하다가, 장난스러운 미소를 머금고 자신의 머리부터 발끝까지를 두 손으로 쓸어내리며 덧붙였다.

"내가 이렇게 괜찮은 사람이니까 너도 아쉬워서 그러겠지만."

토머스는 웃음이 났다. 긴장되고 어색했던 분위기가 일시에 사라졌다.

"그렇긴 한데, 키스는 참 못 할 것 같단 말이지."

토머스의 농담에 브렌다가 그의 팔을 주먹으로 쳤다. 다행히 총상을 입지 않은 쪽 팔이었다.

"그건 완전히 잘못 생각한 거야. 내가 키스를 얼마나 잘하는데."

농담으로 받아치려던 토머스는 깜짝 놀라 그 자리에 멈춰 섰다. 뒤따라오던 누군가는 갑자기 멈춰 선 그에게 부딪쳤다가 옆으로 물러섰다. 누구인지는 알 수 없었다. 토머스는 시선을 앞에 둔 채 얼어붙었고 심장마저 박동을 멈춘 듯했다.

하늘이 꽤 밝아졌고, 그들은 산비탈의 가장자리를 몇 십 미터 앞에 두고 있었다. 그들이 서 있는 이곳과 비탈진 곳 사이에서 한 소녀가 땅에서 솟아난 것처럼 갑자기 나타나 빠른 걸음으로 그들을 향해 걸어오고 있었다.

끄트머리에 크고 흉측한 칼날을 묶은 기다란 나무 막대를 손에 쥔 소녀.

바로 테리사였다.

44

토머스는 눈앞에 보이는 광경을 어떻게 해석해야 할지 알 수 없었다. 테리사가 살아 있다는 점에 대해 어떤 놀라움이나 기쁨도 느껴지지 않았다. 어제 테리사가 머릿속으로 말을 건 덕분에 이미 알고 있던 사실이었으니까. 다만 실제로 눈앞에서 그녀를 보니 들뜨고 기운이 났다. 끔찍한 일이 일어날 거라고 했던 테리사의 경고를 기억해 내기 전까지, 그녀의 손에 창처럼 생긴 무기가 쥐어져 있음을 상기하기 전까지는 그랬다.

다른 공터인들도 심상치 않은 분위기를 감지하고는 멈춰 서서 테리사를 멍하니 바라보았다. 테리사는 손에 창을 들고, 돌처럼 굳은 표정으로 그들에게 다가왔다. 누구든 먼저 움직이는 자를 그 창으로 찌를 태세였다.

어떻게 해야겠다는 계획도 없이 토머스는 앞으로 한 발 내디뎠으나, 테리사의 주변에서 움직임을 감지하고 즉각 걸음을 멈췄다.

테리사의 양옆에서 소녀들이 모습을 드러낸 것이다. 갑자기 나타난 그 소녀들을 보고 토머스는 뒤돌아 주변을 살폈다. 토머스 일행은 스무 명 남짓한 소녀들에게 둘러싸여 있었다.

소녀들은 다양한 종류의 칼, 녹슨 장검, 거친 마체테 등을 손에 들었고, 몇 명은 활시위에 건 화살을 토머스 일행에게 겨누고 있었다. 토머스는 불안하고 두려웠다. 끔찍한 일이 일어날 거라고 테리사가 예고해 주긴 했지만, 설마 이 소녀들을 시켜 토머스 일행을 해치려는 건 아닐 것이라 믿고 싶었다.

이 소녀들이 '나 그룹'이구나 하는 생각, 그의 목덜미에 새겨진 '나 그룹에게 죽임을 당할 예정'이라던 글귀가 토머스의 뇌리를 스쳤다.

테리사는 토머스 일행과 10미터 정도 거리를 두고 멈춰 섰고 토머스는 더 이상 상념을 이어 가지 않았다. 테리사와 함께 온 소녀들도 걸음을 멈췄는데 그들은 이미 토머스 일행을 완전히 둘러싼 상태였다. 토머스는 몸을 돌려 소녀들을 차례로 바라보았다. 소녀들은 뻣뻣하게 서서 눈을 찡그린 채 언제든 공격할 수 있도록 무기를 쥔 손을 앞으로 뻗은 자세였다. 활이 제일 위협적이었다. 소녀들이 활을 쏠 경우 토머스 일행은 꼼짝 없이 가슴팍에 화살을 맞을 수밖에 없었다.

토머스는 가만히 서서 테리사를 바라보았다. 테리사도 토머스를 마주 보았다.

민호가 먼저 입을 열었다.

"이게 뭐 하는 짓이야, 테리사? 넌 오랫동안 떨어져 지낸 친구들을 이런 식으로 맞이하나 보지?"

'테리사' 라는 이름이 언급되자 브렌다는 고개를 휙 돌려 날카로운 눈빛으로 토머스를 쳐다보았다. 토머스는 짧게 고개를 끄덕여 브렌다에게 확인시켜 주었다. 브렌다의 놀란 표정에 토머스는 마음이 좋지 않았다.

테리사는 민호의 질문에 대답하지 않았다. 그들 사이에 괴상한 침묵이 흘렀다. 태양이 정점을 향해 조금씩 하늘을 오르고 있었다. 정점에 다다르면 무자비한 열기를 쏟아 낼 것이다.

다시 앞으로 걸어 나온 테리사는 민호와 뉴트가 나란히 서 있는 곳에서 3미터를 사이에 두고 멈춰 섰다.

뉴트가 물었다.

"테리사? 대체 이게 뭐 하는 짓……."

"입 닥쳐. 한 발자국이라도 움직였다간 화살이 날아올 줄 알아."

테리사는 쏘아붙이거나 소리를 지르지 않았다. 차분하고 확신에 찬 목소리라서 토머스는 더 섬뜩하게 느껴졌다.

테리사는 싸우기에 편한 자세로 창을 고쳐 잡고는 앞뒤로 휘저으며 뉴트와 민호의 곁을 지나 소년들 사이로 들어왔다. 마치 누군가를 찾고 있는 것 같았다. 테리사는 브렌다 앞에서 잠시 걸음을 멈추었는데, 잠깐 동안이지만 그녀들은 눈에 보일 정도로 증오에 찬 눈빛을 주고받았다. 테리사는 냉랭한 시선을 떨어뜨리지 않고 말없이 브렌다의 곁을 지나갔다.

그러고는 토머스의 앞으로 다가왔다. 토머스는 테리사가 그 창을 사용하지는 않을 거라고 스스로를 안심시켰지만, 막상 날카로운 창끝을 보고 있으니 마음을 놓을 수가 없었다.

토머스는 더는 참을 수가 없어 나지막하게 불렀다.

"테리사."

테리사는 예리한 창을 들었고 표정이 굳어 있었지만, 당장이라도 창으로 찌를 것처럼 팔에 힘을 주고 있었지만, 토머스가 원하는 건 오직 테리사에게 가까이 가는 것이었다. 테리사가 해 준 키스를 잊을 수 없었다. 그 키스의 감촉도.

테리사는 꼼짝 않고 서서 토머스를 응시했다. 그녀의 얼굴에서 분노 외에 어떤 감정도 읽어 낼 수 없었다.

"테리사, 어떻게 된……."

"입 닥쳐."

마찬가지로 차분한 목소리였고 명령조였다. 테리사 같지 않았다.

"하지만……."

테리사는 한 발 물러서더니 창을 휘둘러 밑동으로 토머스의 오른뺨을 내리쳤다. 볼이 터진 것처럼 날카로운 통증이 두개골과 목으로 뻗어 나가 토머스는 맞은 자리를 손으로 감싼 채 무릎을 꿇었다.

"입 닥치라고 했지."

테리사는 허리를 굽히고 토머스의 멱살을 잡아 일으켰다. 그러고는 창을 양손으로 고쳐 잡은 후 창끝을 그에게 향하며 물었다.

"네가 토머스냐?"

토머스는 어안이 벙벙했다. 테리사에게 미리 경고를 받기는 했지만 세상이 무너져 내리는 심정이었다. 무슨 말을 듣더라도 그녀를 믿어야 한다고 테리사는 말했었다.

"내가 누군지는 너도……."

토머스의 말이 끝나기도 전에 테리사는 더 세게 창을 휘둘러 밑동으로 토머스의 옆머리를 강타했다. 처음 맞았을 때보다 통증이 두 배는 더 심했다. 토머스는 머리를 감싸 쥐며 비명을 질렀지만 이번에는 쓰러지지 않았다.

"내가 누군지는 너도 알잖아!"

토머스가 악을 쓰자 테리사는 부드러우면서도 혐오감이 담긴 목소리로 내뱉었다.

"전에는 알았었지. 한 번만 더 묻겠다. 네가 토머스냐?"

"그래! 내가 토머스다!"

테리사는 고개를 끄덕이고는 창끝을 토머스의 가슴에 겨누며 뒤로 물러섰다. 테리사가 뒷걸음질로 물러서는 동안 토머스 일행은 옆으로 비켜섰고, 테리사는 함께 온 소녀들 사이에 다시 가서섰다.

테리사가 큰 소리로 말했다.

"토머스 넌 우리랑 같이 간다. 얌전히 따라와. 누구든 허튼짓하는 꼴이 보이면 화살을 쏠 거라는 거 명심해."

민호가 고함쳤다.

"웃기지 마! 토머스는 못 데려가!"

테리사는 이상하게 곁눈질로 토머스를 쳐다보면서 민호의 말을 못 들은 척하고 자기 할 말만 했다.

"이게 멍청한 게임인 줄 아나 본데, 아니거든. 이제부터 숫자를 셀 거다. 다섯까지 셀 때마다 화살로 너희를 한 명씩 죽일 거야. 마지막에 토머스만 남을 때까지 계속 화살을 쏠 거고, 결국 토머스를 데리고 갈 거니까 알아서들 해."

그때 토머스는 에어리스의 이상한 행동을 알아챘다. 토머스가

서 있는 곳에서 오른쪽으로 약간 떨어진 곳에서 에어리스는 천천히 제자리에서 한 바퀴를 돌며 소녀들과 한 명씩 눈을 맞추고 있었다. 하지만 그들을 부르거나 하지는 않았다.

'그럴 만도 하지'라고 토머스는 생각했다.

이 소녀들이 나 그룹이라면, 에어리스는 예전에 이 소녀들과 함께 지냈을 테니 그들을 알아보고도 남을 것이다.

테리사가 소리쳤다.

"하나!"

토머스는 위험을 감수하고 싶지 않았다. 소년들을 옆으로 밀치고는 테리사 쪽으로 곧장 걸어갔다. 민호를 비롯한 친구들이 하는 말은 무시했다. 어떤 말도 귀에 들어오지 않았다. 감정을 드러내지 않으려 애쓰면서 테리사에게 시선을 고정한 채 앞으로 걸어가 그녀와 마주 보고 섰다.

테리사와 함께하는 것. 그게 바로 토머스가 원하는 것이었다. 테리사가 어떤 이유로 그에게 등을 돌렸다거나, 알비나 갤리처럼 사악에게 조종당하고 있다고 해도 상관없었다. 어쩌면 또다시 테리사의 기억이 삭제되었는지도 모르지만 개의치 않았다. 테리사의 표정이 장난기라곤 없이 진지한 데다가, 친구들 중 누구라도 화살에 맞게 하고 싶지 않았기 때문이었다.

토머스가 말했다.

"알았어. 왔으니까 데리고 가."

"아직 하나까지밖에 안 셌어."

"그래. 내가 워낙 용감한 놈이거든."

테리사가 다시 그를 창으로 때렸다. 어찌나 세게 때렸는지 토머스는 다시 고꾸라지고 말았다. 턱과 머리가 불이라도 붙은 것처럼 뜨거웠다. 그는 피 섞인 침을 흙바닥에 뱉었다.

테리사가 소녀들에게 말했다.

"자루 가져와."

토머스가 주변 시야로 보니 두 소녀가 그에게 다가오고 있었다. 그들의 손에 들려 있던 무기는 어디로 갔는지 보이지 않았다. 그 중 아주 짧은 머리카락에 피부가 검은 소녀는 낡아 빠진 커다란 삼베 자루를 손에 들고 있었다. 두 소녀는 토머스가 쓰러진 곳에서 60센티미터쯤 앞에 멈춰 섰다. 토머스는 두 손과 무릎을 바닥에 대고 몸을 일으켰지만 또 창으로 맞을까 봐 섣불리 일어설 수가 없었다.

테리사가 소리쳤다.

"우리가 토머스를 데려간다! 누구든 따라오면 내가 토머스를 다시 때릴 거고 너희에게 화살을 쏠 거다. 굳이 정확하게 조준할 필요도 없어. 아무렇게나 쏴도 거리가 가까워서 명중할 테니까."

그러자 민호가 악을 썼다.

"테리사! 플레어 병이 왜 그렇게 빨리 진행됐어? 벌써 제대로 맛이 갔구나."

창 밑동이 다시 토머스의 뒤통수를 내리쳤다. 앞으로 쓰러진 토머스의 눈앞에 검은 별이 번쩍거렸다. 어떻게 이런 짓을 할 수 있지?

"또 할 말 있나?"

테리사는 민호에게 이렇게 물은 후 한참 뜸을 들이다가 덧붙였다.

"없나 보군. 자루를 이놈 머리에 씌워."

소녀들의 손이 토머스의 어깨를 거칠게 잡고 뒤로 젖혔다. 그들이 총상 입은 어깨를 움켜잡는 바람에 토머스는 사악에게 치료받은 후 처음으로 상체에 깊숙한 고통을 느꼈다.

토머스는 신음을 흘렸다. 여러 소녀들은 그리 화가 난 것 같지 않은 표정으로 토머스를 내려다보았고, 두 소녀는 자루 입구를 벌려 토머스의 머리에 씌웠다.

얼굴이 땀으로 번들거리는 검은 피부의 소녀가 토머스에게 말했다.

"반항하지 마. 더 힘들어지기만 할 뿐이야."

토머스는 어리둥절했다. 그 소녀의 눈빛과 목소리에서 토머스에 대한 진심 어린 연민이 묻어났다. 하지만 그다음에 이어진 말은 살벌하기 그지없었다.

"곱게 따라와서 우리 손에 죽어 줘. 가는 길에 고통을 당해 봤자 좋을 거 없잖아."

자루를 덮어쓴 토머스는 칙칙한 갈색빛 외에 아무것도 볼 수 없었다.

45

소녀들은 토머스를 이리저리 밀치며 몸 전체에 자루를 덮어씌웠다. 발치에서 자루 끝을 밧줄로 단단히 동여맨 후, 길게 남은 끝부분을 반대 방향으로 접어 올려 그의 머리 바로 윗부분에서 또다시 밧줄로 묶었다.

토머스는 자루가 팽팽하게 위아래로 당겨지는 느낌을 받았고 머리도 위로 당겨져 몸을 굽힐 수가 없었다. 소녀들은 굉장히 긴 밧줄을 사용해 자루를 묶고 있었는데, 아무래도 그를 자루에 담은 채로 끌고 가려는 듯했다. 토머스는 반항하면 어찌될 줄 알면서도 견딜 수가 없어 몸을 꿈틀거리며 소리쳤다.

"테리사! 나한테 이러지 마!"

이번에는 주먹이 배로 날아와 토머스는 비명을 질렀다. 허리를 굽혀 배를 움켜잡으려 했지만 자루가 위아래로 바짝 당겨져 있어 그럴 수도 없었다. 배의 통증 때문에 구역질이 치밀어 올랐으나 억지로 참고 속을 가라앉혔다.

테리사가 말했다.

"네 몸이 어찌돼도 상관없다 이건가 본데, 또 입을 열면 네 친구들을 한 명씩 활로 쏴서 죽일 거야. 그럼 참 좋겠지?"

토머스는 대답하지 않았다. 배의 통증 때문에 소리 없이 흐느낄 뿐이었다. 어제까지만 해도 그는 앞으로 상황이 나아질 거라고 기대했었다. 감염이 치료되었고 총상도 나았으며 광인들의 도시에서 벗어났으니, 신속하게 산을 통과해 피난처로 가기만 하면 된다고 생각했었다. 그동안 겪어 온 고생을 생각하면 그렇게 간단하게 끝날 일이 아닌데도, 이렇게 될 줄 미처 예상하지 못했다.

테리사가 소년들에게 소리쳤다.

"장난 아니니까 똑똑히 새겨 둬. 경고 같은 건 해 주지 않을 거고, 우릴 따라오면 곧장 화살을 쏠 거다."

그러고는 토머스 옆에 무릎을 대고 몸을 굽혔다. 테리사의 무릎이 흙바닥에 닿는 소리가 토머스의 귀에 들렸다. 삼베 자루 너머로 그녀의 윤곽이 어렴풋이 보였다. 테리사는 삼베 자루 위로 토머스를 붙잡고 가까이 다가와 귀에 입을 붙이다시피 한 채 속삭였다. 소리가 너무 작아서 미풍에 단어들이 날아가지 않도록 토머스는 귀를 바짝 기울였다.

"내가 너한테 텔레파시로 말하지 못하게 그들이 막아 놨어. 날 믿어야 된다는 것만 기억하고 있어."

토머스는 깜짝 놀랐지만 섣부른 말을 하지 않으려고 입조심했다.

자루를 묶은 밧줄을 손에 쥔 어떤 소녀가 테리사에게 물었다.

"걔한테 뭐라고 속삭인 거니?"

"내가 얼마나 즐겁게 이 일을 하고 있는지 알려 줬어. 복수를 하게 돼서 얼마나 속이 시원한지 모르겠다고. 왜, 불만이야?"

토머스는 테리사가 그렇게 오만한 투로 말하는 것을 처음 들었다. 테리사는 연기력이 아주 뛰어나거나 아니면 미치기 시작했거나 둘 중 하나였다. 어쩌면 다중 인격이 된 것일 수도 있었다.

"흠, 즐겁게 하고 있다니 다행이네. 어쨌든 서둘러야 돼."

"알아."

테리사는 보란 듯이 토머스의 머리를 세게 잡고 거칠게 흔들었다. 그러고는 거친 삼베에 입술을 대고 속삭였다. 속삭임과 함께 삼베 사이로 흘러드는 그녀의 뜨거운 숨결이 느껴졌다.

"참고 견뎌. 곧 끝날 거야."

그 말에 토머스는 뇌가 마비된 듯 아무 생각도 할 수 없었다. 테리사는 그를 가지고 놀고 있는 것일까?

테리사가 그의 머리를 손에서 놓고 일어서며 말했다.

"좋아. 여길 뜨자. 최대한 돌멩이가 많이 깔리고 험한 곳으로 이놈을 끌고 가도록 해."

소녀들은 토머스를 질질 끌고 걸어가기 시작했다. 토머스는 거친 땅바닥을 고스란히 느꼈다. 커다란 자루는 그를 옴짝달싹 못하게 만들고 있을 뿐 살갗을 보호해 주지는 못했다. 살이 마구 긁혀 아렸다. 토머스는 최대한 등을 굽히고 발에 무게를 실었다. 울퉁불퉁 튀어나온 바닥과의 마찰을 신발이 견뎌 주길 바랐지만, 이런 식으로 오래 버티지는 못할 것이다.

소녀들이 자루를 끄는 동안 테리사가 그의 옆으로 다가왔다. 토머스는 삼베 올 사이로 그녀를 알아볼 수 있었다.

그때 민호가 고함을 치기 시작했다. 하지만 이미 거리가 상당히 벌어졌고 자루가 바닥에 끌리는 소리 때문에 토머스는 잘 알아들을 수가 없었다. 알아듣기 힘든 욕설과 함께 "우리가 널 찾아낼 거야" "때가 되면" "무기들" 같은 단어 몇 개만 귀에 들어왔는데, 그다지 기대를 품을 만한 내용은 아니었다.

테리사가 또다시 토머스의 명치를 주먹으로 쳐서 민호의 입을 다물게 만들었다.

그들은 사막처럼 건조한 흙바닥을 계속 걸어갔다. 토머스는 낡은 옷 뭉치처럼 자루에 담긴 채 돌멩이에 부딪힐 때마다 움찔거렸다.

점차 끔찍한 상상이 토머스의 머릿속에 떠올랐다. 다리에 점점 힘이 빠지고 있어서 머잖아 쓰러질 것 같았다. 그리 되면 온몸이 피투성이가 되고 상처 자국은 영원히 없어지지 않을 것이다.

어쩌면 상처 따윈 문제가 아닐 수도 있었다. 소녀들은 그를 죽일 계획이라고 했으니까.

테리사는 자길 믿으라고 했다. 도저히 믿음이 가지 않는 상황이었지만 토머스는 믿어 보려고 애썼다. 테리사가 나 그룹 소녀들과 함께 무기를 들고 나타나 그에게 저지른 모든 일이 정말 연극일까? 연극이 아니라면 왜 자길 믿으라며 몰래 속삭인 거지?

머릿속이 복잡해져 집중해서 생각할 수가 없었다. 이미 살갗이 여기저기 벗겨지고 있어서 최대한 바닥에 몸이 긁히지 않을 방법을 찾아내려 안간힘을 썼다.

다행히 산이 그를 구했다.

가파른 경사면을 오르기 시작하면서 소녀들은 평지에서와는 달리 토머스를 편하게 끌고 갈 수가 없었다. 그들은 자루를 거칠게 잡아당겼지만 밧줄을 자꾸 놓쳤고, 그 바람에 토머스는 수차례 밑으로 굴렀다. 결국 테리사는 토머스의 어깨와 발목을 잡고서 들고 올라가는 게 낫겠다고, 교대로 들어서 옮기자고 소녀들에게 말했다.

그 말에 토머스는 그동안 생각하지 못했던 바를 떠올렸다. 그는 갈증으로 갈라지고 자루에 덮여 작게 들리는 목소리로 소리쳤다.

"차라리 자루에서 나와 걷게 해 주면 되잖아! 너흰 무기를 들고 있는데, 내가 혼자 뭘 어쩌겠어?"

테리사가 그의 옆구리를 걷어차며 윽박질렀다.

"입 닥쳐, 토머스. 우린 바보가 아니야. 네 공터인 친구들이 우리 모습을 볼 수 없게 될 때까지 이러고 갈 거니까 그런 줄 알아."

토머스가 신음을 흘리지 않으려고 안간힘을 쓰고 있는데 테리사가 다시 그의 몸통을 걷어찼다.

토머스가 물었다.

"도대체 나한테 왜 이래?"

"그렇게 하라고 지시받았으니까. 알았으면 입 닥쳐!"

옆에서 어떤 소녀가 까칠한 말투로 테리사에게 소곤거렸다.

"그런 얘길 왜 해 줘?"

그러자 테리사는 숨기는 기색 없이 대답했다.

"뭐 어때? 어차피 죽일 건데. 우리가 무슨 지시를 받았는지 이놈이 안다고 해도 상관없잖아?"

토머스는 '사악에게 지시를 받았구나'라고 생각했다.

또 다른 소녀가 말했다.

"이젠 남자애들이 거의 안 보여. 저 위의 동굴로 들어가면 뒤쫓아 올라온다고 해도 우릴 절대 찾지 못할 거야."

그러자 테리사가 말했다.

"좋아. 거기까지 이놈을 들어서 옮기자."

여러 개의 손이 사방에서 토머스를 잡아 들어 올렸다. 테리사와 세 명의 소녀들이 그를 들어 옮기는 것을 토머스는 자루 너머로 볼 수 있었다. 그들은 큰 바위를 지나 고목들 옆으로 돌아서 산을 오르고 또 올랐다. 소녀들의 헐떡이는 숨소리가 들리고 땀 냄새가 났다. 소녀들이 거칠게 움직일 때마다 토머스는 화가 치밀었다. 테리사에 대해서도 마찬가지였다. 그는 흔들리는 믿음을 굳건히 해 보려고 테리사에게 텔레파시로 말을 걸어 보았지만 연결되지 않았다.

소녀들은 중간중간 교대로 쉬어 가며 산을 올랐다. 산을 오른 지는 한 시간쯤 되었고, 소년들이 있는 곳에서 출발한 지는 두 시간이 되어 가고 있었다. 정점에 다다른 태양이 위험할 정도로 뜨거운 열기를 뿜어 댔다. 그들은 거대한 절벽을 돌아서 그나마 평평한 곳을 지나 그늘로 들어갔다. 공기가 시원해지자 살 것 같았다.

테리사가 지시했다.

"됐어. 내려놔."

소녀들은 사전에 말도 없이 손에서 자루를 놓았다. 토머스는 끄응 소리를 내며 바닥에 떨어졌다. 폐에서 공기가 모조리 빠져나간 것처럼 숨이 차서 헐떡이고 있는데 소녀들이 밧줄을 풀기 시작했다. 겨우 숨을 고르고 있을 때쯤 그의 머리 위로 자루가 벗겨졌다.

토머스는 눈을 껌벅이며 테리사와 소녀들을 올려다보았다. 손에 든 무기를 전부 토머스에게 겨누고 있는 모습이 우스꽝스러웠다.

어디서 그런 용기가 났는지 토머스가 입을 열었다.

"날 과대평가하나 본데, 너희는 스무 명이나 되고 칼이랑 마체테까지 들고 있지만 난 혼자고 무기도 없어. 그런데도 이렇게까지 하는 걸 보면 내가 참 특별한 사람이긴 한가 보다."

테리사가 그를 내리칠 것처럼 창을 뒤로 들어 올렸다.

"잠깐!"

토머스가 소리치자 테리사는 동작을 멈췄다. 토머스는 경의를 표하는 뜻으로 두 손을 들고 천천히 일어서며 말했다.

"난 아무 짓도 안 해. 어디로 데려가든 따라가서 얌전히 죽어 줄게. 더 살고 싶은 생각도 없어."

최대한 진하게 분노를 담아서 말을 내뱉으며 토머스는 테리사를 똑바로 쳐다보았다. 언젠가 이 상황이 이해될 거라는 작은 기대를 아직 놓지 못하고 있었지만, 테리사가 워낙 가혹하게 다루고 있어서 나중에 설명을 듣더라도 그런 가혹 행위까지 이해될 것 같지는 않았다.

테리사는 그를 무시하고 소녀들에게 말했다.

"아, 더위 때문에 지친다. 낮 동안 잠을 자 둬야 하니까 어서 고갯길 안으로 들어가자. 밤에 다시 출발하는 게 좋겠어."

토머스에게 자루 씌우는 일을 도왔던 검은 피부의 소녀가 테리사에게 물었다.

"몇 시간 동안 끌고 온 이 남자애는 어떡하고?"

"걱정 마, 죽일 거니까. 우린 그들이 지시한 대로 죽이면 돼. 그게 이놈이 나한테 한 몹쓸 짓에 대한 벌이기도 하니까."

46

테리사의 마지막 말이 무슨 뜻인지 토머스는 짐작조차 할 수 없었다. 도대체 무슨 몹쓸 짓을 했단 말인가? 소녀들과 함께 나 그룹의 야영지로 걸어가는 동안 토머스는 머릿속이 멍해졌다. 계속 오르막이라 다리도 아팠다. 왼편의 가파른 절벽이 드리워 준 그림자 덕분에 그나마 땡볕을 쪼이지 않아도 되었지만, 맹렬한 햇볕은 사방을 적갈색으로 불태우고 있었다. 건조한 바닥에서 흙먼지가 일었다. 토머스는 소녀들에게 물을 몇 모금 얻어 마시기는 했지만 물은 배 속으로 들어가기도 전에 모조리 증발해 버린 듯했다.

정오가 되자 하늘의 황금색 불덩어리는 더욱 뜨거워져서 그들을 모조리 불살라 재로 만들어 버릴 것만 같았다. 그들은 마침내 동쪽 절벽에 크고 깊게 패인 동굴 앞에 이르렀다. 동굴은 천장이 낮고 절벽 안쪽으로 12미터 정도 깊이였다. 여기저기 흩어져 있는 담요들, 불 피운 흔적, 가장자리에 쌓인 쓰레기들을 보니 이 동굴이 나 그룹의 야영지가 맞는 듯했다. 소녀들은 이곳에서 하루나 이틀 정도 지낸 것 같았다. 들어가서 보니 동굴 안에는 소녀 세 명이 일행을 기다리고 있었다. 토머스 한 명을 잡아 오는 데 거의 모든 인원이 동원되었다는 의미였다.

겨우 한 명을 잡아 오려고 활과 화살, 각종 칼과 마체테까지 들고 왔단 말인가? 무엇 때문에 그렇게까지 쓸데없이 수고를 했는지 이해되지 않았다. 몇 명만 왔어도 충분했을 텐데.

여기까지 오는 동안 토머스는 몇 가지 정보를 얻었다. 검은 피부 소녀는 해리엇이고, 그 옆에 늘 붙어 다니는 불그스름한 금발에 희디흰 피부의 소녀는 소냐라는 것. 확실히는 몰라도, 테리사가 오기 전까지는 그 두 소녀가 나 그룹을 이끌었던 듯했다. 그런데 지금 해리엇과 소냐는 다른 소녀들에게는 권위 있게 행동하면서도, 어떤 사안을 결정할 때는 늘 테리사의 의견에 따랐다.

"자, 이놈을 이 흉한 나무에 묶자."

테리사는 해골처럼 생긴 하얀 떡갈나무를 가리키며 말했다. 이미 죽은 지 오랜 세월이 지난 듯했지만 나무 뿌리는 여전히 돌투성이 토양을 거머쥐고 있었다.

"그리고 낮에 우리가 자는 동안 이놈이 배고프다고 끙끙대면서 앓는 소리 못 하게 뭐든 먹이도록 해."

테리사의 이 말에 토머스는 의아했다.

'왜 저런 이상한 말을 하는 거지?'

진짜 의도가 무엇인지는 알 수 없지만 테리사는 토머스에 대해 줄곧 터무니없고 괴상한 소릴 늘어놓고 있었다. 이런 일이 벌어지기 전에 테리사가 미리 경고해 주긴 했지만, 토머스는 점점 테리사가 싫어지기 시작했다.

소녀들이 그의 몸통을 나무줄기에 묶는 동안 토머스는 저항하지 않고 얌전히 있었다. 그들은 그가 양손을 자유로이 쓸 수 있게 해 주었고, 몸통을 단단히 묶은 후에는 그래놀라로 만든 에너지 바와 물 한 병을 내주었다. 아무도 그에게 말을 걸지 않았고 눈을 마주치려 하지도 않았다. 토머스가 잘못 본 게 아니라면 다들 약간씩 죄책감을 느끼는 표정이었다. 토머스는 음식을 먹으며 주변을 신중하게 살펴보았다. 해가 남아 있는 동안 잠을 자기 위해 각자 자리를 잡고 눕는 소녀들을 바라보며 토머스는 생각에 잠겼다. 뭔가 이상했다.

우선 테리사가 했던 말과 행동은 연극 같지가 않았다. 절대 아니었다. 어떻게 자기를 믿으라고 해 놓고 전혀 믿음이 가지 않는 행동을 한단 말인가? 달리 계획한 바가 있어서 그로 하여금 자기를 믿게 하고 있는 거라면…….

불현듯 토머스는 숙소의 작은 침실 문 옆에 붙어 있던 표시판이 떠올랐다. 그 표시판에는 테리사의 이름과 함께 '배신자' 라는 단어가 적혀 있었다. 지금까지 토머스는 그 표시판에 대해서는 까맣게 잊고 있었지만 막상 그 단어를 떠올리자 이 상황이 조금씩 아귀가 맞아떨어지기 시작했다.

이곳의 지배자는 사악이다. 가 그룹과 나 그룹이 생존하기 위해 유일하게 희망을 걸고 있는 것도 바로 사악이다. 사악이 테리사에게 그를 죽이라고 지시했다면, 테리사는 그 지시를 따르려고 할까? 자기 목숨을 지키기 위해? 그가 자기에게 몹쓸 짓을 했다는 말은 또 뭐지? 사악이 테리사의 생각을 조종하고 있는 건가? 테리사가 그를 더 이상 좋아하지 않게 만든 건가?

그리고 그의 목덜미에 새겨진 문신과 도시 곳곳에 걸려 있던 금속판들. 그 문신은 그에게 경고했고, 금속판은 그가 진정한 대장이라고 했다. 테리사의 방 옆에 붙어 있던 표시판 역시 또 하나의 경고였다.

하지만 지금 그는 수중에 무기 하나 없이 나무에 묶여 있는 신세였다. 나 그룹은 스무 명이 넘는 데다가 무기까지 소지하고 있으니 토머스가 이들을 제압하는 건 쉽지 않았다.

그는 한숨을 쉬며 그래놀라를 마저 먹었다. 기운이 조금 났다. 일이 어떻게 되어 가고 있는지 아직 잘 모르겠지만 조금만 더 파보면 알 수 있으리라는 자신감도 새로 생겼다. 이대로 포기할 수는 없었다.

토머스 근처에 요를 깐 해리엇과 소냐는 잠을 자려고 준비하면서도 계속 토머스를 흘끔거렸다. 토머스는 그들의 얼굴을 스치는 창피함과 죄책감을 또다시 읽어 냈다. 그들을 말로 설득해 목숨을 보전할 수 있는 기회였다.

토머스는 너희가 거짓말하는 걸 알아냈다는 투로 말했다.

"설마 진짜로 날 죽이려는 건 아니지? 사람을 죽여 본 적 있어?"

해리엇은 그를 매섭게 노려보다가 담요 뭉치에 머리를 대고 누웠다. 그러다 팔꿈치를 바닥에 대고 몸을 약간 일으키며 말했다.

"테리사한테 들은 얘기로 종합해 보면, 우린 너희 그룹보다 사흘 먼저 미로에서 탈출했어. 사망자 수는 너희보다 적고 괴수는 더 많이 죽였지. 그러니까 너 같은 하찮은 남자애 한 명쯤 죽이는 게 뭐가 대수겠니."

"너희가 느끼게 될 죄책감을 생각해 봐."

토머스는 이 말이 그들의 마음속으로 파고들기를 바랐다.

"극복할 거야."

해리엇은 이렇게 말하고는 혀를 쏙 내밀었다. 말 그대로 혀를 내밀었다! 해리엇은 머리를 바닥에 대고 누워 눈을 감았다.

소냐는 책상다리를 하고 앉아 있었다. 인간이라면 그 자세로는 잠을 잘 수 없을 것이다. 소냐가 입을 열었다.

"우리도 어쩔 수 없어. 널 죽이는 게 우리가 해야 할 유일한 과제라고 사악이 말했거든. 널 죽이지 않으면 그들은 우릴 피난처 안으로 받아 주지 않을 거야. 그럼 우린 초열 지역에서 죽을 수밖에 없어."

토머스는 어깨를 으쓱했다.

"그래, 내가 이해해야지. 너희 목숨을 구하자고 날 제물로 바치겠다는데. 참 숭고하구나."

소냐는 그를 한참 동안 쳐다보았다. 토머스가 시선을 떨어뜨리지 않고 버티자 소냐는 고개를 옆으로 돌리더니 그에게 등을 보이고 누웠다.

테리사가 못마땅한 얼굴로 걸어오며 물었다.

"무슨 얘길 하고 있는 거지?"

해리엇이 얼버무렸다.

"아무것도 아니야. 저 남자애한테 입 좀 다물라고 말해 줘."

그러자 테리사가 토머스에게 말했다.

"입 닥치고 있어."

토머스는 비웃으며 말했다.

"안 닥치면 어쩔 건데? 죽일 거야?"

테리사는 대꾸하지 않고 무표정하게 토마스를 쳐다보았다.

토머스가 물었다.

"갑자기 날 왜 그렇게 미워하는데? 내가 너한테 무슨 짓을 했다고 그래?"

소냐와 해리엇이 귀를 쫑긋 세우며 돌아누워서는 토머스와 테리사를 번갈아 쳐다보았다.

마침내 테리사가 말했다.

"네가 더 잘 알잖아. 내가 얘기해서 여기 애들도 이제 다 알고 있어. 하지만 난 네 수준으로 떨어질 생각 없으니까, 널 그냥 죽일 거야. 우린 널 죽이는 것 말고는 선택의 여지가 없어. 미안하다. 산다는 게 원래 고달픈 거야."

토머스는 생각했다.

'방금 눈빛에 뭔가 담겼던 것 같은데.'

테리사는 눈빛으로 무슨 말을 하고 싶었던 걸까?

"내 수준으로 떨어지지 않겠다니, 무슨 뜻이야? 적어도 난 내 목숨 지키자고 친구를 죽인 적은 없어."

"나도 그래. 친구를 죽인 적은 없어. 우리가 친구 사이가 아닌 게 그래서 다행인 거지."

테리사는 이렇게 말하며 돌아섰다.

토머스가 얼른 물었다.

"내가 너한테 한 몹쓸 짓이라는 게 뭔데? 유감스럽게도 내가 기억이 깜박깜박해서 말이야. 여기 있는 사람들이 거의 다 그렇겠지만. 내 기억엔 없으니까 얘길 해 봐."

뒤로 돌아선 테리사가 분노로 이글거리는 눈으로 그를 노려보며 내뱉었다.

"날 모욕하지 마. 감히 거기 그러고 앉아서 아무 일도 없었던 것처럼 행동하다니. 입 닥치지 않으면 네 그 예쁜 얼굴에 멍을 하나 더 만들어 줄 줄 알아."

그러고는 저만치 걸어가 버렸다. 토머스는 말없이 죽은 나무에 머리를 기대고 어떻게든 편하게 자세를 잡아 보았다. 도대체 이해되지 않는 이 상황에 대해 반드시 알아내고 살아남으리라 결심했다.

그러다 그는 잠이 들었다.

47

토머스는 딱딱한 바위에 앉아 편하게 자세를 잡아 보려고 뒤척이며 몇 시간을 자다 깨다 했다. 그러다 마침내 깊은 잠에 빠져들었고 다시 또 그 꿈을 꾸었다.

토머스는 열다섯 살이다. 나이를 어떻게 아는지는 모른다. 기억의 타이밍과 관계있는 것 같기도 하다. 그럼 이건 꿈이 아니라 기억인 걸까?

토머스와 테리사는 거대한 화면들을 앞에 두고 서 있다. 각 화면에는 공터와 미로의 모습이 여러 각도에서 나타나 있다. 화면 중 일부가 움직이는데 그는 그 이유를 알고 있다. 딱정벌레 날개깃의 카메라를 통해 전송되어 온 영상이기 때문이다. 그래서 그들은 한 번씩 자세를 바꿔 가며 화면을 봐야 하는데, 그럴 때면 꼭 쥐의 눈을 통해 보는 것 같다.

테리사가 말한다.

"다 죽었다는 게 믿기지 않아."

토머스는 혼란스럽다. 무슨 얘길 하는 건지 모르겠다. 토머스는 자기 자신인 것으로 추정되는 소년의 몸 안에 들어와 있지만 테리사의 말뜻을 알아듣지 못한다. 공터인들이 죽었다는 얘기는 아닌 것 같다. 한 화면에 민호와 뉴트가 숲으로 걸어가고 있는 모습이 보이고, 다른 화면에는 벤치에 앉아 있는 갤리의 모습이 보이고 있으니까. 토머스가 모르는 누군가에게 알비가 고함을 치는 모습도 화면에 보인다.

"그렇게 될 줄 알았잖아."

토머스는 왜 자신이 이런 말을 하는지 알지 못한다.

"그래도 받아들이기 힘들어. 이제 우리한테, 그리고 막사에 있는 사람들한테 달렸어."

토머스와 테리사는 화면을 보며 분석하고 있을 뿐 서로를 바라보지는 않는다.

"그렇지"라고 토머스가 말한다.

"공터인들도 안타깝고 그들도 안타까워. 양쪽에 대해 비슷한 감정이야."

무슨 뜻으로 하는 말인지 토머스가 궁금해하고 있는데, 열다섯 살 토머스가 헛기침을 하며 대꾸한다.

"네 생각엔 우리가 충분히 배운 것 같아? 최초의 창조자들이 모두 죽은 후에도 우리가 이걸 해낼 수 있을 거라고 생각해?"

"해내야만 해, 톰. 모든 게 다 준비돼 있어. 1년간 대체인력을 훈련시키고 준비시키면 돼."

테리사는 그에게 다가와 손을 잡는다. 토머스는 그녀를 바라보고 있지만 표정을 읽을 수가 없다.

"그럴 순 없어. 어떻게 그렇게 해 달라고 요청을……."

테리사는 눈을 위로 굴리며 그의 손을 아프도록 꼭 잡는다.

"그들도 자신들이 처한 상황을 알고 있어. 더 이상은 그런 얘기 하지 마."

"알았어."

토머스는 열다섯 살 토머스의 내면이 한없이 지쳐 있음을 알 수 있다. 열다섯 살 토머스가 뜻 모를 말을 내뱉는다.

"이제 중요한 건 패턴이니까. 위험지역 생각만 해야겠지. 다른 생각은 하지 않을 거야."

테리사가 고개를 끄덕인다.

"아무리 많은 이들이 죽거나 다쳐도 어쩔 수 없어. 변수가 작동하지 않으면 그들도 결국 같은 꼴로 끝나 버릴 거야. 모두가."

"패턴."

토머스의 말에 테리사가 그의 손을 꼭 잡으며 맞장구친다.

"맞아. 패턴."

토머스가 눈을 떴다. 태양이 보이지 않는 지평선을 향해 저물어 가면서 하늘이 탁한 회색으로 흐려지고 있었다. 해리엇과 소냐는 1미터쯤 앞에 앉아 이상한 눈빛으로 그를 쳐다보고 있었다.

괴상한 꿈이 여전히 머릿속에 남아 있었지만 토머스는 아무렇지 않은 척 힘차게 인사를 건넸다.

"좋은 저녁입니다. 뭘 도와드릴까요, 아가씨들?"

해리엇이 나지막하게 말했다.

"네가 아는 걸 말해 줘."

남아 있던 잠기운이 단번에 걷혔다.

"왜 그래야 하는데?"

토머스는 그저 앉아서 꿈 내용을 곱씹어 보고 싶었으나, 뭔가 달라진 분위기를 눈치챘다. 해리엇의 눈빛에서 심경 변화를 읽어 낼 수 있었다. 목숨을 구할 기회를 놓칠 수는 없었다.

"넌 선택의 여지가 없잖아. 네가 아는 정보, 알아낸 정보를 털어놓으면 우리가 널 도울 수도 있어."

토머스는 주변을 둘러보았지만 테리사의 모습이 보이지 않았다.

"테리사는 어디……."

토머스가 묻는데 소녀가 말을 끊었다.

"네 친구들이 우릴 따라오고 있지는 않은지 근처를 정찰하고 올 거라고 했어. 여기서 나간 지 한 시간쯤 됐어."

토머스는 꿈에서 본 테리사의 모습이 떠올랐다. 테리사는 화면을 쳐다보며 죽은 창조자들과 위험지역 얘기를 했고, 패턴을 언급했다. 어떻게 이 모든 것들이 서로 맞물릴 수 있을까?

"말하는 법을 잊어버렸니?"

소녀가 재촉하자 토머스는 소녀를 바라보며 대답했다.

"어, 아니…… 날 죽이는 문제에 대해 생각을 달리 해 보게 된 거야?"

막상 해 놓고 보니 멍청한 질문 같았다. 역사상 몇 명이나 그런 질문을 했을지 궁금했다.

해리엇이 싱긋 웃으며 말했다.

"바로 결론을 내리려고 하지 마. 우리 모두가 도덕적인 행동을 할 거라고 단정하지도 말고. 우린 그냥 의문이 생겨서 확인해 보고 싶을 뿐이야. 그래도 네가 목숨을 구할 가능성이 조금은 있다고 봐야겠지."

소녀가 그 말을 받아서 덧붙였다.

"지금 우리 입장에선 지시받은 대로 행동하는 게 제일 영리한 판단일 거야. 게다가 넌 혼자고 우린 여럿이니까 행동하기도 쉽고. 만약 네가 우리 입장에서 이 문제를 결정해야 한다면 어떻게 할래?"

"나야 물론 나를 죽이지 않는 쪽을 택하자고 하겠지."

"멍청하게 굴지 말고 제대로 생각하고 대답해. 농담하는 거 아니니까. 네가 죽든지 우리 모두가 죽든지 둘 중 하나를 선택할 수밖에 없는 상황이라면 어느 쪽을 택할 거야? 너를 살리느냐 우리 모두를 살리느냐의 문제야."

소녀의 표정은 진지했고, 그 질문이 토머스의 가슴에 와 닿았다. 어떤 면에서는 소녀의 말이 옳았다. 토머스를 죽이지 않는다고 그들 모두가 죽는 일이 정말 발생한다면, 그들로선 그를 죽이지 않을 수 없을 것이다.

"대답 안 해?"

소녀가 대답을 재촉했다.

"생각하고 있어."

토머스는 이마의 땀을 닦아 냈다. 꿈 내용이 슬금슬금 다시 생각나려고 해서 마음 안쪽으로 밀어 두고, 질문에 대답했다.

"좋아. 솔직하게 말할게. 진심이야. 내가 만약 너희 입장이면 나를 죽이지 않는 쪽을 택하겠어."

해리엇이 눈을 위로 굴리며 말했다.

"물론 네 목숨이 달린 문제니까 그렇게 말하겠지."

"꼭 그래서는 아니야. 이게 일종의 시험이기 때문에 날 죽이면 안 된다는 거야. 해답을 찾아내려면 우리가 아는 걸 서로 공유해야 될 것 같다."

토머스의 심장이 빠르게 뛰었다. 그는 진심으로 얘기하고 있었지만, 만약 설명한다고 해도 이들이 믿어 줄지 자신이 없었다.

해리엇과 소녀가 한참 동안 서로 눈빛을 주고받았다.

마침내 소녀가 고개를 끄덕이자 해리엇이 말했다.

"우린 처음부터 이 일에 대해 의심을 품었어. 옳지 않은 일인 것 같았으니까. 그래, 네 얘기를 들어 봐야겠다. 다른 애들도 불러 올게."

두 소녀는 다른 이들을 깨우러 일어섰다.

토머스는 이 엉망진창인 상황을 벗어날 수 있는 기회를 잡은 게 맞는지 의아해하며 그들에게 말했다.

"서둘러. 테리사가 돌아오기 전에 얘기를 끝내야 돼."

48

모두를 불러 모으기까지는 그리 오랜 시간이 걸리지 않았다. 죽음을 목전에 둔 사람의 입에서 나올 얘기를 궁금해하는 소녀들의 호기심이 느껴졌다. 토머스는 그 호기심을 해소시켜 주고 싶었다. 잠시 후 소녀들은 여전히 흉한 고목에 묶여 있는 그의 앞에 빽빽하게 모여 섰다.

해리엇이 토머스에게 말했다.

"자, 네 얘기를 먼저 듣고 우리 얘길 할게."

토머스는 고개를 끄덕이고 헛기침으로 목을 가다듬었다. 무슨 얘기부터 해야 할지 계획이 서지 않았지만 일단 입을 열고 보았다.

"너희 그룹에 대해 내가 알고 있는 건 에어리스한테 들은 게 전부야. 너희 그룹이랑 우리 그룹은 미로 안에 있을 땐 거의 같은 일을 겪었지만, 미로에서 탈출한 후로는 많이 달라졌어. 그런데 너희가 사악에 대해 얼마만큼 알고 있는지 모르겠다."

소녀가 끼어들었다.

"별로 없어."

이 말에 토머스는 자신이 유리한 입장이겠다 싶어 용기가 났다. 사악에 대해 아는 게 별로 없다고 소녀가 털어놓은 건, 토머스가 보기에 큰 실수였다.

"음, 난 사악에 대해 꽤 많은 걸 알고 있어. 우리는 모두 어떤 면에서 특별한 사람들이야. 사악은 우릴 위해 여러 가지 계획들을 마련해 놓았고 우릴 계속 시험하고 있어."

그는 잠시 뜸을 들였는데 별다른 반응을 보이는 이가 없어서 얘기를 계속했다.

"그들이 우리한테 한 일의 대부분은 각각 따로 떼어 보면 말이 되지 않아. 그것들은 시련의 일부거든. 사악은 그걸 '변수'라고 불러. 사악은 특정한 상황에서 우리가 어떤 반응을 보이는지를 관찰하고 있어. 나도 자세히는 모르지만, 너희에게 나를 죽이라고 한 것도 또 하나의 시험 내지는 속임수일 수 있어. 즉…… 이것도 우리가 어떻게 행동할지를 알아보기 위한 변수라는 거야."

해리엇이 말했다.

"그러니까 네 말은, 우리더러 너의 그 대단한 추론을 믿고 목숨을 걸라는 거잖아."

"모르겠어? 날 죽여 봤자 좋을 게 하나도 없어. 이건 너희에게 주어진 시험일 수도 있어. 내가 아는 건, 날 죽이는 것보다 살려 두는 게 너희에게 도움될 거라는 거야."

"우리한테 경쟁 그룹의 대장을 죽일 만한 배짱이 있는지를 시험하는 걸 수도 있지. 사악 입장에선 그게 중요한 거 아니겠니?

어느 그룹이 성공하는지 확인하려는 거 아닐까? 약한 사람들을
솎아 내고 강한 사람들만 취하려고?"

토머스는 단호하게 고개를 저었다.

"난 한 번도 대장이었던 적 없어. 지금도 우리 그룹의 대장은
민호야. 생각해 봐. 날 죽인다고 해서 너희가 강한 그룹이라는 걸
증명할 수 있을까? 지금 난 수적으로도 크게 열세고 너희는 무기
까지 갖고 있어. 이런 상황에서 날 죽인다고 너희가 강하다는 게
증명되겠어?"

그때 뒤쪽에서 어떤 소녀가 큰 소리로 질문했다.

"그럼 지금 이 상황은 무슨 시험이라는 건데?"

토머스는 신중하게 표현을 고르며 대답했다.

"너희가 스스로 생각하고, 계획을 변경하고, 이성적인 판단을
내릴 수 있는지 보기 위한 시험이야. 살아남은 사람이 많을수록
피난처로 들어갈 확률이 높아져. 나를 죽이는 건 논리적으로 앞뒤
가 맞지 않고 아무에게도 득이 안 돼. 나를 여기로 잡아 오는 것만
으로도 너희는 충분히 능력을 증명했어. 이젠 너희가 맹목적으로
지시에 따르기만 하는 사람들이 아니라는 걸 보여 줄 차례야."

토머스는 나무에 등을 기대고 긴장을 풀었다. 더는 할 말이 생
각나지 않았다. 최선을 다해 설명했으니, 이제 이들의 판단에 맡
겨야 했다.

소녀가 말했다.

"흥미롭네. 죽지 않으려고 발악하는 사람이 할 만한 얘기긴 하
지만."

토머스는 어깨를 으쓱하며 말했다.

"내 말이 맞을 거야. 날 죽이면 너희는 사악이 너희에게 던져 준 진짜 시험에서 실패하게 돼."

그러자 해리엇이 말했다.

"너야 그렇게 생각하고 싶겠지. 솔직히 말하면 우리도 그런 쪽으로 생각해 보지 않은 건 아닌데, 네가 뭐라고 얘기하는지 들어 보고 싶었어. 곧 해가 질 거야. 테리사도 그 전엔 돌아올 거고. 테리사가 오면 이 문제로 상의해 보도록 할게."

지금의 테리사라면 이 논리에 흔들리지 않을 것 같아서 토머스는 얼른 반대했다.

"안 돼! 지금 테리사는 날 죽이고 싶어 안달이 나 있잖아. 너희끼리 결정을 내리는 게 좋을 것 같아."

토머스는 자신이 진심으로 이 말을 하는 것은 아니길 은연중에 바랐다. 지금은 비록 테리사가 그를 가혹하게 대하고 있지만 진심으로 그를 죽일 생각은 아닐 것이라 믿고 싶었다.

해리엇이 옅은 미소를 지었다.

"진정해. 일단 우리가 널 죽이지 않기로 결정하면 테리사가 무슨 소릴 해도 번복되지 않아. 하지만 만약 우리가……."

그 순간 해리엇의 표정이 잠깐 바뀌었다. 자기가 너무 말을 많이 했다고 생각하는 것 같기도 했다.

"어쨌든 우리가 결정을 내릴 거야."

해리엇의 말에 토머스는 마음이 놓였지만 티를 내지 않으려 했다. 토머스는 이 소녀들의 자존심에 호소하긴 했지만 지나치게 기대해서는 안 된다는 생각이었다.

토머스가 지켜보는 동안 소녀들은 소지품을 챙겨 각자의 배낭에 집어넣었다. 목적지가 어디인지는 모르지만 밤새 이동하기 위해 준비하고 있었다. 토머스는 이들이 어디서 저런 물건들을 얻었는지 궁금했다. 소녀들은 나지막하게 대화를 나누며 가끔 토머스 쪽을 흘끔거렸다. 토머스가 한 얘기를 놓고 의논 중인 게 분명했다.

어둠이 점점 짙어지고 있었다. 마침내 낮에 그들이 걸어왔던 쪽에서 올라오는 테리사의 모습이 보였다. 테리사는 분위기가 달라졌음을 바로 감지했다. 소녀들이 자신과 토머스를 쳐다보는 눈빛이 예전 같지 않다는 걸 알아챈 것이다.

테리사는 변함없이 차가운 표정으로 물었다.

"뭐야?"

해리엇이 나섰다.

"얘기 좀 해."

테리사는 당황한 듯했지만, 곧 다른 소녀들과 함께 동굴 끄트머리 쪽으로 걸어갔다. 그들은 곧 열을 올리며 소곤소곤 얘기를 나누기 시작했다. 토머스의 귀에는 한 단어도 제대로 들어오지 않았다. 토머스는 배심원단의 평결을 기다리는 사람처럼 애가 탔다.

분위기로 봐서는 대화가 점점 격해지는 것 같았고, 테리사는 다른 소녀들 못지않게 화가 난 표정이었다. 테리사는 무어라 주장을 펼치며 점점 표정이 사나워지고 있었다. 테리사와 나머지 소녀들의 의견이 갈리는 듯해서 토머스는 신경이 곤두섰다.

해가 완전히 저물어 어둠이 완연해질 때쯤, 테리사는 돌아서더니 홀로 동굴을 떠나 북쪽으로 성큼성큼 걸어가기 시작했다. 한쪽 어깨에는 창을 걸치고 다른 쪽 어깨에는 배낭을 메고 걸어가다가 고갯길의 좁은 벽 사이로 이내 모습을 감추었다.

토머스는 다른 소녀들 쪽을 바라보았다. 대부분 안심한 얼굴들이었다. 토머스에게로 걸어온 해리엇은 말없이 무릎을 꿇고, 그의 몸을 묶은 밧줄을 풀기 시작했다.

토머스가 물었다.

"어떻게 됐어? 결정을 내린 거야?"

해리엇은 대답 없이 밧줄을 마저 풀어냈다. 그러고는 뒤로 물러나 바닥에 편안히 앉아서 그를 바라보았다. 해리엇의 검은 눈동자에 별빛과 달빛이 흐릿하게 반사되고 있었다.

"너 오늘 운 좋은 줄 알아. 우린 보잘것없는 널 죽이지 않기로 결정 내렸어. 마음속 깊은 곳에서 너랑 우리가 같은 생각을 하고 있었다는 게 우연은 아닌 것 같아서."

안도감이 밀려들 줄 알았는데 토머스는 담담했다. 소녀들의 결정을 어느 정도 예상하고 있었기 때문이다.

해리엇이 일어서며 토머스에게 손을 내밀었다.

"그런데 말이야, 테리사는 널 엄청 싫어하더라. 내가 너라면 걜 조심할 거야."

해리엇의 손을 잡고 일어서던 토머스는 그 말에 혼란스럽고 가슴이 아팠다.

테리사는 진심으로 그를 죽이고 싶어 했던 것이다.

49

나 그룹과 식사를 하고 출발 준비를 하는 내내 토머스는 말이 없었다. 그들은 산 너머에 기다리고 있을 피난처를 향해, 고갯길을 따라 이동하기 시작했다. 소녀들이 한 짓을 생각하면 갑자기 친하게 지내는 게 어색했지만, 소녀들은 아무 일도 없었던 것처럼 행동했고 토머스를 그들 일행으로 취급하고 있었다.

하지만 토머스는 그들과 약간 거리를 두고 뒤에 처져서 걸어갔다. 소녀들이 심경의 변화를 겪고 그를 살려 주긴 했지만, 그는 이들을 완전히 신뢰할 수 있을지 자신이 없었다. 앞으로 어떻게 해야 할까? 해리엇을 비롯한 소녀들이 그를 놓아준다면, 민호와 뉴트 쪽으로 돌아가야 할까? 친구들과 브렌다가 있는 곳으로 돌아가고 싶은 마음이 굴뚝같았지만 최종 기한까지 시간이 얼마 남지 않았고, 친구들을 찾아가는 동안 먹을 음식도 따로 없었다. 친구들이 피난처까지 무사히 와 주기를 바랄 뿐이었다.

그래서 그는 나 그룹과 함께, 그러나 약간 거리를 두고서 이동하고 있었다.

두 시간쯤 지나자 주변에는 높은 절벽들 외에 아무것도 없고, 흙과 돌멩이를 저벅저벅 밟는 소리만 토머스의 곁을 지켜 주었다. 묶여 있다가 다시 걸으니 다리와 근육을 마음껏 펼 수 있어서 좋았지만, 최종 기한이 시시각각 다가오고 있어서 마음이 편치 않았다. 다음에 또 무슨 장애물이 나타나지 않을까? 소녀들이 그를 해치려고 따로 꿍꿍이를 꾸며 놓은 건 아닐까? 이런저런 생각들이 머릿속을 스쳤다. 그동안 꾸어 온 꿈에 대해서도 여러 가지로 숙고해 보았으나 앞으로 일어날 일들의 단서가 될 만한 부분은 발견하지 못했다.

해리엇이 무리 뒤로 와서 토머스와 나란히 걸으며 말을 걸었다.

"사막에서 이동할 때 널 자루에 담아 끌고 온 거 사과할게."

주변이 어두워서 표정은 잘 보이지 않았지만 해리엇이 히죽 웃는 것 같기도 했다.

"아니, 괜찮아. 힘들게 걷지 않아도 돼서 편했어."

토머스는 장단을 맞춰야 한다는 생각에 아무렇지 않은 척 유쾌하게 대답했다. 아직 이 소녀들을 완전히 신뢰할 수 없지만 같이 다니는 수밖에 다른 선택의 여지가 없었다.

해리엇의 웃음소리에 토머스는 마음이 조금 놓였다.

"그래, 음. 사악에서 나온 남자가 너에 관해 우리한테 구체적으로 지시했었어. 그런데 테리사가 그 지시에 별나게 집착하더라고. 널 죽이고 싶어서 안달이 난 것 같았어."

이 말은 토머스의 가슴을 후벼 팠다. 하지만 추가로 정보를 얻을 수 있는 기회를 날려 버릴 수 없어 물어보았다.

"흰 정장을 입고 쥐처럼 생긴 남자 아니었어?"

해리엇은 주저 없이 대답했다.

"맞아. 그 남자가 너희 그룹한테도 지시를 내렸니?"

토머스는 고개를 끄덕인 후 물었다.

"그 남자가 너희한테 내린 구체적인 지시라는 건······ 어떤 거였어?"

"흐음, 우선 우리 그룹은 대부분 지하 터널로 이동해서 너희와는 사막에서 마주치지 않았어. 우리가 지시받은 것 중 첫 번째는 도시 남쪽에 있는 그 건물에서 너랑 테리사가 대화를 나누게끔 하는 거였어. 기억나지?"

토머스는 가슴이 철렁했다. 그럼 그 시점에 테리사는 이미 나 그룹과 함께였다는 건가?

"어, 그래. 기억나."

"너도 짐작했겠지만 그 건물 안에서의 일은 우리가 꾸며 낸 연극이었어. 네 믿음을 사기 위한 예비 작업이었던 거야. 테리사가 뭐라고 했냐면······ 그들이 자길 조종해서 너한테 키스하게 만들었다는데, 정말 그랬어?"

토머스는 걸음을 멈추고 허리를 굽힌 채 양손을 무릎에 가져다 댔다. 폐에서 공기가 모조리 빠져나간 것처럼 숨이 쉬어지지 않았다. 그랬다. 의심의 여지가 없었다. 테리사는 그에게 등을 돌린 것이다. 처음부터 그의 편이 아니었는지도 모른다.

해리엇이 부드러운 말로 위로했다.

"넌 테리사랑 진짜로 가까운 사이였다고 믿는 모양인데, 기분

참 더럽겠다."

토머스는 천천히 길게 숨을 들이마시며 허리를 폈다.

"난…… 그게…… 반대이길 바랐어. 사악이 테리사를 억지로 조종해서 우릴 해치게 하는 거라고, 테리사가 그들의 조종에서 간신히 놓여나…… 나한테 키스한 거라고 생각했었어."

해리엇이 그의 팔에 손을 얹었다.

"우리 그룹에 합류한 후로 테리사는 널 자기한테 지독하게 나쁜 짓을 한 괴물로 매도했어. 무슨 짓을 했는지는 정확하게 말해 주지 않았고. 그런데 널 직접 보니까 테리사가 한 얘기랑은 전혀 달랐던 거야. 사실 우리가 생각을 바꾼 것도 그 때문이야."

토머스는 눈을 감고 마음을 진정시켰다. 복잡한 생각을 떨쳐 내고 다시 걷기 시작하며 말했다.

"그래, 나머지 얘기도 다 들려줘. 들어야겠어. 전부 다."

해리엇은 그와 나란히 성큼성큼 걸었다.

"널 죽이라고 한 지시와 관련해서 말하자면, 그 남자는 사막에서 널 그렇게 포획해서 이곳으로 데려오라고 했어. 가 그룹의 시야에서 완전히 벗어날 때까지 자루 밖으로 꺼내 주면 안 된다고 하더라고. 그리고…… 음, 처형일은 모레였어. 산 북쪽에 어떤 장소가 있는데, 거기서…… 널 죽이라고 했어."

토머스는 걸음을 멈추고 싶었지만 억지로 발걸음을 떼어 놓으며 물었다.

"장소라니? 무슨 장소?"

"나도 몰라. 일단 거기 도착하면 뭘 해야 할지 알게 될 거라고 했어."

해리엇은 문득 생각이 떠올랐는지 손가락을 딱 튕기며 덧붙였다.

"아무래도 테리사가 먼저 거기로 간 거 같아."

"왜? 그건 그렇고 산 너머까지는 얼마나 더 가야 되지?"

"잘 모르겠어."

그때부터 그들은 말없이 걷기만 했다.

두 번째 날의 한밤중. 생각했던 것보다 시간이 더 오래 걸리고 있었다. 앞쪽에서 누군가 고갯길의 끝에 다다랐음을 소리쳐 알렸다. 뒤에 처져 무리를 따라가던 토머스는 얼른 앞으로 달려갔다. 산의 북쪽에 무엇이 있는지 보고 싶었다. 어찌되었든 그의 운명은 그곳에서 그를 기다리고 있었다.

소녀들은 부서진 바위들이 넓게 퍼져 나간 공터에 모여 섰다. 좁고 험한 골짜기의 고갯길에서 비롯된 그 바위들 너머에는 가파른 경사가 있고 그 밑이 산기슭이었다. 4분의 3쯤 찬 달이 골짜기를 짙은 보라색으로 물들여 으스스했다. 산기슭 아래는 평지였고 죽음의 황무지가 멀리까지 펼쳐져 있었다.

황무지에는 아무것도 없었다.

적어도 수 킬로미터 이내에 있어야 할 피난처는 보이지 않았고, 피난처의 위치를 알리는 표시 또한 없었다.

"멀어서 잘 보이지 않는 걸 거야."

주변에서 어떤 이름 모를 소녀가 이렇게 말했다. 여기 있는 사람이라면 누구나 그 소녀가 왜 그런 말을 했는지 이해할 거라고 토머스는 생각했다. 끝까지 희망의 끈을 놓지 않으려는 것이었다.

해리엇이 맞장구를 치며 낙관적으로 말했다.

"그래. 내려가 보면 지하 터널 입구 같은 게 있을지도 몰라. 분명히 뭐든 있을 거야."

소녀가 물었다.

"몇 킬로미터나 더 가야 될까?"

"우리가 터널 출구를 나와서 사막을 지나온 거리, 그리고 쥐를 닮은 남자가 우리한테 지시한 이동 거리를 기준으로 생각해 보면, 16킬로미터는 넘지 않을 것 같아. 11에서 12킬로미터 정도 되겠지. 이 산을 넘어가면 웃는 얼굴 마크가 붙어 있는 멋지고 큰 건물을 볼 수 있을 줄 알았는데 아니네."

토머스는 어둠이 내린 황무지를 내려다보았지만 아무것도 보이지 않았다. 검은 바다가 지평선까지 뻗어 있고 하늘에는 별들로 수놓인 커튼이 드리워져 있었다. 테리사의 모습은 어디에도 보이지 않았다.

소녀가 말했다.

"그렇다면 북쪽으로 계속 가는 것 말고는 방법이 없겠네. 어차피 쉽게 갈 수 있을 거라는 예상은 하지 말았어야 했어. 해 뜰 무렵까지는 산기슭으로 내려가자. 평지에서 자야지."

다들 그 생각에 동의하고 간신히 오솔길을 찾아 공터를 출발하려는데 토머스가 물었다.

"테리사는 어쩌고?"

해리엇이 고개를 돌려 뒤에 선 토머스를 바라보았다. 달빛이 해리엇의 검은 얼굴을 창백하게 물들였다.

"글쎄, 별로 알고 싶지 않아. 자기 뜻대로 휘두를 수 없게 되었다고 혼자 떠나 버릴 만큼 다 큰 애니까, 고집이 꺾이면 알아서 우릴 찾아오든지 하겠지. 가자."

그들은 지그재그로 이어지는 좁은 길을 걸어갔다. 푸석푸석한 흙과 돌멩이가 발밑에서 부서졌다. 토머스는 뒤를 돌아보지 않을 수 없었다. 그는 테리사의 흔적을 찾아 주변의 암벽과 고갯길의 좁은 입구를 살펴보았다. 머릿속이 뒤죽박죽이었지만 테리사를 봐야겠다는 이상한 충동이 일었다. 어두운 비탈 주변을 둘러보았지만 흐릿한 그림자들, 그리고 달빛에 물든 풍경뿐이었다.

그는 다시 앞을 보고 걷기 시작했다. 한편으로는 테리사가 보이지 않아 안심되기도 했다.

토머스와 소녀들은 지그재그로 난 길을 따라 조용히 산을 내려갔다. 그는 다시 무리에서 살짝 떨어져 뒤에서 따라가고 있었다. 마음이 몹시 공허했다. 텅 비어 버린 느낌이었다. 민호를 비롯한 친구들이 어디쯤 있는지, 저 앞에 어떤 위험이 도사리고 있는지 전혀 알 수 없어 더했다.

한 시간 정도 험한 내리막길을 걷자니 다리에 열이 나기 시작했다. 그들은 산에 꽂힌 화살처럼 무성하게 서 있는 수많은 고목 사이를 지나갔다. 예전에는 폭포가 있어 이 괴상하게 늘어선 고목들에게 물을 공급했을 테지만, 가혹한 열기에 이미 오래전에 마지막 물방울이 말라붙어 더이상 물기라곤 없었다.

맨 끝에서 걸어가던 토머스가 고목들 옆을 지나가고 있는데 뒤에서 누가 그를 불렀다. 깜짝 놀란 토머스는 넘어질 뻔했다. 얼른 뒤를 돌아보니 빽빽한 하얀 고목들 사이에서 테리사가 걸어 나오고 있었다. 테리사는 오른손에 창을 들었고 얼굴은 그림자에 가려 보이지 않았다. 다른 소녀들은 테리사의 목소리를 듣지 못했는지 계속 걸어 내려가고 있었다.

토머스는 무슨 말을 해야 할지 알 수가 없었다.

"테리사, 대체 어떻게……."

토머스의 속삭임에 테리사가 소곤거렸다. 토머스가 아는 바로 그 소녀의 말투였다.

"톰, 할 얘기가 있어. 쟤네들 걱정은 하지 말고 나랑 같이 가."

테리사는 뒤쪽의 숲을 향해 짧게 고갯짓을 했다.

토머스는 점점 멀어져 가는 나 그룹의 소녀들을 돌아본 후, 다시 고개를 돌려 테리사를 바라보았다.

"어쩌면 우리가……."

"어서 따라와. 연극은 끝났어."

테리사는 대답을 기다리지도 않고 돌아서서 생명 없는 숲으로 걸어 들어갔다.

혼란에 빠진 토머스는 잠시 고민했다. 본능이 그에게 따라가지 말라고 고함을 질렀다. 그러나 그는 결국 테리사를 따라가고 말았다.

50

고목에서 뻗어 나온 가지들이 토머스의 옷을 잡아채고 피부를 할퀴어 생채기를 냈다. 달빛을 받아 고목의 숲이 하얗게 빛났다. 길게 뻗어 나간 그림자와 웅덩이를 이룬 그림자가 곳곳에 퍼져 있어 금방이라도 유령이 나올 것 같았다. 테리사는 마치 허깨비가 떠가듯 조용히 비탈을 올라갔다.

뒤따라가던 토머스는 용기 내어 말을 걸었다.

"어디로 가는 거야? 이 모든 게 연극이었다는 말을 내가 곧이곧대로 믿을 줄 알았어? 다른 여자애들이 나를 죽이지 말자고 했을 때 그만뒀어야지, 왜 멈추질 않았어?"

테리사는 그에게 고개를 살짝 돌리며 이상한 말을 했다. 그동안에도 걸음을 멈추지 않고 비탈을 올랐다.

"너 에어리스를 만나 봤지?"

토머스는 깜짝 놀라 잠시 멈춰 섰다.

"에어리스? 네가 걔를 어떻게 알아? 에어리스가 이 일에 무슨 관련이 있는데?"

토머스는 다시 걸음을 재촉해 테리사를 따라잡았다. 대답이 궁금하면서도 두려웠다.

테리사는 대답은 않고, 빽빽하게 뻗은 나뭇가지들 사이로 조심스럽게 발을 옮겼다. 바로 뒤에서 따라가던 토머스는 테리사가 잡았다가 놓아 버린 나뭇가지에 얼굴을 맞기도 했다. 나뭇가지들 사이를 다 지나간 테리사가 걸음을 멈추고 토머스를 돌아보았다. 달빛을 받은 테리사의 얼굴이 우울해 보였다.

테리사가 긴장한 목소리로 말했다.

"어쩌다 보니까 에어리스랑 잘 알게 됐어. 네가 기분 나빠할 만큼. 미로에 들어가기 전부터 에어리스는 내 삶에서 큰 부분을 차지하는 사람이었어. 너랑 내가 그렇듯이 우린 서로 텔레파시가 통해. 나는 공터에 있는 동안에도 줄곧 에어리스랑 텔레파시로 얘기를 나눴어. 사악이 결국 우릴 다시 만나게 해 줄 거라는 것도 우린 이미 알고 있었어."

토머스는 대꾸할 말이 얼른 떠오르지 않았다. 너무 뜻밖의 얘기라서 농담일 거란 생각이 들었다. 어쩌면 사악의 또 다른 속임수일지도 모른다.

테리사는 어쩔 줄 몰라 하는 토머스의 꼴이 재미있다는 듯 팔짱을 끼고 쳐다보았다.

토머스가 마침내 입을 열었다.

"거짓말. 넌 계속 거짓말만 하고 있어. 네가 왜 그러는지, 앞으로 어떻게 될지 모르겠지만……."

"아, 정신 좀 차려, 톰. 어떻게 그렇게 멍청할 수가 있지? 지금까지 온갖 일들을 다 겪어 놓고 뭐 이만한 거에 놀라고 그래? 우리에 관한 건 전부 괴상한 시험의 일부잖아. 이제 시험은 끝났어. 에어리스랑 난 지시받은 일을 할 거고 삶은 계속될 거야. 지금 중요한 건 바로 사악이니까."

"무슨 소릴 하는 거야?"

토머스는 머릿속이 텅 비어 버린 것 같았다.

테리사의 시선이 토머스의 어깨 너머로 향했다. 뒤에서 잔가지 부러지는 소리가 들리고 누군가 슬그머니 걸어오고 있었지만, 토머스는 자존심을 지키고자 꼿꼿이 서서 뒤를 돌아보지 않았다.

테리사가 말했다.

"톰, 에어리스가 바로 네 뒤에 서 있어. 그리고 아주 큰 칼을 가지고 있으니까 허튼짓을 했다간 목이 날아갈 줄 알아. 넌 우리랑 같이 가서 시키는 대로만 하면 돼. 알겠지?"

토머스는 속에서 끓어오르는 분노가 표정에 극명하게 드러나길 바라며 테리사를 노려보았다. 평생, 그가 기억하는 한, 이렇게 화가 난 적이 없었다.

테리사는 끔찍하게도 미소를 지으며 말했다.

"인사해, 에어리스."

뒤에서 어떤 소년이 인사를 건넸다.

"안녕, 토미. 다시 만나게 돼서 몸이 떨릴 정도로 좋다."

분명 에어리스의 목소리였으나 전처럼 우호적인 말투는 아니었다. 에어리스의 칼끝이 토머스의 등에 와 닿았다.

토머스는 대답하지 않았다.

그러자 테리사가 말했다.

"자, 그럼 앞으로 어른답게 행동해 주길 바랄게. 얌전히 따라와. 거의 다 왔어."

토머스가 군은 목소리로 물었다.

"어디로 데려가는 거지?"

"금방 알게 될 거야."

뒤돌아선 테리사는 창을 지팡이 삼아 바닥을 짚으며, 다시 나무 사이로 걸어가기 시작했다.

토머스는 에어리스가 그의 등을 찌르며 좋아하는 꼴을 보기 싫어 서둘러 테리사를 따라갔다. 고목의 숲은 점점 조밀해지고, 달빛은 이내 구름에 잠겼다. 짙어진 어둠이 빛과 생기를 모조리 빨아들이는 듯했다.

마침내 그들은 동굴 앞에 도착했다. 무성한 잡목림이 벽처럼 동굴 입구를 막고 있어 토머스는 그 너머에 동굴이 있을 거라고 상상도 못 했다. 그들 셋은 가시투성이 나뭇가지 사이로 들어갔고, 곧바로 산비탈에 좁고 높게 뚫린 동굴 안에 이르렀다. 동굴 안쪽 깊숙한 곳에서 흐릿한 빛이 흘러나오고 있었다. 음산한 초록색 직사각형의 빛을 받은 테리사는 마치 좀비 같았다. 테리사는 한옆으로 물러나 토머스와 에어리스를 먼저 동굴 안쪽으로 들여보냈다.

옆으로 발을 옮긴 에어리스가 총을 조준하듯 토머스의 가슴에 칼을 겨누고 뒷걸음질로 동굴 벽에 기댔다. 토머스는 양쪽 벽에 마주 보고 선 두 사람을 번갈아 쳐다보았다. 지금까지 토머스는 그들을 친구로 알고 있었다.

테리사가 에어리스를 바라보며 말했다.

"휴, 드디어 도착했어."

에어리스는 토머스에게서 시선을 떼지 않고 대답했다.

"그래, 드디어. 그런데 토머스가 여자애들을 설득해서 자기를 죽이지 않게 했다는 게 정말이야? 얘 뭐냐? 아주 대단한 심리학자 나셨네."

"우리한텐 잘됐지 뭐. 더 편하게 여기로 잡아 올 수 있었으니까."

테리사는 업신여기는 눈빛으로 토머스를 흘끗 쳐다본 후 동굴을 가로질러 에어리스 옆으로 다가갔다. 그리고 토머스가 쳐다보는 앞에서 발꿈치를 들고 에어리스의 볼에 입을 맞추고는 생글거리며 말했다.

"너랑 다시 함께하게 돼서 정말 기뻐."

에어리스가 미소를 지었다. 그는 토머스에게 얌전히 있으라는 뜻으로 경고의 눈빛을 보낸 후 고개를 옆으로 기울이더니 테리사에게 키스했다.

토머스는 차마 볼 수가 없어 고개를 돌리고 눈을 감았다. 무슨 일이 있어도 자기를 믿어 달라던 테리사의 애원, 참고 견디라던 다급한 속삭임. 그 모든 게 토머스를 유인하고, 손쉽게 이곳으로 데려오기 위한 장치일 뿐이었다.

결국 테리사는 사악의 악랄한 지시를 이행해 냈다.

토머스는 다시 눈을 뜰 자신이 없었다. 그들 둘이 무엇을 하고 있는지, 왜 조용한지 알고 싶지 않았다. 하지만 살길을 찾기 위해선 자포자기한 척해야 했다.

"얼른 끝내. 죽이든 살리든 얼른 끝내라고."

그들이 대답하지 않자 토머스는 하는 수 없이 살짝 눈을 떴다. 에어리스와 테리사는 이따금 키스를 하며 서로에게 무어라 속삭이고 있었다. 토머스는 불붙은 기름이 배 속에서 부글거리는 것 같은 심정이었다.

결국 그는 옆으로 시선을 돌려 동굴 뒤쪽에서 흘러나오는 이상한 빛을 바라보았다. 검은 바위벽에 박혀 있는 연초록색의 직사각형. 영묘한 빛으로 고동치는 그 직사각형은 높이가 평범한 남자의 키 정도 되고, 폭은 1.2미터 정도 되었다. 흐릿한 표면에 줄무늬가 죽죽 그어져 있는 것이 마치 지저분한 창문 같기도 했다. 어쩌면 그 창문 너머에 위험한 빛을 발하는 방사성 폐기물이라도 들어 있을지 몰랐다.

토머스가 곁눈질로 보니, 테리사가 드디어 애정 행각을 마치고 에어리스한테서 떨어졌다. 토머스는 테리사를 노려보았다. 그녀로 인해 얼마나 마음이 짓뭉개졌는지가 눈빛에 확연히 드러나 있을지 궁금했다.

"톰, 위로가 된다면 이 말 정도는 해 줄게. 널 아프게 한 건 정말 미안해. 난 미로에서도 지시받은 대로 했고, 미로의 암호를 알아내 탈출하려면 필요한 기억을 얻어내야 해서 너랑 최선을 다해 친분을 쌓았어. 이곳 초열 지역에서도 난 지시를 따를 수밖에 없어. 우린 이 시련을 통과하기 위해 널 여기로 데려와야 했어. 네가 죽든 우리가 죽든 둘 중 하나니까."

테리사는 잠시 뜸을 들이고는 눈을 묘하게 번득이며 조용히 차분하게 덧붙였다.

"나랑 제일 친한 친구는 에어리스야, 톰."

그제야 토머스는 입을 열어 속내와는 다른 말을 큰 소리로 내질 렀다.

"난······ 너한테······ 관심 없어!"

"그냥 그렇다고. 네가 아직 날 좋아한다면 이해해 줄 것 같아 서. 이 시련을 통과하고 에어리스를 살릴 수 있다면 난 뭐든 할 수 있어. 네가 내 입장이었어도 똑같이 하지 않았을까?"

토머스는 한때 제일 친한 친구라고 생각했던 테리사가 너무도 낯 설게 느껴졌다. 그의 기억 속에서 토머스는 늘 테리사와 함께였다.

"이게 뭐하는 짓이야? 수단 방법 안 가리고 나한테 상처 줄려고 작정했어? 입 닥치고 너희들 할 일이나 해! 날 여기로 데려온 이 유가 있을 거 아냐!"

토머스의 가슴은 분노에 차 들썩였고 심장이 마구 뛰었다.

"알았어. 에어리스, 가서 문 열어. 톰이 그 안으로 들어갈 시간 이야."

51

토머스는 그 둘에게 더는 아무 말도 하지 않았다. 하지만 싸워 보지도 않고 이대로 포기할 수는 없었다. 조용히 기다리며 기회를 엿보기로 했다.

테리사가 연한 초록색으로 빛나는 직사각형의 커다란 유리 쪽으로 걸어가는 동안 에어리스는 토머스에게 칼끝을 겨누며 경계를 늦추지 않았다. 토머스는 그 문 너머에 무엇이 있는지 궁금했다.

문 앞에 선 테리사의 윤곽이 드러났다. 마치 그 빛에 녹아들고 있는 것처럼 윤곽이 흐릿하게 보였다. 잠시 후 테리사는 그 빛에서 옆의 바위벽으로 물러나 무언가를 손가락으로 두드리기 시작했다. 토머스의 눈에는 보이지 않지만 그곳에 자판이 있는 모양이었다.

자판을 다 두드린 테리사가 토머스 쪽으로 다시 걸어오자 에어리스가 말했다.

"제대로 작동해야 할 텐데."

"할 거야."

요란하게 펑 소리가 나고 이어서 날카롭게 쉬이익 소리가 들렸다. 유리의 오른쪽 면이 마치 문처럼 그들 쪽으로 열리기 시작했다. 유리가 열리자 그 틈새로 하얀 안개가 물결치듯 흘러나와 곧장 증발되었다. 오랫동안 방치되었던 냉동고의 문이 열려 밤의 열기 속으로 차가운 공기를 뿜어내는 것 같았다. 직사각형의 유리는 계속해서 괴상한 초록색 빛을 방출하고 있었으나 문 안쪽에는 어둠이 도사리고 있었다.

그 초록색 유리는 창문이 아니라, 문이었던 것이다. 토머스는 문 안쪽에 유독성 쓰레기가 들어 있지 않기를 바랐다.

끼익 소리를 내며 열리던 문이 그 옆의 울퉁불퉁한 바위 벽에 쿵 부딪히며 드디어 움직임을 멈췄다. 문이 있던 곳에는 검은 구멍이 뚫렸고, 문 내부에는 빛이 없어 안쪽에 무엇이 있는지 보이지 않았다. 안개도 더 이상 뿜어 나오지 않았다. 토머스의 눈앞에 불안의 심연이 펼쳐졌다.

"손전등 있어?"

에어리스가 묻자 테리사는 창을 바닥에 내려놓고 어깨에 메고 있던 배낭을 내려 그 안을 뒤적거렸다. 잠시 후 테리사는 손전등 하나를 꺼내 스위치를 켰다.

에어리스가 문 안쪽을 턱 끝으로 가리키며 말했다.

"내가 감시하고 있을 테니까 안쪽을 살펴봐. 토머스 넌 섣부른 짓 하지 말고. 사악이 널 위해 뭘 준비해 놓았는지는 몰라도, 내 칼에 찔리는 것보다는 나을 거다."

토머스는 대답하지 않았다. 욕이 목구멍까지 올라왔지만 꾹 참고 입을 다물었다. 어떻게 해야 에어리스한테서 칼을 빼앗을 수 있을지만 궁리했다.

테리사는 사각형의 구멍 바로 옆에 서서 안쪽으로 손전등을 비췄다. 상하좌우로. 고운 안개 사이로 파고들어 간 손전등 불빛은 점차 내부를 뚜렷이 비췄다.

깊이가 몇 미터밖에 되지 않는 작은 방이었다. 내벽은 은색 금속으로 되어 있는 것 같았다. 2.5센티미터 높이로 자잘하게 돌출된 덩어리들이 표면을 뒤덮었는데, 각 덩어리의 끝에는 검은 구멍이 하나씩 나 있었다. 그리고 벽마다 13센티미터 간격으로 손잡이인지 홈통 주둥이인지 모를 작은 물건들이 정사각형 모양으로 붙어 있었다.

테리사가 손전등을 끄고 에어리스에게 돌아섰다.

"괜찮아 보여."

테리사를 보고 있던 에어리스가 토머스에게 고개를 돌렸다. 그 괴상한 문에 정신이 팔려 있던 토머스는 조금 전이 에어리스를 공격할 절호의 기회였음을 깨달았다.

"그들이 말한 대로야."

에어리스의 말에 테리사가 물었다.

"그럼…… 이게 맞는 거지?"

에어리스는 고개를 끄덕인 후 칼을 다른 손으로 옮겨 더 단단히 쥐고는 토머스에게 말했다.

"자, 토머스, 얌전히 안으로 들어가. 누가 알겠어. 어쩌면 이게 사악의 대단한 시험이라서, 네가 일단 저 안으로 들어가면 사악이 널 풀어 주고 우리랑 행복하게 재회시켜 줄지도 모르잖아."

"닥쳐, 에어리스."

토머스가 듣기로 근래에 테리사의 입에서 나온 말 중 유일하게 싫지 않은 말이었다. 토머스 쪽으로 돌아선 테리사는 그의 시선을 피하며 말했다.

"빨리 끝내자."

에어리스도 칼을 흔들며 재촉했다.

"들어가 얼른. 끌고 들어가게 만들지 말고."

토머스는 머릿속으로 온갖 계획을 세우고 있었으나 최대한 무표정한 얼굴로 에어리스를 쳐다보았다. 속에서 두려움이 치솟았다. 지금이 아니면 기회는 없었다. 싸우든 죽든 둘 중 하나였다.

토머스는 열린 문 안쪽으로 시선을 돌린 후 천천히 그리로 걸어갔다. 세 걸음을 떼자 중간쯤에 다다랐다. 테리사는 토머스가 말썽을 일으킬 경우에 대비해 두 팔에 힘을 주고 허리를 폈다. 에어리스는 토머스의 목에 계속 칼을 겨누고 있었다.

한 걸음 더. 또 한 걸음 더. 에어리스는 왼쪽으로 70센티미터 정도 거리를 두고 서 있었고, 테리사는 뒤에 서 있어서 보이지 않았다. 열린 문. 내벽이 온통 작은 구멍들로 뒤덮인 괴상한 은색 방이 토머스의 바로 앞에 있었다.

토머스는 걸음을 멈추고 곁눈질로 에어리스를 살피며 말했다.

"레이철이 피를 흘리며 죽어 갈 때 모습은 어땠어?"

에어리스를 동요시키기 위해 던진 말이었고, 도박이었다.

에어리스는 충격과 고통에 찬 표정으로 그 자리에 얼어붙었고 토머스는 노리던 기회를 얻었다.

토머스는 왼 주먹을 크게 날려 칼을 쥔 에어리스의 손을 내리쳤다. 칼이 떨그럭거리며 돌바닥으로 떨어졌다. 그는 바로 이어서 오른 주먹으로 에어리스의 배를 강타해 쓰러뜨린 후 숨을 몰아쉬었다.

쓰러진 에어리스를 걷어차려는데 금속이 돌에 부딪치는 소리가 들렸다. 토머스는 동작을 멈추고 고개를 들었다. 테리사가 창을 집어 들고 있었다. 그들의 눈이 잠시 마주치고, 테리사가 공격해 왔다. 토머스는 머리를 보호하려고 두 손을 들어 올렸지만 이미 늦었다. 창 밑동이 공기를 가르며 그의 옆머리를 강타한 것이다. 토머스는 눈앞에 별이 번쩍이는 걸 느끼며 고꾸라졌다. 의식을 잃지 않으려 안간힘을 썼다. 두 손과 무릎으로 바닥을 짚고 일어나려 했다. 도망치려 했다.

그런데 테리사의 고함 소리와 함께 또다시 나무로 된 창 자루가 토머스의 정수리를 내리찍었다. 토머스는 다시 앞으로 쓰러지고 말았다. 머리카락 사이로 뜨거운 액체가 흘러나와 양쪽 관자놀이를 타고 뚝뚝 떨어졌다. 토머스는 뇌 안쪽까지 도끼로 찍힌 것처럼 극심한 두통을 느꼈다. 그 통증이 곧 온몸으로 퍼져 나가면서 구역질이 났다. 간신히 옆으로 몸을 굴려 바닥에 등을 대고 누웠다. 테리사가 한 번 더 그를 내리치려고 창을 들어 올리고 있었다.

테리사는 숨을 헐떡이며 말했다.

"방으로 들어가, 토머스. 안 그러면 다시 칠 거야. 네가 기절할 때까지, 피를 흘리다 죽을 때까지 계속 칠 거야."

에어리스가 주춤거리며 일어나 테리사 옆에 와 섰다.

토머스는 두 다리를 움츠렸다가 앞으로 뻗으며 두 사람의 무릎을 세게 걷어찼다. 그들은 비명을 지르며 뒤엉켜 쓰러졌다. 다리를 움직인 것만으로도 토머스의 온몸에 끔찍한 통증이 밀려왔다. 눈앞에 하얀 불빛이 번쩍거리고 세상이 빙글빙글 돌았다. 토머스는 버둥거리며 몸을 굴려 엎드렸고 죽을힘을 다해 두 손으로 바닥을 짚었다. 입에서 절로 신음이 흘러나왔다. 바닥에서 몸을 간신히 뗀 순간, 에어리스가 그의 등에 올라타 찍어 눌렀다. 에어리스는 두 팔로 토머스의 목을 조르며 귀에 대고 내뱉었다.

"우리가 직접 방으로 처넣어 주지. 와서 도와줘, 테리사."

토머스는 저항할 힘이 없었다. 머리를 두 번이나 맞았더니 기운이 쭉 빠져 버렸다. 뇌가 명령을 내릴 힘이 없으니 근육이 모조리 휴면기에 들어가 버렸다. 잠시 후 테리사가 토머스의 양팔을 잡고 문 쪽으로 끌고 가기 시작했고, 에어리스는 토머스의 몸통을 잡고 밀었다. 토머스는 힘없이 발길질을 하다 말았다. 바닥에 끌리는 피부에 날카로운 돌멩이가 파고들었다.

"이러지 마. 제발……."

토머스는 절박하게 속삭였다. 한 단어를 입 밖으로 내보낼 때마다 신경이 온통 곤두설 정도로 고통스러웠다.

눈앞은 온통 어두웠고 하얀빛이 번쩍거렸다. 토머스는 이게 뇌진탕 증상임을 자각했다. 그것도 아주 심각한 뇌진탕이었다.

몸이 문턱을 넘어가는 게 어렴풋이 느껴졌다. 테리사는 그의 등을 차가운 금속 벽에 기대어 놓고 몸을 타 넘어, 에어리스와 함께 다리를 잡아 들어 올렸다. 이제 토머스는 모로 쓰러져 눕게 되었다. 눈을 뜨고 그들을 쳐다볼 힘도 남아 있지 않았다.

"안 돼."

토머스가 말했으나 들릴 듯 말 듯 작은 소리였다. 예전에 공터에서 미로로 추방당했던 소년 벤의 모습이 토머스의 뇌리를 스쳤다. 하필 왜 지금 그 모습이 떠올랐는지는 알 수 없었지만, 공터의 문이 닫히고 미로에 영원히 갇히기 직전에 벤이 어떤 심정이었는지는 짐작이 되고도 남았다.

"안 돼."

토머스가 한 번 더 중얼거렸다. 너무 작은 소리라서 테리사와 에어리스의 귀로 들어가지 않았을 것 같았다. 머리부터 발끝까지 아프지 않은 곳이 없었다.

테리사의 목소리가 들렸다.

"왜 이렇게 고집이 세. 너 때문에 더 힘들어졌어! 우리 전부!"

"테리사."

토머스가 나지막하게 불렀다. 그는 휘몰아치는 통증 속에서도 텔레파시로 테리사에게 말을 걸었다. 오랫동안 통신이 되지 않았지만 상관없었다.

테리사.

테리사의 대답이 그의 머리로 흘러 들어왔다.

미안해, 톰. 우리의 제물이 되어 줘서 고마워.

테리사가 말한 '제물'이라는 끔찍한 단어가 토머스의 암울한 머릿속을 떠다니는 동안, 어느새 문이 쾅 닫혔다.

52

닫힌 문에서 흘러나오는 초록색 빛이 작은 방 안을 섬뜩하고 소름 끼치는 감옥으로 만들어 놓았다. 두통이 극심하지 않았으면 토머스는 아우성치고 눈물 콧물 쏟아 내며 어린애처럼 울었을 것이다. 송곳이 파고드는 것처럼 머리가 몹시 아팠고, 용암 속에서 끓고 있는 것처럼 눈알이 화끈거렸다.

그러나 테리사를 완전히 잃고 말았다는 데서 비롯된 아픔이 더 컸다. 심장을 잡아 뜯기는 것 같았으나 눈물은 나오지 않았다.

누워 있는 동안 그는 시간 개념을 상실했다. 이 일의 배후에 누가 있는지는 몰라도, 그가 끝을 기다리는 동안 과거를 되돌아보게 하고 있었다.

무슨 일이 일어나든 자기를 믿어야 한다던 테리사의 말은 잔인한 속임수였고 표리부동한 배신이었다.

한 시간이 지나갔다. 어쩌면 두세 시간인지도, 어쩌면 30분인지도 몰랐다. 전혀 알 수가 없었다.

문득 주변에서 쉬이익 소리가 들려오기 시작했다.

문에서 나오는 희미한 빛이 금속 벽의 작은 구멍에서 뿜어 나오는 안개를 비췄다. 고개를 돌리려는 순간 두개골 속으로 또다시 통증이 파고들었지만 안간힘을 쓰고 주변을 둘러보았다. 벽의 구멍마다 부연 안개가 뿜어져 나오면서, 둥지에서 꿈틀대는 독사들처럼 쉬이익 소리를 내고 있었다.

'결국 이건가?'

토머스는 생각했다. 온갖 고초를 다 겪게 하고, 여러 가지 불가사의한 일들과 싸움을 거치게 하고, 찰나의 희망도 품게 하더니, 결국은 이렇게 독가스로 죽이는 건가? 멍청한 짓거리라는 생각밖에 들지 않았다. 이렇게 멍청할 수가. 토머스는 괴수들이며 광인들과 싸웠다. 총상과 감염을 이겨 냈다. 사악. 그의 목숨을 구해 준 건 바로 사악이었다! 그런데 지금 와서 독가스로 그를 죽인단 말인가?

일어나 앉은 토머스는 또다시 밀려드는 통증에 비명을 내질렀다. 주변을 살펴보았다. 어떻게든 방법을 찾아야 하는데…….

피곤했다. 몹시 지쳤다.

가슴속이 이상했다. 울렁거렸다.

가스.

피곤. 상처. 기진맥진한 몸.

가스 흡입.

어쩔 수가 없었다.

너무…… 피곤했다.

몸안의 무언가가 잘못되었다.

테리사. 사악은 왜 이런 식으로 끝을 내려는 걸까?

피곤했다.

의식의 가장자리에서 그는 자신의 머리가 바닥에 떨어지는 걸 의식했다.

배신.

그리고…….

피곤…….

53

토머스는 자신이 죽었는지 살았는지는 알 수 없었지만, 잠들어 있다는 느낌을 받았다. 안개 속을 들여다보듯 희미하게 자아를 인식하고 있었다. 그러다가 기억인지 꿈인지 모를 장면 속으로 의식이 흘러들어 갔다.

토머스는 열여섯 살이다. 그는 테리사와 누군지 모를 소녀 앞에 서 있다. 그리고 에어리스가 보인다.

에어리스?

에어리스와 테리사, 그리고 이름 모를 소녀는 어두운 표정으로 토머스를 바라본다. 테리사는 울고 있다.

"이제 갈 시간이야."

토머스의 말에 에어리스가 고개를 끄덕이며 말한다.

"그래. 기억 삭제를 거쳐 미로로 들어가야지."

테리사는 흘러내리는 눈물을 닦아 내고 있다.

토머스는 손을 뻗어 에어리스와 악수를 한다. 그리고 이름 모를 소녀와도 악수를 나눈다.

테리사가 달려와 토머스를 껴안는다. 테리사는 흐느끼고 있고 토머스도 어느새 울고 있다. 토머스는 테리사를 꼭 끌어안는다. 그의 눈물이 그녀의 머리카락을 적신다.

그런데 에어리스가 토머스에게 말한다.

"너 지금 가야 돼."

토머스는 에어리스를 바라본다. 발길이 떨어지지 않는다. 테리사와 함께하는 지금을 만끽하고 싶다. 온전한 기억을 갖고 있는 마지막 순간이니까. 앞으로 아주 오랫동안은 그들 사이가 지금 같지 않을 테니까.

테리사는 토머스를 올려다보며 말한다.

"효과가 있을 거야. 전부 효과가 있을 거야."

"알아."

토머스는 슬픔으로 마음 구석구석이 아리고 쓰리다.

에어리스가 문을 열고 토머스에게 따라오라며 손짓한다. 뒤따라가던 토머스는 마지막으로 테리사를 돌아본다. 토머스는 희망에 찬 모습으로 보이려 애쓰며 말한다.

"내일 보자."

이것은 사실이지만, 그의 가슴을 아프게 한다.

꿈이 흐릿하게 사라지고 토머스는 지금껏 경험한 가운데 가장 어두운 잠 속으로 빠져들었다.

54

어둠 속의 속삭임.

의식이 돌아오기 시작하면서 토머스가 들은 소리는 바로 그것이었다. 고막을 사포로 문지르는 듯 낮고 거친 목소리. 무슨 얘길 하는 건지 알아들을 수가 없었다. 너무 캄캄해서 눈을 감은 줄 알았는데 생각해 보니 그는 눈을 활짝 뜨고 있었다.

차갑고 딱딱한 무언가가 얼굴을 짓눌렀다. 바닥이었다. 가스에 취해 정신을 잃은 후 줄곧 그 자세로 누워 있었던 것이다. 놀랍게도 더 이상 머리가 아프지 않았다. 아픈 곳이라곤 전혀 없었고 날아갈 것 같은 상쾌한 행복감이 어지럽게 밀려들었다. 살아 있다는 사실에 그저 기분이 좋았다.

손으로 바닥을 짚고 몸을 일으켜 앉아 주변을 둘러보았지만 아무것도 보이지 않았다. 완벽한 어둠. 희미한 빛 한 줄기도 없었다. 테리사가 닫아 버린 유리문에서 왜 더 이상 은은한 초록색 빛이 나지 않는지 궁금했다.

테리사.

들떴던 기분이 가라앉았다. 테리사가 한 짓들이 떠올랐다. 하지만……

토머스는 죽지 않았다. 사후 세계가 좁아터진 컴컴한 방이 아니라면 말이다.

잠시 그대로 누워 정신을 차리고 마음을 안정시킨 후 일어서서 벽면을 손으로 쓸어 보았다. 세 개의 차가운 금속 벽에는 균일한 간격으로 돌출된 구멍이 배치되어 있었다. 네 번째 벽은 플라스틱 같았다. 그는 아직 그 작은 방에 있었다.

토머스는 문을 두드리며 소리쳤다.

"어이! 밖에 아무도 없어?"

머릿속에 온갖 생각이 휘몰아쳤다. 기억인지 꿈인지 모를 장면들, 너무도 많은 정보와 너무도 많은 질문들. 미로에서 변화 과정과 함께 돌아왔던 기억의 조각들이 서서히 또렷해지기 시작했다. 토머스는 사악이 세운 계획의 일부이며, 이 모든 것의 일부였다. 토머스와 테리사는 단순히 친한 정도가 아니라 단짝이었다. 이 일은 옳은 것이었다. 공공의 이익을 위해 해야만 하는 일이었다.

그런데 이제는 이 일이 마냥 옳게만 느껴지지 않았다. 분하고 부끄러웠다. 그들이 한 끔찍한 짓을 어떻게 정당화할 수 있을까? 사악은 도대체 무슨 짓을 하고 있는 건가? 이런 쪽으로는 생각하고 싶지 않았지만 자신을 비롯해 이 시험에 동원된 건 모두 어린 애들이었다. 어린애들! 그는 스스로에게 혐오감을 느꼈다. 언제 이렇게 생각이 바뀌었는지 모르지만 그의 내면에서 무언가 부서진 것 같았다.

그리고 테리사. 어떻게 테리사를 그렇게 아끼고 좋아할 수 있었던 걸까?

갑자기 '덜컹' '쉬이익' 소리가 들려 토머스는 더 이상 생각을 이어 갈 수 없었다.

문이 서서히 바깥쪽으로 열리기 시작했다. 이른 아침의 옅은 빛 속에서 테리사가 눈물범벅이 되어 서 있었다. 문이 어느 정도 열리자마자 테리사는 토머스를 품에 안고 그의 목에 자신의 얼굴을 파묻었다.

목이 테리사의 눈물로 젖어들었다.

"정말 미안해, 톰. 정말정말 미안해. 시키는 대로 하지 않으면 널 죽일 거라고 해서 어쩔 수가 없었어. 견디기 힘들 만큼 끔찍했어. 미안해, 톰!"

토머스는 대답하지 않았다. 테리사를 안아 줄 수도 없었다. 배신. 테리사의 방 옆에 붙어 있던 표시판. 꿈에서 본 사람들이 나누던 대화. 퍼즐 조각들이 맞춰지고 있었다. 또 한 번 그를 속여 넘기려는 수작인지 모른다. 지독하게 배신당하고 나니 더는 테리사를 신뢰할 수 없었다. 마음으로도 용서되지 않았다.

그러나 어떤 면에서 테리사는 처음에 한 약속을 지켰다. 자신의 의지에 반해서 토머스에게 모질게 군 것이다. 사막의 작은 건물에서 테리사가 했던 말은 사실이었다. 그러나 토머스는 그들 사이가 절대 예전으로 돌아가지 않으리란 걸 알고 있었다.

그는 테리사를 밀어냈다. 테리사의 푸른 눈동자에는 진정성이 담겨 있었지만 의심을 거둘 수 없었다.

"음…… 무슨 일이 있었는지부터 설명해 봐."

토머스의 요구에 테리사가 대답했다.

"날 믿으라고 했잖아. 아무리 끔찍한 일이 일어나도 날 믿으라고. 그 끔찍한 일이라는 건 전부 널 속이려는 연극이었어."

테리사가 미소를 지었다. 그 미소가 너무 예뻐서 토머스는 그녀가 한 짓을 용서할 방법을 찾고 싶었다.

"그래. 하지만 정신을 잃을 만큼 날 창으로 때리고 가스실에 던져 넣으면서도 넌 별로 괴로워하지 않는 것 같더라."

토머스는 속에서 치솟는 불신을 감출 수 없었다. 흘끗 쳐다보니 에어리스는 사적인 대화를 나누는 공간에 잘못 들어온 사람처럼 멋쩍은 얼굴로 서 있었다.

에어리스가 말했다.

"미안하다."

"우리가 전부터 아는 사이였다는 거, 왜 나한테 말하지 않았지, 에어리스? 도대체 왜……."

토머스는 더 이상 할 말을 찾을 수 없었다.

테리사가 말했다.

"전부 연극이었어, 톰. 믿어 줘. 처음부터 그들에게 널 죽게 하진 않을 거라는 약속을 받아 놨어. 이 방에 널 집어넣은 건 그들 나름의 목적이 있어서였고 이제 다 끝났어. 정말 미안해."

토머스는 열려 있는 문을 돌아보며 말했다.

"이 모든 걸 이해하려면 시간이 필요해."

테리사는 그가 당장 자신을 용서해 주길, 그들의 관계가 곧장 예전으로 돌아가길 바랐다. 토머스는 지금은 비통하고 분한 감정을 드러내면 안 된다는 걸 본능적으로 알고 있었지만 막상 감추기가 쉽지 않았다.

테리사가 물었다.

"방 안에서 무슨 일이 있었어?"

토머스는 그녀를 돌아보며 내뱉었다.

"네 얘기를 다 듣고 난 후에 내 얘기를 할 거야. 그 정도 자격은 된다고 보는데."

테리사는 손을 잡으려 했지만 토머스는 목을 긁는 척하며 슬쩍 피했다. 테리사가 상처받은 얼굴을 하자 토머스는 아주 살짝 고소하기도 했다.

테리사가 말했다.

"그래, 네 말이 맞아. 넌 먼저 설명을 들을 자격이 충분해. 왜 이런 일들이 일어나고 있는지는 우리도 모르지만, 아는 건 다 얘기해 줄게."

그때 에어리스가 가볍게 헛기침을 하며 대화에 끼어들었다.

"음, 얘기는 걸어가면서, 아니 뛰어가면서 해도 되지 않을까. 몇 시간 남지 않았어. 오늘이 바로 그날이야."

토머스는 정신이 번쩍 들어 손목시계를 내려다보았다. 에어리스의 말대로 오늘이 바로 정확히 2주째 되는 날이라면 최종 기한까지 다섯 시간 반밖에 남지 않았다. 토머스는 저 방에 얼마나 오래 있었는지도 인식하지 못할 만큼 시간의 흐름을 놓치고 있었다. 제시간에 피난처에 도착하지 못하면 이 모든 일이 부질없는 짓이 되고 말 것이다. 그는 민호가 이끄는 무리가 지금쯤 무사히 피난처로 찾아갔기를 바랐다.

토머스는 화제를 바꾸며 말했다.

"좋아. 당분간은 이 일에 대해 잊어버리자. 산 아래 뭐가 있는지 봤어? 난 어두울 때 봐서 잘 보지 못했는데……."

테리사가 대답했다.

"봤는데, 건물 같은 건 없어. 전혀. 낮에 보니까 더 이상한 게, 평평한 황무지만 끝없이 펼쳐져 있더라고. 피난처는 고사하고 나무 한 그루, 언덕 하나 없어."

토머스는 에어리스와 테리사를 번갈아 쳐다보며 물었다.

"이제 어떡해야 하지? 어디로 가야 돼?"

그러다 민호와 뉴트를 비롯한 공터인들, 브렌다와 호르헤가 생각나 덧붙여 물었다.

"다른 애들이 어디쯤 있는지는 봤어?"

에어리스가 대답했다.

"나랑 같은 그룹이었던 여자애들은 전부 저 아래서 북쪽으로 걸어가고 있어. 3킬로미터 정도 앞서 있는 것 같아. 네 친구들은 산 아래쪽에, 그러니까 여기서 서쪽으로 1.5킬로미터 내지 3킬로미터 거리에 있어. 확실히는 모르겠지만 언뜻 봐서는 추가로 더 없어진 사람은 없는 것 같아. 여자애들이 가고 있는 곳과 같은 방향으로 이동 중이었어."

토머스는 마음이 놓였다. 친구들이 해낸 것이다. 한 명도 빠짐없이 모두.

테리사가 말했다.

"우리도 출발하자. 산 아래 아무것도 없다고 해서 무슨 일이 생

434

기지 않으리라는 보장은 없어. 사악이 또 뭘 준비해 놨는지 누가 알겠어? 우린 그들이 지시한 대로 해야 돼. 어서 가자."

토머스는 잠시 동안이지만 다 포기하고 여기 눌러앉아서 이 모든 걸 잊고 싶었다. 무슨 일이 일어나든 말든 상관하고 싶지 않았다. 하지만 그 생각은 뇌리를 스치자마자 곧바로 사라졌다.

"그래, 가자. 가는 동안 너희가 아는 걸 전부 말해 줘."

토머스의 말에 테리사가 대답했다.

"그럴게. 저기서 고목 숲을 벗어난 후에는 뛰어야 하는데 둘 다 할 수 있겠어?"

에어리스는 고개를 끄덕였고 토머스는 눈동자를 위로 굴리며 말했다.

"당연하지. 난 러너잖아."

테리사가 눈썹을 위로 치켜세우며 말했다.

"좋아. 그럼 누가 먼저 힘들다고 멈추는지 두고 볼 거야."

토머스는 대답 대신 작은 공터를 지나 생명 없는 고목의 숲으로 발을 옮겼다. 마음을 무겁게 내리누르는 복잡한 기억과 감정은 당분간 잊어버리기로 했다.

아침인데도 하늘은 그리 밝지 않았다. 짙은 회색 구름이 잔뜩 깔려 있어서 손목시계가 없었다면 시간을 짐작할 수 없었을 것이다.

구름. 전에 폭풍우가 왔을 때도 이랬다.

그래도 이번 폭풍우는 그때처럼 심하진 않을 것이다. 아마도.

무성한 고목 숲을 빠져나온 후에도 세 사람은 쉬지 않고 계속 이동했다. 골짜기를 향해 지그재그로 길이 나 있어서 그 길을 따라가면 되었다. 멀리서 보면 바위산에 비쭉비쭉하게 난 상처 자국처럼 보이는 길이었다. 토머스는 산 아래까지 내려가는 데 두 시간 정도 걸릴 것으로 예상했다. 가파르고 미끄러운 비탈을 달려 내려가다가는 발목이나 다리가 부러지기 십상이었고, 그랬다간 제시간에 목적지까지 갈 수 없을 것이다.

세 사람은 평지에 다다르기 전까지는 빠르게 이동하되 안전에 유의해야 한다는 생각에 동의했다. 에어리스가 앞장 섰고 그다음은 토머스, 맨 뒤에서 테리사가 따라갔다. 거센 바람이 사방에서 불어오고 먹구름이 하늘에서 몰아치고 있었다. 에어리스가 얘기한 대로 저 아래 사막에서 이동하고 있는 두 무리의 사람들이 보였다. 토머스의 공터인 친구들은 산기슭에서 그리 멀지 않은 곳에 있었고, 나 그룹의 소녀들은 2, 3킬로미터 정도 앞서 가고 있었다.

직접 보고 나니 토머스는 다시 한 번 마음이 놓였고 발걸음도 가벼워졌다.

지그재그로 난 길을 걸으며 세 번째로 방향을 바꾸는데 뒤에서 테리사가 말을 걸었다.

"그럼, 아까 하던 얘기를 마저 할게."

토머스는 고개를 끄덕였다. 그는 믿기지 않을 정도로 몸 상태가 좋았다. 먹은 것도 없는데 이상하게 배가 불렀고, 두드려 맞은 통증도 사라졌다. 신선한 공기와 상쾌한 바람에 활력이 솟았다. 그가 들이마신 가스에 무슨 성분이 들어 있었는지는 모르겠지만 확실히 유독가스는 아니었다. 하지만 테리사에 대한 불신은 여전해서 필요 이상으로 상냥하게 대하고 싶지 않았다.

"미로에서 구출되어 숙소로 간 바로 그날, 한밤중에 우리 둘이 텔레파시로 얘기를 나누고 있었잖아. 그때 모든 게 시작됐어. 반쯤 잠이 들었는데 괴상하게 차려 입은 사람들이 내 방으로 들이닥쳤어. 낙하복을 입고 고글을 낀 사람들이었는데 섬뜩했어."

"정말이야?"

토머스는 어깨에 총을 맞고 버그에 실려 가면서 봤던 사람들을 떠올렸다.

"너무 겁이 나서 널 불렀는데 갑자기 텔레파시가 차단돼 버렸어. 그걸 내가 어떻게 알았는지는 모르겠지만 통신 자체가 사라져 버린 느낌이었어. 지금도 연결됐다가 끊겼다가 하고 있어."

그러고는 그의 머릿속에 대고 말했다.

지금은 잘 들리지?

어. 그런데 너랑 에어리스는 미로에서도 텔레파시로 얘기를 나눴던 거야?

그건…….

테리사는 말끝을 흐렸다. 토머스가 돌아보니 테리사는 걱정스러운 표정을 짓고 있었다.

왜 그래?

그 순간 토머스는 발을 헛디뎠고 멍청하게 산 밑으로 구를 뻔했다. 그는 얼른 다시 고개를 앞으로 돌리고 중심을 잡았다.

그 얘기는 아직 하고 싶지 않아.

"그 얘기……."

토머스는 자기도 모르게 목소리를 내서 말하다가 다시 텔레파시로 물었다.

그 얘기라니?

테리사는 대답하지 않았다.

토머스는 텔레파시로 최대한 크게 고함을 질렀다.

그 얘기라는 게 뭔데!

테리사는 잠시 침묵하다가 마침내 대답했다.

그래, 맞아. 나는 처음 공터에 도착했을 때부터 에어리스랑 텔레파시로 얘기하고 있었어. 대부분은 내가 망할 혼수상태였을 때였지만.

55

토머스는 당장 걸음을 멈추고 뒤돌아서 말하고 싶은 걸 간신히 눌러 참았다.

뭐라고? 미로에 있을 때 왜 나한테 에어리스에 대해 얘기하지 않았지?

토머스는 테리사와 에어리스 중 한 명을 싫어할 이유를 하나라도 더 찾아내려는 것처럼 따지고 들었다.

그런데 앞서 가던 에어리스가 말했다.

"너희 둘, 수다 좀 그만 떨어. 지금 머릿속으로 나에 대해 재잘거리고 있는 거 맞지?"

에어리스는 토머스를 가스실에 집어넣으려고 험악하게 굴던 때와는 완전히 다른 사람이 되어 있었다. 죽음의 숲에서 있었던 일들이 전부 토머스의 상상이었던 것처럼 느껴질 정도였다.

토머스는 폐에 담고 있던 무거운 한숨을 내뱉으며 "도저히 믿기지 않는다. 너희 둘은……" 하고 말하다가 그만두었다. 사실 그리 놀라운 일도 아니었다. 조각난 기억인지도 모를 최근의 꿈속에서 토머스는 에어리스를 보았다. 에어리스는 사악이 꾸민 이 계획의 일부였다. '이 계획'이라는 것이 정확히 무엇인지는 모르겠지만. 짧은 회상 속에서 서로를 대하는 모습으로 판단하자면 토머스와 에어리스는 같은 편이었다. 이제는 아닐 수도 있지만.

토머스는 테리사에게 말했다.

"젠장. 하던 얘기나 계속해."

"알았어. 설명할 게 많으니까 지금부터는 조용히 듣기만 해. 알았지?"

계속 내리막길을 가자니 토머스는 다리가 아프기 시작했다.

"알았어. 그런데…… 넌 텔레파시로 나랑 얘기할 때하고 에어리스랑 얘기할 때를 어떻게 구분하지? 어떤 식으로 작용하는 거야?"

"그냥 하게 돼. 네가 오른 다리에게 움직이라고 명령하고, 왼 다리에게 움직이라고 명령하는 것과 같아. 그냥…… 하는 거야. 머릿속이 그렇게 되어 있어."

에어리스가 한마디 보탰다.

"그건 너도 할 줄 아는 거야, 토미. 기억나지 않아?"

"물론 기억나지."

토머스는 여러 가지로 화가 났고 좌절감도 느껴졌다. 마지막 한 조각까지 기억을 모두 되찾을 수 있다면, 그 조각들이 제자리로 맞아 들어가는 순간 다시금 전진할 수 있을 것 같았다. 사악이 그들의 기억을 굳이 삭제한 이유는 짐작조차 할 수 없었다. 근래에 기억의 조각들이 가물가물하게 돌아오는 건 또 왜일까? 고의일까, 우연일까? 변화 과정의 여파인가?

질문하고 싶은 게 한두 가지가 아니었다. 묻고 싶은 건 많은데 전부 답이 없었다.

마침내 토머스가 말했다.

"알았어. 이제부터 입 다물고 텔레파시도 하지 않을게. 걷기만 할 거야."

"에어리스랑 나에 대한 얘긴 나중에도 해 줄 수 있어. 혼수상태일 때 에어리스랑 무슨 얘길 나눴는지는 기억나지 않아. 깨어나면서 거의 모든 기억을 잃어버려서. 우리가 혼수상태였던 건 아마 변수 중 하나였을 거야. 우리가 미쳐 버리지 않도록 혼수상태인 동안에 통신을 할 수 있게 해 준 거겠지. 어쨌든 우리가 이 계획을 수립하는 데 일조한 건 사실이니까."

"이 계획을 수립하는 데 일조했다고? 난……."

그러자 테리사가 손을 뻗어 토머스의 등을 툭 치며 말했다.

"조용히 하겠다며."

"알았어."

툴툴거리는 토머스에게 테리사는 계속 설명해 나갔다.

"괴상한 복장을 한 사람들이 내 방으로 들이닥친 순간 너와의 텔레파시는 두절됐어. 난 겁이 났고 정신이 반쯤 나가 있었어. 이건 그저 악몽일 뿐이라고 생각했지. 그런데 그들이 독한 냄새가 풍기는 무언가로 내 입을 막았고, 그 바람에 난 정신을 잃었어. 깨어나 보니까 또 다른 방의 침대에 누워 있더라고. 이상한 유리벽 너머에 놓인 의자에는 여러 사람이 앉아 있었어. 그 유리벽은 직접 만져 봐야 알지 눈으로는 보이지도 않았는데, 아무래도 역장(力場) 같았어. 눈에 보이지 않는 힘이 작용하는 장애 구역 말이야."

"그래. 나랑 공터인들도 그런 걸 본 적이 있어."

"그리고 그들이 나한테 말을 하기 시작했어. 에어리스랑 내가 너한테 해야 하는 짓에 관해서, 자기네가 세워 놓은 계획에 대해서 말해 준 거야. 에어리스한테도 그 계획을 전달하라고 했어. 텔레파시로 전하라는 거였지. 당시 에어리스는 가 그룹 쪽에 가 있었어. 우리 그룹 말이야. 그들은 나를 방에서 데리고 나가더니 나 그룹에 합류시켰어. 그리고 피난처까지 가는 게 우리한테 주어진 과제라고 하면서, 플레어 병에 대한 얘기를 해 줬어. 나랑 여자애들은 두렵고 혼란스러웠지만 어쩔 도리가 없었어. 우린 지하 터널로 계속 이동해서 산 바로 아래에서 지상으로 올라왔고 덕분에 도시를 피할 수 있었어. 너랑 내가 사막의 작은 건물에서 잠깐 만난 것, 우리가 골짜기에서 무기를 들고 너를 잡으러 갔던 것도 전부 사악이 세운 계획의 일부였어."

토머스는 꿈에서 본 개략적인 기억을 되살려 보았다. 테리사가 말한 이 시나리오에 대해, 공터와 미로로 들어가기 전부터 이미 알고 있었던 느낌이었다. 토머스는 묻고 싶은 게 많았지만 마저 얘기를 들어 보려고 입을 다물었다.

세 사람은 지그재그로 난 길을 따라 다시 방향을 바꿨다. 테리사의 얘기가 계속되었다.

"내가 확실하게 아는 건 두 가지야. 첫째, 내가 계획에 어긋나는 짓을 하면 사악이 너를 죽일 거라는 거. 무슨 의미인지는 모르겠는데 자기네한테는 '다른 선택 사항'이 있다고 말하더라. 둘째, 네가 진심으로 철저하게 배신당했다고 생각하게 하려고 그 모든 일들을 꾸며 냈다는 거. 우리가 한 일의 목적은 모두 그거였어."

토머스는 또다시 꿈에서 본 기억을 떠올렸다. 꿈에서 본 어린 토머스와 어린 테리사는 모두 패턴이라는 단어를 입에 올렸다. 그게 무슨 의미였을까?

한참 말없이 걷다가 테리사가 말했다.

"어때?"

토머스가 되물었다.

"어때, 라니…… 뭐가?"

"어떻게 생각하냐고?"

"그게 다야? 이게 전부 설명한 거야? 그럼 이제 난 '아, 시원하다' 이래야 되겠네?"

"톰, 내 뜻대로 할 수 없는 상황이었어. 지시를 따르지 않으면 널 죽이겠다는데 어떡해? 마지막에 가서 네가 나한테 철저하게 배신당했다는 생각을 갖게 만들어야 한다는데. 그래서 난 일부러 더 가혹하게 굴었어. 네가 배신감을 느끼도록 하는 게 왜 그렇게 중요한지는 나도 몰라."

테리사가 전해 주는 정보를 곱씹는 동안 토머스는 두통을 느끼기 시작했다.

"그래, 네가 지시받은 대로 잘했다고 치자. 그럼 사막의 건물에서는 왜 그랬어? 나한테 키스했을 때 말이야. 그리고…… 에어리스는 왜 굳이 이 일에 끌어들인 건데?"

테리사는 토머스의 팔을 잡아 세우더니 고개를 돌려 자기를 보게 했다.

"사악은 그런 것도 다 계산에 넣었어. 다 변수를 위한 거라고 했어. 그런 조각들이 어떻게 나중에 하나의 그림으로 맞아떨어지게 되는지는 나도 몰라."

토머스는 천천히 고개를 저었다.

"글쎄, 다 헛소리 같고 이해도 되지 않아. 화도 나고."

"그럼 효과가 있었던 거네?"

"뭐?"

"그들은 네가 배신당한 느낌을 갖게 만들어야 한다고 했어. 그럼 내 방법이 효과가 있었던 거잖아. 안 그래?"

토머스는 테리사의 푸른 눈동자를 한참 들여다보다가 내뱉었다.

"그래, 효과가 있었어."

"심하게 굴었던 건 미안해. 하지만 덕분에 너도 살고 나도 살았잖아. 에어리스도 살았고."

"그래."

토머스는 더 이상 테리사와 얘기하고 싶지 않았다.

"사악은 그들이 원하는 걸 얻었고 난 내가 원하는 걸 얻었어."

테리사는 이렇게 말하며 에어리스를 내려다보았다. 혼자 앞서 내려가던 에어리스는 저 앞쪽에서 멈춰 서 있었다. 테리사가 에어리스에게 말했다.

"에어리스, 잠깐 돌아서서 골짜기 쪽을 보고 있어."

"뭐라고? 왜?"

에어리스는 어리둥절한 표정이었다.

"그냥 하라면 좀 해."

토머스가 가스실에서 나온 후로 테리사는 더 이상 냉정하고 오만한 말투를 쓰지 않았지만, 그래서 더 의심스러웠다. 또 무슨 짓을 벌이려는 걸까 싶었다.

에어리스는 한숨을 쉬고 눈동자를 위로 굴리며, 시키는 대로 골짜기 쪽으로 돌아섰다.

테리사는 망설임 없이 토머스의 목에 팔을 두르고 그를 끌어당겼다. 토머스에겐 저항할 의지도 남아 있지 않았다.

테리사가 키스했지만 토머스의 마음은 더 이상 흔들리지 않았다. 아무 느낌도 없었다.

56

바람이 점점 거세게 휘몰아쳤다.

거무스름한 하늘에서 천둥이 우르르 울리자, 토머스는 그걸 핑계 삼아 테리사에게서 물러섰다. 분노하고 응어리진 감정을 드러내고 싶지 않았다. 시간은 계속 흐르고 갈 길이 멀었다.

토머스는 억지로 미소를 지어 보였다.

"알았어. 넌 괴상한 짓을 잔뜩 했지만 강요에 의한 것이었고, 이제 난 살았으니까. 이제 된 거겠지."

"그래, 맞아."

"그럼 더 고민할 필요도 없네 뭐. 어서 다른 애들이 있는 곳으로 내려가자."

피난처까지 성공적으로 가려면 테리사, 에어리스와 함께 움직이는 게 최선이므로, 토머스는 그렇게 하기로 했다. 테리사라는 인간에 대해, 테리사가 한 짓에 대해서는 나중에 생각하기로 했다.

테리사는 뭔가 어긋난 분위기를 감지했는지 어색한 미소를 지으며 말했다.

"그러자."

어쩌면 테리사는 자신이 앞서 한 짓 때문에 공터인들을 다시 대면하기가 편치 않을 수도 있었다.

"다 했어?"

에어리스가 여전히 골짜기 쪽을 쳐다보며 소리치자 테리사가 대답했다.

"응! 다시는 네 볼에 입 맞출 일 없을 거야, 에어리스. 아직도 내 입술에 곰팡이가 붙어 있는 것 같아."

그런 얘기를 듣는 것만으로도 토머스는 속이 메스꺼웠다. 테리사가 다시 손을 잡으려고 들기 전에 그는 서둘러 산을 내려갔다.

한 시간쯤 후 세 사람은 산기슭에 다다랐다. 내려갈수록 비탈의 경사가 완만해져서 속도를 높일 수 있었다. 마침내 지그재그 길이 끝나고 1.5킬로미터 정도를 달린 끝에 그들은 지평선까지 평평하게 뻗어 있는 적막한 황무지에 이르렀다. 기온은 높았지만 하늘이 짙은 구름으로 덮여 있고 바람이 세서 견딜 만했다.

저 앞에서 점차 한곳으로 모이고 있는 가 그룹과 나 그룹 아이들의 모습이 어렴풋하게 보였다. 먼지가 잔뜩 일어서 잘 보이지는 않았지만, 소년들과 소녀들은 뒤로 크게 처지는 사람 없이 북쪽으로 나아가고 있었다. 고도가 비교적 높은 이곳에서 내려다보니, 양쪽 그룹 모두 강풍 때문에 허리를 숙이고 걸어가는 모습이었다.

날아오는 먼지 때문에 토머스는 눈이 따가웠다. 계속 손으로 닦아 냈지만 그럴수록 먼지는 더 지독하게 들러붙어 눈 주변의 살갗을 할퀴었다. 구름이 짙어지면서 세상이 어두워지고 있었다.

토머스와 테리사, 에어리스는 잠시 휴식을 취하며 빠르게 줄어들고 있는 식량을 나누어 먹고 마셨다. 그러면서 가 그룹과 나 그룹을 바라보았다.

테리사가 한 손으로는 눈으로 몰려드는 바람을 막고, 다른 손은 앞으로 뻗으며 말했다.

"쟤네들 계속 걷고 있어. 왜 뛰질 않는 걸까?"

에어리스가 손목시계를 내려다보며 대답했다.

"최종 기한까지 세 시간 넘게 남았으니까. 우리가 잘못 안 게 아니라면 산 이쪽에서 몇 킬로미터 이내에 피난처가 있어야 되는데 보이질 않아."

토머스는 인정하고 싶지 않았지만, 저 앞에 피난처가 있을 거라는 기대는 점점 사라지고 있었다.

토머스가 말했다.

"계속 걷는 걸 보니까 저 녀석들 눈에도 피난처가 보이지 않나 본데. 아무것도 없나 봐. 주변이 온통 사막이니 굳이 달려야 할 필요성을 느끼지 못하는 걸 수도 있어."

에어리스는 진회색 하늘을 흘긋 올려다보며 말했다.

"날씨가 심상치 않아. 또 폭풍우가 몰려오고 번개가 치면 어쩌지?"

"번개가 치면 평지로 내려가지 말고 산에 머무는 편이 나을 거야."

그렇게 되면 완벽한 결말이 되지 않을까 싶었다. 있지도 않은 피난처를 찾겠다고 여기까지 와서 전기에 바짝 타 죽는 결말.

"쟤네 쪽으로 가서 합류하자. 가서 보면 뭘 해야 할지 알게 되겠지."

테리사는 이렇게 말하며 두 소년을 돌아보았고, 허리춤에 두 손을 얹으며 물었다.

"둘 다 준비됐지?"

"어."

토머스가 대답했다. 그는 두려움과 걱정에 함몰되지 않으려 안간힘을 쓰고 있었다. 분명 이 모든 일에는 이유가 있을 것이다. 반드시.

에어리스는 대답 대신 어깨만 으쓱했다.

"그럼 출발하자."

테리사는 이렇게 말하며 토머스가 대답하기도 전에 달려갔다. 에어리스가 바로 뒤에 따라갔다.

토머스는 숨을 깊게 들이마셨다. 처음으로 민호와 미로에 들어갔던 때가 생각났다. 그래서 더 걱정이었다. 숨을 천천히 내쉬며 그는 앞서 달려간 두 사람을 쫓아갔다.

20분 정도 달렸을까. 바람 때문에 미로에서 달릴 때보다 두 배는 더 힘이 들었다. 토머스는 머릿속으로 테리사에게 말했다.

요즘 기억이 조금씩 돌아오는 것 같아. 꿈속에서 보고 있어.

토머스는 이 얘기를 에어리스가 같이 듣게 하고 싶지 않아서, 텔레파시로 말했다. 그가 기억하는 부분에 대해 테리사가 어떤 반응을 보이는지 확인해 보기 위해서이기도 했다. 테리사의 진짜 의도가 무엇인지 궁금했다.

정말?

토머스는 테리사가 받은 충격을 감지할 수 있었다.

어. 마구잡이로 떠오르는 이상한 기억들이야. 내가 어렸을 때의 일이라든지. 그런데…… 너도 거기 같이 있었어. 사악이 우릴 어떻게 대했는지도 어렴풋이 알게 됐어. 우리가 공터로 들어가기 전의 일에 대한 기억도 있어.

테리사는 무어라 말을 못 하고 잠시 머뭇거렸다. 묻기를 겁내는 것 같았다.

우리한테 도움이 되는 내용이야? 꿈 내용을 대부분 기억해?

거의. 의미가 있을 것 같은 내용은 많지 않지만.

뭘 봤는데?

토머스는 지난 두 주 동안 꿈에서 본 단편적인 기억들을 하나씩 풀어놓았다. 엄마를 보고, 수술에 대한 대화를 주워듣고, 테리사와 함께 사악 사람들을 염탐하고, 말도 안 되는 이상한 얘기를 얻어들은 것. 테리사와 함께 텔레파시를 시험하고 연습한 것. 그리고 그가 공터로 들어가기 직전에 작별 인사를 한 것까지.

에어리스도 같이 있었어?

테리사는 이렇게 물었다가 토머스가 대답하기도 전에 말을 이었다.

아, 그건 나도 이미 알고 있어. 우리 셋 모두 이 계획에서 일익을 담당했으니까. 그런데 최초의 창조자들이 모두 죽는다거나 대체 인력을 훈련시키고 준비시킨다는 얘기는 잘 이해되지 않아. 네 생각엔 어때?

나도 몰라. 하지만 우리가 시간을 내서 조용히 모여 앉아 얘기해 본다면, 서로의 기억을 되살리는 데 도움이 될 거야.

내 생각도 그래, 톰. 그리고 이번 일에 대해서는 정말 많이 미안해. 날 용서하기 힘들다는 거 알아.

그렇게까지 사과할 필요는 없잖아?

아니. 어쨌든 내가 감수하기로 하고 시작한 일이야. 앞으로 우리 관계가 예전 같지 않더라도 널 구했으니까 그만한 가치는 있었어.

토머스는 어떻게 대꾸해야 할지 감이 잡히지 않았다.

얘기를 더 길게 할 상황도 아니었다. 바람이 울부짖고 흙먼지가 날리는 가운데 먹구름이 거세게 치솟았다. 먹구름이 떠 있는 곳과 두 그룹이 위치한 곳 사이의 거리가 점점 좁혀지고 있었다.

언제 번개가 칠지 알 수 없는 상황이었다.

토머스와 테리사, 에어리스는 계속 달려갔다.

저 앞에서 두 그룹이 마침내 한곳에서 만났다. 그런데 그 지점에서 만난 것이 우연은 아닌 것 같아 토머스는 흥미를 느꼈다. 나 그룹의 소녀들이 먼저 그 지점에서 걸음을 멈췄고, 그것을 본 민호와 공터인들이 동쪽으로 방향을 바꿔 나 그룹 쪽으로 향한 듯했다. 토머스는 몸 성히 살아 있는 민호를 멀리서나마 확인하자 마음이 놓였다.

그리고 지금, 800미터 전방에서 두 그룹은 무언가를 사이에 두고 둥글게 모여 서 있었다. 워낙 빽빽하게 모여 있어서 그들이 무엇을 보고 있는지 토머스는 짐작도 할 수 없었다.

테리사가 텔레파시로 토머스에게 물었다.

저 앞에 무슨 일 있나?

글쎄.

그들 세 사람은 달리는 속도를 더 높였다.

그들은 먼지바람이 몰아치는 평원을 몇 분 만에 가로질러 두 그룹이 모여 있는 곳에 도착했다.

토머스와 테리사, 에어리스가 달려오는 모습을 본 민호가 무리에서 떨어져 나와, 팔짱을 끼고 서서 그들을 쳐다보았다. 민호는 지저분한 옷차림에 떡 진 머리카락, 화상 자국이 여전한 얼굴로 웃고 있었다. 민호의 그 능글맞은 웃음을 다시 보니 토머스는 더없이 반갑고 기분이 좋았다.

민호가 소리쳤다.

"야, 이 굼벵이들아, 빨리 못 오냐!"

민호 앞에서 멈춰 선 토머스는 허리를 굽히고 잠시 숨을 고르다가 자세를 바로하고 말했다.

"나 그룹 여자애들이 우리한테, 아니 나한테 한 짓이 있으니 만나면 이를 악물고 싸울 줄 알았는데 사이가 좋네."

민호는 이리저리 뒤섞여 서 있는 소년들과 소녀들을 흘끗 돌아본 후 토머스에게 다시 시선을 주었다.

"뭐, 일단 쟤들은 활과 화살은 물론이고 다양한 흉기를 갖고 있잖아. 그리고 해리엇이라는 여자애가 그간의 일을 다 설명해 줬어. 네가 저 두 녀석이랑 같이 이리로 온 게 더 놀라운 일이지."

민호는 테리사와 에어리스를 차례로 노려본 후 말을 이었다.

"난 저 배신자들을 처음부터 믿지 않았어."

토머스는 복잡한 감정을 드러내지 않으려 애쓰며 말했다.

"이젠 우리 편이야. 내 말 믿어."

이렇게 말하고 보니 진짜로 그 두 사람을 믿어야 할 것 같아서 토머스는 속이 뒤틀리고 메스꺼웠다.

민호가 씁쓸하게 웃으며 말했다.

"그렇게 말할 줄 알았다. 어떻게 된 거냐고 물어보면 사연이 길다고 하겠지?"

"어, 사연이 길어."

토머스는 화제를 돌렸다.

"그런데 왜 전부 여기 서 있는 거야? 다들 뭘 보고 있어?"

민호는 옆으로 한 걸음 물러나 안내하듯 팔을 뻗었다.

"가서 직접 봐."

그러고는 두 그룹에게 소리쳤다.

"얘들아, 지나가게 길 좀 내줘라!"

몇 명이 뒤를 돌아보고는 조금씩 옆으로 물러났다. 곧 가운데에 좁은 길이 생겼다. 잠시 후 토머스는 모두의 시선을 사로잡은 것이 건조한 땅에 꽂힌 단순한 막대기임을 확인할 수 있었다. 막대기 끝에 매달린 오렌지색 리본이 깃발처럼 바람에 팔락였다. 얇은 리본에 글씨가 찍혀 있었다.

토머스와 테리사는 눈빛을 주고받았고 토머스는 좀 더 자세히 보려고 앞으로 걸어갔다. 바로 앞까지 가기도 전에 리본에 인쇄된 글씨가 시야에 들어왔다.

피난처

57

거센 바람이 불고 사람들이 왁자지껄하게 떠들고 있는데도 마치 귓구멍을 솜으로 틀어막은 것처럼 토머스의 귀에는 잠시 동안 아무 소리도 들리지 않았다. 그는 털썩 무릎을 꿇고 멍하니 손을 뻗어 팔락이는 오렌지색 리본을 만져 보았다. 이게 피난처라고? 건물이나 쉼터 같은 게 아니고?

이윽고 사라졌던 주변 소음이 다시 밀려들면서 토머스는 정신을 차리고 현실로 돌아왔다. 소음은 대부분 바람 소리와 시끌벅적한 얘기 소리였다.

그는 뒤에 나란히 서 있는 테리사와 민호 쪽으로 돌아섰다. 그들 뒤에서 에어리스가 어깨 너머를 살피고 있었다.

토머스는 손목시계를 확인하고 말했다.

"아직 한 시간도 넘게 남았어. 그런데 피난처라는 게 고작 땅에 꽂힌 막대기란 말이지?"

몹시 혼란스러워서 무슨 생각을 하고 무슨 말을 해야 할지 갈피를 잡을 수가 없었다.

민호가 대꾸했다.

"그래도 생각해 보면 그리 나쁘지만은 않아. 우리 중에 절반 이상이 목적지까지 왔잖아. 여자애들이 훨씬 많아서 소녀 떼처럼 보이긴 하지만."

토머스는 화를 억누르려고 애쓰며 일어섰다.

"플레어 병에 걸려서 벌써 정신이 어떻게 됐어? 그래, 목적지까지 오기는 왔지. 몸 성하게, 무사히. 그 목적지라는 게 막대기일 뿐이지만."

민호는 코웃음을 쳤다.

"야, 인마. 그놈들이 우릴 아무 이유 없이 이곳으로 오게 했겠냐? 우린 놈들이 지정한 시간을 넘기지 않고 도착했어. 그러니까 이제 시간이나 때우면서 무슨 일이 일어나는지 지켜보기만 하면 되는 거야."

"그래서 더 걱정되는 거라고."

그러자 옆에 있던 테리사가 나섰다.

"이런 말 하고 싶진 않지만 나도 토머스랑 같은 생각이야. 사악이 그동안 우리한테 한 짓을 생각하면 이건 너무 쉬워. 이 작은 막대기 옆에서 저들이 멋진 헬리콥터를 보내 주기를 기대하는 건 무리야. 뭔가 나쁜 일이 일어날 가능성이 있어."

"됐어. 배신자의 입에서 나오는 말은 한마디도 듣고 싶지 않아."

민호는 테리사에 대한 증오를 숨기지 않았고 말을 마치자마자 돌아서서 가 버렸다.

토머스는 민호가 그렇게 분노하는 모습을 본 적이 없었다. 테리사 역시 적잖게 당황한 표정이었다.

"그렇게 놀라운 반응도 아니잖아."

토머스의 말에 테리사는 어깨를 으쓱했다.

"미안하다고 사과하는 것도 지쳤어. 난 지시받은 대로 한 것뿐인데."

토머스는 테리사가 진심으로 그렇게 생각하는지 의심스러웠다.

"어쨌거나 난 뉴트를 찾아봐야겠다. 할 말이……."

이렇게 말하던 토머스의 눈에 브렌다가 들어왔다. 그는 말을 잇지 못했다. 무리에서 떨어져 나온 브렌다는 토머스와 테리사를 번갈아 쳐다보고 있었다. 긴 머리카락을 마구 헝클어뜨리는 바람 때문에 브렌다는 귀 뒤로 머리카락을 계속 쓸어 넘기고 있었지만 소용없었다.

"브렌다."

그 이름을 부르며 토머스는 어째서인지 죄책감을 느꼈다.

"어, 안녕."

브렌다는 인사를 하며 걸어와 토머스와 테리사 바로 앞에 서서 물었다.

"얘가 네가 말한 그 여자애구나? 우리 둘이 트럭 안에 숨어서 쉬고 있을 때 네가 말했던?"

토머스는 생각할 겨를도 없이 "어"라고 대답했다가 곧 "아니. 그러니까…… 음, 맞아"라고 얼버무렸다.

테리사가 손을 내밀자 브렌다는 그 손을 잡고 악수했다.

"난 테리사야."

"만나서 반가워. 난 광인이야. 천천히 미쳐 가고 있어. 지금도 계속 내 손가락을 물어뜯고 싶고 닥치는 대로 사람들을 죽이고 싶은데 참는 중이야. 여기 있는 토머스가 날 구해 주겠다고 약속했거든."

농담처럼 얘기하면서도 브렌다는 미소조차 짓지 않았다.

토머스는 당혹감을 감추며 말했다.

"재미있구나, 브렌다."

그러자 테리사가 말했다.

"그 병에 대해 아직도 농담을 할 수 있다니 보기 좋네."

테리사의 표정은 물을 얼음으로 만들어 버릴 수 있을 정도로 차가웠다.

토머스는 손목시계를 확인했다. 55분 남았다.

"나는, 음, 뉴트랑 얘기해야 해서 이만 가 볼게."

그는 이렇게 말하고는 두 소녀가 또 무어라 말을 하기 전에 얼른 그 자리를 떴다. 그들 두 사람에게서 최대한 멀리 떨어져 있고 싶었다.

뉴트는 프라이팬, 민호와 함께 땅바닥에 앉아 있었다. 다들 세상의 종말을 기다리는 것처럼 우울한 표정이었다.

거친 바람에 습기가 더해졌다. 소용돌이치며 부푸는 거대한 먹구름이 낮게 깔려 있어서, 지상을 집어삼킬 듯 퍼져 나간 검은 안개를 보는 듯했다. 하늘 여기저기서 회색 구름 사이로 보라색과 주황색 불빛이 번쩍거렸다. 아직 번개가 지상으로 내리꽂히지는 않았지만 머잖아 무시무시한 번개가 칠 것 같았다. 예전에 폭풍우가 몰려왔을 때도 그랬으니까.

토머스가 가까이 가자 뉴트가 말을 건넸다.

"어이, 토머스."

단순한 두 마디 말. 그 말을 듣자 토머스는 납치되어 죽을 뻔한 고비를 넘기고 겨우 돌아온 게 아니라, 그저 한가롭게 산책을 갔다가 돌아온 것만 같았다. 토머스는 뉴트 옆에 앉아 두 팔로 무릎을 감싸며 말했다.

"너희가 시간 내에 도착해서 다행이야."

그러자 프라이팬이 늘 그렇듯 짐승이 짖어 대는 것처럼 왁자하게 웃으며 콧방귀를 뀌었다.

"너도 마찬가지야, 토머스. 보니까 꽤나 즐기다가 온 것 같더라. 사랑하는 여신과 함께 노닥거리다가 왔으니 오죽하겠냐. 둘이 키스하고 화해라도 했나 보지?"

"그런 거 아니야. 재미없으니까 그만해."

민호가 물었다.

"어떻게 된 거야? 그런 일을 겪고도 어떻게 테리사를 다시 믿을 수 있어?"

토머스는 망설였지만 모든 걸 다 얘기하는 게 좋겠다는 판단이 섰다. 지난 얘기를 하기에 지금보다 더 알맞은 때도 없을 것 같았다. 토머스는 심호흡을 하고 얘기를 시작했다. 사악이 그를 놓고 세운 계획, 나 그룹의 야영지에서 있었던 일, 나 그룹과의 대화, 가스실에서의 일까지. 하나하나의 일들은 전부 앞뒤가 맞지 않았지만, 그래도 친구들에게 털어놓고 나니 속은 후련했다.

토머스가 얘기를 마치자 민호가 물었다.

"그래서 저 마녀를 용서하기로 했다고? 난 용서 못 하겠어. 사악 놈들이 무슨 짓을 하든 상관없고, 네가 무슨 짓을 해도 괜찮아. 하지만 저 계집애는 못 믿겠어. 에어리스도 마찬가지고. 둘 다 마음에 안 들어."

뉴트는 좀 더 깊이 생각하고 나서 말했다.

"저 둘이 그런 짓을 계획하고 실행한 게 단순히 너에게 배신감을 안겨 주기 위해서였다고? 말이 안 되잖아."

토머스가 중얼거리며 말했다.

"그러게. 그리고 나 역시 아직 테리사를 용서하지 않았어. 당분간은 한 배를 탄 신세니까 따지고 싶지 않을 뿐이야."

토머스는 주변을 둘러보았다. 아이들은 대부분 바닥에 앉아 멍하니 먼 곳을 응시하고 있었다. 대화도 별로 없었고, 두 그룹 간에 교류도 없었다.

"너희는? 이곳까지 오는 동안 별일 없었어?"

토머스의 물음에 민호가 대답했다.

"산을 관통하는 틈새를 발견해서 그리로 왔어. 동굴에 진을 치고 있던 광인 몇 놈과 싸워야 했지만 그것 말곤 별로 문제랄 것도 없었어. 이젠 식량도 물도 거의 다 떨어졌어. 발도 아파 죽겠고. 조금 있다가 빌어먹을 번개가 한바탕 치고 나면 난 프라이팬이 요리한 베이컨처럼 시커멓게 타 버리겠지."

토머스는 산을 흘끗 돌아보았다. 산기슭에서 이곳까지의 거리는 대략 6킬로미터였다.

"그래. 그래서 말인데 일단은 여길 떠나 산으로 가서 번개를 피할 곳을 찾아보는 게 좋을 것 같아."

이 말을 하면서도 토머스는 당장은 그럴 수 없다는 걸 알고 있었다. 최종 기한을 넘긴 후라면 몰라도 아직은 아니었다.

"말도 안 돼. 여기까지 어떻게 왔는데 산으로 돌아가. 폭풍우가 좀 더 늦게 시작되길 바라는 수밖에 없지."

뉴트는 얼굴을 찌푸리며 거의 검은색이 되다시피 한 구름 덩어리를 올려다보았다.

토머스와 민호, 프라이팬은 입을 다물었다. 더욱 거세진 바람이 포효하고 있어서 말을 한다고 해도 서로의 귀에 닿지 않을 것이다. 토머스는 손목시계를 내려다보았다.

35분 남았다. 폭풍우는 최종 기한까지 기다려 줄 것 같지 않았다. 그런데 민호가 갑자기 벌떡 일어섰다.

"저게 뭐야!"

민호의 손은 토머스의 어깨 너머 무언가를 가리키고 있었다.

토머스는 불안감에 휩싸인 채 일어나 뒤를 돌아보았다. 민호의 얼굴이 공포로 질리는 것을 보니 좋지 않은 일인 건 분명했다.

두 그룹이 모여 있는 곳에서 9미터쯤 떨어진 곳에서, 사막의 일부가…… 열리고 있었다. 사막의 흙덩어리가 천천히 회전하면서 밑으로 꺼지고, 그 자리에 폭 4.5미터 정도의 완벽한 정사각형이 비스듬한 축 위에서 빙글빙글 돌며 올라오고 있었다. 우우웅 울리는 소리, 강철을 구부리는 것처럼 날카로운 끼이익 소리가 포효하는 바람 소리를 뚫고 들려왔다. 회전하며 올라온 정사각형의 검은 판이 철커덕 멈추자, 그 위에 놓인 괴상하게 생긴 물건이 시야에 들어왔다.

가장자리가 둥글고 길쭉하며, 하얀색이었다. 토머스는 전에도 그런 물건을 본 적이 있었다. 그것도 여러 개를. 미로를 빠져나가 괴수 구멍 안쪽에 있는 커다란 방으로 들어갔을 때, 토머스를 비롯한 공터인들은 그 방에서 시체 담는 관처럼 생긴 컨테이너 여러 개를 보았다. 그때는 그것들에 대해 깊이 생각할 시간이 없었지만, 지금 다시 보니 그 관은 괴수들이 미로에서 인간 사냥을 하지 않는 동안 머무르는 혹은 잠을 자는 장치였는지도 몰랐다.

토머스가 무어라 말할 새도 없이, 두 그룹이 모여 있는 곳 주변에서 군데군데 사막의 일부가 밑으로 꺼지면서 검은 입들을 떡 벌리고 있었다.

그런 곳이 수십 개는 되었다.

58

금속끼리 긁어 대는 끼이익 소리에 귀청이 터질 것 같았다. 그 소리를 최대한 차단하려고 토머스는 두 손으로 귀를 막았다. 다른 이들도 마찬가지로 귀를 틀어막고 있었다. 두 그룹을 에워싸고 사막의 일부분이 밑으로 푹푹 꺼지고 그 자리에 검은 판들이 회전하며 올라오고 있었다. 마침내 철커덕 하고 움직임을 멈춘 각각의 검은 판 위에는 모서리가 둥근 하얀 관이 하나씩 놓여 있었다. 적어도 서른 개는 되었다.

금속끼리 긁어 대는 날카로운 소음이 마침내 그쳤다. 아무도 입을 열지 않았다. 땅을 뜯어내 버릴 것처럼 거친 바람이 둥그런 컨테이너 위로 흙과 모래를 사납게 뿌려 댔다. 모래가 관에 부딪치며 쨍쨍 소리를 냈다. 그 소리가 바람 소리에 섞여 쉴 새 없이 들리자 토머스는 등골이 오싹했다. 흙먼지가 들어가지 않도록 눈을 가늘게 떴다. 이질적이고 생경한 물건들이 그들 앞에 놓인 후로 주변에는 어떤 움직임도 없었다. 모래가 관에 부딪히는 소리, 바람 소리, 오싹함, 따가운 눈가.

테리사가 그를 불렀다.

톰?

어.

저거 어디서 본 기억 나지?

어.

저 안에 괴수들이 들어 있을까?

토머스도 같은 생각을 하고 있었지만, 어쩌면 예상을 뛰어넘는 다른 무언가가 들어 있을 수도 있었다. 그는 잠시 생각한 뒤 대답했다.

잘 모르겠지만, 괴수들은 몸이 축축하니까 이런 사막에서 활동하기 어려울 거야.

멍청한 소릴 한 것 같기도 했지만, 토머스는 그 말을 믿고 싶었다.

어쩌면 우리가…… 저 상자 안으로 들어가야 하는지도 몰라, 톰.

테리사는 잠시 뜸을 들이다가 덧붙였다.

저 상자가 바로 피난처라서 우리가 들어가서 자리를 잡고 있으면 다른 어딘가로 이송될 수도 있잖아?

마음에 들지는 않지만 테리사의 추측이 옳을 수도 있었다. 토머스는 거대한 콩꼬투리 같은 그 관에서 시선을 떼고 테리사 쪽을 쳐다보았다. 테리사는 그가 서 있는 쪽으로 오고 있었는데 다행히 혼자였다. 테리사와 브렌다가 한꺼번에 옆으로 온다면 감당할 자신이 없었다.

"여기야."

토머스는 큰 소리로 이렇게 말했지만 입 밖으로 나오기가 무섭게 바람이 그의 말을 쓸어 가 버렸다. 그는 이제 상황이 달라졌다는 것을 깜박 잊고 테리사에게 손을 뻗으려다가 그만두었다. 테리사는 알아채지 못한 것 같았다. 테리사는 민호와 뉴트에게 먼저 다가가 그들을 손으로 툭 치며 아는 체를 했다. 민호와 뉴트는 고개를 돌려 테리사를 쳐다보았고, 토머스는 상의하기 위해 그들에게 다가갔다.

민호는 결정 과정에 테리사를 참석시키는 것이 마땅찮은지 곱지 않은 눈길로 그녀를 쏘아보며 물었다.

"이제 어쩌지?"

뉴트가 대답했다.

"저 안에 빌어먹을 괴수들이 들어 있으면, 싸울 준비를 하는 게 최선이겠지."

그런데 뒤에서 해리엇의 목소리가 들렸다.

"너희들 무슨 얘기 하고 있어?"

뒤를 돌아보니 해리엇과 소냐가 어느새 가까이에 와 있었다. 그들 바로 뒤에는 브렌다가 호르헤와 나란히 서 있었다.

민호가 구시렁거렸다.

"아이구, 나 그룹의 두 여왕님이 납시었네."

해리엇은 못 들은 체하고 말했다.

"너희도 미로 끝의 구멍 너머에 있는 방에서 저 콩꼬투리같이 생긴 컨테이너들을 봤을 테니 알겠지만, 저건 괴수들이 들어가서, 말하자면 충전을 하는 장치 같아."

뉴트가 말했다.

"내 생각도 그래."

그때 하늘에서 우르릉 쿵쿵 천둥이 울리고 구름 사이에서 한층 더 강렬한 빛이 번쩍거렸다. 바람이 그들의 옷과 머리카락을 마구 잡아당겼다. 사방에서 축축하면서도 건조한 먼지 냄새가 났다. 축축하면서 건조할 수 있다니 괴상한 조합이었다. 토머스는 다시 시간을 확인하고 말했다.

"이제 25분밖에 남지 않았어. 괴수들하고 싸우든지 늦지 않게 저 커다란 관으로 들어가든지 선택해야 돼. 어쩌면……."

그때 사방에서 날카롭게 치지직 소리가 들렸다. 그 소리가 고막으로 파고드는 것 같아 토머스는 또다시 손으로 귀를 틀어막았다. 그들을 둘러싸고 있는 관에서 움직임이 일고 있었다. 토머스는 그 관에 무슨 일이 일어나고 있는 것인지 주시했다.

관마다 한쪽 면에 한 줄로 진청색 불빛이 생기더니 관의 위쪽 절반이 위로 올라가면서 점차 불빛의 폭이 넓어졌다. 진짜 관처럼 뚜껑이 열리고 있었다. 소리는 들리지 않았다. 어쩌면 거친 바람과 요란한 천둥소리 때문에 들리지 않는 것일 수도 있었다. 토머스는 아이들이 천천히 가운데로 모여 서는 것을 느낄 수 있었다. 다들 그들을 둘러싼 30여 개의 하얀 관에서 멀리 떨어지고 싶은 마음에 모두가 가운데로 빽빽이 모여 서고 있었다.

서서히 열리던 뚜껑이 마침내 바닥으로 떨어졌다. 관마다 그 안에 커다란 무언가가 누워 있었다. 토머스가 서 있는 곳에서는 잘 분간이 가지 않았지만 괴수의 몸에 괴상한 부속물이 붙은 것 같지는 않았다. 움직임은 없었지만 토머스는 경계를 늦추지 않았다.

테리사?

토머스는 바람 소리, 천둥소리를 뚫고 큰 소리로 말할 자신이 없어서 텔레파시로 그녀를 불렀다. 누구에게든 말을 하지 않으면 미쳐 버릴 것 같았다.

응?

누구든 저기 가서 봐야 될 거 같은데. 안에 뭐가 있는지 확인해야 하니까.

말은 이렇게 했지만 막상 가려니 내키지가 않았다.

그런데 테리사는 대수롭지 않게 말했다.

그래. 우리 둘이 같이 가 보자.

테리사의 용기에 토머스는 깜짝 놀랐다.

가끔 보면 네 아이디어가 항상 좋은 것 같지는 않아.

토머스는 속내를 들키고 싶지 않아 일부러 빈정대는 투로 말했지만, 실은 공포에 휩싸여 있었다.

그런데 민호가 그를 불렀다.

"토머스!"

천둥 번개가 점차 그들 쪽으로 오고 있어서 짜자작 쿠쿵 소리가 요란한 가운데 하늘이 지평선까지 번쩍거렸다. 요란한 소음에 바람 소리마저 묻힐 정도였다. 지상에 서 있는 그들에게 폭풍우가 한바탕 분노를 쏟아 내기 직전이었다.

토머스도 큰 소리로 물었다.

"왜?"

"너랑 나, 뉴트! 우리 셋이 가서 확인해 보자!"

토머스가 걸음을 떼려는 순간, 앞에 있는 관들 중 한 곳에서 무언가가 불쑥 튀어나왔다. 토머스 주변에 선 아이들이 놀라서 가쁜 숨을 내뱉었다. 토머스는 그 자리에서 주변을 둘러보았다. 관마다 움직임이 일고 있었다. 도대체 관 속에서 무엇이 움직이고 있는지는 알 수 없었으나, 그것들은 지금껏 누워 있던 기다란 보금자리에서 나오려 하고 있었다. 토머스는 제일 가까이에 있는 관을 집중해서 바라보았다. 그가 대면하게 될 것이 무엇인지 알아야 했다.

관의 가장자리에서 기형으로 생긴 팔이 나왔다. 바닥에서 몇 센티미터 올라오지 않은 곳에서 손이 덜렁거렸다. 그 손에 흉하게 문드러진 뭉툭한 손가락 네 개가 붙어 있었는데 길이가 전부 달랐다. 피부는 역겨운 황회색이었다. 무언가를 붙잡으려는 건지 손가락이 꿈틀거렸다. 관 밖으로 나오기 위해 뭐든 붙잡으려는 것 같았다. 온통 쭈글쭈글한 팔은 혹투성이였고, 팔꿈치가 있어야 할 자리에 괴상한 덩어리가 붙어 있었다. 지름 10센티미터 정도의 완벽하게 동그란 종양. 그 종양은 밝은 오렌지색으로 빛나고 있었다.

마치 팔에 불 켜진 전구를 붙여 놓은 것 같았다.

괴물은 계속 움직였다. 이번에는 다리 하나가 관 밖으로 나왔다. 발은 그저 살덩어리였고 작은 혹처럼 생긴 발가락 네 개가 붙어 있었다. 괴물은 마치 손가락을 움직이듯 발가락을 꼼지락거렸다. 무릎에도 오렌지색 빛 덩어리가 붙어 있었는데 별도의 부속물이 아니라 살 속에서 생겨난 혹 같았다.

폭풍우의 요란한 소음 너머로 민호의 고함 소리가 들렸다.

"저게 도대체 뭐지!"

아무도 대답하지 않았다. 토머스도 멍하니 그 괴물을 바라보고 있을 뿐이었다. 어리둥절하기도 하고 두렵기도 했다. 정신을 차리고 다른 관들을 보니 비슷하게 생긴 괴물들이 거의 같은 속도로 관에서 나오고 있었다. 토머스는 얼른 다시 제일 가까이에 있는 관으로 시선을 돌렸다.

그 괴물은 오른손과 오른 다리로 무게중심을 잡고 몸을 일으키려 하고 있었다. 혐오스러운 괴물이 꿈틀대다가 관 밖으로 나와 휘청거리며 바닥에 발을 디디는 모습을 토머스는 공포에 질린 눈으로 바라보았다. 괴물은 토머스 일행 중 키가 제일 큰 사람보다 60센티미터는 더 키가 크고, 사람과 비슷한 형상을 하고 있었다. 벌거벗은 몸뚱이에는 얽은 자국과 주름이 가득했다. 피부는 무척 두툼해 보였다. 가장 기분 나쁜 건 몸 이곳저곳에 붙어 있는 전구처럼 생긴 동그란 빛 덩어리들이었다. 스무 개는 족히 되어 보이는 그 덩어리들은 오렌지색으로 환하게 빛나고 있었으며 가슴과 등에는 여러 개, 팔꿈치와 무릎에는 하나씩 붙어 있었다. 오른쪽 무릎에 붙은 전구는 그 괴물이 바닥으로 내려오면서 무릎을 찧는 바람에 불꽃을 튀기며 박살이 났다. 머리에도 그런 전구 같은 덩어리들이 여러 개 붙어 있었으나 눈, 코, 입, 귀는 없었다. 머리카락도 없었다.

비틀거리던 괴물은 중심을 잡고 서서 가운데에 모여 선 인간들을 바라보았다. 토머스가 얼른 주변을 둘러보니 나머지 관에서도 괴물들이 모두 나와서 토머스 일행을 에워싸고 있었다.

괴물들이 일제히 팔을 들어 하늘을 가리켰다. 그 순간, 그들의 뭉툭한 손가락 끝, 발가락 끝, 어깨에서 얇은 칼날들이 튀어나왔다. 하늘을 수놓은 번갯불이 괴물들의 몸에서 튀어나온 날카로운 은색 칼날에 비치며 반짝거렸다. 입처럼 생긴 기관은 보이지 않았지만, 죽음과도 같은 섬뜩한 신음이 괴물들의 몸뚱이에서 흘러나

오기 시작했다. 토머스는 그 소리를 듣는다기보다는 느끼고 있었다. 천둥소리가 요란한데도 불구하고 인식이 되는 걸 보면 굉장히 큰 신음 소리인 듯했다.

테리사가 말했다.

차라리 괴수를 만나는 게 나을 뻔했어.

토머스는 가까스로 침착함을 유지하며 대답했다.

글쎄, 생긴 것만 봐도 사악이 만들었다는 걸 한눈에 알겠다.

토머스 주변의 아이들은 전부 입을 벌리고 멍하니 괴물들을 쳐다보고 있었다. 민호가 모두를 향해 돌아서서 큰 소리로 지시했다.

"각자 한 마리씩 맡아! 무기가 될 만한 건 뭐든 찾아 들어!"

도전하겠다는 말을 듣기라도 한 것처럼, 전구 괴물들이 아이들 쪽으로 걸어오기 시작했다. 처음 두어 걸음은 느릿했지만 점차 안정되고 강건해지면서 움직임이 민첩해졌다. 괴물들과 아이들 간의 거리가 빠르게 줄어들고 있었다.

59

토머스는 테리사에게서 장검에 가까운 기다란 칼을 건네받았다. 그동안 무기들을 어디에 숨겨 놓았던 건지 테리사는 창 말고도 단검을 추가로 꺼내 들고 있었다.

온몸에 불을 밝힌 거인들이 가까이 다가오는 동안, 민호와 해리엇은 각자의 그룹에게 지시를 내리고 그들 사이를 돌아다니며 자리를 잡게 했다. 하지만 바람이 워낙 거세서 토머스는 그들이 무어라 고함을 치고 명령을 내리는지 들을 수가 없었다. 토머스는 다가오는 괴물들에게서 간신히 시선을 떼고 하늘을 올려다보았다. 덩굴손처럼 뻗어 나온 번개가 여러 줄기로 갈라지면서 먹구름 하단을 가로지르고 있었다. 구름층이 겨우 몇 미터 상공에 떠 있는 것처럼 느껴졌다. 매캐한 전기 냄새가 공기 중에 스며들었다.

토머스는 다시 제일 가까이에 있는 괴물에게 시선을 집중했다. 민호와 해리엇은 이미 각자의 그룹이 완벽한 원을 그리며 바깥을 향해 서도록 배치했다. 테리사는 토머스 바로 옆에 섰다. 테리사에게 무슨 말이든 텔레파시로 하고 싶은데, 토머스는 아무 말도 할 수 없었다.

사악이 만든 마지막 괴물들이 불과 10미터 앞에서 전진해 오고 있었다.

테리사가 토머스의 옆구리를 팔꿈치로 툭 쳤다. 토머스가 돌아보자 테리사는 괴물 한 마리를 손으로 가리키며 자신이 그 괴물을 상대하겠다고 말했다. 자신이 찍은 괴물을 토머스에게 확인시켜 준 것이다. 토머스는 고개를 끄덕이고 자신의 상대로 생각해 둔 그 옆의 괴물을 손으로 가리켰다.

이제 괴물과의 사이는 7미터로 좁혀졌다.

토머스는 문득 이렇게 괴물들을 기다리고 있는 게 어리석다는 생각이 들었다. 좀 더 간격을 넓히고 옆으로 퍼져 나가 적들을 상대해야 했다.

민호도 같은 생각을 했는지 소리쳐 명령했다. 폭풍우 소리 때문에 멀리서 들려오는 것처럼 어렴풋했다.

"지금이다! 공격해!"

이런저런 생각이 토머스의 뇌리를 스쳤다. 사이가 예전 같지는 않지만 그래도 테리사가 걱정스러웠다. 몇 줄 뒤에서 침착하게 서 있는 브렌다도 걱정이었다. 브렌다와 다시 만나서 몇 마디밖에 얘기하지 못한 것도 후회됐다. 인간의 형상을 한 괴물 손에 죽으려고 브렌다가 이 먼 길을 온 게 아니었는데. 공터인들과 지내 온 나날들. 척, 테리사와 함께 미로에서 절벽을 건너뛰어 괴수 구멍으로 들어갔던 일. 그들 셋이 암호를 입력해서 작동을 멈추게 만들 때까지 공터인들이 괴수들과 맞붙어 죽음을 불사하고 싸웠던 일이 떠올랐다.

그들은 온갖 고초를 겪으며 겨우 이곳까지 왔는데, 또다시 사악이 보낸 유전자 변형 괴물 군대와 마주하게 되었다. 이 모든 게 다 무슨 의미인지, 더 이상 생존을 위해 안간힘을 쓸 가치가 있는지 알 수 없었다. 그 순간, 그를 대신해 칼을 맞고 죽은 척의 모습이 떠올랐고, 토머스는 찰나의 망설임과 두려움을 떨쳐 낼 수 있었다. 목이 터져라 악을 썼다. 그리고 두 손으로 쥔 큰 칼을 머리 위로 휘두르며 곧장 괴물을 향해 돌진했다.

좌우에서 다른 아이들도 각자 맡은 괴물들에게 나아가고 있었다. 하지만 토머스의 시야에는 그들이 들어오지 않았다. 자신만의 싸움에 집중해야 했다. 자신이 맡은 괴물을 처치하지 못하면 다른 아이들의 싸움을 도울 수 없으니 당장은 남 걱정을 접어 두는 게 옳았다.

토머스는 점차 거리를 좁혀 나갔다. 4미터. 3미터. 2미터. 괴물은 싸움에 대비해 바닥을 단단히 딛고 멈춰 섰다. 괴물이 기다란 팔을 앞으로 뻗으며 그 끝에 붙은 칼들을 토머스에게 겨눴다. 놈의 몸에 붙은 오렌지색 전구들이 확 타올랐다가 희미해졌다가를 되풀이하며 고동쳤다. 마치 그 흉측한 몸뚱이 속에서 심장이 뛰고 있는 것처럼. 괴물에게 얼굴이 없어 불안했지만, 생물이 아닌 기계에 불과하다는 식으로 받아들일 수 있어 도움이 됐다. 인간이 만들어 낸, 그를 죽이려고 작정한 무기라고 생각했다.

괴물과 맞붙기 직전에 좋은 생각이 떠오른 토머스는 신속하게 엎드려 무릎과 정강이로 바닥을 쓸면서 두 손으로 힘껏 칼을 휘둘러 괴물의 왼 다리에 칼을 꽂았다. 칼이 2.5센티미터 정도 살을 파고 들어갔는데 딱딱한 무언가에 철컹 부딪치면서 토머스의 양팔로 충격이 전해져 왔다.

괴물은 움직이지도 뒷걸음치지도 않았다. 그저 인간이 내는 소리 같기도 하고 아닌 것 같기도 한 괴이한 소리를 내질렀다. 그러고는 토머스가 무릎을 바닥에 대고 앉아 있는 곳을 향해 칼이 달린 두 팔을 내리꽂았다. 토머스는 얼른 뒤로 물러났다가 괴물의 다리에 꽂힌 칼을 잡아당겨 뺐다. 토머스의 머리가 있던 자리로 괴물의 칼날이 내려와 바닥에 부딪치면서 쩔그렁 소리가 났다. 뒤로 벌렁 넘어졌던 토머스는 부리나케 그 자리를 피했고 괴물은 두 걸음 더 다가왔다. 놈은 칼 달린 발을 앞으로 쭉 뻗었으나 토머스는 아슬아슬하게 몸을 피했다.

괴물이 고함을 내질렀다. 괴수들이 내던 무시무시한 신음 소리와 비슷했다. 놈은 요리조리 피하는 토머스를 칼로 찌르려고 바닥에 주저앉아 팔을 휘둘렀다. 토머스는 세 번 정도 몸을 굴려 피했는데, 그때마다 바로 뒤이어 뾰족한 칼끝이 모래 바닥을 긁는 소리가 들려왔다. 마침내 기회를 포착한 토머스는 벌떡 일어나 몇 미터 뒤로 물러났다가, 양손에 칼을 쥐고서 다시 돌아섰다. 괴물은 칼이 달린 뭉툭한 손가락으로 허공을 가르며 일어서고 있었다.

한껏 숨을 들이마신 토머스는 주변 시야로 다른 이들이 싸우는 모습을 슬쩍 살폈다. 민호는 양손에 칼을 쥐고서 짧고 깊게 괴물을 찔러 댔고, 괴물은 민호의 칼을 피해 뒤로 주춤주춤 물러나고 있었다. 뉴트는 재빨리 몸을 피하고 있었는데, 그와 싸우고 있는 괴물은 어딜 다쳤는지 점점 더 느린 속도로 뉴트를 쫓고 있었다.

바로 옆에서 싸우고 있는 테리사는 위로 훌쩍 뛰었다가 신속하게 몸을 피하며 창 밑동으로 괴물의 몸에 붙은 전구들을 강타했다. 토머스는 테리사가 왜 그러는지 알 수가 없었다. 테리사가 맡은 괴물은 심각한 부상을 입은 듯 보였다.

토머스는 다시 자신의 싸움에 정신을 모았다. 은색 칼날의 움직임을 포착한 그는 얼른 고개를 숙였다. 괴물의 팔이 머리 위로 지나가며 가볍게 바람이 일었다. 토머스는 얼른 몸을 돌려 바닥에 납작 엎드렸다가 닥치는 대로 괴물을 찔렀다. 괴물은 몇 번 더 공격해 왔지만 그때마다 토머스는 아슬아슬하게 몸을 피했다. 그러다 오렌지색 전구 하나를 칼로 쳐서 박살 냈는데 불꽃이 확 일었다가 곧장 불이 꺼졌다. 토머스는 얼른 다시 엎드려 몸을 굴렸고, 괴물과의 간격이 2미터 정도 더 벌어진 후에야 비로소 다시 일어섰다.

괴물이 잠시 주춤하는 동안 토머스는 뒤로 피했다. 하지만 괴물은 곧 다시 그를 쫓기 시작했다. 그 순간 토머스는 좋은 생각을 떠올렸고, 테리사가 싸우는 모습을 보자 확신이 생겼다. 테리사와 맞붙은 괴물은 움직임이 한결 느려져 있었고 테리사는 계속 그 괴물의 몸에 붙은 전구들을 공격하고 있었다. 전구가 박살 날 때마다 불꽃놀이를 할 때처럼 불꽃이 튀었다. 지금 테리사는 그 괴물의 몸에 붙은 괴상한 전구들 중 4분의 3을 터뜨려 놓은 상태였다.

전구들. 그가 파괴해야 할 것은 바로 그 전구들이었다. 잘은 몰라도 그 전구들이 괴물의 힘, 생명력, 기운과 관련 있는 것 같았다. 그런데 전구를 파괴하는 게 쉽지만은 않았다.

얼른 전장을 둘러보니 몇 명은 전구와 힘의 관계를 알아챈 것 같았고, 나머지는 눈치채지 못한 채 괴물의 팔다리, 근육, 피부만 맹공격하고 있었다. 두 명은 상처투성이가 되어 바닥에 누워서 꼼짝하지 않았는데 아무래도 죽은 것 같았다. 소년 한 명과 소녀 한 명이었다.

토머스는 방법을 완전히 바꾸기로 했다. 무작정 달려드는 대신, 기회를 보다가 앞으로 달려가서 괴물의 가슴에 있는 전구 한 개를 공격했다. 하지만 아쉽게도 놓치고 말았다. 그의 칼은 쭈글쭈글하고 누르스름한 피부를 베어 놓았을 뿐이었다. 다음 순간 괴물이 팔을 크게 휘둘러 토머스는 얼른 뒤로 물러났으나 칼끝에 셔츠가 찢어지면서 구멍이 몇 개 생겨났다. 토머스는 다시 앞으로 돌진해 가슴 쪽 전구를 한 번 더 내리쳤다. 이번에는 제대로 박살이 나서 불꽃이 확 튀었다. 괴물은 잠시 주춤했다가 공격을 재개했다.

토머스는 괴물 주변을 돌면서 앞으로 나아갔다가 물러나기를 되풀이하며 전구를 치고 찌르고 부쉈다.

펑! 펑! 펑!

괴물의 몸에 붙은 칼이 토머스의 팔뚝을 길게 찢어 놓았다. 팔뚝에 선명하게 빨간 줄이 그어졌지만 토머스는 다시 돌진했다. 한 번 더. 한 번 더.

펑! 펑! 펑!

전구가 터질 때마다 불꽃이 사방으로 날리고 괴물은 몸을 부르르 떨며 움찔거리다 잠시 동작을 멈추었다.

그렇게 잠시 멈추는 시간이 점점 길어지고 있었다. 토머스도 여기저기 긁히고 베였지만 심각한 상처는 아니었다. 토머스는 오렌지색 전구를 계속 공격했다.

펑! 펑! 펑!

괴물의 힘이 차츰 약화되었다. 놈은 토머스를 갈기갈기 찢어 놓고 싶어 안달 나 있었지만, 어느 순간부터 동작이 눈에 띄게 느려졌다. 마지막 전구를 부수어 이 괴물을 죽일 수만 있다면, 바로 돌아서서 다른 이들을 도울 수 있을 것이다. 이 괴물을 완전히 끝장내 버려야…….

그런데 갑자기 뒤에서 눈부신 빛이 번쩍이더니 온 우주가 폭발하는 것 같은 굉음이 들려와 잠시 흥분과 기대에 차 있던 토머스의 혼을 빼 놓았다. 보이지 않는 힘이 밀려와 토머스는 앞으로 고꾸라졌고 쥐고 있던 칼이 저만치 나뒹굴었다. 괴물도 쓰러졌고 탄내가 진동했다. 옆으로 몸을 굴려 살펴보니 앞에 크고 시커먼 구멍이 파였고 연기가 올라오고 있었다. 구멍 가장자리에는 끝에 칼이 달린 발과 팔이 놓여 있었는데 토머스와 싸우던 괴물의 잔해였다. 몸뚱이는 완전히 타 버려 흔적도 없었다.

토머스의 뒤에서 앞쪽으로 번개가 떨어진 것이다. 폭풍우가 드디어 시작된 모양이었다.

고개 들어 하늘을 보는 순간, 먹구름에서 하얗게 작열하는 번개의 파편이 쏟아지기 시작했다.

60

귀가 먹먹하도록 천둥이 울리고 사방에 번개가 떨어졌다. 여기
저기서 흙덩어리가 공중으로 튀어 올랐다. 몇 명이 비명을 내질렀
다. 소녀 하나가 번개에 맞았고 살 타는 냄새가 진동했다. 도저히
감당할 수 없는 상황이었다. 한바탕 지상으로 떨어진 번개들은 잠
시 숨고르기에 들어갔다. 하지만 구름 속에서 여전히 섬광이 번쩍
였고 비가 억수같이 쏟아지고 있었다.

번개가 떨어지는 동안 토머스는 그 자리에서 꼼짝하지 않았다.
다른 곳으로 이동한다고 해서 더 안전할 거라는 보장이 없었다.
잠시 번개가 그치자 토머스는 재빨리 일어나 주변을 둘러보았다.
다시 번개가 내리치기 전에 무엇을 할 수 있는지 어디로 달아날지
확인해야 했다.

토머스와 싸우던 괴물은 몸의 절반이 검게 타고 절반은 사라진
채 죽어 있었다. 테리사는 자기가 맡은 괴물의 마지막 전구를 창

밑동으로 내리찍어 부수고 있었다. 전구가 불꽃을 뿜으며 치이익 소리와 함께 죽어 갔다. 민호는 바닥에 엎드려 있다가 천천히 일어서는 참이었다. 뉴트도 근처에서 가쁜 숨을 몰아쉬며 서 있었고, 프라이팬은 허리를 굽힌 채 구토를 하고 있었다. 땅바닥에 누워 있는 이들도 몇 명 보였다. 브렌다와 호르헤를 비롯한 몇 명은 아직 괴물과 싸우고 있었다. 그들 주변에서 천둥이 치면서 다시 빗줄기 사이로 번개가 번쩍거리기 시작했다.

토머스는 결정해야 했다. 소리를 내어 말하기에는 테리사와의 거리가 멀었다. 지금 테리사는 죽은 괴물에게서 두 발자국 떨어진 곳에 서서 두 손을 무릎에 올리고 허리를 굽힌 채 숨을 고르고 있었다. 토머스는 텔레파시로 테리사에게 말했다.

번개 피할 곳을 찾아야겠어!

시간이 얼마나 남았지?

토머스는 손목시계를 눈앞에 바짝 갖다 대고 실눈을 뜨며 확인했다.

10분.

저 관으로 들어가자.

테리사는 제일 가까이에 있는 관을 손으로 가리켰다. 완벽하게 반으로 쪼개진 계란 껍데기처럼, 뚜껑은 밑으로 떨어지고 아랫부분만 남은 관에는 빗물이 잔뜩 차 있었다.

토머스는 테리사가 낸 아이디어가 마음에 들었다.

그런데 뚜껑을 못 덮으면 어떡하지?

더 나은 생각이라도 있어, 톰?

아니.

478

토머스는 테리사의 손을 잡고 달리기 시작했다. 관을 향해 가는 동안 테리사가 말했다.

다른 애들한테도 말해야 돼!

다들 알아서 우릴 따라할 거야.

당장이라도 번개가 내리칠 수 있어 지체할 시간이 없었다. 아이들 사이를 돌아다니며 관으로 들어가라고 말해 주다가는 다 죽을 수도 있었다. 각자 알아서 살아남을 거라고 믿는 수밖에 없었다. 그렇게 믿어도 될 만한 친구들이었다.

토머스와 테리사가 관 앞에 도착하기가 무섭게 번개 여러 줄기가 지그재그를 그리며 하늘에서 내려와 지상에 격렬한 폭발을 일으켰다. 사방으로 흙과 빗물이 날아갔다. 귀가 윙윙 울렸다. 관 안쪽에는 더러운 물만 고여 있을 뿐 아무것도 없었지만, 물에서 끔찍한 악취가 올라왔다.

토머스가 먼저 관 안으로 들어가며 소리쳤다.

"빨리 들어와!"

테리사도 뒤따라 들어갔다. 다음에는 무엇을 해야 하는지 말할 필요도 없었다. 그들은 관 바닥에 무릎을 꿇고 바깥으로 몸을 뻗어 바닥에 떨어진 뚜껑 끄트머리를 붙잡았다. 뚜껑 안쪽이 고무로 되어 있어서 어렵지 않게 잡을 수 있었다. 토머스는 관 가장자리에 배를 대고 남은 힘을 모조리 써서 뚜껑을 잡아 올린 후, 조금씩 그들 머리 위로 뚜껑을 끌어당겼다.

관 안에 자리를 잡고 앉는데 저 앞에서 달려오는 브렌다와 호르헤의 모습이 보였다. 그들이 무사한 걸 보자 토머스는 마음이 놓였다.

폭풍우의 굉음 속에서 호르헤가 소리쳤다.

"거기 우리 자리도 있냐?"

테리사가 대신 대답했다.

"들어와요!"

브렌다와 호르헤가 관 가장자리를 타 넘어 물속으로 풍덩 들어왔다. 비좁아지기는 했지만 견딜 만했다. 토머스는 다른 아이들이 좀 더 편하게 앉을 수 있도록 끄트머리로 몸을 바짝 붙인 후 약간의 틈새만 남겨 두고 뚜껑을 거의 다 덮었다. 빗줄기가 관을 쉴 새 없이 두드렸다. 다들 자리를 잡자 토머스와 테리사는 목을 움츠리고 뚜껑을 완전히 닫았다. 귓속이 여전히 왕왕 울렸지만 빗물이 떨어지는 공허한 소리, 멀리서 번개가 내리치는 소리, 가쁜 숨소리 외에는 비교적 조용했다.

토머스는 친구들이 각자의 관 속으로 무사히 들어갔기를 바랐다.

다들 숨을 돌리고 난 후 호르헤가 말했다.

"우릴 들어오게 해 줘서 고맙다, 무차초."

"당연한 건데 뭘요."

관 내부는 캄캄했지만 바로 옆에 브렌다, 그 옆에 호르헤, 맨 끝에 테리사가 있다는 걸 알 수 있었다.

브렌다가 토머스에게 말했다.

"둘이서만 관으로 들어가는 걸 보고 우릴 데리고 다닐 생각이 없어졌나 보다 했어. 지금이 우릴 떼어 낼 수 있는 좋은 기회일 테니까."

그 말에 토머스는 "말도 안 되는 소리"라고 중얼거렸다. 너무 피곤해서 말투에는 신경 쓸 여력이 없었다. 바깥에 있는 다른 아이들이 죽었는지 살았는지, 아직 위험에서 벗어나지 못한 건지 확인할 수가 없으니 답답했다.

테리사가 물었다.

"여기가 우리의 피난처인 걸까?"

토머스는 손목시계의 작은 조명 버튼을 눌렀다. 최종 기한까지 남은 시간은 7분.

"지금으로선 그렇길 바라, 테리사. 어쩌면 몇 분 후에 이 네모난 판이 다시 회전하면서 우릴 멋지고 편안한 방으로 던져 넣을지도 모르지. 거기서 오래오래 행복하게 사는 거야. 아니면 말고."

콰쾅!

고막이 찢어질 것 같은 거대한 폭발음에 놀라서 저절로 비명이 터져 나왔다. 그렇게 큰 폭발음은 처음이었다. 무언가 관 뚜껑을 내리쳤는지 뚜껑에 작은 구멍이 뚫렸고 그 구멍으로 회색빛과 함께 빗방울이 후두둑 떨어졌다.

"번개가 여길 쳤나 봐."

테리사가 말했다.

토머스는 귀를 문질렀다. 귓속에서 왕왕 울리는 소리가 더 심해지고 있었다. 그 상태로 말을 하려니 목소리도 공허하게 울리는 듯했다.

"앞으로 두 번 더 번개가 친 후에 막대기가 꽂혀 있던 곳으로 돌아가자."

토머스는 이렇게 말한 후 한 번 더 남은 시간을 확인했다. 5분. 관에 고인 물로 빗방울이 똑똑똑 떨어졌다. 괴상한 냄새가 퍼져 나갔다. 토머스의 머릿속에서 종소리처럼 울리던 왕왕 소리도 차츰 가라앉았다.

호르헤가 구시렁거렸다.

"내가 상상한 건 이런 게 아니었어, 에르마노. 일단 여기 도착하면 네가 두목을 설득해서 우릴 피난처 안으로 들여보내 줄 줄 알았거든. 그 치료제라는 것도 내주고 말이야. 냄새나는 욕조에 숨어서 전기 처형이나 기다리게 될 줄이야."

테리사가 토머스에게 물었다.

"몇 분 남았어?"

"3분."

바깥에는 폭풍우가 한창이었다. 무섭게 퍼붓는 빗속에서 번개가 지상으로 줄지어 떨어졌다.

또다시 우르릉 쾅쾅 소리와 함께 관이 흔들리면서 뚜껑이 약간 열렸다. 그리로 들어온 빗물이 브렌다와 호르헤에게 쏟아졌다. 바깥을 살펴보니, 번개가 떨어지면서 바닥이 가열되어 치이익 소리와 함께 수증기가 피어오르고 있었다.

브렌다가 소리쳤다.

"더 이상은 이러고 있을 수 없어! 여기 계속 앉아 있다간 더 큰 일을 당할 거야!"

토머스도 목청을 높였다.

"이제 2분 남았어! 조금만 더 기다려 보자!"

그런데 밖에서 이상한 소리가 들리기 시작했다. 깊고 낮은 위이잉 소리. 처음에는 폭풍우 소음 때문에 들릴 듯 말 듯했는데, 점점 커지면서 급기야 토머스의 온몸을 떨리게 했다.

"이게 무슨 소리지?"

테리사의 물음에 토머스가 대답했다.

"모르겠어. 오늘 있었던 일들을 생각하면 좋은 예감은 들지 않아. 1분 정도만 더 여기서 버텨 보자."

그 소리는 점점 크고 깊어져 천둥과 빗소리를 온통 뒤덮었다. 그 소리의 진동이 그들이 들어앉은 관까지 마구 흔들었다. 바깥에서 사납게 몰아치고 있는 바람 소리가 그날 종일 들어 온 소리와는 다르게 들렸다. 강력하면서도, 어딘지 모르게…… 인공적인 소리였다.

토머스는 "30초 남았어"라고 말했다. 그리고 곧바로 생각을 바꿔 덧붙였다.

"너희 말이 맞는 것 같아. 우리가 뭔가 중요한 걸 놓치고 있는지 몰라. 우리…… 확인해 보자."

호르헤가 물었다.

"뭘 확인해?"

"저 소음을 내는 게 뭔지 확인해 봐야 돼요. 어서요. 뚜껑을 도로 밀어 올려야 되니까 도와줘요."

"큼지막한 번개가 들이쳐서 내 엉덩이를 시커멓게 태우라고?"

토머스는 뚜껑에 양 손바닥을 대고 말했다.

"위험을 감수해야죠! 어서요!"

테리사가 "토머스 말이 맞아요"라고 말하며 두 손을 위로 올렸다. 브렌다가 테리사처럼 뚜껑에 손을 갖다 대자 호르헤도 따라했다.

토머스가 지시했다.

"다 열지 말고 절반 정도만 열면 돼. 준비됐지?"

다들 알았다고 대답하자 토머스가 숫자를 셌다.

"하나…… 둘…… 셋!"

그들은 동시에 뚜껑을 밀어 올렸다. 그런데 힘을 너무 많이 줬는지 뚜껑이 벌컥 열리며 바닥으로 떨어지고 말았다. 관이 활짝 열려 버린 것이다. 맹렬한 바람에 수평으로 날아온 빗줄기가 그들에게 쏟아졌다.

토머스는 관 가장자리에 몸을 기댄 채 9미터 상공에 떠 있는 비행선을 넋 놓고 올려다보았다. 그 비행선은 빠르게 고도를 낮추고 있었다. 깜박이는 조명들, 푸른 불꽃을 내뿜는 추진기가 달린 크고 둥그런 비행선이었다. 토머스가 어깨에 총을 맞았을 때 그를 데리고 가서 구해 주었던 바로 그 비행선, 버그였다.

토머스는 손목시계를 내려다보았다. 마지막 1초가 지나며 정확히 최종 기한에 다다랐다. 그는 다시 고개를 들었다.

갈고리처럼 생긴 착륙 장치가 바닥을 디디며 착륙을 완료하자, 금속 몸통에 붙은 대형 화물칸 문이 열리기 시작했다.

61

더 이상 시간을 낭비해선 안 된다. 질문도, 두려움도, 언쟁도 다 집어치우고 행동에 나서야 할 때였다.

"나가자!"

토머스는 소리치며 브렌다의 팔을 잡고 먼저 관 가장자리를 넘어갔다. 그런데 발이 미끄러지는 바람에 그는 진창에 철퍼덕 넘어지고 말았다. 얼른 고개를 들었다. 입으로 들어간 끈적한 진흙을 뱉고 눈을 문질러 닦은 후 서둘러 일어섰다. 빗물이 쏟아지고 사방에서 천둥이 치고 있었다. 번개의 섬광이 불길하게 번쩍거렸다.

호르헤와 테리사가 브렌다의 도움을 받아 관 밖으로 나왔다. 토머스는 15미터쯤 떨어진 곳에 착륙한 버그를 바라보았다. 화물칸 문이 완전히 열린 상태였고, 목구멍처럼 열린 문 안쪽으로 따뜻한 빛이 새어 나왔다. 그 안에 시커멓게 윤곽만 보이는 자들이 총을 들고 서 있었다. 버그에서 내려와 토머스 일행을 도와서 진짜 피난처로 안전하게 대피시킬 생각은 없어 보였다.

"뛰어!"

토머스는 고함을 지르며 뛰기 시작했다. 아직 덜 죽은 괴물들이 달려들지도 몰라 칼을 쥔 손에 단단히 힘을 주었다.

테리사와 브렌다, 호르헤도 옆에서 보조를 맞춰 달렸다.

땅이 빗물에 젖은 상태라 발을 옮기기가 쉽지 않았다. 토머스는 두 번이나 발을 헛디뎠고 한 번은 기어이 넘어지고 말았다. 테리사가 그의 셔츠를 잡고 일으켜 준 덕분에 얼른 다시 달려갈 수 있었다. 주변에 다른 아이들도 버그로 달리고 있었다. 폭풍우로 인해 사방이 어둡고 하늘에서 비가 퍼붓는 데다 번개가 번쩍거려서 누가 누구인지 분간이 되지 않았다. 다들 제대로 따라오고 있는지 걱정할 시간도 없었다.

그런데 버그 뒤쪽을 빙 돌아서 오른쪽으로 느릿느릿 걸어 나오는 열두 마리의 괴물들이 보였다. 그 괴물들은 토머스와 친구들이 화물칸 문으로 달려가는 길목을 막아서려 했다. 괴물들의 칼날은 빗물에 젖어 번들거렸고 진홍색 피로 얼룩져 있었다. 소름 끼치는 전구들의 절반 정도가 부서진 상태라 움직임은 둔했지만 놈들은 여전히 위험했다. 버그 안에 탄 사람들은 개입할 뜻이 전혀 없는지 지켜보고만 있었다.

"괴물들 사이로 돌파해!"

토머스가 소리쳤다. 민호와 뉴트를 비롯한 공터인들이 토머스 가까이로 따라붙었다. 해리엇과 나 그룹 소녀들도 보였다. 다들 토머스의 계획이 무엇인지 짐작한 듯했다. 힘이 들더라도 마지막 남은 괴물들을 처치한 후 이곳을 뜨자는 것이었다.

수주일 전 공터로 들어간 이래 처음으로 토머스는 전혀 두렵지 않았다. 앞으로 다시 두려움을 느낄 날이 올지 알 수 없었다. 이유는 모르겠지만 그의 내면이 달라진 것 같았다.

근처에 번개가 떨어지고 누군가 비명을 질렀다. 빗줄기가 더욱 거세졌다. 세찬 바람이 돌멩이와 빗물을 아이들에게 아프도록 퍼부었다. 괴물들이 싸움을 앞두고 무시무시하게 포효하며 허공에 칼날을 휘둘렀다. 토머스는 머리 위로 칼을 치켜들고 돌진했다.

두려움은 없었다.

가운데에 선 괴물과의 사이가 1미터로 좁혀진 순간, 토머스는 두 발로 힘껏 땅을 차고 뛰어올랐다. 그의 발이 괴물의 가슴 중앙에 튀어나온 오렌지색 전구를 차서 박살냈다. 치이익 소리와 함께 전구가 꺼지고 괴물이 흉측한 비명을 내지르며 나뒹굴었다.

토머스는 진창에 착지해 옆으로 몸을 굴린 후 곧장 다시 일어섰다. 그는 춤추듯이 괴물 주변을 돌면서 칼로 베고 찔러 빛나는 전구들을 차례로 부숴 놓았다.

펑! 펑! 펑!

그는 무작위로 휘젓는 괴물의 칼날을 재빨리 피하면서 전구를 깨는 데 주력했다.

펑! 펑! 펑!

전구가 세 개밖에 남지 않았다. 괴물은 버둥거리지도 못할 만큼 기력이 떨어져 있었다. 토머스는 자신감이 치솟아 괴물의 몸에 올라탄 후 빠르고 거칠게 칼을 내리꽂았다.

마지막 전구가 박살나고 쉬이익 소리가 났다. 드디어 괴물을 죽인 것이었다.

토머스는 얼른 일어나 도움이 필요한 사람이 있는지 주변을 둘러보았다. 테리사는 자신이 맡은 괴물을 이미 끝장냈고 민호와 호르헤도 마찬가지였다. 뉴트는 한쪽 다리가 성치 않아 조금 늦어졌지만, 브렌다가 옆에서 도와주어 남아 있는 전구들을 모조리 찔러 터뜨릴 수 있었다.

몇 초 후 싸움은 끝이 났다. 움직이는 괴물도, 빛을 내는 전구도 없었다. 끝이었다.

가쁜 숨을 몰아쉬며 화물칸 문을 올려다보았다. 그 문까지의 거리는 6미터였다. 그런데 갑자기 추진기에 불이 들어오고 버그가 떠오르기 시작했다.

"떠나고 있다! 다들 서둘러!"

토머스는 유일한 탈출 수단인 버그를 손으로 가리키며 최대한 크게 고함을 질렀다. 그러자 테리사가 그의 팔을 잡고 버그를 향해 달려갔다. 잠시 휘청하던 토머스는 곧 중심을 잡고 진창을 가로질렀다. 뒤에서 날카로운 천둥소리와 함께 번개 한 줄기가 하늘을 가르며 번쩍 했다. 누군가 비명을 질렀다. 토머스의 앞과 뒤, 양옆에서 아이들은 모두 죽기 살기로 달려갔다. 민호는 다리를 저는 뉴트가 혹시 넘어질까 봐 바로 옆에서 지켜보며 뛰었다.

이미 지상에서 1미터 정도 떠오른 버그는 천천히 상승하며 방향을 돌리고 있었다. 당장이라도 기어를 바꾸고 순식간에 멀리 날아가 버릴 것 같았다. 제일 먼저 화물칸 문 앞에 도착한 소년 두 명과 소녀 세 명이 열린 문 안쪽의 플랫폼으로 뛰어올랐다. 버그는 상승을 멈추지 않았다. 몇 명이 더 문을 붙잡고 플랫폼으로 올라타 허둥지둥 안쪽으로 들어갔다.

다음은 토머스와 테리사 차례였다. 열린 문의 가장자리가 토머스의 가슴 높이 정도 되었다. 토머스는 훌쩍 뛰어올라 평평한 금속 문을 두 손으로 잡고 내리누르며 두툼한 가장자리에 배를 걸쳤다. 팔에 힘을 주고 오른 다리를 휘두르며 몸을 굴린 후 플랫폼으로 올라갔다. 먼저 플랫폼에 오른 이들이 밑에서 올라오는 이들의 팔을 잡아 끌어올렸다. 테리사는 문 가장자리에 몸을 반쯤 걸친 채 손으로 잡을 곳을 찾아 헤매고 있었다.

토머스는 얼른 앞으로 가서 테리사의 손을 잡아 안으로 끌어들였다. 그의 몸 위로 쓰러진 테리사는 눈빛으로 짧게 그와 승리의 기쁨을 나누고는 얼른 옆으로 물러났다. 토머스와 테리사는 도움이 필요한 사람이 없는지 확인하려고 문 가장자리로 다가갔다.

지상에서 2미터쯤 떠오른 버그가 조금씩 기울어지기 시작했다. 문 가장자리에 아직 세 명이 매달려 있었다. 그중 한 소녀는 해리엇과 뉴트가 맡아 끌어올리고 있었고, 에어리스는 민호의 도움을 받고 있었다. 브렌다는 한 손으로 아슬아슬하게 문을 잡고 매달린 채, 허공을 발로 차면서 위로 올라오려고 안간힘을 쓰고 있었다.

토머스는 얼른 브렌다 앞으로 가서 엎드린 후 브렌다의 오른팔을 잡았고, 테리사는 왼팔을 잡았다. 화물칸 문의 금속 표면이 비에 젖어 미끄러웠다. 브렌다를 끌어올리려던 토머스가 같이 앞으로 미끄러지려는 찰나 뒤에서 누가 그를 잡아 주었다. 뒤를 돌아보니 호르헤가 궁둥이와 발을 바닥에 대고 버티며 토머스와 테리사를 단단히 붙잡고 있었다.

토머스는 다시 브렌다 쪽으로 고개를 돌리고 끌어올렸다. 테리사의 도움으로 일단 브렌다의 배까지 문 가장자리 위로 끌어올리자 그때부터는 별로 어렵지 않았다. 브렌다는 엉금엉금 기어서 플랫폼 안쪽으로 들어왔고, 토머스는 문 너머로 지상을 내려다보았다. 사막이 서서히 멀어지고 있었다. 한때 동그랗게 빛나던 전구들이 다 터지고 그 부위의 살이 축 늘어진 채, 비에 축축이 젖어 죽어 있는 흉측한 괴물들이 보였다. 아이들의 시신도 몇 구 보였는데, 그 숫자는 많지 않았고 토머스와 친한 사이였던 이들은 없었다.

토머스는 안도하면서 문 가장자리를 떠나 안쪽으로 들어왔다. 그들은 해냈다. 광인들과 번개, 끔찍한 괴물들과 싸워 이긴 것이다. 드디어. 테리사와 부딪친 그는 테리사 쪽으로 몸을 돌려 그녀를 가까이 끌어안았다. 고난을 뚫고 살아남았으니, 그간의 일은 잠시 잊었다.

"거기 두 사람은 누구지?"

낯선 목소리가 소리치며 묻는 바람에 토머스는 테리사에게서 몸을 돌렸다. 빨간 머리카락을 짧게 깎은 남자가 브렌다와 호르헤에게 검은 권총을 겨누고 있었다. 브렌다와 호르헤는 몸 이곳저곳에 멍이 든 채로 비에 젖어 오들오들 떨면서 나란히 앉아 있었다.

남자가 다시 고함을 쳤다.

"누가 설명해 봐!"

토머스는 생각할 겨를도 없이 나섰다.

"우리가 도시를 통과할 수 있게 도와준 사람들입니다. 이 두 사람이 없었으면 우린 여기까지 오지 못했어요."

남자가 곧장 토머스에게 고개를 돌리며 물었다.

"너희가…… 저들을 데리고 왔다고?"

토머스는 고개를 끄덕였다. 돌아가는 분위기가 마음에 들지 않았다.

"우린 저들과 거래를 했습니다. 치료제도 얻을 수 있게 해 주겠다고 약속했고요. 이번 시련을 시작할 때보다 우리 공터인들의 인원도 줄었으니 대신 저들에게 치료제를 주세요."

"그런 건 내가 알 바 아니고. 우린 너희에게 도시민을 데려와도 좋다는 말을 한 적이 없어."

버그가 공중으로 높게 떠올랐으나 화물칸 문은 아직 닫히지 않았다. 커다란 문 안쪽으로 바람이 몰아쳐 들어오고 있었다. 누구든 난기류에 휘말렸다간 문밖으로 굴러떨어지고 말 것이다.

앉아 있던 토머스는 몸을 일으켰다. 브렌다와 호르헤에게 한 약속을 반드시 지키리라 마음먹었다.

"당신들이 우리한테 여기까지 오라고 했고, 우린 하라는 대로 했습니다!"

권총을 든 남자는 잠시 말이 없었다. 그자는 토머스의 말을 곱씹으며 생각하더니 말했다.

"너희가 이 일에 대해 아는 게 별로 없다는 사실을 내가 가끔 잊어버린다니까. 어쨌든 좋아. 둘 중 한 명만 데리고 있고 다른 한 명은 보내라."

토머스는 그 말에 동요했지만 속내를 드러내지 않고 물었다.

"다른 한 명은 보내라는 게…… 무슨 뜻이죠?"

남자는 딸깍 하고 총을 작동시키더니 그 끝을 브렌다의 머리에 겨누며 말했다.

"시간 없어! 5초 줄 테니까 남길 사람을 선택해. 선택하지 않으면 둘 다 죽는다. 1초."

"잠깐만요!"

토머스는 소리치며 브렌다와 호르헤를 번갈아 쳐다보았다. 둘 다 말없이 바닥만 내려다보고 있었고, 두려움으로 낯빛이 창백했다.

"2초."

토머스는 흔들리는 마음을 가라앉히고 눈을 감았다. 그다지 새로운 상황도 아니었다. 그는 이미 감을 잡았다. 이런 때에 어떻게 행동해야 하는지도 알고 있었다.

"3초."

더 이상 두려움도, 충격 받을 일도 없었다. 의문도 없었다. 어떤 일이 닥치든 매달려 해내면 되는 것이다. 시험을 통과하고, 시련을 이겨 내면 되는 것이다.

남자의 얼굴이 벌겋게 달아올랐다.

"4초! 당장 선택하지 않으면 둘 다 죽는다!"

토머스는 눈을 뜨고 앞으로 걸어갔다. 그러고는 브렌다를 손으로 가리키며 살벌한 한마디를 내뱉었다.

"애를 죽이세요."

한 명만 여기 남을 수 있다는 남자의 선언이 상식적이지 않기 때문에 토머스는 그렇게 말한 것이었다. 그 후에 일어날 일들도 대충 예상됐다. 이것은 또 하나의 변수였다. 남자는 토머스가 선택하지 않은 사람을 죽인다고 했다. 그런데 토머스가 죽일 사람을 선택했으니 남자는 고민에 빠질 수밖에 없을 것이다.

하지만 상황은 토머스의 예상대로 흘러가지 않았다.

남자가 권총을 허리띠 안쪽에 끼워 넣더니 브렌다의 셔츠를 두

손으로 움켜잡아 일으켜 세웠다. 그러고는 아무 말 없이 열린 문
을 향해 브렌다를 질질 끌고 갔다.

62

브렌다가 공포에 질린 눈으로 토머스를 쳐다보았다. 낯선 남자에게 멱살을 잡혀 버그의 금속 바닥에서 끌려가는 브렌다의 얼굴은 고통에 차 있었다. 이 높이에서 문 너머로 내던져지면 죽을 수밖에 없었다.

남자가 문 가장자리까지 절반쯤 갔을 때 토머스는 행동을 개시했다.

앞으로 달려가 남자의 무릎을 걷어차 바닥에 쓰러뜨렸다. 권총이 남자의 옆에 덜커덕 소리를 내며 떨어졌다. 브렌다도 남자와 함께 쓰러졌지만 테리사가 얼른 브렌다를 붙잡아 플랫폼 안쪽으로 데려갔다. 토머스는 남자의 목을 왼 팔뚝으로 찍어 누르며 오른손을 권총 쪽으로 뻗었다. 손가락 끝이 권총에 닿자 얼른 권총을 가까이 끌어당겼다. 토머스는 벌떡 일어나 뒤로 물러서면서 두 손으로 권총을 잡고 그 끝을 바닥에 널브러진 남자에게 겨누었다.

이런 자신의 모습이 놀라웠다.

토머스는 거칠게 숨을 들이쉬며 말했다.

"아무도 못 죽입니다. 당신들의 엿 같은 시험을 통과할 수 있을 만큼 우리가 잘해 내지 못했으면 실패한 거로 치면 그만이죠. 시험은 끝났습니다."

시험이 정말로 끝이 났는지는 확실하게 알 수 없었지만, 그런 건 이제 중요하지 않았다. 토머스는 진심으로 말하고 있었다. 무의미한 살인과 죽음은 더 이상 일어나선 안 된다.

남자가 굳은 표정을 풀고 슬쩍 미소를 지었다. 남자는 일어나 앉더니 슬금슬금 뒤로 물러나 벽에 등을 붙였다. 그러는 동안 화물칸 문이 닫히면서 문 경첩에서 돼지 울음소리 같은 끼애액 소리가 들려왔다. 그 문이 완전히 닫히고 안쪽으로 몰아치던 바람이 차단될 때까지 아무도 입을 열지 않았다.

이따금 비행선의 엔진과 추진기에서 나지막하게 우웅 소리가 나는 것 외에는 아무 소리도 들리지 않았다. 정적 속에서 남자가 큰 소리로 말했다.

"내 이름은 데이비드다. 걱정할 거 없어. 네 말대로 끝이 났으니까. 다 끝났어."

토머스는 고개를 끄덕이며 빈정거렸다.

"그렇겠죠. 그런 말은 전에도 들었습니다. 진심으로 말하는 건데, 앞으로 우린 멍하게 앉아서 당하지도 않을 거고 당신들의 실험쥐 노릇도 하지 않겠습니다. 이제 끝입니다."

데이비드는 화물칸 안을 천천히 둘러보았다. 다른 아이들도 토머스와 같은 생각인지 확인해 보려는 듯했다. 토머스는 남자에게

서 시선을 떼지 않았다. 굳이 돌아보지 않아도 아이들이 모두 자신과 같은 생각임을 알고 있었다.

마침내 데이비드는 다시 토머스를 쳐다보았다. 화해하자는 뜻으로 한 손을 들고 천천히 일어선 남자는 두 손을 주머니에 찔러 넣고 말했다.

"네가 잘 모르는 게 있는데, 지금까지도 그랬고 앞으로도 모든 건 계획대로 이루어질 거다. 하지만 네 말이 맞아. 시련은 끝났어. 우린 너희를 안전한 장소로 데려가는 중이다. 진짜 피난처로. 더는 시험도 거짓말도 함정도 속임수도 없을 거다."

남자는 잠시 뜸을 들인 후 말을 이었다.

"약속 하나 하지. 너희에게 이런 일을 겪게 한 이유, 너희들 중에 다수가 생존하게끔 하는 게 우리에게 중요한 이유를 듣고 나면 너희도 이해할 거다. 확실하다."

그러자 민호가 콧방귀를 뀌며 나섰다.

"여태까지 살면서 들어 본 중에 제일 개떡 같은 소리네."

민호의 기가 전혀 죽지 않은 것 같아 토머스는 마음을 놓으며 말했다.

"치료제는요? 우린 치료제를 받기로 되어 있습니다. 우리뿐만 아니고 우릴 도와 여기까지 온 이 두 사람에게도 줘야 해요. 당신이 하는 말을 우리가 어디까지 믿어야 하는 거죠?"

"지금 당장은 본인한테 필요한 게 뭔지나 생각해 봐. 이제부터는 상황이 달라질 테니까. 본부에 도착하는 즉시 너희는 약속대로 치료제를 얻게 될 거다. 그 총도 계속 갖고 있고 싶으면 그렇게 하든지. 원하면 몇 자루 더 줄 수도 있다. 하지만 싸울 대상이 없으니 총을 쓸 일도 없을 거다. 시험이나 시련도 더는 없으니까, 먼저 나서서 하지 않겠다고 무시하거나 거절할 필요도 없어. 버그가 본부에 착륙하면 너희는 안전하게 치료받을 거고, 하고 싶은 대로 할 수 있을 거다. 너희에게 요구하고 싶은 건 단 하나, 우리 얘기를 경청하라는 것뿐이다. 이 모든 일의 이면에 무엇이 있는지 무척 궁금할 테니 따로 말하지 않아도 그렇게 하겠지만."

토머스는 남자에게 고함을 지르고 싶었지만 쓸데없는 짓임을 알기에 하지 않았다. 대신 최대한 차분한 목소리로 대꾸했다.

"더는 우릴 갖고 놀 생각 마세요."

민호도 거들었다.

"말썽이 날 것 같은 기미가 보이는 즉시 우리는 싸움에 돌입할 겁니다. 죽이고 싶으면 죽이든가요."

데이비드는 환하게 웃었다.

"지금쯤 너희가 그런 말을 할 거라고 우린 다 예상하고 있었다."

그러고는 화물칸 뒤쪽의 작은 문을 가리키며 덧붙였다.

"그만 갈까?"

뉴트가 나섰다.

"빌어먹을 다음 일정은 또 뭔데요?"

남자는 소년들과 소녀들 옆을 지나 작은 문 쪽으로 걸어가며 대답했다.

"그냥 너희가 뭐든 먹고 싶어 할 것 같아서. 샤워도 하고 잠도 자야 되잖아. 본부까지는 한참 가야 돼."

토머스 일행은 잠시 서로 눈빛을 주고받았으나 결국 남자를 따라가기로 했다. 달리 선택의 여지가 없었다.

63

그 후 두 시간 동안 토머스는 아무 생각도 하지 않으려 애썼다.

조금 전까지는 저항했지만, 아이들과 함께 일상적인 활동을 하면서 긴장이 풀렸다. 치솟았던 용기와 승리감도 점차 사그라졌다. 일상적인 활동이라 함은 뜨거운 음식을 먹고 차가운 음료를 마시는 것, 상처 치료를 받는 것, 기분 좋게 오랫동안 샤워하는 것, 깨끗한 옷으로 갈아입는 것 등이었다.

그러나 지금까지 겪었던 고난을 또 겪지 않으리라는 보장은 없었다. 사악은 토머스를 비롯한 아이들의 심신을 살살 달랜 후 또다시 충격적인 상황에 빠뜨릴 수도 있었다. 전에 미로에서 나와 구출된 후 숙소에서 자고 일어났을 때처럼. 하지만 지금은 특별히 경계심을 가질 만한 상황이 아니었다. 데이비드와 그의 부하들은 아이들을 협박하지 않았고, 불안감을 조성할 만한 언행도 하지 않았다.

배를 채우고 기운을 회복한 토머스는 버그의 가운데 구역에 위치한 길고 큰 방의 소파에 앉았다. 그 방에는 어울리지 않는 칙칙한 색깔의 가구들이 잔뜩 놓여 있었다. 줄곧 테리사를 피해 다녔는데, 그가 소파에 앉아 있는 걸 본 테리사가 다가와 옆에 앉았다. 그는 아직도 테리사와 가까이에 있는 게 편치 않았고, 테리사뿐만 아니라 어느 누구와도 말하고 싶지 않았다. 마음이 혼란스럽고 불안했다.

하지만 무엇 하나 해 볼 수 있는 상황이 아니니 마음을 가라앉혀야 했다. 그는 버그를 운전하는 법도 모르는 데다가, 사악에게서 이 비행선을 탈취한다고 해도 어디로 가야 할지 알지 못했다. 그러니 사악이 데려가는 곳으로 끌려갈 수밖에 없고, 사악이 하는 얘기에 귀를 기울일 수밖에 없으며, 사악의 결정에 따를 수밖에 없는 처지였다.

테리사가 물었다.

"무슨 생각 해?"

테리사가 입으로 말을 건네서 다행이었다. 더 이상은 테리사와 텔레파시로 얘기하고 싶지 않았으니까.

"무슨 생각 하냐고? 가급적 아무 생각도 하지 않으려고 노력 중이야."

"그래. 당분간은 평화롭고 조용한 시간을 즐기는 것도 괜찮지."

토머스는 테리사를 바라보았다. 테리사는 그들 사이가 예전과 다름없는 것처럼 태연하게 앉아 있었다. 지금도 여전히 제일 친한 친구 사이인 것처럼 굴면서. 토머스는 참을 수가 없었다.

"난 네가 아무 일도 없었던 것처럼 구는 게 싫어."

그러자 테리사는 눈을 내리깔며 말했다.

"너 못지않게 나도 예전 일을 잊어버리려고 애쓰고 있어. 난 멍청이가 아니야. 우리 사이가 전처럼 될 수 없다는 것도 잘 알고. 무리해서 관계를 회복시키고 싶지도 않아. 나는 주어진 계획대로 했고 효과도 있었어. 네가 죽지 않은 것만으로도 나한테는 충분해. 언젠가는 나를 용서해 줄 날이 오겠지."

얄미울 정도로 논리적인 말이었다.

"음, 그건 그렇고 지금 나는 사악이 우릴 또 갖고 놀지 못하게 막을 방법을 생각 중이야. 그들이 우리한테 한 짓은 옳지 않아. 내가 사악의 일에 얼마나 개입했었든 상관없어. 이런 일을 하는 건 분명히 잘못된 거야."

테리사는 몸을 약간 뻗어 소파 팔걸이에 머리를 대고 누우며 말했다.

"있잖아, 톰. 그들은 우리의 뇌를 제거한 게 아니라 기억을 삭제했어. 그리고 우린 둘 다 이 일에 개입했지. 그들이 우리에게 모든 걸 설명해 주면, 즉 우리가 왜 이 일에 관여하게 되었는지를 우리 스스로가 기억해 내면, 우린 그들이 지시하는 걸 하게 될 거야."

토머스는 잠시 생각해 봤지만 전혀 동의할 수가 없었다. 예전 같으면 테리사의 말처럼 생각했을지 모르지만 이젠 아니었다. 또한 그 부분에 대해 테리사와 상의하고 싶은 마음이 전혀 없었다.

"그래, 네 말이 맞을지도 모르겠다."

그가 대충 얼버무리자 테리사가 물었다.

"마지막으로 잠을 잔 게 언제지? 난 기억이 안 나."

천연덕스럽게 그런 말을 하고 있으니 토머스는 기가 막혔다.

"글쎄. 나는 기억나는데. 네가 그 커다란 창으로 머리를 내리쳐 준 덕분에 가스실에서 푹 잤거든."

테리사는 소파에 길게 누우며 말했다.

"미안하다는 말밖에는 할 말이 없어. 어쨌든 넌 가스실에서 조금이라도 잤지만 난 너랑 다니면서 한숨도 못 잤어. 이틀은 꼬박 깨어 있었던 거 같아."

"불쌍도 해라."

토머스는 하품을 했다. 참을 수 없을 만큼 피곤했다.

테리사가 잠에 취한 목소리로 "으응?" 하고 중얼거렸다. 내려다보니 테리사는 이미 눈을 감았고 호흡이 느려졌다. 그대로 잠이 든 것이다. 다른 아이들은 어떤지 둘러보았다. 대부분은 푹 잠이 들었는데, 민호만 어떤 귀여운 여자애한테 말을 걸고 있었다. 그런데 그 여자애도 이미 눈을 감고 있는 상태였다. 호르헤와 브렌다의 모습이 보이지 않았다. 걱정되면서도 뭔가 이상했다.

토머스는 브렌다가 몹시 보고 싶었다. 하지만 눈꺼풀이 무겁게 내려앉았다. 피곤하고 권태로웠다. 소파에 더 깊이 몸을 뉘이며 그는 나중에 시간을 내서 브렌다를 찾아보리라 마음먹었다. 결국 잠에 지고 만 그는 달콤하고 어두운 무의식의 세계로 빠져들었다.

64

잠이 깬 토머스는 눈을 껌벅였다. 손으로 눈을 문질러 보았지만 눈앞이 온통 하얀색이었다. 형태도, 그림자도, 색조도 없는, 아무 것도 없는 그저 흰색이었다.

당황스러웠으나 꿈일지 모른다는 생각이 들면서 마음이 놓였다. 괴상하지만 꿈인 건 확실했다. 그의 몸이 느껴졌고, 피부에 닿은 손가락이 느껴졌다. 숨을 쉬고 있는 것도 느낄 수 있었다. 자신의 숨소리가 들렸다. 그가 있는 곳은 이음새 없이 매끈하고 밝은 무(無)의 세계였다.

톰.

목소리. 테리사의 목소리. 상대가 꿈을 꾸고 있을 때도 말을 걸 수 있는 건가? 전에도 그런 적이 있었나? 생각해 보니 있었다.

그가 대답했다.

어.

괜찮은…… 거야?

걱정하는 목소리로 들렸다. 아니, 느껴졌다.

응? 어, 괜찮아. 왜?

지금쯤 놀라지 않았을까 해서.

토머스는 혼란스러웠다.

무슨 소리야?

좀 더 알게 될 거야. 조만간에.

그 순간 토머스는 그 목소리가 어딘지 모르게 이상하다는 생각이 들었다. 테리사가 아닌 것 같았다.

톰?

그는 대답하지 않았다. 두려움이 왈칵 밀려들었다. 끔찍하고 역겨우며 독을 품은 공포였다.

톰?

너 누…… 누구야?

토머스는 대답을 듣기가 겁이 났다.

정적이 흘렀다.

나야, 톰. 브렌다야. 앞으로 너한테 안 좋은 일이 일어날 거야.

토머스는 자신이 무엇을 하고 있는지 인식하기도 전에 비명부터 질렀다. 잠이 완전히 깰 때까지 비명을 지르고 또 질렀다.

65

　토머스는 땀에 흠뻑 젖은 채 벌떡 일어나 앉았다. 주변 환경을 완전히 인식하기도 전에, 신경과 인지기능을 담당하는 뇌의 부분들을 따라 모든 정보가 흘러들어 오기도 전에, 그는 모든 게 잘못되었다는 걸 알았다. 그는 또다시 모든 것을 빼앗기고 말았다.

　지금 그는 방 안에 홀로 누워 있었다. 벽, 천장, 바닥이 전부 흰색이었다. 그가 누워 있는 바닥은 스펀지 소재인데 단단하면서도 매끄럽고 편안했다. 패드가 대어진 벽 곳곳에는 120센티미터 간격으로 커다란 단추 같은 것들이 박혀 있었다. 천장의 직사각형에서 밝은 빛이 쏟아지고 있었으나 너무 높아서 손이 닿지 않았다. 방 안에서 암모니아와 비누로 깨끗이 청소를 한 것 같은 냄새가 났다. 고개를 숙여 보니 그가 입고 있는 티셔츠와 면바지, 양말까지도 전부 흰색이었다.

　3, 4미터쯤 앞쪽에 갈색 책상이 하나 놓여 있었다. 이 방에서 흰

색이 아닌 물건은 그 책상과 그 책상 안쪽에 들여놓아진 의자뿐이었다. 책상은 오래되고 낡았으며 긁힌 자국이 있었다. 의자 역시 장식이라곤 없는 나무 의자였다. 그 뒤로 벽과 똑같이 패드가 붙어 있는 문이 보였다.

토머스는 이상할 만큼 차분했다. 벌떡 일어나서 소리를 질러 도움을 청해야 한다고, 저 문을 두드려야 한다고 본능은 말하고 있었다. 하지만 그는 저 문이 열리지 않을 것임을, 소리쳐 봤자 아무도 듣지 않을 것임을 이미 알고 있었다.

또다시 상자 안에 갇힌 것이다. 애초에 지나친 기대는 하지 말았어야 했다.

'공황 상태에 빠지지 말자'라고 그는 스스로를 다독였다. 이것은 또 하나의 시련일 뿐이다. 이번에는 변화를 일으켜 이 모든 것을 끝내 버리리라 결심했다. 계획을 세우고, 자유를 찾기 위해 뭐든 할 것이라 다짐하고 나니 놀랍게도 마음이 침착해졌다.

테리사? 내 말 들려? 에어리스? 너 거기 있어?

방 바깥의 상황을 파악하려면 테리사나 에어리스와 얘기를 해 봐야 했다.

아무도 대답하지 않았다. 테리사도, 에어리스도 없었다. 브렌다도…… 없었다.

하지만 브렌다와 텔레파시로 얘기했던 건 꿈속에서였다. 그저 꿈일 뿐이었다. 브렌다가 사악과 한패일 리 없으며, 그에게 텔레파시로 말을 걸 리도 없었다.

그는 바짝 집중해서 다시 불러 보았다.

테리사? 에어리스?

여전히 대답은 없었다.

일어나 책상 쪽으로 걸어갔다. 하지만 책상을 60센티미터 앞에
두고 투명한 벽에 부딪쳤다. 숙소에서 발견했던 것 같은 보이지
않는 벽이었다.

그는 겁에 질리지 않았다. 두려움에 함몰되지도 않았다. 그저
깊게 숨을 들이마신 후 방의 한쪽 구석으로 물러나 벽에 등을 기
대고 앉았다. 눈을 감고 긴장을 풀었다.

대답이 오기를 기다리다, 잠이 들었다.

톰? 톰!

그동안 그녀가 몇 번이나 불렀는지 그는 알지 못했다.

테리사?

토머스는 정신이 번쩍 들면서 잠이 깼다. 주변을 둘러보니 여전
히 하얀 방이었다.

지금 어디야, 테리사?

버그가 착륙한 후에 그들이 우릴 또 다른 숙소에 집어넣었어. 여기
온 지 며칠 됐는데 아무것도 하지 않고 앉아만 있어. 톰, 넌 대체 어떻
게 된 거야?

테리사는 걱정하고 있었다. 겁을 먹은 것 같기도 했다. 그 정도
는 느낄 수가 있었다. 토머스는 혼란에 빠졌다.

며칠이라고? 도대체······.

버그가 착륙하자마자 그들이 널 어딘가로 데려갔어. 우리한테는 그
저 너무 늦어지고 있다고, 플레어가 네 안에 너무 깊게 뿌리내렸다고만
말해 줬어. 네가 미쳐서 난폭해졌다고 하던데.

토머스는 정신을 바짝 차리려고 안간힘을 썼다. 사악이 어떤 식으로 기억을 지우는지에 대해서는 생각하지 않으려 애썼다.

테리사, 이건 또 하나의 시련이야. 그들이 나를 이 하얀 방에 가둬 놨어. 그런데…… 며칠 동안 거기 있었다고? 정확히 며칠인데?

거의 일주일 정도 됐어, 톰.

토머스는 대답할 수가 없었다. 차라리 테리사가 방금 한 말을 못 들은 척하고 싶었다. 그동안 억눌러 온 두려움이 슬금슬금 가슴을 파고들었다. 테리사를 믿어도 될까? 테리사는 예전에 그에게 수없이 거짓말을 했다. 게다가 이 목소리를 내는 이가 테리사가 맞는지 어떻게 안단 말인가? 이제는 테리사와의 관계를 끊어야 했다.

테리사가 다시 그를 불렀다.

톰? 여기서 대체 무슨 일이 일어나고 있는 거야? 뭐가 뭔지 모르겠어.

토머스의 가슴속에 감정이 휘몰아쳤다. 뜨겁게 솟아오른 그 감정으로 인해 눈물을 흘릴 뻔했다. 전에는 테리사를 제일 친한 친구로 생각했었다. 하지만 다시는 그렇게 될 수 없을 것이다. 그가 테리사에 대해 느끼는 감정은 오직 분노였다.

톰! 왜…….

테리사, 내 말 들어.

응? 안 그래도 들으려고…….

아니, 조용히 하고…… 들어. 아무 말도 하지 마, 알았어? 듣기만 해.

테리사는 멈칫하다가 대답했다.

알았어.

조용하고 두려움에 찬 목소리였다.

토머스는 더 이상 제어할 수가 없었다. 속에서 분노가 끓어올랐다. 이 말을 소리 내서 하지 않고 머릿속에 단어들을 떠올려 텔레파시로 전할 수 있어 다행이었다.

테리사, 꺼져 버려.

톰–.

아니. 한마디도 하지 마. 그냥…… 날 내버려 둬. 그리고 사악한테 전해. 난 그들의 게임을 더 이상 하지 않겠다고. 더는 안 하겠다고 전해!

테리사는 잠시 침묵하다가 대답했다.

알았어.

그리고 잠시 뜸을 들이다 말을 이었다.

알았어. 너한테 해 줄 말이 있어, 톰.

토머스는 한숨을 쉬었다.

뭔데.

테리사는 곧바로 말하지 않았다. 텔레파시상으로 존재가 느껴지지 않았으면 그녀가 통신을 끊고 가 버렸다고 생각했을 것이다. 잠시 후 테리사가 말했다.

톰?

왜?

사악은 선해.

그러고는 가 버렸다.

에필로그

일: 232.2.13 / 시: 21:13 / 사악 보고서.

수신: 나의 직원들

발신: 에이바 페이지 총장

제목: (가) 그룹 및 (나) 그룹의 초열 시련

현재는 당면한 과제에 감정을 개입시킬 때가 아닙니다. 일부 사건들이 예상치 못한 방향으로 전개되었고 몇 가지가 어긋나는 등 이상적인 상황은 아니었지만, 우리는 상당한 진전을 이루었고 필요한 패턴을 다수 수집할 수 있었습니다. 앞으로도 기대가 큽니다.

우리는 전문가로서 적합하게 처신하는 것은 물론, 우리의 목적이 무엇인지를 명심해야 합니다. 수많은 사람들의 목숨이 소수의 손에 달려 있습니다. 그러니 우리는 더욱 조심하고 집중해야 합니다.

향후 며칠간의 작업이 이 연구에 대단히 중요합니다. 우리가 기억을 복구시켜 주면, 실험대상자들은 우리가 요구하는 바를 기꺼이 받아들여 실행할 것입니다. 우리는 아직 필요한 후보들을 보유하고 있습니다. 마지막 조각들을 찾아 제자리에 끼워 넣어야 합니다.

가장 중요한 것은 바로 인류의 미래입니다. 궁극적인 목적을 위해서는 죽음과 희생도 불사해야 합니다. 이 대단한 노력을 끝맺음할 때가 다가오고 있습니다. 그때가 되면 그 과정이 효과적으로 작동할 것이고, 우리는 패턴을 얻어 낼 것이며, 청사진을 확보하고, 치료제도 얻을 수 있으리라 믿습니다.

심리학팀이 신중히 때를 고르고 있습니다. 그들이 때가 되었다고 하면, 우리는 기억 삭제를 되돌릴 것입니다. 그리고 남아 있는 실험대상자들에게 플레어 병에 면역이 되었는지 여부를 말해 줄 겁니다.

이상입니다.

감 사 의   말

《메이즈 러너》에 썼던 내용과 크게 다르지 않습니다. 앞서 감사 드렸던 분들께 다시 한 번 감사 말씀을 드립니다. 특히 리넷과 크리스타, 마이클, 로렌 씨에게 고마움을 전합니다. 여러분은 내 인생을 완전히 바꿔 주었습니다. 무엇보다 이 시리즈가 성공을 거두도록 애써 주신 홍보담당자 노린 헤리츠 씨와 에밀리 포셔 씨, 그밖에 마케팅 담당자들을 포함한 랜덤하우스 출판사의 모든 분들에게 감사드립니다. 제가 얼마나 운이 좋고 복 받은 사람인지 덕분에 깨닫고 있습니다. 감사합니다. 아울러 저의 끝내주는 독자들에게도 사랑한다는 말을 전합니다.

옮긴이 **공보경**

고려대 영어영문학과를 졸업하고 현재 소설, 에세이, 인문 번역가로 활동하고 있다. 옮긴 책으로 파울로 코엘료의 《아크라 문서》, 애거서 크리스티의 《커튼》, 칼렙 카의 《셜록 홈즈 이탈리아인 비서관》, 나오미 노빅의 〈테메레르〉 시리즈, F. 스콧 피츠제럴드의 《벤자민 버튼의 시간은 거꾸로 간다》 찰리 어셔의 《찰리와 리즈의 서울 지하철 여행기》, 레이 얼의 《마이 매드 팻 다이어리》, 크리스토퍼 무어의 《우울한 코브 마을의 모두 괜찮은 결말》, 아이라 레빈의 《로즈메리의 아기》, 켄 그림우드의 《다시 한 번 리플레이》, 앤 캐서린 에머리히의 《패션 오브 크라이스트》, 데이브 배리와 리들리 피어슨의 〈피터팬〉 시리즈, J. G. 밸러드의 《하이-라이즈》, 《물에 잠긴 세계》 등이 있다.

스코치 트라이얼

초판 1쇄 발행 2012년 7월 26일
초판 95쇄 발행 2024년 4월 15일

지은이 | 제임스 대시너
옮긴이 | 공보경
발행인 | 강봉자, 김은경

펴낸곳 | (주)문학수첩
주소 | 경기도 파주시 회동길 503-1(문발동 633-4) 출판문화단지
전화 | 031-955-9088(마케팅부), 9530(편집부)
팩스 | 031-955-9066
등록 | 1991년 11월 27일 제16-482호

홈페이지 | www.moonhak.co.kr
블로그 | blog.naver.com/moonhak91
이메일 | moonhak@moonhak.co.kr

ISBN 978-89-8392-449-0 03840

* 파본은 구매처에서 바꾸어 드립니다.